CANTIQUE
POUR LES ÉTOILES

SIMON JIMENEZ

CANTIQUE POUR LES ÉTOILES

roman

Traduit de l'anglais (États-Unis)
par Benoît Domis

Nouveaux Millénaires

Collection Nouveaux Millénaires
dirigée par Thibaud Eliroff

Retrouvez-nous sur Facebook :
www.facebook.com/jailu.collection.imaginaire

Titre original :
THE VANISHED BIRDS

À maman et papa, les gens les plus étranges
que j'ai jamais aimés

Première partie

1. Six moissons

Il était né avec un onzième doigt. Une nodosité à côté de son auriculaire droit. Le docteur s'empressa de rassurer les parents inquiets. La petite bosse était bénigne. « Toutefois, ajouta-t-il en délaçant une pochette en tissu, un fermier n'a besoin que de dix doigts pour cultiver la dhuba. » Après avoir fait respirer à l'enfant la fumée d'herbes brûlées pour l'endormir, il trancha le surplus de chair et d'os avec un fer à cautériser. Bien que la mère sût que son bébé n'avait pas mal, elle grimaça et le serra contre son sein, espérant qu'il ne garderait aucun souvenir de la douleur. Son mari, qui n'était pas homme à se priver d'un plaisir, même dans ces circonstances, huma profondément la fumée des herbes et se laissa envoûter par une vision de l'avenir. Dans ses pupilles dilatées, son fils devenu adulte et fort possédait une grande maison au sommet de la colline. Il était le nouveau maire du Cinquième Village. Pour immortaliser cette vision, il fit bouillir le doigt surnuméraire afin de n'en garder que les os, qu'il plaça dans un bocal fermé par un bouchon. Par la suite, quand il se sentait d'humeur mélancolique, il prit l'habitude de secouer le récipient et d'écouter le claquement de bon augure, chuchotant à son bébé, « Un jour, tu seras le maître de ce village. » Le garçon babillait dans ses bras, trop jeune pour comprendre que la vie imaginerait toutes sortes de moyens pour l'empêcher de bouger.

Ils l'appelèrent Kaeda, l'ancien nom de ce monde.

Il grandit avec la fierté de sa cicatrice à la main droite, dont la forme changeait avec les années. À sept ans, le tissu ridé sur le côté de la paume évoquait les flots d'une rivière agitée. Il montrait volontiers la marque aux autres enfants qui le lui demandaient et gloussait quand ils effleuraient sa peau en fronçant les sourcils, à la fois impressionnés et troublés par sa texture. Certains de ses camarades le prétendaient victime d'un sort ; leurs parents leur avaient appris à se méfier de tout ce qui sortait de l'ordinaire. À ceux-là, il mettait sa cicatrice sous le nez et, d'un ton de défi, il leur répétait les paroles de son père. « Un jour, je serai le maître de ce village ! » Sa force de conviction finissait par les persuader que sa cicatrice était un porte-bonheur.

Il possédait un charisme naturel. Les nourrices l'adoraient, les autres gamins jouaient aux jeux auxquels il voulait jouer, ils croyaient ce qu'il croyait. Tous, excepté une fille : Jhige. Elle ne manquait pas une occasion de rejeter ses folles déclarations. Rivalisant d'arrogance, elle avançait ses propres idées extravagantes pour expliquer le rouge du ciel ou l'odeur de l'air, suave le matin et aussi aigre qu'un kiri au crépuscule. « Ta cicatrice n'a rien de particulier, criait-elle. Tu n'es pas né normal, c'est tout ! » Et ils s'affrontaient dans l'herbe jaune, jusqu'à ce que les adultes les séparent. Ils se battaient comme des chiens, presque tous les jours. Mais en dépit des bleus qu'il récoltait parfois, Kaeda sortait toujours de ces disputes avec sa sérénité intacte. Il avait la certitude que Jhige n'agissait que par jalousie. Lui était destiné à la grandeur et pas elle. La forme que prendrait ladite grandeur, il ne le savait pas encore, et il continuerait de l'ignorer jusqu'à l'arrivée des outremondains.

Il n'en connaissait que les histoires de ses parents. Tous les quinze ans, des vaisseaux en tissu et en métal déchiraient le ciel et se posaient dans la plaine à l'est du village, pour prendre livraison des graines de dhuba. Son père lui expliqua qu'on appelait cette journée particulière l'Expédition, et qu'à cette occasion le village organisait une fête mémorable pour les outremondains. « Une fête que tu n'oublieras jamais », promit-il.

Dans la pièce d'à côté, sa mère rit. « Sauf si tu bois trop.

— C'est la moitié du plaisir ! » rétorqua son père.

La nuit avant sa première Expédition, Kaeda ne parvint pas à fermer l'œil. Dans son esprit s'agitait tout ce qu'il avait entendu ; les nouveaux visages qu'il découvrirait, les mains sans taches violettes, qui n'avaient pas connu les champs de dhuba. Sans penser à l'heure tardive, il observa le ciel noir piqueté d'étoiles par la fenêtre de sa chambre. Il s'imagina une vie à sauter d'une lueur à la suivante, aux mondes qui existaient ailleurs. Quand sa mère vint le chercher le lendemain matin, il était exténué, après avoir dépensé toute son énergie en fantasmes durant la nuit. Il enfila ses sandales sans entrain et rejoignit le lieu du débarquement, en compagnie des autres habitants. Alors qu'il traînait les pieds et réclamait avec insistance de se reposer, son père poussa un soupir et le hissa sur son dos. Bientôt, il perdit toute notion de temps et d'espace, pour ne sentir que la chaleur et l'odeur forte de l'épaule de son père, comme les braises d'un feu mourant, et il se laissa gagner par le sommeil.

Il dormit.

Puis le ciel se fissura, et il se réveilla avec un cri strident ; son père rit et pointa du doigt vers le haut. Douze lignes vertes se découpaient sur l'ardoise rouge du ciel, décrivant un arc au-dessus de l'horizon. La taille de leurs extrémités augmenta et, deux minutes plus tard, les géants métalliques se posèrent sur le tapis d'herbe avec de grands bruits sourds qui firent trembler le sol. Le cœur du garçon se mit à battre la chamade au rythme des vibrations. Jamais il n'avait vu de créations si vastes, rien d'aussi fascinant que ces ailes en tissu et ces coques dont les panneaux luisaient au soleil. Jamais il n'avait entendu un fracas comparable aux portes des soutes qui s'ouvraient en tombant sur le sol, telles des mâchoires. Dans le flot humain qui en émergeait, il découvrit toutes les nuances, toutes les couleurs de peau, certaines plus claires que la sienne, d'autres plus mates. Leurs vêtements semblaient taillés dans la lumière des étoiles elle-même. Cette nouvelle réalité, qui dépassait de loin tout ce que pouvait contenir son univers, lui donna soudain la nausée. Il trembla de tout son corps. Et il se pissa dessus. Grimaçant, son père jura et le posa sur le sol.

On conduisit les outremondains au centre du Cinquième Village, où les attendait un banquet, avec de grands plateaux chargés de boissons alcoolisées et de pâtisseries à base de dhuba – longues, violettes et feuilletées. De sa place, Kaeda ne voyait pas les étrangers, une légère déception. Il se goinfra de pains sucrés en buvant du jus de fruits, au chaud entre ses parents. Il aimait entendre le craquement sec des noix ouvertes à main nue par sa mère, entre ses doigts musclés, et les bruyants éclats de rire avinés de son père. Sa sensation de bien-être le poussa même à sourire à Jhige, réunie avec sa famille à l'autre bout de la longue table. Surprise, elle lui rendit son sourire, avec un petit geste de la main, avant de reporter son attention sur son oncle, qui les régalait d'une histoire à dormir debout sur l'Égorgeur des forêts du sud. Les plus jeunes auraient du mal à trouver le sommeil cette nuit-là, et vérifieraient à deux fois dans tous les coins sombres de leur chambre que rien ne les attendait pour les dévorer. Les adultes s'esclaffèrent.

Après le banquet, quand l'alcool se mit à couler à flots, les nourrices et les jeunes parents ramenèrent les enfants chez eux. Mais pour Kaeda, la nuit ne se terminerait pas avant qu'il ait rencontré un outremondain. Pour échapper à la vigilance des adultes, il demanda à son ami Sado de leur dire qu'il était déjà rentré. Sado n'eut pas le temps de protester. Kaeda s'éclipsa, se glissant le long des bâtiments trapus, en direction du feu de joie et de la forte odeur d'alcool.

Au bout de la ruelle, juste avant de déboucher sur la place, il aperçut une femme, seule sur un banc, dont la silhouette se découpait sur les flammes.

Elle tenait une flûte en bois contre ses lèvres. Ses doigts agiles parcouraient l'instrument, produisant une musique qui rappela à Kaeda le sifflement du vent par une porte entrouverte. Il l'observa depuis l'obscurité. Même assise, elle semblait grande. Elle avait la peau noire, le crâne rasé, et portait des vêtements plus simples que ses amis : un haut blanc avec un col coupé jusqu'au sternum et un pantalon noir qui épousait les courbes de ses jambes. Chaque note de la flûte relançait la danse du feu, à moins que ce ne soit lui qui exerce son influence sur la musique et non l'inverse, ou encore les étoiles. Peut-être toutes ces forces, œuvrant de conserve. Cette mélodie était la nuit elle-même. Il l'entendait dans les rires de la sarabande autour du feu, il la sentait dans l'odeur de fruit et de fumée qui flottait dans l'air ; il la voyait dans la lumière reflétée par les gouttes de sueur sur sa clavicule. Elle était partout. Le souffle de la femme traversait le tube en bois et lui chauffait les entrailles, dans un envoûtement consenti. Mais alors qu'elle levait les yeux, elle l'aperçut.

La musique s'arrêta.

Elle lui parla avec deux voix, l'une employant une langue qu'il ne comprenait pas, l'autre la sienne. Comme si elle était hantée par son propre fantôme, ou qu'elle était un écho lointain d'elle-même. Trop jeune pour reconnaître un effet de son traducteur, il y vit la manifestation d'une magie d'outremonde.

« Ça t'a plu ? » demanda-t-elle, à propos de la musique.

Il hocha la tête. Elle se leva et approcha de lui. Son ombre s'allongea et le dépassa, jusque dans l'obscurité au bout de la ruelle. Son instinct lui souffla de s'enfuir, comme s'il soupçonnait qu'en restant il ne pourrait pas revenir en arrière. Mais il ignora l'avertissement et se tint planté là, inébranlable. Elle s'accroupit devant lui et le regarda droit dans les yeux. Assez près pour qu'il sente l'odeur florale de sa peau.

« Prends-la », dit la double voix, alors qu'elle lui tendait la flûte.

Leurs doigts se frôlèrent, quand il accepta son cadeau. Il serra l'instrument dans son poing, contre sa poitrine, tandis qu'elle se redressait. Elle eut pour lui ce sourire qui n'appartient qu'aux adultes, à la fois gai et triste. Puis elle tourna les talons et repartit à grands pas vers le feu de joie, alors que sa silhouette se gravait dans son esprit, pour des années. Mais cela, il l'ignorait encore. Il se sentait simplement heureux, effrayé aussi par cette chaleur qu'il éprouva en la regardant s'éloigner.

Il porta la flûte à ses lèvres, le bec était toujours humide.

Au matin, il n'y avait plus que des cendres froides sur la place. Les voyageurs étaient partis, emportant la récolte de dhuba. Il garda la flûte à côté de son lit, expliquant à ses parents que c'était un cadeau. Comme avec son onzième doigt, son père y vit un bon présage, tandis que sa mère l'acceptait avec sa résignation coutumière. Il en jouait quand il se sentait seul ; il allait s'allonger sur le toit de chaume de leur maison, soufflant dans le bec à s'en irriter la gorge, mais sans jamais tomber exactement sur les notes justes. Il remplissait ainsi ses nuits de mélodies maladroites mais sincères. D'airs qui se répétaient de façon exaspérante.

D'abord vinrent les rêves innocents ; il lui montrait son village, lui apprenait les règles de leurs jeux – « Garde un pied au-dessus du genou et un doigt sur le nez et chante la chanson de la nuit de la moisson, mais à l'envers. » Elle l'écoutait et ne lui parlait jamais comme à un enfant. Elle aimait sa cicatrice, lui disait qu'elle le trouvait très courageux. Puis vinrent les autres rêves, intimes, érotiques. Elle s'asseyait au pied de son lit, un doigt remontant lentement sur sa jambe nue depuis son gros orteil, dans une trajectoire électrique, jusqu'au court-circuit, à l'explosion.

Puis Kaeda eut quatorze ans.

L'âge de travailler dans les champs de dhuba, avec ses parents dans un premier temps. Ils lui apprirent comment extraire les graines gélatineuses violettes du cœur de la tige, recueillir les petites choses fragiles dans le panier tressé et couper la tige vide à la base, en trois coups de machette précis. Quand il eut fait ses preuves, on lui assigna son propre champ, plus loin sur la route, aux côtés de Jhige et de villageois qu'il connaissait de vue. Le travail tailla dans ses rondeurs d'adolescent, les remplaçant par des muscles durs et utiles, plaqués contre sa peau comme autant de petits poings. Les femmes le remarquèrent ; certains hommes aussi. Jhige également. La rivalité de leur enfance avait déjà cédé la place à une camaraderie taquine. Les plaisanteries qu'ils échangeaient se teintaient de quelque chose de mystérieux et d'excitant, ils se lançaient des regards furtifs entre les rangées de tiges, chacun observant les mouvements du corps de l'autre.

Tard dans la saison des pluies, ils rentraient au village, quand elle lui demanda – à la hâte, comme pour surmonter sa nervosité – si elle l'attirait. Il trébucha sur une bosse du chemin. « Oui », répondit-il. C'était vrai. Mais cette nuit-là, alors qu'ils se pelotaient derrière une grange, que les lèvres laissaient des marques rouges sur les peaux, Kaeda embrassa une autre femme. Tandis que la chaleur du feu de joie léchait son visage, une double voix lui chuchotait les secrets de ce monde.

Son aventure avec Jhige ne dura pas. Il avait visiblement l'esprit ailleurs, tous deux en avaient conscience. Au lit, il semblait ne pas la voir ; au village, il lui tenait mollement la main, et s'ils se disputaient, il cédait toujours le premier, comme si trouver une réplique voire une solution à la situation ne l'intéressait pas. La fin se passa sans heurt, de manière soudaine. Un jour, il l'aperçut sur la grand-place, main dans la main avec un garçon, qui travaillait sur un champ différent du leur. Yotto. Un brave type, mais que Kaeda ne jugeait pas très futé et vraiment pas doué avec sa machette. Un choix médiocre pour Jhige. Mais il ne lui fit aucun reproche, il se contenta de passer devant le couple sans commentaire. Des années s'écouleraient, avant qu'ils s'adressent de nouveau la parole.

Par la suite, il eut d'autres amantes, avec qui il ne resta jamais plus d'un mois, leur trouvant toujours un aspect qui laissait à désirer ; pas assez grande, pas assez forte, pas assez intelligente. Mais la vraie raison, il la connaissait : elles n'étaient pas *elle*.

Allongé sur le toit de chaume de sa maison, les yeux rivés sur les étoiles, il parvenait à se convaincre que, quelque part loin d'ici, elle aussi pensait à lui.

Pour son quinzième anniversaire, on déboucha sa première bouteille d'alcool. Puis on la lui vida sur la tête, un baptême au goût aigre, en guise de bienvenue dans ce monde des adultes qui buvaient la nuit et repartaient aux champs le matin, d'une démarche plus ou moins assurée. « Ta vie commence », lui dit son père, soûl et en larmes, serrant le visage de son fils entre ses mains calleuses et couvrant son front de baisers. Alors qu'il en profitait pour reprendre son refrain habituel, « Un jour, tu seras le maître de ce village », Kaeda s'aperçut que ces bons présages concernaient toujours un avenir plus ou moins lointain, jamais le présent.

« Attends, et tu verras. »

Il attendit.

Kaeda dut attendre ses vingt-deux ans pour assister de nouveau à une Expédition. Il travaillait dans les champs, extrayant les dernières graines d'une tige, quand Sado lui donna un coup de coude et pointa du doigt vers le ciel. Douze lignes vertes sillonnèrent les nuages, disparaissant derrière l'horizon des cultures, quelque part vers l'est. « Ils sont là », dit Sado. Kaeda hocha la tête, les mains tremblantes, alors qu'il arrachait la peau de la tige pour atteindre son quota. Ils traînèrent leurs chariots jusqu'au village. Son ami lui conseilla de ne pas trop s'exciter. Même si elle était là, elle ne gardait peut-être aucun souvenir de lui. Kaeda sourit. « J'espère bien », répondit-il. Il ne voulait pas qu'elle se rappelle l'enfant rencontré des années plus tôt, mais qu'elle voie en lui un homme digne de passer la nuit en sa compagnie.

« Si tu te fais jeter, viens boire avec moi et les autres cœurs solitaires », ajouta Sado, qui lui donna une claque dans le dos.

Kaeda rit et se mit à beugler les premières mesures de la chanson du retour. Il sourit en entendant l'air se répandre dans les rangs des moissonneurs en marche vers le village. Tous se réjouissaient des festivités à venir. Ils convergeaient vers le centre de collecte, qui pesait la récolte du jour avant de la stocker. Ensuite, chacun se précipita chez soi pour enfiler son plus beau pantalon ou sa robe la plus élégante. Le feu de joie lançait déjà ses flammes à l'assaut du ciel quand Kaeda arriva. Il saisit une carafe sur une des longues tables et avala une lampée de courage qui lui brûla la gorge, puis partit à sa recherche. Les ombres des danseurs faisaient palpiter la grand-place. Il sentit le sol bouger sous ses pieds et, ne voyant pas son visage parmi ceux qui défilaient, la peur lui noua l'estomac. Peut-être n'était-elle pas revenue ? Mais à ce moment-là, il aperçut du coin de l'œil la ruelle éclairée par les flammes, et elle, sur le banc, regardant les fêtards et le feu avec un sourire tranquille.

Il savait que le temps ne s'écoulait pas de la même façon pour elle, mais sa ressemblance avec la version de ses rêves le médusa. Elle n'avait pratiquement pas vieilli. Il se redressa et bomba le torse, un air bravache gâché quand, au moment de se présenter, sa langue fourcha. Néanmoins, l'outremondaine lui sourit. La courbe de ses lèvres douces accrocha la lumière. Kaeda sentit sa poitrine se fendre en deux. Tout ce qu'il avait gardé à l'intérieur ces quinze dernières années se répandit à ses pieds. Un fatras inextricable de désir.

« Bonjour », dit-elle.

Elle s'appelait Nia Imani, un nom ancien, du temps de la Vieille Terre. Mais quand il lui demanda si sa mère ou son père l'avait choisi, elle sourit et préféra parler de son travail.

Il en connaissait déjà l'essentiel. Le maire du village s'étendait sur le sujet lors de chaque discours de bienvenue – lui-même semblait s'en lasser. Il l'écouta néanmoins, captivé. Elle lui parla des sensations de son corps, quand son vaisseau quittait cette réalité pour les replis d'une autre, la Poche, une région de l'espace où le temps progressait différemment. Il se livra à l'effort d'imagination qu'elle lui demandait : un océan noir, avec des courants, des tourbillons et des rapides qui étiraient les secondes en heures, et les heures en années. Certains courants étiraient le temps à l'infini, d'autres pas plus de quelques instants. Mais il y avait systématiquement une distorsion. « C'est ce qui permet de parcourir de longues distances, ajouta-t-elle. Mais à chaque retour, les choses ont changé. Notre itinéraire actuel emprunte le courant Diligent à l'aller et le Craintif pour repartir. Il nous faut huit mois pour transporter votre récolte à destination et revenir ici, mais pour vous…

— Ça fait quinze ans », finit-il à sa place. Il connaissait bien ce nombre, pour avoir lentement vécu chacune de ces années. « Qu'est-ce que ça fait, en rentrant, de voir que tous vos amis ont vieilli, mais pas vous ?

— C'est triste, parfois », répondit-elle. Puis, elle sourit. « Mais pas toujours. » Elle lui apprit qu'Umbai l'avait engagée pour un cycle de six cargaisons ; c'était son deuxième voyage.

« Plus que quatre, alors.

— Oui, plus que quatre. » Puis : « Tu es sûr qu'on ne se connaît pas ? » Il le lui confirma, de peur que la vérité le rattrape, emportant la magie de ce moment. Il ne voulait pas qu'elle lui donne une tape sur la tête, comme au petit garçon qu'il était, et lui souhaite bonne nuit. Mais au lieu d'insister, elle lui demanda de lui parler de son travail. Il retrouva un peu de sa superbe. « Je suis le plus rapide de mon champ, le cinquième du village. » Il lui parla de la saison des pluies, où les champs arides se couvraient d'une fine couche de brume blanche, la période la plus propice pour replanter ; il lui expliqua comment les racines absorbaient l'humidité dans l'air et le sucre dans les sillons de la terre. « On récolte la dhuba dès que le ciel aspire l'humidité. Une journée dans les champs suffit à rendre les mains violettes. » Il lui montra sa paume, patinée de mauve, et quand elle fit glisser un doigt sur sa peau, il frissonna.

« Tu es fier de ton travail », dit-elle. Ce n'était pas une question.

« Oui », répondit-il, ce qui n'était pas toujours vrai. La plupart du temps, il le trouvait banal, fastidieux même, jamais exceptionnel. Mais ce soir, alors qu'elle semblait suspendue à ses lèvres, il lui parut soudain important, une tâche qui le dépassait. Il parla jusqu'à ce qu'il n'ait plus rien à dire, ayant épuisé le sujet, mais l'air entre eux resta chargé d'électricité. Elle avait posé sa main sur le banc, à côté de ses doigts tremblants. Il avala sa salive.

« Vous êtes très belle », dit-il.

Les mots tombèrent de sa bouche comme des pierres.

Mais elle les ramassa tout de même, l'un après l'autre, et lui répondit qu'elle le trouvait beau, lui aussi. À ce moment-là, il lut dans ses yeux le même désir que le sien. Il la suivit entre les danseurs, le long des grandes tables du banquet. Sado et les autres célibataires qui noyaient leur solitude dans l'alcool se mordirent les lèvres de jalousie en le voyant s'éloigner en compagnie de l'outremondaine. Ils croisèrent Jhige, qui soutint son regard juste un moment, avant de reporter son attention sur son mari, enlaçant sa taille épaisse de son bras.

Dans la rue plongée dans l'obscurité, il trébucha dans les ornières d'une démarche de pochard, tandis que Nia, calme, le dos droit, avançait à côté de lui et l'observait avec un sourire envoûtant. Il aurait voulu s'arrêter, le temps de graver son image dans sa mémoire, avec son village en toile de fond. Mais elle glissa ses doigts à l'intérieur de son pantalon, empoignant son érection, avant de l'entraîner au bas d'une petite colline, derrière un grand rocher. Là, elle le plaqua contre le sol avec ses hanches, les mains fermement appuyées contre sa poitrine ; il mit ses mains autour de ses seins, de sa taille, de tout ce qui pouvait l'arrimer à ce rêve. Après, ils restèrent allongés dans l'herbe, nus et à bout de forces. Elle posa la tête sur son torse, une main sur son nombril, son poids le clouant au sol d'une façon qu'il trouvait agréable. Ils étaient seuls au monde. En proie à une profonde satisfaction, il se mit à fredonner la chanson du retour. Elle lui demanda ce que c'était. « C'est ce qu'on chante en rentrant des champs, après le travail », expliqua-t-il. Ses doigts caressèrent le grain de son cuir chevelu. « *Prends ma journée, mais laisse-moi la nuit.*

— C'est joli, soupira-t-elle. Encore. »

Et il s'exécuta, reprenant les paroles en boucle, comme une ficelle autour de son doigt, autour de leurs corps serrés, jusqu'à ce qu'elle s'endorme. Pendant son sommeil, il écouta la nuit. La stridulation des insectes. Le vent qui sifflait dans les champs et s'élevait vers le ciel. La respiration de Nia. Le marmonnement incohérent de ses rêves.

Alors, il sut ce qu'il voulait.

Il la secoua doucement par l'épaule, jusqu'à ce qu'elle remue.

« Je peux venir avec toi ? » demanda-t-il.

Ses yeux s'ouvrirent juste assez pour le voir dans un brouillard.

« Où ça ? »

Son cœur se mit à galoper. « N'importe où. »

Elle cligna des yeux une fois, puis les referma.

« Peut-être », murmura-t-elle. Elle se détourna et appuya le dos contre sa poitrine. « On en reparlera demain matin.

— D'accord. »

Kaeda l'écouta respirer bruyamment et s'aperçut qu'il aimait même ses ronflements. *Ce n'était pas juste des rêves*, pensa-t-il avec fierté. Et bientôt, il s'assoupit à son tour, la main sur sa hanche chaude.

Il se réveilla au son des rires.

Il était midi. Le soleil brûlait son corps nu. Deux fermiers qu'il connaissait lui donnaient de petits coups dans les pieds en lui rappelant qu'il valait mieux ne pas dormir dehors sans rien sur le dos. « Pas si tu veux éviter que des bestioles te rentrent dans le cul », ajoutèrent-ils. Leurs rires redoublèrent. Il promena un regard trouble autour de lui. Elle était partie, ne laissant comme preuve de sa présence que le creux dans l'herbe à côté de lui. Il se hâta d'enfiler son pantalon et se précipita en direction des champs. « Attention aux bestioles ! » lui lancèrent encore les fermiers. Il arriva juste à temps pour voir le dernier vaisseau décoller. Quand il se fut réduit à un point lumineux dans le ciel, les villageois réunis saluèrent les outremondains de la main. Tous les enfants crièrent « Au revoir ! », tandis que Kaeda, les bras ballants, sentait son cœur se débobiner à ses pieds. Il ne vit pas sa mère approcher, pas avant qu'elle lui donne une tape sur l'épaule, l'air dérouté. « Où est ta chemise ? demanda-t-elle. Va t'habiller, gros bêta ! » Et les autres familles se mirent à glousser, alors qu'elle l'entraînait chez eux, trébuchant et frottant ses yeux humides de ses poings serrés.

Il se noya dans le travail. Ses pouces étranglaient les tiges de dhuba pour leur faire cracher leurs graines. Un coup de machette asséné à la base de la tige sous un certain angle, et le poids du corps faisait le reste.

Cent kilos de dhuba dans cinq corbeilles, transportées ensuite au village, une moitié placée en cryostase, l'autre envoyée au moulin. Là-bas, des poings calleux broyaient les graines en gelée pendant des heures pour produire une belle pâte dans une salle voûtée qui résonnait de claquements humides et de bordées de blagues salaces. Les tiges coupées, quant à elles, voyaient leurs extrémités pointues rabotées, avant d'être peintes en rouge et attachées ensemble, pour construire les maisons de nouvelles familles, plus nombreuses chaque année.

Jhige donna naissance à des jumelles. Kaeda était là, mouillant les serviettes, observant attentivement son mari, Yotto, incliné comme un pénitent à côté du lit. « Bientôt, bientôt, bientôt », chuchotait-il à sa femme ; « Maintenant ! Maintenant ! Maintenant ! » lui criait-il. Les bébés finirent par arriver. Deux filles en bonne santé, d'un peu plus de trois kilos, chacune pouvant s'enorgueillir du nez pointu de sa maman. Kaeda félicita les deux parents et les laissa s'extasier en compagnie de la génération suivante, tandis qu'il sortait de chez le docteur pour sonner la cloche et annoncer la bonne nouvelle. Peu à peu, des bougies s'allumèrent aux fenêtres sombres dans tout le village. Il jeta un coup d'œil à Jhige et Yotto à l'intérieur et soupira. Pas une semaine ne passait, lui semblait-il, sans qu'un de ses amis fonde une famille. Le village s'étendait de l'autre côté de la colline, on bâtissait des maisons jusque dans la vallée. Dès qu'un ancien s'en allait, une nouvelle vie prenait sa place.

Le père de Kaeda mourut un an après le départ de Nia, dans un accident provoqué par l'alcool. Un ami l'avait poussé, sans penser à mal ; ivre mort, il avait perdu l'équilibre et s'était brisé le cou sur le bord d'une table en bois. Accablé de remords, le responsable quitta le village la nuit même. On ne le revit plus jamais. À la saison des pluies suivante, avec son cortège de bêtes sauvages à grandes dents qui rôdait dans les collines et les forêts environnantes, on le présuma mort. « Bien », approuva la mère de Kaeda, quand elle apprit la nouvelle de sa disparition, et elle n'évoqua plus jamais le sujet. Elle revint travailler, avec sa machette et sa moue, parce qu'on avait besoin d'elle. Stoïque au contact des autres villageois, elle les remercia pour leurs mots gentils, mais refusa d'alimenter leur nostalgie ou leurs prières. Elle attendait le retour des champs, une fois seule avec son fils, pour s'abandonner à son chagrin. Elle criait et pleurait dans les bras de Kaeda ; sa douleur prenait toute la place, dans la maison. Il se résolut donc à laisser sa peine s'accumuler et se sédimenter au fond de son cœur, tandis qu'il séchait les larmes de sa mère. La nuit, blotti sous ses couvertures, il se plongeait dans ses souvenirs. L'épaule chaude de son père, le jour où ils étaient allés voir les vaisseaux. Un doigt pointé vers les étoiles. Il trouva ses propres refuges où pleurer. Seule Jhige les connaissait, car ils étaient redevenus amants.

Leur liaison avait commencé un mois après la mort de son père. Jhige avait changé d'affectation avec une amie, et pour la première fois depuis des années, elle travaillait de nouveau aux champs avec Kaeda. « Pour être sûre que tu ne lambines pas », avait-elle répondu, interrogée sur la raison de sa présence. Il avait protesté, lui rétorquant qu'il n'avait pas besoin d'être materné, mais il se sentait déjà mieux. Tout se passa graduellement et, avec le temps, ils en vinrent à se remémorer les jeux de leur enfance.

« Tu as convaincu tout le monde que si l'air était aigre, la nuit, c'est parce que les lunes étaient faites de fruits du kiri, dit-elle.

— Tu connaissais la vérité.

— Peu importe. » Elle essuya la sueur sur sa poitrine et gloussa. « Ils préféraient tes mensonges. » Elle ramassa sa corbeille, puis poussa un long soupir, le poids de leur histoire expulsant l'air de ses poumons. « Ça n'a pas toujours été facile de grandir avec toi.

— Tu étais ma seule amie, répondit-il, surtout pour lui-même, comme une révélation tranquille.

— Ça, j'ai du mal à le croire », dit-elle.

Mais elle sourit tout de même.

C'était inévitable : quelques jours plus tard, avant que chacun parte de son côté pour le village, elle le prit par le bras et lui communiqua une heure et un lieu de rendez-vous, sans lui dire pourquoi. Ce n'était pas nécessaire. Il était là, et il était prêt. L'hésitation de leur adolescence avait disparu, remplacée par les mouvements mesurés d'adultes qui maîtrisaient tous les pas de cette danse. Ses mains s'enfoncèrent dans les boucles de ses cheveux noirs, et ils firent l'amour sur un lit de vêtements froissés. Les lunes étaient rouges, cette nuit-là. Quand il lui expliqua qu'elles devaient leur couleur à la chaleur brûlante du soleil, elle rit et repoussa son épaule nue, puis chuchota dans sa peau salée, « Tais-toi, tais-toi, tais-toi. »

Trois saisons de passion s'écoulèrent.

Le mari de Jhige apprit leur liaison de la bouche d'un ami, qui les avait aperçus un soir au moulin. Yotto donna le choix à sa femme, mais quand elle lui préféra Kaeda, il se dirigea d'un air furieux vers la maison de son rival. Kaeda eut à peine le temps de répondre aux grands coups frappés à sa porte qu'il se retrouva projeté au sol, où ils s'affrontèrent dans un corps à corps féroce. La mère de Kaeda finit par apparaître, une machette serrée dans la main droite. La lumière qui brillait à l'intérieur de leur maison souligna sa carrure imposante. Elle tint la lame contre le cou veiné de Yotto. « Laisse-le se relever », ordonna-t-elle. Une fois les deux hommes debout, elle baissa son arme. Elle dit à Yotto qu'il avait droit à un bon coup, pas un de plus. Kaeda n'eut pas le temps de protester, qu'un poing le renvoyait au tapis. Puis le mari s'éloigna, les épaules tremblantes de rage. La mère de Kaeda se tint devant son fils et laissa tomber la machette à ses pieds. « Idiot », dit-elle, alors qu'elle s'agenouillait pour essuyer avec sa manche le sang sur son menton.

Elle le ramena à l'intérieur, le fit manger.

« J'aimais ton père, dit-elle, attablée en face de lui, les bras croisés sur sa poitrine. Mais il est mort comme un imbécile. Je ne le lui ai jamais pardonné. Promets-moi que tu ne commettras pas la même erreur, ou ton esprit ne sera jamais le bienvenu sous ce toit.

— Je te le promets », répondit-il doucement.

Elle lui prit la main.

Et on n'en parla plus.

Un mois plus tard, on construisit une maison dans la vallée, pour accueillir Kaeda, Jhige et ses deux filles. Il emporta ses vêtements, quelques meubles que sa mère insistait pour lui donner, le bocal avec les os de son doigt – il se sentait trop coupable pour les laisser derrière lui – et une flûte en bois. Il expliqua à Jhige qu'il s'agissait du cadeau d'un outremondain. Heureusement, elle ne chercha pas à en savoir plus. Il rangea l'instrument loin des regards, dans un des tiroirs de sa commode, ne l'en sortant que lorsqu'il était seul et d'humeur mélancolique. Mais jamais très longtemps. Et sans en jouer.

Pendant toute leur enfance, Yana et Elby allaient habiter deux maisons, une au pied de la colline, une autre plus proche du sommet. Elles ne comprendraient que plus tard le climat tendu mais courtois qui régnait entre leurs trois parents, quand leur père venait les chercher, les jours où il ne travaillait pas. Elles s'entendaient bien avec Kaeda. Il ne pouvait pas avoir d'enfant, lui avait expliqué le docteur, mais il les traitait comme ses propres filles. Il ne les battait pas et n'éleva jamais la voix avec elles ; ses grimaces les faisaient mourir de rire. Ainsi, elles lui pardonnaient les moments où il se montrait distant ; les nuits où elles entendaient ses pas dans toute la maison, leur rythme effréné, comme s'il cherchait vainement à se rappeler quelque chose.

Il avait trente-sept ans, quand les douze lignes vertes refirent leur apparition spectaculaire dans le ciel rouge. Il était là, parmi la foule du comité d'accueil, alors que de violentes bourrasques annonçaient l'arrivée des vaisseaux. Les filles de Jhige, âgées de huit ans à présent, couraient en rond autour de leur mère, tandis que les outremondains émergeaient du ventre de leurs vaisseaux. « Regarde un peu le maire », dit Jhige, avec un geste de la tête vers leur élu, qui s'inclinait devant les étrangers, comme s'il avait affaire à des dieux. « Il est le premier pour les saluer, mais il n'est jamais aux champs, il ne met jamais les pieds chez les gens ; on n'existe pas pour lui. Tu as vu comme il se prosterne ? À croire qu'il est en gelée. » Quand elle n'obtint aucune réaction, elle se tourna vers Kaeda. « Qu'est-ce qu'il y a ? » Elle toucha sa main pour attirer son attention.

« Où es-tu ? » demanda-t-elle en chuchotant.

Il eut un sourire forcé.

« Je suis là », répondit-il.

Il n'eut aucun mal à s'éclipser cette nuit-là, les filles, rapidement fatiguées, devant être ramenées à la maison. Kaeda jeta son bras autour des épaules de Sado ; buvant et riant avec ses amis, il joua le rôle du fêtard qui s'amusait trop pour rentrer chez lui. Jhige vint le chercher, et il lui expliqua que les réjouissances ne faisaient que commencer ; il se félicita de sa ruse quand elle se laissa fléchir et lui suggéra de rester, pendant qu'elle coucherait les filles. Une fois sûr de son départ, il prit congé de Sado, au prétexte d'aller leur chercher à boire, et en profita pour se mêler à la foule. Il traversa la grand-place où flambait le feu de joie, jusqu'à l'entrée de la ruelle. Assise sur son banc, Nia le regarda approcher, l'étudiant calmement, son visage épargné par le temps. Elle portait des vêtements rouge pâle, qui tombaient sur son corps comme si une des lunes avait fondu sur elle. Elle était toujours aussi belle. Son estomac se mit à bouillonner rien qu'en la voyant.

« Tu ne m'as même pas dit au revoir », lui reprocha-t-il.

Elle leva un sourcil. « Tu es beau, quand tu dors, ç'aurait été dommage de te réveiller », répondit la voix de son traducteur. À présent qu'il connaissait cette technologie, cette seconde voix avait perdu sa magie. Elle haussa les épaules, faisant tinter son collier de perles.

« Ça ne m'a pas semblé nécessaire, puisque j'allais te revoir bientôt.

— J'ai eu les quinze dernières années pour te haïr. »

Son sourire s'effaça. « Garde ta haine, répliqua-t-elle. On a passé une nuit ensemble. Une seule. » Elle fit un geste de la main qu'il ne comprit pas, puis reporta son attention sur le feu. Il lut sur son visage quelque chose qu'il n'aurait jamais pensé y voir. L'épuisement. « Je ne suis pas une déesse, dit-elle. Je ne suis pas venue exaucer tes prières.

— Pourquoi restes-tu à l'écart ? demanda-t-il.

— J'aime les fêtes, mais pas la foule. »

Il hocha la tête, bien qu'il ne comprenne pas.

« J'ai l'air différent ?

— Il y a des miroirs pour ça », dit-elle sèchement.

Il inspira entre ses dents.

« Je suis désolée. Le voyage a été difficile. » Elle se frotta le visage, créant des vallées dans sa peau. « J'ai dit que j'étais désolée.

— J'ai entendu, répondit Kaeda, trop fier pour lui pardonner.

— Je suis fatiguée, Kaeda. Je repars dans vingt heures. J'ai besoin de m'amuser. Ne me complique pas les choses, d'accord ?

— Qu'est-ce que tu veux ?

— Une nuit avec toi. »

Il rit.

« Je t'assure, insista-t-elle. Tu es séduisant. Plus que ceux-là, en tout cas. » Elle fit un signe en direction de la table de Sado, où les célibataires tournaient lentement la tête, dès qu'une femme passait à leur hauteur. Tous deux se mirent à rire, un rire écourté quand elle posa sa main sur la sienne. « Et je t'aime bien. »

Il en eut le souffle coupé.

Il ne supportait pas qu'elle ait ce pouvoir sur lui.

Qu'une seule caresse suffise à le défaire.

Ils ne traversèrent pas la fête comme la dernière fois. Sur la suggestion de Kaeda, ils s'enfoncèrent dans la ruelle, à l'abri des regards, avant de se diriger vers le moulin. Ils avancèrent entre les rangées de cuves où l'on broyait les graines et montèrent les quelques marches jusqu'au grenier, derrière les ballots de tiges violettes. C'était différent de la dernière fois, à moins que Kaeda ne remarque certains aspects d'elle qui lui avaient échappé. Par exemple, elle refusa de croiser ses yeux, quand il était en elle. Comme s'il n'était pas là, ou qu'elle se trouvait sur une planète lointaine, en train de faire l'amour avec un autre. Mais en dépit de sa distance, il haleta, et s'agrippa à elle comme à son propre cœur battant.

« Regarde », dit-elle après, alors qu'ils étaient allongés, épuisés. Elle étira ses poils pubiens entre ses doigts, comme entre les dents d'un peigne. Il lui demanda ce qui n'allait pas. « Quelques-uns sont gris », chuchota-t-elle.

Elle semblait presque triste.

Au matin, il lui proposa de la raccompagner jusqu'à la plaine, mais elle lui toucha le bras et répondit qu'elle préférait revenir seule. Il retourna donc sur la grand-place, où il aida à faire le ménage, après les agapes de la veille. Il battit les coussins pour les débarrasser des miettes et se joignit à ceux qui portaient la vaisselle à la rivière pour la laver. Quand il entendit le craquement dans le ciel qui signalait le départ des vaisseaux, il ne leva pas la tête. Pas avant que le dernier trait vert ait disparu, et qu'elle puisse de nouveau lui manquer sans risque.

Sa mère s'éteignit dans son sommeil à la fin de la saison des pluies. C'était son cœur. Un voisin la trouva, le poing serré sur une des vieilles sandales de son père. Tout ce temps, elle l'avait gardée dans l'entrée, au cas où son mari de retour des champs viendrait la réclamer. Kaeda alluma le bûcher funéraire et jeta ses cendres dans les fosses à humidité ; ses entrailles les y suivirent, s'y déroulant telles des cordes cinglant les ténèbres en contrebas.

Cette nuit-là, il dormit la tête posée sur les genoux de Jhige. Elle lui caressa les cheveux et lui fredonna les chansons qui leur rappelaient leurs jeunes années, celles que les enfants entendent de la bouche de leur mère, qui les aident à trouver la paix dans le noir.

On honora les morts, et la vie reprit son cours. Bientôt, leurs filles eurent l'âge de travailler. Elby, la plus forte et la plus sérieuse des deux, rejoignit les chasseurs ; Yana, qui avait la langue bien pendue, fit craquer ses doigts et se mit à la besogne au moulin.

De nouvelles responsabilités échurent aussi à Kaeda. En portant une charge trop lourde, il s'était abîmé le dos. Sa blessure le rendant inutile aux champs, on lui avait confié un poste au centre de collecte, à la pesée des corbeilles. Il travaillait en s'accommodant de sa bedaine récemment acquise, la faute aux assiettes copieuses de viandes et de pâtisseries qu'il avalait. Avec l'âge, il se découvrait un faible pour les sucreries. Yotto venait souvent le voir, à présent qu'ils avaient définitivement enterré la hache de guerre. Il leur arrivait même de rire de l'époque où ils s'étaient battus comme des chiffonniers pour l'amour de Jhige.

La saison des pluies était bien avancée quand Yotto s'assit au bord du bureau de Kaeda pour discuter de leurs filles. Jouant nerveusement avec ses mains, il lui demanda : « Elles t'ont déjà parlé... tu sais... des garçons ? »

Kaeda secoua la tête, s'amusant de son inquiétude. Il affirma à Yotto qu'il n'avait pas de souci à se faire de ce côté-là, bien qu'il sache que Yana s'intéressait à un des chasseurs. Il ne voyait aucune raison d'ennuyer Yotto avec des problèmes contre lesquels il ne pouvait rien. « Tu peux avoir l'esprit tranquille », ajouta-t-il.

Rassuré, mais pas encore prêt à partir, Yotto sembla se plonger dans la contemplation de sa barbe, qui grisonnait par endroits. Puis il demanda à Kaeda combien de temps il pensait rester à la pesée. « Tu es né pour le travail des champs, dit-il. Tout le monde le sait.

— Dès que mon dos ira mieux, j'y retourne », déclara Kaeda.

Mais même un mois plus tard, complètement rétabli, il ne quitta pas le centre. Il avait découvert qu'il aimait rester tranquillement assis. Jhige, elle, continuait d'extraire la dhuba, comme le prouvait son corps vigoureux, véritable réseau de muscles et de tendons. Quand elle soulevait ses corbeilles sur la balance de Kaeda, elle posait un coude sur son bureau et se vantait de sa longévité dans les champs. « Un an et cinq jours de plus que toi », dit-elle, à ses quarante-neuf ans. « Deux ans et vingt jours », pour ses cinquante.

« Trois ans et quatre-vingts jours », la devança-t-il avec un petit sourire narquois, pour ses cinquante et un ans.

Elle se pencha par-dessus le bureau et l'embrassa au coin de la bouche. « C'est moi qui gagne », chuchota-t-elle, car même après tout ce temps, leur rivalité demeurait forte.

Quand il eut cinquante-deux ans, à la fin de la saison sèche, il s'installa seul sur un banc de la grand-place, pendant que les autres assistaient hors du village à l'arrivée des vaisseaux outremondains. Il voulait que Jhige, Yotto et leurs filles profitent de cet événement ensemble, sans lui pour une fois. Alors qu'on disposait les tables de banquet et préparait le feu de joie, il se demanda ce que Nia penserait de lui. Depuis leur dernière rencontre, sa tignasse avait complètement blanchi et son mode de vie sédentaire avait recouvert ses muscles autrefois durcis par le travail d'une couche de graisse.

Plus tard cette nuit-là, quand les flammes s'élevaient à leur plus haut et qu'assis à l'une des tables, ils reprenaient doucement une conversation interrompue quinze années plus tôt, il lui posa la question. À présent, elle avait seize ans de moins que lui. Elle n'avait jamais paru si jeune. Peut-être s'en fit-elle la réflexion, alors qu'elle l'examinait, tout en frottant la peau lisse de sa propre joue. « Je te trouve un air très distingué, déclara-t-elle.

— Et toi, tu as le même qu'hier. »

Elle sourit. « Tu gardes cette réplique en réserve depuis longtemps ?

— Cinq ans », reconnut-il.

Ils rirent et, après avoir porté un toast, ils vidèrent leurs bols.

Ils firent l'amour pour la dernière fois, et il n'eut la force que pour une étreinte. Après quoi, ils se rhabillèrent. Il avait trop froid pour rester nu. Alors qu'ils étaient étendus, il se demanda à voix haute si ce n'était pas trop difficile de voyager sans arrêt, pour découvrir à l'arrivée que ceux qu'on aime sont vieux ou morts. Elle lui affirma que non. Ouvrant et fermant son poing gauche, elle ajouta que, le jour où elle ne bougerait plus, elle n'y survivrait pas. Elle tourna la tête vers lui, les sourcils froncés, et voulut savoir pourquoi il riait. Il s'essuya les yeux et dit qu'il l'ignorait ; en fait, il préférait garder la réponse pour lui, de peur de la blesser : il trouvait sa déclaration ridiculement dramatique. Elle n'insista pas. Le lendemain matin, ils se quittèrent sans se dire au revoir ; tous deux savaient qu'ils se reverraient bientôt.

Au décès du maire, victime d'une attaque la saison sèche suivante, une élection se tint. Sans surprise, Kaeda l'emporta. Il avait involontairement entamé son parcours politique pendant qu'il occupait son poste à la pesée, au centre de collecte. Les fermiers qui lui parlaient avaient retenu son nom ; ils le considéraient comme l'un des leurs, ses paumes violettes témoignant de son expérience. Il se présenta contre le fils de l'édile décédé, un type insignifiant qui ne s'était lancé dans la course que pour céder à la pression familiale de tantes et d'oncles désireux d'établir une dynastie. Dès le début, le résultat ne faisait aucun doute ; le fils tira sa révérence avant même qu'on ait compté les derniers bulletins et passa le reste de la soirée dans un bar, affirmant à qui voulait l'entendre qu'on avait truqué l'élection. Les tournées qu'il paya ne suffirent pas à convaincre un auditoire clairsemé et fort peu concerné. « Mon père a fini par avoir raison », dit Kaeda à Jhige, le lendemain de leur déménagement dans la maison du maire, au sommet de la colline. « Je suis le maître de ce village. » Cet après-midi-là, il jeta le bocal des os de son doigt surnuméraire dans les fosses à humidité, où il rejoignit les cendres des morts, la prédiction accomplie.

En tant que maire, sa tournée annuelle des villages environnants l'amenait à rencontrer ses homologues pour conclure des accords commerciaux ou discuter de problèmes cadastraux. Il tenait également des réunions mensuelles de coordination avec les représentants des meuniers, des chasseurs et des négociants. Des entretiens en tête à tête hebdomadaires venaient compléter ce dispositif, pour arrondir les angles. Enfin, quotidiennement, et apparemment à toute heure, on frappait à sa porte, le plus souvent un villageois en quête de médiation dans un conflit de voisinage. Il assuma toutes ces obligations : les visites aux fermiers, le banquet de la première chasse, les discours à la moisson et les paroles de bienvenue pour l'accueil des nouveau-nés. La fin de ses journées le trouvait aussi épuisé que Jhige au retour des champs ; à la tombée de la nuit, s'il faisait frais, ils s'asseyaient sur la véranda en silence, face à leur village. Jhige contemplait les champs en pensant au travail du lendemain, mais Kaeda avait les yeux rivés plus haut, sur le champ des étoiles. Prodigieusement fatigué, il se demandait la vie qu'il aurait pu avoir, s'il avait fait preuve de plus de sagesse dans sa jeunesse, s'il avait mieux choisi ses mots.

Les mois passaient sans qu'il s'en aperçoive.

Pour l'avant-dernière venue de Nia, il fit son discours à la foule rassemblée, sur le thème du sacrifice consenti par les outremondains, qui traversaient le temps et l'espace pour distribuer leur moisson. Quand le ciel se fissura à l'apparition des lignes vertes, des enfants dont il ne connaissait pas le nom levèrent de grands yeux vers les vaisseaux qui approchaient. Il se sentit envahi non pas par la nostalgie, mais par une angoisse sourde. Aucun d'eux n'avait conscience des années qui les attendaient. Il voulut les prévenir que le temps n'était pas leur ami, que même si cette journée leur semblait spéciale il y aurait un lendemain, et un jour après ça ; dans le meilleur des cas, ils pouvaient espérer d'une vie bien remplie que leur cœur s'effiloche à un rythme lent et régulier. Mais il tint sa langue et les laissa profiter du spectacle. « Accueillons-les à bras ouverts », dit-il.

En sortant de son vaisseau, Nia faillit ne pas le reconnaître, avant de se trouver assez près pour serrer la main de cet homme de soixante-sept ans. Ses yeux s'agrandirent quelque peu à la vue des taches de vieillesse.

« Ça fait plaisir de te voir », dit-elle.

Ils parlèrent comme de vieux amis. Ils se plaignirent des difficultés que rencontre tout dirigeant, qu'il commande un vaisseau ou gère un village. Ils se relayèrent pour aller remplir leurs bols. Dans un silence confortable, ils savourèrent la forte amertume de leur boisson près des flammes. Assis à côté d'elle, Kaeda sentit l'angoisse ressentie plus tôt dans la journée s'apaiser ; il admira les danseurs et le feu de joie, alors qu'il faiblissait heure après heure. Le moment venu, elle le serra brièvement dans ses bras et regagna son vaisseau, lui laissant un peu de sa chaleur.

Il retourna à la table de banquet, auprès de Jhige. Se frottant le lobe de l'oreille droite entre le pouce et l'index, elle le surprit un peu en remarquant que lui et l'outremondaine semblaient proches. Mais elle le dit sans pointe de jalousie dans la voix, avec un sourire amusé. Une simple constatation qui eut pour effet de le transpercer de part en part.

« Non, pas tant que ça, répondit-il en lançant un regard furtif à Nia qui s'éloignait du feu. On s'est juste croisés plusieurs fois. »

Ils ne se reverraient qu'une fois, dans sa quatre-vingt-deuxième année.

L'année où le ciel s'ouvrit, et où le Cinquième Village reçut un visiteur inattendu.

C'était la saison des pluies, de longs mois avant l'Expédition, quand s'achèverait le cycle de Nia. Le village était calme, on n'entendait que le frottement des ailes des insectes nocturnes et les hurlements au loin dans la forêt. Kaeda dormait dans la maison du maire ; les paupières papillonnantes, il rêvait du jour où son père l'avait emmené voir les vaisseaux. Un grondement puissant secoua les volets et l'arracha à son sommeil. Il s'assit, hébété, se demandant s'il rêvait toujours, jusqu'à ce que la main tremblante de Jhige trouve la sienne dans l'obscurité. Il empoigna la canne à son chevet. En arrivant sur la véranda, ils observèrent une boule de feu traverser le ciel. Tous deux retinrent leur souffle, alors qu'ils la regardaient décrire un arc, puis s'écraser dans les champs, au sud du village. L'impact fit frémir la terre.

Un attroupement se formait déjà sur la grand-place. Parmi les enfants en pleurs et les parents réclamant des explications, Kaeda trouva Elby. Il l'envoya en reconnaissance avec un groupe de chasseurs, en direction du panache de fumée qui s'élevait au loin au-dessus des toits. Elby partit en courant, tandis que Jhige tentait de calmer les familles, assurant qu'il n'y avait aucun danger. L'attente parut interminable. Il s'assit sur un banc, massant ses genoux douloureux, inquiet pour sa fille, jusqu'à ce que les chasseurs franchissent de nouveau les portes du village. Ils portaient le corps nu d'un enfant.

Un garçon. Ils n'avaient retrouvé que lui sur le site. Tout le reste était carbonisé. « Il était juste là, expliqua Elby, étendu à côté des débris. »

Il était contusionné et il saignait, mais il semblait n'avoir rien de cassé. On le conduisit chez le docteur, pour nettoyer ses blessures superficielles avec un linge humide et les bander.

Petit et très maigre, il ne devait pas avoir plus de douze ans. Le visage émacié, il était si décharné que Kaeda craignait que les os de ses jambes se fracturent, s'il se levait. Aucun risque, pourtant. Le garçon était plongé dans un profond sommeil, dont même l'agitation qui régnait autour de lui ne parvint pas à le tirer.

Pendant trois jours, il dormit chez le docteur, tandis que les rumeurs allaient bon train sur son identité : démon, demi-dieu, présage de guerre… Des bruits sans fondement, nés de l'imagination craintive des villageois, mais qui gagnaient en poids et en vérité à mesure qu'ils se propageaient dans les foyers, par le bouche-à-oreille. Kaeda n'y prêta pas attention et poursuivit ses visites au chevet de l'enfant assoupi, malgré les avertissements de ses conseillers. « À une époque, c'est moi qu'on a cru maudit », lui dit-il, levant sa main cicatrisée en guise de preuve. « Ne les écoute pas. Les lâches ne savent pas quoi inventer. »

Au troisième jour, le garçon se réveilla de son long repos. Kaeda entendit la cloche sonner à travers le village et dut se frayer un chemin à coups d'épaule et de canne pour entrer dans la chambre du patient. Il y trouva l'enfant recroquevillé au pied du lit, les bras autour des genoux, ramenés contre son torse brun et décharné. Le meunier le bombardait de questions. D'où venait-il ? Que voulait-il ? Le petit ne réagissait pas. Le dos rigide, il dévisageait ces inconnus avec une lueur farouche dans le regard, ses yeux dépassant à peine au-dessus de la crête lisse de ses avant-bras. Le meunier parlait de plus en plus fort, la gorge rouge. Quand Kaeda en eut assez, il fit sortir tout le monde. Un attroupement se forma rapidement autour de lui.

Tous les villageois s'égosillaient sur le même thème : ce garçon allait leur causer des problèmes, il n'avait pas sa place parmi eux. Kaeda les laissa crier, puis il leva la main pour imposer le silence. Il les regarda. Bien sûr qu'ils avaient peur, songea-t-il. C'était la première arrivée inattendue, depuis le début des Expéditions. Lui non plus ne savait pas comment réagir. « Je comprends ce que vous ressentez. Je suis comme vous. Et je vous assure que la présence de ce garçon n'est que provisoire. Dès la prochaine Expédition, nous le remettrons aux outremondains. Mais d'ici là, restons calmes. Ce n'est qu'un enfant, ne l'oublions pas.

— L'Expédition est dans trois mois, dit Goro, un pêcheur. Qui le prendra chez lui en attendant ? »

Les villageois échangèrent des regards, tandis que l'herbe sèche frémissait dans le vent chaud.

« Moi », répondit Kaeda.

Jhige ne sembla pas vraiment ravie, quand son mari rentra avec le petit outremondain. Elle fit signe au garçon de patienter au salon et entraîna Kaeda dans leur chambre, où elle lui reprocha par chuchotements furieux de ne pas l'avoir consultée au préalable. Elle écouta ses excuses sans expression ; l'explication de sa frustration avec les autres villageois, si prompts à juger le caractère d'un enfant inconscient. Quand il eut terminé, elle pinça les lèvres, et il craignit d'avoir échoué à la convaincre. Puis elle marmonna, « Va voir s'il a faim. »

En vérité, il avait eu l'intention de l'accueillir chez lui dès la nuit de son arrivée. Il résistait difficilement à tout ce qui tombait du ciel.

Il fallut s'adapter. Le garçon, qui ne paraissait pas comprendre leur langue, ne parlait jamais dans la sienne ; une présence muette sous leur toit, sourde à toutes les tentatives de lui venir en aide. La première fois qu'il eut besoin d'aller aux toilettes, il se soulagea dans son lit. Jhige lava les draps, tandis que Kaeda lui montrait les pots de chambre à l'extérieur et lui mimait la façon de s'en servir. Il ne ressemblait à aucun enfant que Kaeda connaissait. Ses mouvements, peu nombreux, étaient précis, ses pas presque inaudibles. On oubliait aisément qu'il était là. Parfois, Kaeda ne s'en rendait compte qu'en l'entendant tousser ; il le voyait alors se couvrir la bouche des deux mains, les épaules tremblantes, comme s'il craignait une correction.

Ils eurent moins de visiteurs. Yana refusait de franchir le seuil de la maison. Elby, la chasseuse intrépide, faisait en sorte de ne pas s'attarder dans la même pièce que l'enfant. « Les autres ont raison », murmura-t-elle, avec un coup d'œil vers le salon, où il fixait le ciel par la fenêtre, comme s'il ne l'avait jamais vu. Comme s'il n'y croyait pas. « Il n'est pas normal.

— Il est un peu étrange », reconnut Kaeda. Il frotta sa vieille cicatrice. « Mais ce n'est pas forcément un défaut. »

Son étrangeté intriguait Kaeda, qui prit l'habitude de l'emmener dans les longues promenades qui l'entraînaient hors du village. Pendant ce temps, Jhige pouvait souffler ; lui ne désespérait pas de gratter la surface du mystère, voire d'aboutir à une forme de communication. C'était une sorte de jeu. L'enfant le suivait sans résistance, presque inconsciemment, ne sortant soudain de sa transe qu'au moment où Kaeda plongeait la main dans sa musette et lui tendait un gâteau sucré.

Kaeda parlait suffisamment pour deux. Au début, il lui posa des questions, toujours sur un ton affable, sans le brusquer. D'où venait-il ? Avait-il une famille ? Puis, quand il apparut clairement qu'il n'en tirerait rien, Kaeda parla de lui, en commençant par des faits bruts. Alors qu'ils gravissaient les contreforts, lui en s'aidant de sa canne et le garçon à pas prudents, il lui dit qui étaient ses parents, lui expliqua que Jhige et lui se connaissaient depuis l'enfance. Il précisa en quoi consistait sa fonction de maire, responsable de la sécurité de tous. Jour après jour, semaine après semaine, il se livra, son jeune compagnon faisant office de réceptacle où déverser ses souvenirs et ses pensées, sans risque d'être compris, jugé ou contredit. Dans les heures du crépuscule, au-dessus du village, il se laissa aller aux réflexions sentimentales, qui lui valaient généralement les piques de Jhige. Mais le garçon les accepta comme il acceptait le vent et la lumière. Les aventures de son enfance dans les champs. Les moissons difficiles. Et doucement, dans la semi-obscurité, il murmura les peurs qu'il portait en lui depuis des années.

« C'est le seul coucher de soleil que j'ai connu », dit-il un après-midi. Il sourit, arrachant de l'herbe à la terre et enroulant les brins secs autour de ses doigts. « Heureusement, il est beau. » Les mots glissèrent sur le garçon, qui continua de manger son gâteau, le regard fixé au-delà du ciel, sur un point que Kaeda ne voyait pas.

Il était déjà tard, et tous deux, assis dans une anfractuosité d'une colline, admiraient l'avancée rouge profond de la nuit, quand ils entendirent la musique.

Des moissonneurs, surgis à la limite des arbres, descendaient d'un pas énergique le chemin de terre avec leurs corbeilles de dhuba, entonnant la chanson du retour pour se donner du courage. Kaeda eut l'impression de replonger dans ses souvenirs. L'émotion le prit à la gorge, alors qu'il écoutait le crescendo de la mélodie portée par les voix jeunes et fortes. Les paroles, *Prends ma journée, mais laisse-moi la nuit*, lui firent monter les larmes aux yeux. Il renifla et s'essuya le visage. À ce moment-là, il regarda le garçon, se rappelant qu'il n'était pas seul. Ce qu'il vit le surprit : paupières closes, il tendait l'oreille, comme s'il savourait chaque note.

« Alors, tu aimes la musique », constata Kaeda avec un sourire.

Une fois rentré, il sortit la flûte de son coin de tiroir poussiéreux dans la commode. L'objet plongea le garçon dans la perplexité, jusqu'à ce que Kaeda lui fasse une démonstration avec un trille de notes. Il écarquilla des yeux stupéfaits, ses mains se tendant vers l'instrument.

Ainsi débutèrent les cours de flûte, quand le travail de Kaeda lui en laissait le temps ; il lui montra comment la tenir, comment pincer les lèvres. Et à mesure qu'ils progressaient, il se rappela, tiraillé entre plaisir et regret, l'image de Nia en train de jouer dans la ruelle. Il apprit au garçon les vieilles chansons.

Il avait des facilités, même avec la barrière de la langue. C'était peut-être sa première expérience avec une flûte, mais clairement pas avec la musique. Bientôt, en à peine quelques jours, l'élève dépassa le maître, un motif de fierté pour le vieil homme, avec tout de même une pointe de jalousie. Il maîtrisait des airs que Kaeda n'avait jamais entendus, des choses assez jolies, d'ailleurs. Un soir, il parvint à émouvoir Jhige en lui jouant une chanson douce et triste. Quand Yana passa chez eux pour déposer des provisions et qu'elle surprit la musique qui sortait de la chambre du garçon, elle accepta de franchir le seuil et de s'asseoir un moment à table pour écouter.

Kaeda avait juste eu l'intention de lui prêter la flûte. Ce n'était pas un cadeau. Mais elle ne quittait pas ses genoux pendant les repas, et il l'emportait pour aller dormir. Ainsi, alors que la maison s'emplissait de sa musique, l'humeur de Kaeda s'assombrit. De façon mesquine, il en vint à penser que la flûte l'avait trahi, qu'elle s'était servie de lui pour trouver son propriétaire légitime. Il sut qu'il avait raison le jour où Jhige fit référence à l'instrument en l'appelant « la flûte du petit ».

« Ce n'est pas la sienne », répliqua-t-il d'un ton brusque.

Jhige le regarda.

La musique s'infiltrait dans ses oreilles la nuit. Elle engendrait des cauchemars où Nia, en larmes au pied du lit, lui demandait où il avait mis son cadeau ; il lui assurait qu'il l'avait conservé précieusement toutes ces années ; il pouvait le prouver, s'il parvenait à retrouver ce fichu instrument ; dans ces cauchemars, il fouillait la maison de fond en comble, il arrachait le plancher, il éventrait le matelas à coups de machette, et quand il se réveillait, ses mains griffaient le vide. Les pires nuits, il sortait en trébuchant de sa chambre, encore à moitié endormi, prenant appui contre le mur pour avancer dans le couloir en boitant. Il avait déjà tourné la poignée de la porte de la chambre du petit, se persuadant qu'il voulait juste voir la flûte, la tenir entre ses mains une dernière fois, s'assurer qu'elle était bien là. Les pleurs étouffés qu'il avait entendus alors l'avaient complètement réveillé et convaincu de retourner se coucher bredouille, espérant qu'en acceptant la situation il retrouverait un sommeil paisible. Mais au matin, rien n'avait changé. Il se sentait toujours fatigué.

Les poches vides.

Il fit de son mieux pour cacher sa détresse, s'efforçant de sourire au garçon, même sans raison ; il lui préparait plus souvent des pâtisseries, mais lui-même perdait l'appétit. Au cours des repas, il faisait glisser la nourriture qu'il n'arrivait pas à avaler de son assiette à la sienne et le regardait manger. Et la nuit, Jhige lui caressait les cheveux, lui posant sa sempiternelle question, quand il était de cette humeur ; où était-il, où allait-il ? Sa réponse n'avait jamais varié.

Je suis là, je suis là.

Le son de la flûte flotta sur toute la saison des pluies et finit par apporter la sécheresse, jusqu'à ce que la terre s'effrite et que les tiges deviennent cassantes sous le soleil accablant. Le village tout entier retint son souffle, dans l'attente des outremondains qui le soulageraient de la présence de l'étranger ; seul Kaeda appréhendait ce moment, comptant les jours.

Quand le ciel se fissura et que les lignes vertes dispersèrent les nuages, il sut qu'il assistait vraisemblablement à sa dernière Expédition. Son ultime rencontre avec Nia Imani. Dans les champs, après qu'il eut prononcé le discours de bienvenue qu'il répétait depuis des semaines au cours de ses promenades, il toussa des glaires dans sa manche. Il se demanda pourquoi maintenant, à la fin, il voulait plus que jamais monter à bord d'un de ces vaisseaux et partir avec elle. Pourquoi conservait-il ce désir au fond de son cœur, même après tout ce temps, aussi fort qu'au premier jour ? En sortant de son vaisseau, Nia l'étreignit, plus jeune et plus vigoureuse que jamais. Il se sentit si diminué entre ses bras. Quand elle le relâcha, il formula sa requête. À sa surprise, elle accepta d'emmener le garçon, sans même y réfléchir. « Intéressant, dit-il avec un petit sourire. Je m'attendais à plus de résistance.

— Pourquoi ? demanda-t-elle, lui rendant son sourire.

— Tu ne m'as jamais semblé particulièrement généreuse. »

Son sourire faiblit. Les vieilles blessures se rouvraient, et il ne pouvait pas se retenir. « Je suis désolé, dit-il enfin.

— Ce n'est pas grave. » Nia mit son sac en bandoulière et marcha en direction du village, où la fête n'allait pas tarder à commencer. « Vois ça comme ma façon de te remercier d'avoir toujours été de si bonne compagnie. »

Quand vint l'heure du feu de joie, ils n'eurent qu'une brève conversation, le temps de convenir d'un lieu de rendez-vous le lendemain, pour la remise de l'enfant. Ensuite, Nia resta avec les outremondains, tandis que Kaeda passait la soirée à table avec les siens. Il lança fréquemment des regards de son côté, espérant un contact visuel qui lui donnerait l'occasion de s'excuser de son attitude. Mais elle ne leva jamais la tête vers lui, pas une seule fois, et elle s'éclipsa avant qu'il trouve le courage, ou le temps de l'approcher.

Il ne dormit pas, cette nuit-là. Il arpenta les couloirs de la maison, passant devant la porte du garçon, jusqu'au matin.

C'était une journée torride. La chaleur accablante pesait sur son dos, alors qu'il s'acheminait vers la grand-place, où l'attendait Nia. Les villageois qui balayaient le tapis de cendres et débarrassaient les tables leur lancèrent des regards furtifs, tandis qu'il avançait vers elle. Il la salua de la tête, elle fit de même. Bien qu'il ait enfin toute son attention, il ne sut pas quoi dire. Il avait réfléchi toute la nuit, préparant un grand discours en forme de bilan, mais les mots s'étaient envolés.

« Où est-il ? demanda-t-elle.

— Suis-moi. »

Ils repartirent chez lui, par le chemin qui devenait plus pentu à mesure qu'ils approchaient de sa maison. Il eut du mal avec sa canne, mais refusa l'aide qu'elle lui offrait. Il arriva essoufflé au sommet, son cœur cognant contre les muscles mous de sa poitrine. Il la fit entrer au salon, où le garçon attendait avec son bagage à ses pieds. Le sac contenait plusieurs robes de rechange, quelques gâteaux et d'autres objets que Kaeda pensait qu'il aimerait emporter. Il était sur le point de demander à Nia si elle avait envie de boire quelque chose, mais elle ne lui en laissa pas le temps. Elle souleva le sac et se dirigea vers la porte, une main dans le dos de l'enfant. Kaeda les suivit. Jetant un coup d'œil à sa canne, elle dit, « Tu n'es pas obligé de nous accompagner. On peut se dire au revoir ici.

— Non. Ça ira. Je viens avec vous.

— Si tu en es sûr. »

Tous trois traversèrent le village sous les regards méfiants des habitants, Kaeda s'efforçant de ne pas se laisser distancer par Nia, qui marchait d'un pas rapide. Le garçon ne se retourna même pas pour vérifier qu'il était toujours là. Ses douleurs articulaires lui arrachèrent une grimace.

Tout lui filait entre les doigts.

Dans le champ d'herbe jaunie, où on finissait de charger la cargaison de dhuba dans les vaisseaux, les deux outremondains se tournèrent vers lui. Nia lui indiqua que le moment était venu. Kaeda hocha la tête et, posant la main sur l'épaule du garçon, il lui dit qu'il avait aimé le temps passé en sa compagnie, si bref soit-il. Il lui sourit, avec ce sourire dont les adultes gardent le secret, à la fois joyeux et triste. Puis il resserra sa prise sur son épaule et ajouta qu'il avait de la chance de partir avec elle. L'enfant fixa d'un air absent le vieil homme. La voix de plus en plus étranglée de sanglots, Kaeda prit conscience qu'il ne s'était jamais tenu si près de la soute du vaisseau de Nia.

Il n'avait jamais senti l'air frais filtrer hors de cette gueule sombre ni l'agréable odeur métallique. Il n'avait jamais entendu le gargouillement de ses entrailles au repos et le claquement de ses voiles pliées, alors que les mâts oscillaient dans le vent. Nia lui demanda s'il allait bien avec une telle douceur qu'il eut de nouveau l'impression d'avoir sept ans, puis vingt-deux, puis trente-sept, sa vie entière contenue dans ce moment unique. Avec une soudaineté qui le surprit, il éprouva un profond désir de la prendre par la main et de monter à bord, pour partir loin et vivre le rêve de sa jeunesse. Il frotta brusquement ses yeux humides. *Non !* pensa-t-il. *Je suis heureux ! Je suis heureux !* Il donna au garçon une tape sur la tête et serra la main de Nia en lui souhaitant bon voyage, des mots qui sonnaient creux, comme un constat d'impuissance. Puis il rentra chez lui, une longue marche ponctuée par le bruit du vaisseau au-dessus de sa tête. Unique trace de son passage, la traînée verte dans le ciel avait disparu le soir venu, dissoute par l'obscurité. Cette nuit-là, seule la lune rouge gonflée de jus de kiri occupait le firmament, quand Kaeda ferma la fenêtre avant d'aller se coucher aux côtés de sa vieille amie. Il la regarda. Maintenant que son rêve était parti, il avait l'impression de se réveiller enfin. Et alors que Jhige se demandait à voix haute où était allé le garçon, il lui prit la main et trouva du réconfort dans le contact de son visage contre la paume à la peau rendue calleuse par le travail. La douce odeur de la moisson. Les saveurs d'un banquet. Il lui dit, « Je suis là, je suis là. » Et il l'embrassa comme du temps de leur jeunesse, derrière une grange, dans l'obscurité complice, sans une petite flamme pour le distraire. Rien que tous les deux. Dans la voûte ténébreuse au-dessus de leur ciel, dans son vaisseau de tissu et de métal, Nia ouvrait le sac du garçon et trouvait, parmi les vêtements pliés et les pâtisseries emballées, un objet oublié depuis longtemps. Le souffle coupé, elle tint la flûte entre ses mains tremblantes et sentit dans ses fêlures le poids des décennies.

2. La flûte d'Ara

« Petit malin », marmonna Nia, alors que la flûte glissait de ses doigts et tombait dans le sac. Accroupie, elle se redressa avec un sourire qu'elle-même ne comprenait pas. Elle se passa la paume sur son front en sueur, elle avait la peau brûlante. Quand la pression commença à s'accumuler derrière ses yeux, elle comprit. Après un bref signe de tête au garçon silencieux dans un coin de la pièce, elle franchit l'écoutille en trébuchant. Puis, les veines saillant sur son cou, elle traversa la coursive en s'aidant de la main courante. Arrivée aux toilettes, elle claqua la porte et se plia en deux au-dessus de la cuvette. Elle compta les battements de son cœur. Son sang redevint peu à peu liquide et le roulement de tambour à ses oreilles s'estompa dans un bourdonnement. Une fois son organisme tiré des griffes de la Panique de Compression, elle parvint à étouffer cette soudaine sensation de manque, de temps perdu.

Elle grimaça, honteuse de constater qu'après un si grand nombre de voyages dans la Poche elle se laissait toujours surprendre. Elle s'éclaircit la gorge et cracha dans la cuvette, puis elle ouvrit le robinet et s'aspergea la nuque d'eau froide. Les murs vibraient encore, mais bientôt, elle cesserait de tanguer pour retrouver la terre ferme. Elle avait l'habitude.

Elle ressentit néanmoins les effets de cette crise tout le reste de l'après-midi, comme si des doigts lui fouillaient les entrailles. Elle parcourut son vaisseau, s'assurant que l'équipage se préparait à l'entrée dans la Poche. Elle écouta distraitement Durat lui raconter une blague entendue la veille au banquet. Sans lâcher la main courante, elle poussa jusqu'à l'infirmerie, où Doc effectuait une batterie de tests sur le garçon et lui administrait les vaccins nécessaires.

Perché au bord de la table d'examen, il serrait sa flûte dans la main droite, tandis que Doc lui posait des questions simples sur sa santé et son passé. Il répondait en secouant ou en hochant la tête.

Oui. Il allait bien.

Non. Il ne savait pas où il était.

Oui. Il avait un nom.

Non. Il ne pouvait pas l'écrire.

Non. Il ne savait pas écrire.

Non.

Pas de famille.

Devant l'infirmerie, Nia et Doc s'entretinrent à voix basse.

« Donc, il comprend notre langue, celle des stations ? demanda Nia.

— Oui, répondit Doc, les yeux fixés sur une goutte de sueur qui dégoulinait sur la tempe de sa capitaine. Mais il semble incapable de la parler. Ou il ne veut pas. »

Nia essuya la sueur avec son pouce. « Il ne veut pas ?

— Peut-être a-t-il juste besoin de plus de temps. Il en a bavé. D'après mes constatations, il a souffert de multiples fractures dans le passé : aux jambes, aux bras, même des côtes. Et elles sont trop consolidées pour avoir été causées par son atterrissage forcé. Il n'a rien de cassé, physiquement en tout cas, mais mentalement… » Elle lui jeta un coup d'œil par l'écoutille. « Lui seul peut nous le dire. » Elle s'adossa contre le mur, comme accablée par l'empathie. « Il parlera peut-être un jour. Certains patients traumatisés mettent du temps à retrouver leur voix.

— Il est resté des mois avec eux. Combien de temps lui faut-il encore ?

— Je n'ai pas la réponse, et tu le sais. » Puis : « Capitaine… Nia, est-ce que ça va ?

— Oui, ça va », dit-elle, embarrassée, alors qu'elle essuyait son visage moite de sa manche. Le garçon joua une note brève sur la flûte. Un fa perçant. Elle grimaça.

« Inutile de trop s'inquiéter pour lui, poursuivit Doc. Sur Pélican, des gens formés pour ce genre de situation sauront prendre soin de lui. En attendant, sa flûte devrait l'occuper. » Elle fredonna. « C'est curieux. Tu n'en possédais pas une exactement pareille ?

— Je la lui ai donnée, mentit Nia, qui ne se sentait pas d'humeur à parler de son histoire avec Kaeda. J'ai pensé qu'il pourrait en jouer. »

Doc sourit. Surprise. « C'est gentil », dit-elle.

Les paroles de Kaeda résonnèrent dans ses oreilles : *Tu ne m'as jamais semblé particulièrement généreuse.* « Je peux être gentille, répliqua Nia.

— Je n'ai pas dit…

— Capitaine, les interrompit Durat dans l'interphone, le vaisseau n'attend que votre ordre pour son entrée dans la Poche.

— J'arrive immédiatement », répondit-elle. Puis, à Doc : « Tu veux bien le ramener dans sa chambre, quand vous aurez terminé ?

— Bien sûr. Et Nia… pour ce soir ? » Elle fit discrètement mine de boire un coup avec sa main droite.

Nia se tint le ventre. « Plus tard dans la semaine, peut-être. »

Doc gloussa. « Maintenant, je sais que tu n'es pas dans ton assiette. »

C'était un euphémisme. Elle avait l'impression d'avoir avalé un sac d'éclats de verre. S'appuyant à la main courante qui longeait le mur, elle s'achemina vers le cockpit. Elle s'assit et se laissa aller en arrière dans le fauteuil du copilote, les yeux fermés, tandis que Durat lui détaillait le programme des réjouissances qu'il avait prévu, une fois arrivé sur la station Pélican. « Je t'ai déjà raconté la blague du manchot ? » demanda-t-il. « Oui », répondit-elle. Mais il se lança tout de même. Un manchot part à la chasse avec son neveu… Et, alors qu'il lui expliquait, pour la deuxième fois de la journée, l'humour d'une situation où le neveu finissait par coucher avec la femme du manchot, elle frotta une main contre l'accoudoir de son siège. Se concentrant sur cette sensation tactile, elle se persuada que ce qui s'était produit dans la cabine du garçon se résumait à un problème de chimie physiologique, qu'on pouvait résoudre, et donc maîtriser. Elle se dit cela, et beaucoup d'autres choses, alors qu'elle donnait le feu vert à Durat. À son tour, il confirma à Baylin qu'il pouvait tirer sur la poignée d'ouverture. Le vaisseau commença à se replier sur lui-même, telle une feuille de papier, jusqu'à ce qu'ils aient quitté cette réalité. En entrant dans la suivante, les grandes voiles se déployèrent et se gonflèrent, propulsées par les vagues énergiques du courant Craintif.

Je ne demande qu'une chose, finir ce contrat et passer à autre chose, pensa Nia mal en point, tandis que son navire voguait sur les flots noirs. *Que cette dernière étape soit facile.*

Mais alors, comme si sa prière avait déclenché le courroux de qui l'écoutait, la musique s'abattit sur eux, telle une malédiction.

Une heure après leur entrée dans la Poche, l'équipage vomissait encore ses tripes dans les toilettes, quand les notes aiguës de la flûte du garçon s'élevèrent par les grilles d'aération. Au début, tout le monde ou presque s'accorda à lui reconnaître un certain talent. Le problème, c'est qu'il ne s'arrêtait jamais. Leur passager jouait à toute heure, et comme le *Debby* n'était plus de la première jeunesse, le son portait joyeusement d'une écoutille à une autre. Personne n'était à l'abri.

La mélodie était animée d'une vie propre. Elle s'infiltrait dans la cuisine, sortant de derrière la chambre de cryostase, et flottait par-dessus le plan de travail, jusque dans la salle commune. Là, elle s'attardait sur les canapés et la bibliothèque remplie de vieux livres. Elle tombait par les grilles de la salle des machines, suivant les épaisses vrilles de câble qui s'enfonçaient au cœur du vaisseau, là où cliquetaient les rouages métalliques du mécanisme de la voilure. Devant son établi, le technicien distrait par la musique dénuda d'ailleurs le mauvais fil, coupant le rétroéclairage sous le caillebotis de la coursive. Elle empruntait les conduits d'aération vers la soute caverneuse, où elle tourbillonnait autour des conteneurs de graines violettes. Assise sur son tapis, la mercenaire accueillait d'une mine renfrognée ce qui l'arrachait à sa méditation. L'air entêtant s'introduisait dans le cockpit, où le pilote, jambes étendues sur les commandes, battait des paupières, la flûte venant gâcher ses rêves de prouesses sexuelles. Enfin, il chuchotait dans les lézardes des murs, jusque dans la cabine où Nia, à son bureau, fixait le vide et écoutait les notes qui hantaient le *Debby*. Elle aurait dû les détester, mais elle les trouvait apaisantes, et elle ne comprenait pas pourquoi.

C'était dans la soute que la musique était la plus forte et tourmentait la mercenaire. Sur le *Debby* les sons avaient tendance à circuler vers le bas, s'accumulant comme autant de sédiments entre les conteneurs et les passerelles ; un écosystème sonore, amplifié par les parois concaves et le plafond cathédrale. Elle n'avait aucun mal à faire abstraction des bruits de la vie à bord – les pas, les cliquetis, les conversations –, quand elle déroulait son tapis, s'asseyait en tailleur et plongeait en elle-même pour dénouer son écheveau post-traumatique. C'était l'heure de la journée que Sonja attendait avec le plus d'impatience, où elle pouvait souffler. Mais maintenant qu'au bruit de fond s'ajoutait le son de la flûte, elle s'aperçut bientôt qu'elle ne parvenait pas à l'ignorer. Car contrairement au bruit blanc produit par l'équipage, la musique avait une forme et une histoire. Elle faisait mal. Elle fracassait le temple de sérénité patiemment construit par la méditation, ne laissant que le tumulte dans son sillage. Sonja jura. On la vit fulminer dans les coursives, on l'entendit exprimer son mécontentement dans la cuisine, quand elle préparait ses repas, dans un entrechoquement de vaisselle. Elle alla plus loin. Le jour où Nia apprit qu'elle avait donné un coup de pied dans la porte du garçon, pour l'obliger à arrêter, elle se rendit dans la soute et interrompit sa séance de tractions. « Je ne le dirai qu'une fois. Ne t'avise plus de donner un coup de pied dans la porte de notre hôte », la mit-elle en garde.

Sonja lâcha la barre, ses bottes frappant la grille en dessous avec un bruit sourd. « J'essayais de dormir.

— Tu as des bouchons. Sers-t'en.

— Des bouchons. J'ai des bouchons. » Elle flanqua sa serviette sur ses épaules et fit la grimace, comme si elle se préparait à laisser fuser quelques mots bien sentis. Mais le sourire sans humour de Nia l'en dissuada et elle adopta un ton plus posé. Elle avait le respect de la hiérarchie, personne ne pouvait le contester. « Je ne suis pas la seule qui n'en peut plus, capitaine, dit-elle, détournant les yeux. Les autres se taisent, mais ils sont à bout, comme moi.

— Personne n'est allé défoncer sa porte.

— Ça viendra. »

Nia savait qu'elle avait raison. Il lui suffisait de voir les yeux privés de sommeil de Durat ; ou Baylin, qui tentait tant bien que mal d'entretenir ce vaisseau pourri, mais n'avait pas la tête à ce qu'il faisait. Quand ils firent le point, il n'avait toujours pas décoincé la porte des toilettes du pont supérieur ni rétabli le rétroéclairage de la coursive. « Et le sysgrav ? marmonna-t-elle. Tu n'as pas oublié le sysgrav, au moins ?

— Non, répondit-il. Mais ce n'est pas réparé. »

Nia respira par le nez. « Tu m'avais promis.

— J'ai essayé, mais c'est un vieux modèle, on ne peut pas faire grand-chose. Il faudra en changer sur Pélican.

— On tiendra jusque-là ? »

Le jeune homme hocha la tête, ses mains encrassées jouant nerveusement avec un outil allongé. « Au pire, une légère gazéification aura peut-être pour effet l'apparition soudaine de bulles d'apesanteur dans le vaisseau. Rien de grave, à part quelques repas où la bouffe risque de ne pas rester bien sagement dans ton assiette. Mais ça devrait s'arrêter là. » D'une petite voix, il ajouta : « J'espère. »

Elle soupira. « Mets-le sur la liste des demandes.

— Oui, capitaine. »

Avant de remonter de la salle des machines, elle se retourna. « Tu es la personne la plus importante de ce vaisseau. Sans toi, on ne vole pas. »

Il rougit. « Je comprends.

— Alors, sois honnête : est-ce que la musique te distrait ? »

Il sourit d'un air assuré. « J'ai passé ma vie dans le bruit. Ça, ce n'est rien. »

Mais elle n'était pas dupe. Elle avait senti son hésitation avant le sourire. Elle gravit les marches avec un soupir, sachant qu'elle allait bientôt devoir prendre des mesures.

Mais pas encore.

Pour l'instant, elle écoutait.

La flûte jouait pendant qu'elle préparait les repas du garçon. Avant qu'ils quittent Umbai-V, Kaeda lui avait dit que l'enfant aimait les sucreries, alors elle lui servait un bol de riz gluant au petit déjeuner, et du porridge nutritif parfumé au zucar pour le déjeuner. Le dîner se composait de légumes réhydratés et de tranches de simili-viande, avec un fruit confit pour le dessert.

Trois fois par jour, elle lui apportait son plateau, puis elle s'adossait contre le mur et l'observait, qui mangeait d'une main, sans lâcher la flûte de l'autre. Ils ne se parlaient pas, leurs regards ne se croisaient pas. À peine avait-elle rapporté la vaisselle sale à la cuisine, que déjà, dans la grille d'aération au-dessus de sa tête, résonnaient les notes d'ouverture de sa mélodie. Dans toute sa terrible et lancinante beauté.

La musique était sa compagne de tous les instants, quand elle faisait de l'exercice avec Sonja, bavardait avec Durat dans le cockpit ou lisait dans sa cabine. Parfois, elle s'interrompait dans son activité, juste pour écouter. Elle se laissait emporter et pensait aux nuits avec Kaeda, à la sensation de la sueur sur la peau, au goût de sa bouche, adouci par la consommation régulière de dhuba, depuis l'enfance. Un soupçon venait pourtant entacher ses souvenirs : qu'il lui ait rendu la flûte pour l'insulter.

Personne n'était au courant de leur aventure, pas même Doc, qui s'enorgueillissait d'être sa plus proche confidente. Vers la fin de la semaine, elles se retrouvèrent, après l'extinction des feux, pour une de leurs beuveries clandestines. Les deux dernières femmes encore réveillées dans un rayon de plusieurs millions de kilomètres avalaient à petites gorgées le bourbon de leurs gobelets en fer-blanc. Éclairées par la lampe de bureau de Nia, elles s'affrontaient au tropico. Se gardant de parler de Kaeda, la capitaine laissait Doc mener la conversation.

« Je distribue », dit Doc, qui battit les cartes.

Les parties se succédèrent, tandis que Nia ressassait des pensées troublantes. Bien qu'elle connaisse les signes révélateurs de son adversaire – Doc frottait le tissu de son sari entre ses doigts chaque fois qu'elle avait du jeu –, ce soir-là, sa distraction l'empêcha d'en tirer parti. À leur surprise à toutes les deux, elle concéda toutes les parties. « Tu as perdu la main », remarqua Doc, qui trinqua à sa victoire.

Nia sourit faiblement. « J'ai le respect des anciens, c'est tout.

— Tu es trop bonne. Encore une, alors. » Elle lança à la capitaine un regard d'avertissement. « *Sans* aide. »

Après que Doc eut distribué cette dernière main, et que Nia eut perdu pour de bon, elle avala le reste de son bourbon, tint le gobelet contre ses lèvres. « Tu me dévisages.

— Tu as un visage qui le mérite. »

Nia sourit. « Dis ce que tu as sur le cœur.

— C'est évident, non ?

— J'ai tout de même besoin de l'entendre.

— La musique de ce garçon. C'est un problème, répondit Doc. On en a tous conscience. » Elle rangea les cartes dans leur boîte. « Ça peut se régler sans drame. Il n'est peut-être pas capable de parler, mais il peut comprendre qu'on l'autorise à jouer à certaines heures, dans les endroits du vaisseau où le son porte moins. De toute façon, tu y as déjà pensé. » Elle lança le jeu sur le bureau et regarda Nia dans les yeux. « Tu temporises.

— Tu as raison, dit Nia.

— Ah, elle le reconnaît ! commenta Doc en plaisantant. Mais elle ne dit pas pourquoi.

— C'est… compliqué. » Nia était sur le point de remplir son gobelet, mais sa main se figea, dès qu'elle toucha la bouteille. « J'ai pris conscience d'une chose récemment.

— Laquelle ?

— J'ai oublié quand ma sœur est morte. » Elle eut un sourire gêné, mais Doc l'écoutait avec attention et l'invita à poursuivre d'un geste de la tête. « Je devrais m'en souvenir, pourtant. J'ai même consulté le Flux une fois, il y a des années, pour vérifier le jour et la date. Je pensais garder ça en moi jusqu'à la fin… mais je me suis laissée aller, j'ai oublié. » Elle plongea son regard dans la lumière de la lampe, et la brûlure de l'ampoule sur sa rétine lui remémora l'écho du cri d'une jeune femme la suppliant de ne pas partir. Une sœur cadette, qui avait grandi sans elle ; une vie entière, passée et écoulée, tandis que Nia grignotait les années dans la Poche, fuyant aussi loin que possible de chez elle. Le jour où elle avait appris qu'à sa mort sa sœur était devenue son aînée de plusieurs décennies, elle avait connu sa première crise de Panique de Compression. Elle pensait que ce jour s'accrocherait à son cœur comme une tumeur. Mais d'une manière ou d'une autre, il s'était estompé, une ombre de plus dans le grenier. Une parmi beaucoup d'autres. Elle soupira. « Je me suis laissée aller à oublier beaucoup de choses.

— Quoi, par exemple ? » demanda Doc.

La flûte, par exemple, voulut-elle répondre, mais la porte de son cœur se refermait déjà, sans cérémonie. « Je suis désolée, dit-elle avec un sourire gêné. Je ne sais pas pourquoi je te raconte tout ça. » Quand Doc étendit le bras pour lui toucher la main, elle la retira. « Je vais me coucher. »

Arrivée à l'écoutille, Doc s'arrêta dans l'embrasure.

« Ne sois pas si dure avec toi-même, dit-elle. S'il te plaît. Fais-le pour ton bien, ou sinon pour moi.

— C'est promis. Et félicitations pour ta victoire.

— Les parties remportées ce soir ne comptent pas, à mon avis. » Doc disparut dans l'obscurité de la coursive, en direction de sa cabine, une main levée pour souhaiter bonne nuit. « Garde tes félicitations pour le jour où je les mériterai. »

Nia retourna à son bureau, frottant ses tempes pour chasser les élancements dus au bourbon. Se sentant inspirée, elle ouvrit un carnet vierge. Durant leur dernière escale sur Pélican, elle avait engagé une conversation avec un historien dans un café de l'aile Schreiberi. Les yeux rougis et hagards, il lui avait enseigné l'art du haïku, prétendant qu'il lui éveillerait les sens et la rendrait plus réceptive aux canaux fantômes incorporés dans les communications de la station par des êtres invisibles. À présent, sur son bureau s'accumulaient les pages noircies de poèmes, certains meilleurs que d'autres. Mais indépendamment de son talent – elle trouvait la plupart de ses vers très mauvais – ou de l'écoute de signaux mystérieux, elle avait découvert le plaisir de l'écriture. Les mots l'aidaient à mettre de l'ordre dans l'ouragan. Et ainsi, cette nuit-là, elle écrivit :

La flûte d'Ara,
Bon marché, jouait faux,
~~Était un épouvantable~~
~~Était sans~~
N'avait pas

Elle arracha la page au carnet, pour en faire des confettis, qui finirent dans sa corbeille. Alors qu'elle commençait un nouveau poème, elle remarqua des lambeaux de papier en suspension dans l'air, au-dessus de la poubelle. Ils tourbillonnaient dans la lumière de la lampe, tels des farfadets.

L'espace d'un instant, elle craignit l'apparition de fantômes du passé venus la hanter. Puis elle se rappela que Baylin n'avait toujours pas réparé le sysgrav défectueux. Avec un soupir, elle attendit que la bulle éclate. Quand les bouts de papier retombèrent lentement, elle se déshabilla et se glissa dans son lit. Elle n'avait plus envie d'écrire. Allongée, les yeux grands ouverts fixés au plafond, elle n'avait pas sommeil non plus. À en juger par leur agitation, ses jambes, le leur eût-elle permis, auraient pu se lever d'elles-mêmes et quitter la cabine. Comme avec la crise de panique, elle se dit que l'alcool lui jouait des tours, rien dont elle ne puisse venir à bout avec un peu de patience. Mais contrairement aux autres nuits, elle resta étendue, les poings serrés sur les yeux, l'esprit en ébullition. Toutes sortes de pensées s'y bousculaient : les regrets, les occasions manquées, le mal qu'elle avait fait, celui dont elle était le fruit. Puis elle entendit les notes de musique sortir des grilles d'aération.

Douces, à peine audibles, mais bien là. Elle ne connaissait pas cet air, mais le sentiment lui était familier. Elle trouva réconfortant qu'au moins une autre personne à bord ne dorme pas à cause de son passé. Ses épaules se relâchèrent. Ses poings se rouvrirent, et le sang se remit à couler dans les articulations de ses doigts. Du fond de sa gorge s'éleva un murmure, qui accompagnait la mélodie. Leurs voix se lancèrent dans une danse hésitante, alors qu'elle succombait en fredonnant à un sommeil paisible et sans rêves.

Pendant une semaine, l'enfant joua.

Puis quelqu'un cassa la flûte.

Au huitième jour dans la Poche, le *Debby* négociait les rapides du Craintif avec un bruit de ferraille difficile à ignorer. Nia portait son petit déjeuner au garçon. Le plateau en équilibre au creux de son bras, elle ouvrit l'écoutille de sa cabine. Ses yeux s'agrandirent quand elle le trouva assis à même le sol, près de son lit, la flûte cassée en deux devant lui. Elle posa le bol de riz gluant sur la table et s'accroupit à côté de lui. « Tu l'as cassée ? » demanda-t-elle.

Il secoua mollement la tête.

« Ce n'est pas grave, tu sais. Un accident, ça peut arriver. »

Mais il continua de nier du chef.

« Tu l'as trouvée dans cet état ? »

Il hocha la tête.

En silence, Nia ramassa les deux moitiés de l'instrument et d'un geste brusque, elle l'invita à manger. Le laissant jouer sans conviction avec sa cuillère, elle sortit. Arrivée devant l'interphone dans le couloir, elle sélectionna le canal qui couvrait l'ensemble du vaisseau.

« Rassemblement, dans la cuisine. Immédiatement ! » ordonna-t-elle avec colère.

Son équipage la connaissait trop bien pour lambiner. En cinq minutes, tout le monde vint s'asseoir dans la salle commune, dans un brouhaha de murmures perplexes. Tout s'éclaircit dès qu'elle jeta la flûte cassée sur la table, les morceaux glissant avant de s'immobiliser.

« Qui a fait ça ? » demanda-t-elle.

Tous se tendirent et échangèrent des regards soupçonneux, alors qu'ils s'interrogeaient sur l'identité du coupable le plus probable. Cette pièce silencieuse en un seul acte se termina quand tous les acteurs pointèrent Sonja du doigt. La mercenaire fit entendre un rire sec. « D'accord, je vois. Je vous assure. Mais je n'y suis pour rien.

— Bien sûr que si, dit Durat. Tu menaces de la casser depuis notre entrée dans la Poche.

— Va te faire foutre. C'étaient des paroles en l'air. » Une pointe d'inquiétude inhabituelle se glissa dans sa voix à mesure qu'elle apparaissait de plus en plus comme la coupable idéale. Si Sonja ne supportait pas une chose, c'était qu'on la soupçonne d'avoir agi au mépris de l'autorité de la capitaine. « Cette musique me tapait sur les nerfs, concéda-t-elle à Nia. Je ne l'ai jamais caché. Mais ce pauvre gosse, cette flûte, c'est tout ce qu'il a. » Elle s'adossa à sa chaise et croisa les bras. « Je ne suis pas un monstre, merde !

— "Je ne suis pas un monstre" – quelle défense formidable. »

Sonja lança un regard furieux à Durat.

« Je n'imagine pas faire un truc pareil, dit Baylin, dont les jambes s'agitaient sous la table. De toute façon, je n'aurais même pas eu le temps d'aller lui casser sa flûte ; je suis la personne la plus occupée de ce vaisseau, c'est la capitaine qui le dit… »

Durat leva les yeux au ciel.

« Contrairement à certains, poursuivit-il, avec un regard qui en disait long au pilote, qui s'amusent dans le cockpit.

— Je ne joue pas, protesta Durat. Ce sont des exercices de dextérité. » Son sourire se fit plus hésitant. Il tapota des mains sur la table. « Quoi qu'il en soit, je ne vois pas trop où est le problème, capitaine. Le bruit nous dérangeait tous, plus ou moins. Peut-être qu'on devrait passer l'éponge ? »

La paume de Nia claqua sur la table ; les deux moitiés de flûte tressautèrent.

« C'est mon vaisseau, rappela-t-elle, les yeux aussi froids que des lunes. Mon vaisseau, mes ordres, mes décisions. Si tu manques de respect envers notre passager, tu *me* manques de respect. »

Il baissa la tête, avec un air de chien battu.

Adossée au mur, Doc n'avait pas encore ouvert la bouche. « La capitaine a raison, dit-elle. Quelqu'un a indiscutablement dépassé les bornes. Mais… » Elle décroisa, puis recroisa les bras. « … ce qui est fait est fait. La flûte est cassée. Cette petite inquisition n'y changera rien.

— Cette "petite inquisition" ? répéta Nia, qui montrait les dents. Tu penses que j'exagère ?

— Bien sûr que non, répondit Doc, qui écarta une mèche de cheveux gris de ses yeux. Je dis simplement que tu as clairement remis les pendules à l'heure. Maintenant, à moins d'éjecter le coupable dans le vide pour un moment de bêtise, je crois que Durat a raison. On devrait en rester là. »

Les deux femmes se fixèrent.

« J'aimerais te parler en privé », dit Nia.

Quelques secondes plus tard, Nia et Doc se retrouvèrent face à face à la table, leurs visages en partie dans la pénombre. Doc tâchait de faire bonne figure, voire d'adopter une expression de défi, mais elle masquait mal son anxiété. L'une de ses mains frottait l'ourlet de son sari, comme si elle espérait venir à bout de la résistance du tissu.

« C'est toi ? demanda Nia.

— Oui. »

La capitaine sourit, comme si elle n'en croyait pas ses oreilles. « Pourquoi ?

— C'est important ?

— Je ne poserais pas la question si j'estimais le contraire.

— L'arrivée à la station Pélican n'est prévue que dans quatre mois. » Doc parlait vite, comme si elle déroulait un argumentaire minutieusement répété. « Quatre mois coincés à bord, tous ensemble. J'ai servi sur beaucoup de vaisseaux, j'ai vu des équipages se désagréger. Je ne t'apprends rien. J'ai été témoin de ce qui se produit quand… Ce n'est jamais une chose en particulier, toujours l'accumulation de petites coupures. J'ai senti que la flûte de ce garçon était une coupure. Alors, j'ai fait mon boulot, je l'ai soignée.

— Tu l'as cassée.

— Pour le bien de tous, Nia.

— Capitaine, corrigea-t-elle, et sur le *Debby*, c'est moi qui décide du bien de tous. Personne d'autre. » Elle se pencha vers elle. « Je retiens dix pour cent de ta solde. »

Doc s'esclaffa. « Ça paraît excessif. J'ai agi dans l'intérêt de l'équipage, et sans mettre qui que ce soit en danger.

— Dix pour cent. »

Doc ouvrit la bouche, puis la referma.

« Oui, capitaine », répondit-elle avec un sourire crispé, avant de sortir.

Nia souffla. Elle fit rouler son cou, pour éliminer la raideur des muscles de sa nuque et de ses épaules. Elle ramassa les morceaux de la flûte, qu'elle rangea dans le tiroir de son bureau. Mieux valait que le garçon ne la voie plus dans cet état.

Quand elle retourna auprès de lui, il avait terminé son riz gluant et grattait le fond du bol avec sa cuillère, récupérant jusqu'au dernier grain. Elle n'avait jamais su quelle attitude adopter avec les enfants, elle n'avait jamais eu à apprendre comment les réconforter. Avec une hésitation pleine de maladresse, elle lui tapota doucement l'épaule, et espéra que cela suffisait.

La cuillère s'arrêta. Il se figea à son contact.

Elle trouva presque admirable sa capacité troublante à rester silencieux. Même en pleurant.

Pendant trois jours, il n'y eut pas de musique. L'écoutille des quartiers réservés aux passagers demeura fermée. Sur ordre formel de Nia, personne à part elle ne devait entrer dans la cabine. Elle fit bien comprendre que toute désobéissance se verrait sanctionnée par un renvoi, dès leur arrivée sur Pélican. L'équipage obtempéra ; le silence retrouvé avait mis tout le monde de bien meilleure humeur, et leur hôte ne les intéressait plus.

Pendant ces trois jours, seule Nia assista au lent retrait du garçon dans un coin de la pièce. Elle s'asseyait avec lui, quand elle en avait l'occasion, et lisait, tandis qu'il restait au lit sans bouger, si ce n'est le léger soulèvement de sa respiration. Elle se réveillait avec le vaisseau, clignant des yeux à cause de la lumière. Puis elle lui préparait son petit déjeuner, se demandant ce qu'elle faisait. Qu'est-ce que sa compagnie changeait pour lui ? Pourquoi y attachait-elle une telle importance ? Si furieuse soit-elle contre Doc, elle devait bien admettre qu'elle avait raison. Dès leur arrivée sur Pélican, des personnes compétentes prendraient le garçon en charge. D'ici là, il fallait qu'il mange à sa faim et reste propre. Sa mission à elle s'arrêtait là. Ses tentatives ridicules pour le consoler ne rimaient à rien. Pourtant, elle y retournait, jour après jour, poussée par… quoi ? L'empathie ? Un sentiment de responsabilité ? Trop absorbée, elle ne s'aperçut pas que, de temps à autre, il levait les yeux de sous sa couverture, tel un petit animal apeuré, pour s'assurer qu'elle était toujours là.

Le quatrième jour, Nia trouva la cabine vide.

Elle serra le châssis de l'écoutille, mais elle s'arrêta avant d'imaginer le pire. Elle entreprit de fouiller le vaisseau, en commençant par les parties les plus dangereuses, la salle des machines et la soute, mais ni Baylin ni Sonja n'avaient vu l'enfant. Doc, pas davantage. Elle proposa à Nia de l'aider dans ses recherches, mais la capitaine refusa, sa trahison était encore trop fraîche. « Merci, dit-elle, sortant à reculons de l'infirmerie. Ça ira, je me débrouillerai. »

Et elle finit par le trouver. Avec un soupir de soulagement, elle le découvrit dans le cockpit, assis à la place du pilote, vêtu d'une des tenues pour le travail des champs que Kaeda avait mises dans ses bagages. La robe rouge magma laissait une épaule dénudée et lui couvrait le torse en diagonale ; une ceinture de corde noire la serrait à la taille, sous laquelle une jupe frôlait le haut de ses petits genoux. Il avait les mains empêtrées dans le « berceau », ces ficelles dont les différentes figures servaient de commandes au *Debby* ; assis à côté de lui, Durat lui indiquait quelles boucles former pour actionner les propulseurs arrière. En vérité, le garçon ne pilotait rien du tout, le berceau étant bloqué en mode pilote automatique. Néanmoins, ses yeux fixaient l'écran de visualisation devant lui, alors qu'il écoutait les explications de Durat. Il n'aurait pas pu sembler plus concentré si chaque geste de ses doigts fragiles avait réellement eu un impact sur le destin du *Debby* et de son équipage. La leçon s'interrompit quand Nia toussa. Durat se retourna et la vit debout dans l'écoutille.

« Capitaine », la salua-t-il avec un sourire.

Le charme était rompu. Le garçon reprit ses esprits. Il dégagea ses mains des commandes et se glissa au bas du siège. Les semelles de ses sandales claquèrent sur le sol, alors qu'il venait se tenir à côté de Nia, les yeux levés vers elle.

« Je l'ai trouvé là, expliqua Durat. Il m'a presque fichu une crise cardiaque. »

Nia eut un petit sourire. « Tu lui as appris à voler ?

— Juste les bases. Je suis encore tranquille pour quelques années.

— Pas sûr. Je viens peut-être de me dénicher un nouveau pilote. » Son sourire s'élargit ; si bizarre soit-elle, la situation la réjouissait. Elle baissa les yeux vers le garçon. « Tu es disponible ? »

Il haussa les épaules.

Son ex-pilote prit un air abattu. « Obsolète, avant l'âge, je m'efface en silence. Quelle tristesse !

— En silence ? Ça ne te ressemble pas, répliqua Nia en gloussant. Je n'avais pas l'intention de vous interrompre. Continuez à vous amuser, si vous en avez envie.

— Ce n'est pas un jeu.

— C'est vrai : tes fameux "exercices de dextérité". »

Elle tourna les talons pour sortir du cockpit, mais à peine arrivée aux marches menant à la coursive, elle perçut le claquement des sandales derrière elle. L'enfant était planté là, son regard pénétrant levé vers elle, comme si le fait qu'il l'accompagne allait de soi.

« Tu seras mieux ici, crois-moi. Mes journées ne sont pas aussi excitantes que d'apprendre à piloter le *Debby.* » Elle le ramena dans le cockpit et le fit asseoir. « Occupe-toi de lui », dit-elle à Durat d'une voix ferme.

Elle n'avait descendu que la moitié des marches, quand elle entendit de nouveau un bruit désormais familier.

« Désolé, capitaine. » Au sommet de l'escalier, Durat sourit d'une manière suggérant qu'il n'en pensait pas un mot. « À moins de l'attacher, je crois que vous allez devoir vous le coltiner.

— Je commence à m'en rendre compte », marmonna-t-elle.

Elle se retrouva donc avec un équipier pour sa tournée. Première étape, l'arrière du vaisseau, où Sonja, comme après chaque séance d'entraînement, se livrait au rituel consistant à démonter et nettoyer son fusil magnétique. Nia lui demanda si elle avait dressé l'inventaire de leurs réserves de nourriture, un ordre reçu plusieurs jours plus tôt. Voyant le garçon apparaître et déambuler dans la soute, Sonja haussa les sourcils. Tel un chat explorant une cathédrale, il se mit à toucher à tout : le treillis des murs, les épaisses sangles noires qui arrimaient les conteneurs de dhuba au sol, le chargeur de son arme. Quand elle écarta sa main d'une tape, il la regarda d'un air offensé. « Je m'y colle aujourd'hui, répondit-elle, irritée. Mais sors-le-moi d'ici. »

En route pour la salle commune, ils croisèrent Doc, qui se dirigeait à l'opposé. Son expression s'éclaira ; apparemment ravie de leur présence, elle ouvrit la bouche pour dire quelque chose, mais Nia continua à marcher, l'enfant sur ses talons. Une fois sur place, ils poussèrent les canapés contre les murs, roulèrent le tapis et le portèrent jusqu'à la passerelle, où ils le suspendirent par-dessus le garde-fou. Puis, à l'aide de balais, ils le battirent pour en extraire la poussière, tandis que Sonja éternuait en contrebas. Nia aurait simplement pu le mettre au vac, mais elle estima que le garçon avait besoin de se dépenser. Par ailleurs, elle aussi prenait plaisir à cette activité, qui lui rappelait sa famille ; sa sœur avait l'habitude de regarder les nuages de poussière s'élever des tapis de leur mère que Nia battait sur la balustrade de leur balcon, avec vue sur la ligne des toits de la ville-planète. La manière dont les fines particules luisaient à contre-jour de la lumière orange chimique du soleil artificiel ravissait la petite fille. Contrairement à sa sœur, le garçon ne prêta aucune attention au ballet des grains de poussière. Comme avec sa flûte, il se concentrait entièrement et exclusivement sur la tâche en cours, une détermination que Nia trouvait touchante.

Après qu'ils eurent déroulé le tapis sur le sol de la salle commune, elle lui donna une tablette et un stylet et le laissa gribouiller. De son côté, elle se plongea dans un des vieux bouquins de la bibliothèque, ces grandes fresques épiques de la Vieille Terre que sa mère aimait tant autrefois. Tandis que la reine guerrière Feydra Faneuil se battait pour la liberté de ses sujets, le regard de Nia s'aventura au-dessus du bord de son livre. Elle observa le garçon, qui dessinait de longues lignes sur la tablette. Elles ne représentaient ni image ni forme particulière, juste une accumulation de spirales qui se croisaient, jusqu'à couvrir l'écran d'une sorte de grosse bobine noire.

Il s'interrompit, au moment où la lampe s'éleva au-dessus de la table basse. Une fois en l'air, elle garda sa position, comme si elle avait oublié où elle voulait aller. L'enfant interrogea Nia, du regard. Elle lui expliqua que son vaisseau était vieux et que certaines pièces avaient besoin qu'on les remplace. Quand elle se leva pour attraper la lampe et l'extraire de la bulle d'apesanteur, il l'imita et aperçut son reflet déformé dans le pied oblong et brun ; les grands yeux sombres ; la tignasse de cheveux noirs crépus. Au moment où il étendait le bras pour toucher son reflet, la lampe atterrit dans les mains de Nia, intacte.

Pour le dîner, elle ouvrit un alu-sac de viande séchée et fit bouillir les bandes pour les réhydrater. Puis elle les disposa au-dessus d'un bol de riz gluant et observa sa façon de manger, la précision de ses mouvements. Pas un grain de riz qui tombait ou échouait sur ses lèvres ; le bol, complètement vidé à la fin. Il exerçait un tel contrôle sur son corps immobile qu'il se fondait presque dans le mobilier, passant quasi inaperçu, alors que le reste de l'équipage entrait et sortait de la cuisine. Baylin ne le vit pas du tout, saluant Nia d'un « Capitaine » poli, tandis qu'il prenait des nouilles protéinées dans le frigo. Puis il repartit, ajoutant quelque chose à propos d'un problème de fuite. Quand elle se retrouva de nouveau seule avec le garçon, Nia le dévisagea avec un sourire ironique, impressionnée par sa troublante capacité à disparaître.

« Il faudra que tu me donnes ton secret », dit-elle.

Il leva son bol vide, regardant autour de lui.

« Ça va là », dit-elle, lui montrant la machine.

Elle attendit devant la salle de bains pendant qu'il se douchait et l'aida à enfiler sa chemise de nuit blanche. Beaucoup trop grand, le vêtement lui venait de Durat. En effet, les affaires du sac de voyage préparé par Kaeda ne convenaient pas à la fraîcheur nocturne à bord. Elle s'appuya dans l'embrasure de sa cabine, alors qu'il se couchait, son petit corps se pelotonnant sous l'épaisse couverture en laine. Elle ne put s'empêcher de sourire.

« Dors bien », dit-elle.

La main de l'enfant se souleva, formant une vaguelette, alors que, partout dans le vaisseau, les lumières non essentielles s'éteignaient, leur apportant la nuit.

Au fil des semaines, le garçon devint son ombre, s'attachant jour après jour un peu plus à ses pas. Il l'aida pour la lessive, jetant le linge sale dans la gueule du vac, attendant le *ding !*, au bout de dix minutes, pour récupérer les vêtements qui sentaient comme des fleurs d'acier. Il s'assit à côté d'elle, pendant qu'elle jouait au tropico avec Durat et Sonja, étudiant ses cartes. Partie après partie, il se familiarisa avec les règles alambiquées, alors qu'ils lui expliquaient les oiseaux les plus forts, ou la différence entre une nuée et une flamboyance ; et aussi, pourquoi Sonja tenait absolument à ce que Durat garde les mains au-dessus de la table à tout instant.

« Tricheur un jour, tricheur toujours, apparemment », constata le pilote avec amertume.

L'après-midi, il écoutait Nia lui expliquer à quoi servaient les mains courantes le long des murs et au plafond. Dans la salle commune, il prêtait attention à ses anecdotes, comme la fois où ils avaient transporté un arbre en saison de fructification, sans s'apercevoir qu'il pollinisait leur système de ventilation avec des neurotoxines. Après quelques heures d'euphorie délirante, l'équipage avait tout de même réussi à enfiler les masques à gaz et à déplacer la plante dans un sas hermétiquement fermé. « On a retrouvé Ponchi dans la cuisine, en train de se frotter la figure avec du riz », dit-elle, écrasant son visage entre ses mains en guise de démonstration, ce qui le fit sourire. Il n'eut droit qu'aux histoires amusantes, parce qu'elle ne raconta pas les autres. Puis, un jour, elle et Durat l'amenèrent dans le cockpit et lui placèrent un casque sur les oreilles. Écarquillant les yeux à cette symphonie de crépitements et de claquement de doigts, il écouta les sons de la Poche. Nia étudia son expression extasiée, se demandant quelles pensées lui traversaient l'esprit alors qu'il entendait les substances noires fuser à portée des capteurs du *Debby*. À dater de ce jour, quand il lui arrivait de le trouver endormi dans le cockpit au petit matin, le casque sur la tête, elle le portait jusqu'à son lit, s'interrogeant sur les rêves des garçons étranges.

Mais la plupart des matins, il l'attendait, bien réveillé, à peine quelques minutes après le rétablissement de l'éclairage à bord. Allongée dans son lit, Nia entendait le claquement fébrile des sandales dans la coursive qui approchait de sa cabine. Elle souriait, ce dont elle n'avait pas l'habitude, elle se levait et s'habillait, sans se presser, d'abord son pantalon, ensuite son pull-over sans manches. Elle différait ainsi ce moment où elle ouvrirait l'écoutille, se faisant une joie de trouver de l'autre côté quelqu'un qui l'attendait avec impatience. Parfois, pendant ce rituel matinal, elle s'arrêtait et pensait à Kaeda, au bord de son champ, les yeux levés vers le ciel, sa flûte serrée dans sa main. Un sentiment de culpabilité l'étreignait alors. Elle se rappelait cette sombre satisfaction qui l'habitait chaque fois qu'elle l'avait quitté. Son cœur palpitait à la pensée du désir qu'il continuait d'éprouver pour elle. Et bien que ses rapports avec le garçon soient de nature différente, il n'en demeurait pas moins qu'il se nourrissait de sa présence, et elle le savait.

En quelques rares occasions, elle exploitait cette situation. Elle lui disait qu'elle était occupée et s'enfermait dans sa cabine pour écrire des haïkus ou ne rien faire, sinon céder au caprice juvénile de se refuser à lui. Mais quand venait le moment inéluctable où elle prenait conscience qu'elle avait passé l'âge de ces petits jeux, elle allait le retrouver. Il l'attendait, assis dans la cuisine en général, son regard dur semblant fixer un obscur souvenir dans un coin de la pièce. Il souriait dès qu'il l'apercevait. Les nuages se dissipaient. Un signe de la tête.

Oui.

Faisons quelque chose aujourd'hui.

Elle se familiarisa avec ses tics : sa façon de glisser le pied droit derrière la jambe gauche, en mangeant ; sa manie de se curer les ongles, quand il était nerveux. L'impatience l'amenait parfois à se tirer les cheveux, qu'ils lui avaient coupés pour ne garder qu'une épaisseur de deux centimètres sur le sommet du crâne. Et aussi, chaque fois qu'il laissait tomber une assiette, se cognait à elle ou ne s'acquittait pas correctement d'une tâche même mineure, son réflexe de rentrer les épaules, comme pour se préparer à recevoir un coup. Ces moments-là donnaient à Nia un aperçu de son passé. Une période où il avait appris le silence, bien avant le traumatisme de son crash sur Umbai-V, où il avait appris la douleur.

Au bout de trois mois et trois jours, on frappa à l'écoutille de Nia, après qu'elle avait mis le garçon au lit. Elle sut qui c'était avant même d'ouvrir. Cette conversation se faisait attendre. « Cette situation n'a que trop duré, fulmina Doc dans le couloir sombre. C'est absurde. Tu veux bien qu'on fasse la paix ? »

Depuis l'incident de la flûte, elles avaient limité leurs relations à des échanges courtois de banalités dans les coursives. Les rares tentatives de réconciliation n'avaient pas abouti. Nia avait été trop absorbée par le garçon. Mais à présent, voyant son amie devant sa cabine, elle comprenait combien elle lui avait manqué, même si la part la plus mesquine d'elle-même hésitait à lui claquer la porte au nez. Elle s'écarta, et le sari entra avec légèreté. Il lui restait quatre doigts de bourbon. Elle remplit deux gobelets et jeta la bouteille dans la corbeille. « Alors, comment ça va ? » s'enquit-elle.

Doc s'assit sur le lit en riant. « Je me sens un peu seule », répondit-elle.

Elles burent.

« On est presque à court d'injections pour Sonja, ajouta Doc. Pense à les ajouter à la liste des demandes, ou elle perdra sa jambe.

— Peut-être que ça vaudrait mieux, soupira Nia. Elle arrêterait de défoncer les portes à coups de pied. »

Doc hocha la tête. « Puisqu'on en parle : quand est-ce que Baylin a l'intention de réparer celle des toilettes du pont supérieur ?

— D'après lui, il faut attendre qu'on soit sur Pélican pour la remplacer. Mais je ne suis pas convaincue ; peut-être que ça dépasse ses compétences.

— Ce rideau qu'il a installé… Comme par hasard, la ventilation se décide à redémarrer chaque fois que je m'assois sur la cuvette. Et il s'envole juste au moment où Durat passe dans le coin… » Doc secoua la tête, alors que Nia riait. « Ça ne rate jamais. C'est humiliant.

— C'est noté. Je le vire, dès qu'on arrive. Lui et Baylin. Et Sonja, pour faire bonne mesure. Je renouvelle l'équipage, et on repart de zéro.

— Nouvel équipage. Nouveau départ. C'est excitant. »

Elles burent en silence. Doc joua avec ses ongles. Récemment rongés, constata Nia, qui se garda pourtant de tout commentaire, sachant combien elle était susceptible à ce sujet. « Mais je ne suis pas là pour te parler de la porte des toilettes ou des médicaments de Sonja, marmonna presque Doc. Je suis venue pour reconnaître que j'ai eu un comportement inadmissible. »

Nia se pencha vers elle. « Pourquoi ? demanda-t-elle.

— Je me suis déjà expliquée. La musique affectait le moral de l'équipage, mais rien n'était fait pour y remédier.

— Mais pourquoi avoir cassé la flûte, au lieu de simplement lui dire d'arrêter d'en jouer, comme tu me l'as suggéré ? »

Doc hésita. « Je n'avais pas les idées claires cette nuit-là. »

Nia savait où elle voulait en venir.

« Un flash-back ?

— Oui. »

Cinq ans plus tôt, Nia avait découvert Doc dans l'épave d'un vaisseau abandonné, dans les Confins. Avec le temps, elle s'était physiquement remise, sa bouche avait réappris à sourire et son esprit avait retrouvé sa vivacité. Mais elle n'avait jamais réussi à se débarrasser complètement de ces flash-back. Ils la ramenaient à cette période sombre où, la nourriture venant à manquer, il avait fallu se rabattre sur les corps des volontaires qui servaient avec elle. « Ce n'est pas une excuse, juste une explication : à deux heures du matin, dans l'état d'esprit qui était le mien, j'ai eu le sentiment que casser cette flûte était la seule solution.

— Je comprends, dit Nia. Vraiment. Du moment que tu comprends qu'en agissant ainsi tu portais directement atteinte à mon autorité.

— C'est on ne peut plus clair. »

Nia hocha la tête. « Alors, d'accord. »

Une troisième gorgée. Quelque chose tracassait Doc ; Nia pouvait s'en apercevoir au mouvement de sa main sur son sari. « C'est un gentil garçon, dit-elle. Et je suis contente qu'en dépit de mes efforts il s'adapte bien à la vie à bord. » Elle posa son gobelet sur la table de chevet. « Mais tu passes beaucoup de temps avec lui. J'avoue que ça m'inquiète. »

Nia lui lança un drôle de regard, tandis qu'elle buvait. « Il est notre hôte. Je m'occupe de lui.

— Tu sais que tu ne peux pas le garder. »

Nia posa son gobelet à côté de celui de Doc. « Personne n'a dit que j'en avais l'intention.

— Ce n'est pas nécessaire. Vous vous êtes attachés l'un à l'autre, ça crève les yeux.

— Pourquoi tu me parles de ça ?

— Tu le sais très bien. Dès notre arrivée sur Pélican, Umbai prendra livraison de sa cargaison. Et ce garçon en fait partie. Il s'est trouvé sans permission sur leur propriété. Ils ont un droit de préemption.

— Il s'est posé en catastrophe. C'est tout de même un détail qui a son importance.

— Et ils décideront peut-être d'en rester là et de le laisser s'en aller. Mais dans le cas contraire, si sa présence cache autre chose, tu ne le reverras plus. Tu le sais. »

Nia leva les deux mains. « Et nous continuerons tous à mener l'existence heureuse d'honnêtes citoyens de la Coalition. »

Mais Doc n'avait pas terminé. « Même s'ils le relâchent. Et après ? Tu comptes l'adopter ? L'élever sur ce vaisseau et faire de cette boîte en fer-blanc son foyer ? »

Nia eut une moue. « Cette boîte en fer-blanc t'a sauvé la vie.

— Et je ne l'oublierai jamais, Nia. » Doc secoua la tête. « Jamais. Pour cette raison, poursuivit-elle en se penchant en avant dans une attitude implorante, je te dis maintenant, en termes très clairs, que cet enfant n'est ni un animal de compagnie ni un jouet. Il a besoin d'un foyer.

— Le *Debby* est un foyer.

— C'est un cargo. Classe Toucan. Capacité : cinquante tonnes, dix passagers. C'est un repaire de mercenaires, qui m'a sauvé la vie. Ce vaisseau est beaucoup de choses, Nia. » Doc lui prit la main. Cette fois, elle ne la laissa pas la retirer. « Mais pas un foyer. »

Leur voyage se terminait. La fin du quatrième mois approchait, et une certaine excitation chargeait d'électricité l'air recyclé. Pour le dernier repas à bord, Baylin fit griller une truite sortie de cryostase. Une fois la peau noircie, il ouvrit le ventre du poisson avec un couteau et le servit entier sur un plateau, accompagné de tomates mijotées, de brochons épicés et de fleurettes de chou-fleur sautées, grosses comme le poing. L'équipage applaudit. Après un régime à base de viande réhydratée et de pastilles de vitamines, tout le monde avait faim de quelque chose d'un peu plus consistant. Le réveil de leurs papilles les amena au bord des larmes.

Tous étaient d'humeur joyeuse. Durat et Sonja avaient conclu un cessez-le-feu, comme en témoignaient les sourires bon enfant qui émoussaient les piques qu'ils se lançaient. Leur trêve tint même quand vint le moment de décider à qui reviendrait la dernière fraise. Assis entre Doc et Nia, le garçon n'aimait pas le poisson et mangeait son riz gluant avec du chou-fleur. Moins sur la réserve que d'habitude, il laissait ses jambes se balancer librement sous la table. Nia lui resservit du riz. Elle le regarda manger, sans penser à demain, se contentant de l'écouter mâcher avec application, tandis qu'autour d'elle les verres se levaient pour trinquer. On porta un troisième toast pour se féliciter d'avoir fait bon voyage. C'était un repas agréable, peu mouvementé, jusqu'à la fin, où Sonja se lança dans une de ses histoires d'ancienne combattante. Elle était accroupie dans une tranchée, pour se protéger du feu ennemi qui déchirait l'air, quand le vacillement des lumières de la cuisine l'interrompit dans son récit. Le squelette de la truite s'éleva du plat, comme s'il avait mordu à l'hameçon d'un pêcheur. La conversation cessa, tandis que tous suivaient son ascension jusqu'au plafond. Avec un soupir, Nia demanda à Baylin combien leur coûterait un nouveau sysgrav. Mais avant qu'il puisse répondre, la bulle d'apesanteur s'étendit, entraînant avec elle le reste de tomates, les gobelets, la table elle-même et, dans un concert de cris, l'équipage. Baylin, Sonja, Durat, Doc, le garçon et Nia se mirent tous à flotter, et leurs chaises aussi. Sonja jura, alors qu'ils tournoyaient. La queue du poisson vint gifler Durat. Doc s'efforça de maintenir son sari sur ses jambes. Aucun d'eux ne se trouvait assez proche d'un mur ou du plafond pour attraper une main courante. Le visage rouge, tous se débattaient pour atteindre une surface solide. Mais soudain, l'un après l'autre, ils cessèrent leurs gesticulations, leur attention attirée par un son, un rire. Tendant le cou, ils virent le garçon qui dérivait au milieu de cette folie, son petit corps entouré d'une mer d'arêtes et de couverts flottants, alors qu'il se tenait les côtes, douloureuses, à force de rire. Au spectacle d'une joie si brutale, le cœur de Nia bondit dans sa poitrine, et elle le regarda jusqu'au retour de la pesanteur, quand ils s'écrasèrent au sol.

Après avoir nettoyé les éclaboussures de nourriture, ramassé les assiettes fendues et relevé les chaises renversées, souriant de ce qui venait de se produire ; après que le garçon eut pris sa douche et que Nia l'eut mis au lit ; après qu'il eut soupiré sous sa couverture, et qu'elle lui eut dit qu'elle le verrait au matin ; seulement après tout cela, Nia retourna dans sa cabine pour terminer le haïku abandonné des mois plus tôt.

La flûte d'Ara,
Bon marché, joue faux,
Mais joue toujours.

Pour limiter les effets de leur sortie de la Poche, ils s'y préparèrent en s'astreignant à des étirements, matin et soir, en mangeant de la nourriture non acide et en buvant autant d'eau que possible. Ces mesures, qui n'élimineraient pas complètement la nausée, la rendraient supportable. Alors que Nia et le garçon descendaient un verre d'eau après l'autre et suivaient la série d'exercices préconisés par Sonja, elle lui parla de la station Pélican. Elle lui décrivit ce point de jonction à la Coalition, évoqua pour lui les moments passés sur son aile est, dans le demi-jour du soleil de Persée. Pendant ce temps, à dix millions de kilomètres de là, sur les ailes de leur destination, la population de Pélican se préparait, elle aussi, pour une commémoration en gestation depuis des siècles.

Tout le monde était à bout de nerfs, à cause du stress. Les représentants d'Umbai supervisaient la construction des champs de foire dans le parc d'Izuni et faisaient répéter les groupes devant se produire lors de la parade sur le Strip ; ils n'hésitèrent pas à critiquer le chant d'une célèbre starlette, lui conseillant de se dispenser de fioritures et de s'en tenir à la partition. Quand elle leur répondit qu'elle se laissait guider par son inspiration, ils la remplacèrent par une artiste de second plan plus coopérative. Dans les écoles, les maîtres insistèrent auprès de leurs élèves sur l'importance d'une tenue correcte : s'amuser, oui, mais sans perdre de vue la portée de l'événement. Sur l'écran de la classe, ils remontèrent aux origines de cette journée historique, les entraînant à travers les siècles, au temps d'avant la province des étoiles. À une époque où, sur la Vieille Terre moribonde, Fumiko Nakajima imaginait encore ses stations.

3. Nakajima

Comme la plupart des bébés de son temps, Fumiko fut extraite de l'utérus de sa mère après sa conception. Contrairement à la plupart d'entre eux, on la créa laide.

C'était une idée de sa mère. Figure de proue du mouvement post-narcissique, elle exigea que Fumiko ait le nez tordu, des dents de lapin, des yeux rapprochés et des oreilles en forme d'antenne parabolique beaucoup trop grandes pour sa petite tête en cœur. Plus tard, quand Fumiko eut elle-même accédé à la célébrité et qu'un journaliste lui demandait pourquoi elle n'avait pas eu recours à la chirurgie pour réparer le mal fait par sa mère, elle avait deux réponses. D'abord, elle trouvait la question blessante ; ensuite, ce visage était le sien, elle n'en connaissait et n'en voulait pas un autre. Mais après ces interviews, elle rentrait chez elle, seule avec ses souvenirs d'enfance. Petite, elle aurait tout donné pour être aussi jolie que les filles de son âge, qui dansaient sous les cerisiers ornementaux du parc, avec leurs traits si parfaitement symétriques. Elle se rappelait sa honte.

Un jour, lors d'une séance de dédicaces , un homme lui avait dit que, bien sûr, c'était dommage, si sa mère l'avait faite laide, mais au moins était-elle un génie.

« J'imagine que je dois m'estimer heureuse », avait-elle répondu.

Fumiko ne revenait toujours pas des horreurs que les gens lui lançaient sans détour, avec le sourire.

Le germe de son idée de station s'implanta dans son esprit dès l'âge de huit ans, lors d'une visite de la dernière réserve ornithologique, en Californie. Sa mère, Aki Nakajima, actrice qui avait connu son heure de gloire, avait perdu les faveurs du public après plusieurs fiascos. Dorénavant, elle se consacrait à différentes causes, dont la protection des oiseaux.

La réserve elle-même consistait en une enceinte de verre vaste comme deux stades de football, le terrain variant pour simuler les habitats naturels de la faune aviaire. On y trouvait une forêt, des cours d'eau et même un désert. Alors que sa mère se donnait en spectacle pour les journalistes présents, Fumiko s'appuya sur le garde-fou qui surplombait une rivière artificielle ; des pélicans debout dans un gué ingurgitaient de l'eau dans la poche de leur grand bec. L'un d'eux attira son attention. Il boitait, tanguant sur ses pattes, le corps couvert de plaques dégarnies. L'animal avait l'air malade. Elle regarda avec amusement la démarche de ses pieds plats, jugeant la créature d'une drôlerie irrésistible. Puis le pélican se percha sur un rocher et déploya ses ailes, séchant ses plumes à la lumière. À ces ailes ouvertes, comme présentées au ciel, correspondait un moment de transcendance que la Fumiko adulte avait du mal à exprimer clairement, mais qu'elle associait à la soudaine métamorphose de cet oiseau laid devenu beau. Elle ne trouvait pas les mots qui rendaient justice à l'émerveillement qu'elle avait ressenti, enfant. Des picotements lui avaient parcouru le sommet de la tête tandis qu'elle observait l'oiseau, pendant que sa mère terminait son interview. La lumière sur ses ailes. Le sentiment qu'à tout moment il s'élèverait, accédant à une forme sacrée.

Après le départ des journalistes, une main l'attrapa par l'épaule, et sa mère lui annonça mollement qu'il était l'heure de rentrer. Fumiko lança un dernier coup d'œil au pélican, alors qu'elle se laissait guider vers la sortie.

Des ailes comme des boomerangs.

Au cours des quatre heures de trajet en SeaTram entre la Californie et Yokohama, sa mère téléchargea des problèmes mathématiques sur sa tablette. Fumiko était aussi une des causes d'Aki, déterminée à avoir une fille à l'esprit affûté, l'intelligence étant l'attribut le plus prisé des post-narcissiques. Alors qu'elles traversaient les ténèbres du Pacifique entre les épaves abandonnées de vieux pétroliers et d'autres vestiges du passé, Fumiko résolut des équations et des polynômes sur son appareil, elle nota ses preuves algébriques avec son stylet. Mais une partie de son esprit s'isola, créant un espace où un pélican pouvait se percher et déployer ses ailes sous un rayon de lumière ambrée en permanence. Quand sa mère s'absenta pour aller aux toilettes, Fumiko minimisa son application éducative et ouvrit Doodle ; cinq minutes de liberté lui suffirent à croquer l'oiseau, faisant ressortir ses traits les plus étranges, sa bouche pendante, sa touffe de plumes dressées à l'arrière de la tête ; elle lui donna même une bulle dans laquelle il disait « BWRAAK »…

Puis elle rappela son appli de maths à l'écran ; une fois de retour, sa mère fronça les sourcils d'un air soucieux. « Tu es sur la question cinq depuis quelques minutes déjà. Qu'est-ce qui bloque ? »

Fumiko se hâta d'inventer un bobard, prétendant qu'elle avait séché sur l'équation du second degré, une excuse guère convaincante, puisqu'elle avait réussi sans difficulté un exercice similaire un ou deux jours plus tôt. Mais sa mère n'insista pas et lui récita de nouveau la formule. Le temps qu'elle arrive à « 4*ac* sur 2*a* », Fumiko avait résolu le problème et était passée au suivant, terminant la série au moment où elles atteignaient l'espace marin japonais. Elles traversèrent les ruines de l'ancienne ville. Fumiko ouvrit l'appli photo pour en prendre une du cimetière aquatique. Les efflorescences algales sur les châssis des fenêtres fracassées, le cadre de bicyclette suspendu aux fils téléphoniques, qui oscillait avec le courant, et les immeubles d'habitation soufflés, engloutis par la montée des eaux. Elle téléchargea le résultat sur la tablette de sa mère, l'estomac noué, alors que cette dernière l'examinait, le visage impassible, en hochant la tête. « Bien. »

Fumiko savoura le compliment.

À Yokohama, elles prirent un train plus petit et plus lent jusqu'à Okinawa, où elles vivaient, au sommet d'un gratte-ciel. Elles n'étaient que deux. Pas de père. Aki n'en voyait pas l'utilité.

Depuis leur appartement, la mer s'étendait à perte de vue.

Sur ordre de sa mère, Fumiko se doucha. À la fin des dix minutes imparties, l'eau cessa de couler en crachotant. À la sortie de la cabine, elle ne se sécha pas comme elle en avait l'habitude, en s'essuyant avec la serviette des chevilles à la tête ; l'étalant sur le sol, elle se mit debout dessus, les bras écartés sous le néon du miroir. Elle laissa l'eau ruisseler de son corps, une goutte après l'autre, jusqu'à ce que sa mère s'impatiente et frappe. Elle finit de se sécher à la hâte et s'habilla pour le dîner.

Elle attendit à la table, pendant que sa mère pesait le riz sur la balance à calories, prélevant un grain après l'autre pour parvenir exactement à un total de trois cents ; puis elle répéta l'opération avec les brocolis, les tranches de steak aussi fines que du papier et les quinze fèves d'edamame saupoudrées de sel. Quand elle lui apporta enfin son repas, Fumiko salivait ; tenant son assiette juste hors de portée de sa fille, elle lui demanda, « Quelle est la formule quadratique ? »

Le riz fumait.

« *x* égale moins *b*, plus ou moins racine carrée de *b* au carré, moins 4*ac*, divisé par 2*a*. »

Sa mère posa la nourriture sur le set de table.

Elles mangèrent.

Après le dîner, une fois sûre que sa mère dormait, Fumiko se glissa dans la cuisine. Avec une baguette et un trombone, elle força le tiroir fermé qui contenait sa tablette, jetant des coups d'œil par-dessus son épaule, dès que le vent côtier faisait trembler les volets. Assise dans l'obscurité, le visage éclairé par son écran et le dos contre le placard aux casseroles, elle caressa du doigt son dessin maladroit de cet oiseau si laid, avec ses grandes ailes et son gros bec ; son pélican.

Le pélican, et les autres oiseaux rares qu'elle aima bientôt de plus en plus l'accompagnèrent pendant ses études, alors qu'elle s'épanouissait dans le monde universitaire. En dépit de son statut d'actrice has been, sa mère restait une personnalité en vue. Grâce à son influence, les portes s'ouvrirent devant Fumiko, et on ne lésina pas sur les moyens pour son éducation. Elle obtint sa licence d'ingénieure avec mention très bien à l'université d'Okinawa, puis un doctorat en ingénierie aérospatiale à Caltech. Avec une Terre chaque année plus inhabitable, cette discipline attirait les esprits les plus brillants. Les champs de panneaux solaires, les fossés où s'entassaient les véhicules diesel interdits, les dirigeables omniprésents dans le ciel, pour refroidir l'air trop chaud, tout cela arrivait trop tard. Capable d'effectuer des calculs mathématiques complexes sans l'aide d'une tablette ou d'une ocucam, Fumiko était très demandée. Après une mission à l'Agence d'exploration aérospatiale japonaise, où elle lança le développement de vastes structures de coque qui résisteraient à l'entrée dans la Poche, elle occupa différents postes dans des entreprises liées à l'aérospatiale. Dans le sillage de ses réalisations dans le secteur privé, on se mit à chuchoter son nom dans les cercles autorisés. Elle acquit la réputation d'une collaboratrice pas facile à vivre, sujette à de graves crises de dépression, qui exigeait la perfection de ses équipes, même tard dans la nuit, et finissait toujours ce qu'elle commençait.

Pendant la période où elle travaillait pour Cybelus Chicago, elle passa un savon à un de ses subordonnés, un ingénieur, pour le manque de rigueur de ses calculs mathématiques. Elle énuméra ses nombreuses erreurs en les illustrant par des démonstrations frénétiques sur l'écran mural. Malheureusement, elle ne remarqua pas qu'un collègue ravi filmait la scène via son ocucam, estimant que l'autre n'avait que ce qu'il méritait. Téléchargée sur le Flux en un clin d'œil, la vidéo de cette femme de génie, qui n'avait pas besoin de béquille technologique pour tutoyer furieusement les mécanismes complexes et impénétrables de l'univers devint virale en quelques minutes. Peu après, l'ingénieur qu'elle avait réprimandé perdit son emploi. Harcelé en ligne, il quitta les médias sociaux, puis l'État où il habitait. Selon certaines rumeurs, il finit même par s'enfoncer dans la forêt avec un fusil de chasse pour se faire sauter la cervelle, mais personne ne prit la peine de vérifier.

Quant à Fumiko, elle commença à voir son visage apparaître sur les écrans de ses collègues – des photos du passé, prises en vacances ou lors d'événements ; celle de sa remise de diplôme, avec son sourire de cheval… Les souvenirs personnels de son existence, ravivés pour le divertissement populaire. Sa mère, sortie de sa période post-narcissique, l'appela d'Okinawa pour la féliciter de son succès viral. « Ça y est, Fumiko. Ta vie peut enfin commencer.

— Ma vie », répéta Fumiko, sidérée, qui recevait une notification l'informant de l'apparition d'un nouvel article la concernant sur le Flux.

Sa mère n'écoutait pas, trop occupée à dresser la liste des étapes à respecter par sa fille pour entretenir sa célébrité et s'assurer qu'elle ne s'épuiserait pas. « Fumiko. » Des parasites brouillaient la voix qui sortit du haut-parleur. « Les occasions comme celle-là sont rares. Ne sois pas bête, ne la laisse pas filer. »

Mais pour le public insatiable de l'époque, la popularité était de courte durée ; celle de Fumiko ne fit pas exception à la règle. Pourtant, sa mère ne ménagea pas ses efforts. Elle alla jusqu'à ressusciter l'article écrit des années plus tôt sur le courage d'une actrice qui, faisant un pied de nez à la beauté sur mesure, avait préféré fabriquer une fille imparfaite. Rien n'y fit, et l'intérêt retomba au cours des semaines qui suivirent. Avec les milliards d'utilisateurs qui alimentaient le Flux à l'aide de leur ocucam, chaque jour amenait son nouveau phénomène viral. Personne ne restait bien longtemps sous les feux de l'actualité, à moins d'un sérieux effort, auquel Fumiko se refusait. Ses collègues n'en revenaient pas de son indifférence à cet emballement des médias sociaux, dont l'attention sembla glisser sur elle comme de l'eau. Pas un sourire, pas un froncement de sourcils, quand on venait à mentionner le sujet dans la conversation. Juste un hochement de la tête. « Oui, ce sont des choses qui arrivent. »

Mais la plus grande surprise se produisit au printemps, au cours d'une réunion chez Cybelus. Le palmeur de Fumiko vibra et elle s'excusa pour prendre l'appel hors de la salle de conférence.

Deux jours plus tard, son bureau était vide.

Pas un au revoir. Juste une lettre de démission qui tenait en deux phrases, posée sur son bureau, écrite à la main et sur papier. Personne ne sut comment interpréter ce geste démodé. L'un des employés vola la lettre pour l'encadrer et la revendre sur le Flux. Il en tira une somme suffisante pour subvenir à ses besoins une année entière, mais préféra dépenser l'argent pour un voyage dans l'Arctique. Avec ses enfants, il regarda transpirer le dernier des icebergs. Fumiko, quant à elle, disparut quelque temps de la circulation.

La vidéo virale avait attiré l'attention d'Umbai. Elle avait poussé l'entreprise à l'appeler pour lui faire une proposition impossible à refuser : concevoir pour eux des stations spatiales capables de rivaliser avec les meilleures de la concurrence. Elle avait accepté sans hésitation. On lui avait accordé un mois pour mettre ses affaires en ordre, avant de rejoindre leur siège malais, où elle travaillerait à l'isolement pendant plusieurs années. Cette mesure visait à protéger leur propriété intellectuelle. Ils lui dirent de prendre son temps pour faire ses adieux à ses proches.

Par obligation familiale, elle alla voir sa mère à Okinawa. Elle monta dans le tram au port, distraite par les fleurs des cerisiers ornementaux. Elle avait oublié qu'on était au printemps.

Quand Aki ouvrit à Fumiko, elle ne serra pas sa fille dans ses bras. S'écartant d'un pas traînant, elle lui annonça que le repas serait prêt dans une heure. Après qu'elle eut pesé le riz sur la balance à calories de ses mains variqueuses et préparé leurs assiettes encore brûlantes de leur bain de vapeur, Fumiko s'attendit presque à devoir réciter ses équations avant de manger. Mais sa mère lui tendit son assiette sans broncher et elles dînèrent comme elles l'avaient toujours fait, en étrangères. Elle ne lui parla même pas de son nouveau poste ni du fait qu'elle disparaîtrait de son existence pendant un nombre indéterminé d'années. Ce n'était plus ses affaires.

« L'université a téléphoné, dit Aki.

— Qu'est-ce qu'ils voulaient ? » s'enquit Fumiko.

Mais sa mère haussa les épaules, pressant une gousse d'edamame entre ses doigts longs et minces.

Le bruit avait couru dans son alma mater que Fumiko était de retour au bercail. Un de ses anciens professeurs, M. Toho, lui proposa de participer à une table ronde sur l'aérodynamique des ailes géantes ce vendredi. Elle n'en avait pas vraiment envie, n'ayant jamais eu le goût de la prise de parole en public. Pourtant, elle ne refusa pas. Dans la pièce d'à côté, Aki regardait un vieux film, dans lequel elle avait tourné. Elle riait aux plaisanteries qu'elle échangeait avec son partenaire à l'écran, ou récitait les dialogues d'une voix étrangement rajeunie. Fumiko, que ce spectacle déprimait, éprouva le besoin de respirer.

Elle demanda à M. Toho à quelle heure il l'attendait.

Deux jours plus tard, la silhouette d'un dirigeable se détacha sur la lune blanche ; beaucoup plus bas, la table ronde s'achevait dans l'auditorium sous un tonnerre d'applaudissements. Fumiko se leva avec les autres participants pour saluer l'assistance, un rideau de cheveux noirs tombant sur son front. En s'inclinant, elle s'interrogea une fois de plus sur la raison de sa présence. Au cours de la réception qui suivit, elle but son verre d'eau, pendant que ses anciens professeurs parlaient d'elle comme si elle n'était pas là, louant ses nombreuses réussites à un si jeune âge. « *À trente ans à peine, elle a déjà eu accès à plus de bourses et de subventions que moi dans toute ma carrière !* » Certains modéraient néanmoins ces éloges en suggérant de manière plus ou moins subtile qu'elle courait le risque de se laisser dépasser par les événements. « *J'ai vu beaucoup d'esprits brillants ne pas résister à une telle pression, Fumiko. Quoi que vous fassiez, ne perdez pas le contrôle.* » Elle remercia chaque personne pour ses bons conseils. Ces banalités mettaient sa patience à rude épreuve, au point qu'elle regrettait presque d'avoir accepté l'invitation, quand M. Toho fit signe à une inconnue de l'autre côté de la pièce de rejoindre leur groupe. Fumiko rectifia sa posture, redressant légèrement le dos, car la nouvelle venue était une des plus belles femmes qu'elle ait jamais vue.

« Je vous présente Dana Schneider, dit M. Toho, dont le visage s'épanouit en un large sourire. Elle va sauver le monde. »

Dana rit, dévoilant l'éclat de ses dents. « J'aimerais que vous arrêtiez de me présenter de cette manière. » Elle s'inclina devant Fumiko. « Ravie de faire votre connaissance, mistan Nakajima. »

La beauté n'avait rien d'une denrée rare, alors. À l'instar de la mère de Fumiko, les parents ayant accès à de bons hôpitaux devaient vraiment se donner du mal pour ne pas avoir un enfant d'une beauté au moins conventionnelle. Une personne ayant l'apparence d'un mannequin se situait à présent dans l'honnête moyenne. Certains se rebiffaient contre cette tendance et concevaient des enfants fascinants, *à cause* de leurs défauts. Fumiko attirait ainsi quelques soupirants obsédés par son asymétrie, ce qui ne faisait que renforcer sa gêne. Mais certains parents pensaient leur progéniture comme une œuvre d'art ; ils réfléchissaient soigneusement aux oreilles, aux yeux, à la bouche, au nez, à la façon dont s'accordaient les différentes parties du visage. Ceux-là créaient de nouvelles variations de la beauté. Dana était l'une d'elles. Ses traits racontaient l'histoire du mythe oublié d'un cerf devenu homme une nuit, pour faire l'amour à une femme au bord d'un ruisseau, dans le cœur obscur de la forêt. Cette curieuse ascendance se révélait dans les contours saisissants de ses pommettes, sa mâchoire ; la façon dont la moitié inférieure de son visage, légèrement saillante, suggérait un museau au nez plat, situé juste au-dessus d'une bouche large aux lèvres charnues et rouges, même sans maquillage. La jeune femme dépassait toutes les personnes présentes dans la pièce d'une bonne tête. Elle portait ses cheveux courts, avec une frange blonde régulière qui lui tombait sur le front. Ses oreilles sylvestres pointaient à leurs extrémités. Sur sa joue droite, cinq taches de rousseur formaient les cinq branches d'une étoile invisible, directement sous l'œil grand et lumineux, dont l'iris violet et piqué d'or ne reflétait que les traits post-narcissiques de Fumiko. Cette dernière ferma les yeux, troublée par l'étincelle dans son cœur, et salua à son tour. « Êtes-vous étudiante ici ? » demanda-t-elle.

Dana hocha la tête. « Technologie écoresponsable. Champs de panneaux solaires, biofermes, etc. Pas de quoi sauver le monde, précisa-t-elle, lançant un regard espiègle à M. Toho, juste de quoi ralentir sa fin.

— Un objectif réaliste, approuva Fumiko.

— Et honorable, ajouta M. Toho. La durabilité de nos ressources est un chantier important. Allez-y, Dana, expliquez-lui sur quoi vous travaillez avec votre équipe.

— Le projet en est vraiment à son stade initial. Je ne voudrais pas l'ennuyer avec des idées bancales.

— Ne soyez pas ridicule. Fumiko est une scientifique. Je suis persuadé qu'elle sera ravie de vous écouter. Elle pourrait même vous donner son éclairage. Et si vous êtes intéressée, Fumiko… » M. Toho la prit à part, avant de chuchoter avec un air conspirateur, « … vous nous rendriez un fier service en portant la bonne parole sur ce projet et sur nous dans les milieux autorisés.

— Vous manquez d'argent, résuma Fumiko.

— Nous avons besoin d'attirer l'attention, reconnut-il. Et comme dans toute institution universitaire, l'argent reste le nerf de la guerre. Mais je crois sincèrement que notre travail vous intéressera. Alors, s'il vous plaît, écoutez Dana, pendant que je raccompagne M. Takahashi à sa voiture. Je pense qu'elle a abusé du champagne. »

Puis M. Toho s'éloigna, lançant un sourire encourageant à Dana par-dessus son épaule.

Dana soupira. « La finesse n'est pas son fort.

— Je ne pourrai pas vous apporter grand-chose, dit Fumiko, le regard fixé sur la moquette. La durabilité n'est pas mon domaine. J'aurai peu d'idées à vous offrir. Et en ce moment, je ne suis même pas en position de recommander votre travail à d'éventuels bailleurs de fonds. Votre topo sera une perte de temps, pour vous comme pour moi. Désolée. »

Dana réfléchit un instant, avant de répondre. « J'ai faim. Pas vous ? »

Étonnée, Fumiko leva les yeux.

« Je connais un restaurant sur la promenade ; on y sert un excellent curry, poursuivit Dana. On y va ? Sauf si vous avez envie d'entendre d'autres étudiants vous soumettre leurs projets.

— Maintenant ?

— Maintenant, dit-elle en souriant. Avant que M. Toho revienne. »

Fumiko se surprit elle-même en acceptant. En dépit de ce que suggérait sa réaction à l'offre d'emploi d'Umbai, prendre des décisions impulsives ne lui ressemblait pas. Certes, elle n'était pas pressée de regagner l'appartement de sa mère, mais cela n'expliquait pas tout. Alors qu'elles sortaient de l'auditorium par la porte à double battant, l'accélération de son rythme cardiaque quand elle regardait Dana lui fit comprendre qu'il y avait bien plus. Dehors, l'air était chaud et sec.

Quelque part, elle entendit le rire d'un enfant.

Elles marchèrent le long du littoral, sur la promenade en bois sous laquelle avaient disparu le véritable rivage, le sable, la terre et les arbres. Dana expliqua à Fumiko que M. Toho avait pour habitude de la tirer de son labo dès qu'il avait besoin de « séduire » quelqu'un, pour le convaincre de financer leurs recherches ou d'accroître la notoriété de leur département. « "Séduire" n'est pas le mot juste ; il s'agit plus d'une tactique de distraction. Je charme ses interlocuteurs avec mes yeux violets, et ils lui ouvrent leur portefeuille ou leur carnet d'adresses.

— Je vois.

— Si le côté représentant de commerce de M. Toho vous a rebutée, j'en suis navrée, ajouta Dana. Il a vraiment une haute opinion de vous. Il se passe rarement un jour sans qu'il fasse allusion à vous dans la conversation.

— Il n'y a pas de mal. Vous n'avez pas à vous excuser. »

Dana se détendit. « Je m'en réjouis.

— C'est encore loin ?

— Quelques pâtés de maisons.

— Parlez-moi de votre projet.

— Oh, j'étais honnête, tout à l'heure, en vous disant que nous n'en étions qu'au stade préliminaire. Nous travaillons sur des sources de lumière alternatives. Des ampoules luminescentes qui ne nécessitent pas d'électricité. Il n'y a pas grand-chose à ajouter. C'est encore beaucoup de brainstorming. » Elle rit. « Je ne sais pas trop quel "argumentaire" M. Toho voulait que je déroule pour vous.

— Si vous n'avez rien à me présenter, pourquoi m'avoir invitée à dîner ?

— Pour le plaisir de votre compagnie. »

Elle semblait si sincère que Fumiko eut très envie de croire que quelqu'un désire être avec elle, sans rien attendre en retour. Mais ses névroses, qui ne l'entendaient pas de cette oreille, lui soufflèrent que cette invitation impromptue dissimulait forcément une intention cachée, que son interlocutrice n'avait pas renoncé à lui vendre son projet. Elles traversèrent le jardin public, puis retrouvèrent les planches de la promenade en béton, où l'eau clapotait contre les piles. Le « restaurant » qui, d'après Dana, servait un excellent curry se résumait à une échoppe tenue par une vieille dame. Elle remplissait de riz fumant des barquettes biodégradables, drapant le tout de rubans d'une épaisse sauce brune, et de tranches de poulet frit. Elles portèrent leur repas jusqu'à un banc au bord de l'eau.

Ce qui frappa d'abord Fumiko, c'était le don de Dana pour la conversation. Apparemment sans effort, elle passait d'un sujet à l'autre ; elle puisait dans son histoire personnelle – ses parents travaillaient dans une entreprise de fracturation hydraulique lunaire, une pomme de discorde majeure entre eux et leur fille écoresponsable ; puis elle revenait au présent, à ses collègues, à son petit appartement situé sous celui d'un pianiste qui jouait de la musique triste de deux à quatre heures du matin ; à Fumiko elle-même, à qui elle avoua, avec une timidité attirante, combien la table ronde de ce soir l'avait captivée, en particulier l'intelligence de ses interventions. Son aisance avait quelque chose de contagieux. Fumiko se lança avec hésitation, parlant de sa carrière à ce jour, avec une allusion maladroite, non sans une pointe d'autodénigrement, à la vidéo virale de ce savon passé à son subordonné. « Le pire, c'est que certains de mes calculs étaient faux, mais personne ne l'a remarqué. Criez et peu importe ce que vous dites, vous avez toujours raison. » Bientôt, alors qu'elles marchaient de nouveau sur la promenade, Fumiko se sentit suffisamment à l'aise pour se plaindre de sa vie, depuis qu'elle logeait chez sa mère. « C'est inouï : elle continue d'utiliser la même balance à calories. La marque a cessé de fabriquer ce modèle depuis des années, quand on s'est aperçu d'erreurs dans le calcul des pourcentages, faisant croire aux consommateurs qu'ils mangeaient plus qu'en réalité. Pourtant, elle refuse de s'en séparer. Je pense que cette illusion lui plaît. »

Dana rit. « Moi qui trouvais mes parents difficiles, je n'arrive pas à imaginer ce que ça a dû être de grandir avec elle.

— Vous connaissez sans doute mon histoire. »

Elle sourit. « Juste ce qui a été rendu public. Est-ce qu'elle est restée fidèle à ses idéaux post-narcissiques ?

— Jusqu'à ce que je commence à devenir célèbre. Là, elle a enfin commencé à me traiter comme sa fille. »

Dana soupira. « Bon sang. Vous méritiez mieux. »

Fumiko ralentit le pas en entendant ce lieu commun. « Qu'en savez-vous ? »

La question prit Dana au dépourvu. « N'importe quel enfant mérite qu'on l'aime sans réserve, c'est tout.

— Je me suis fait une raison. » Elle continua à marcher. « Et sans elle, je ne serais pas là maintenant.

— Je suppose que non, reconnut Dana.

— Je ne veux plus parler d'elle », dit Fumiko.

Dana se tut un instant. « D'accord. »

Elles traversèrent une avenue bordée de cerisiers ornementaux. C'était une soirée tranquille, elles croisèrent quelques couples, des familles, mais elles ne manquaient pas d'espace pour marcher. Fumiko bouillait, regrettant d'avoir réduit Dana au silence si vite. Un pétale rose tomba devant elle, tournoyant avant de se poser sur sa chaussure. Elle gloussa, ce qui ne lui ressemblait absolument pas – quelque chose dans l'air.

« Quoi ? » demanda Dana.

Elle faillit garder cette histoire pour elle. Mais, dans ce cas, leur soirée toucherait à sa fin, et elle se retrouverait à son point de départ, avec sa mère, à ne pas s'adresser la parole.

« C'est une anecdote insignifiante, dit-elle, avec une légèreté dans la voix pour faciliter son récit. Quand j'étais enfant, ma mère m'a emmenée au parc dessiner les arbres – leçon de taxinomie. Pendant que nous cherchions des feuilles intéressantes, un garçon accrochait des fleurs de cerisier aux oreilles des filles. » Fumiko fourra ses mains dans ses poches, ne sachant pas quoi en faire. « De celles qu'il trouvait jolies. En rang comme des domestiques, elles attendaient leur tour. L'une après l'autre, il leur glissait une fleur derrière l'oreille, et elles disaient gentiment, "Merci, Koji". Je voulais aussi une fleur ; alors, j'y suis allée, avant que ma mère s'en aperçoive. Mais quand le garçon est arrivé à ma hauteur, il m'a regardée et a fait "Non". C'est tout. Non. Puis il est passé devant moi, comme si je n'existais pas. » Elle rit, c'était tellement ridicule. « Ma mère avait assisté à la scène. Elle a eu appelons ça une "conversation" avec celle de ce garçon, qui l'a obligé à me donner une fleur. Son expression, quand elle lui a dit qu'il devait y retourner… je ne l'oublierai jamais. Sa colère devant ce qu'il ressentait comme une injustice. “Pourquoi, maman ? Elle est moche !” » Elle rit encore, mais cette fois, elle tremblait. « Le pire, c'est que j'ai tout de même été contente de recevoir ma fleur, alors que je… ne remplissais pas le critère nécessaire. »

Jusqu'à ce jour, cette histoire n'avait jamais franchi ses lèvres ; en la racontant, elle s'aperçut que la plaie n'avait pas cicatrisé. Elle attendit que Dana prenne le relais, orientant la conversation sur un terrain plus gai. Mais Dana la regarda avec ses yeux violets qui accrochaient le clair de lune. Puis elle s'accroupit, ramassa une fleur de cerisier et la glissa derrière l'oreille droite de Fumiko.

Il aurait suffi d'un contact pour que Fumiko s'effondre sur le trottoir. Mais elles ne se touchèrent pas au moment de se séparer ce soir-là, elles échangèrent simplement leurs numéros. « Vous êtes là pour un mois, n'est-ce pas ? demanda Dana.

— Oui, répondit Fumiko.

— Profitons-en. Qu'avez-vous prévu demain ? »

Elle haussa les épaules. « Rien. »

Dana hocha la tête et rangea son palmeur.

« À demain, alors. »

Fumiko rentra chez elle sur un petit nuage. Une fois au lit, elle eut du mal à s'endormir. Elle avait envie de se précipiter à la fenêtre pour crier qu'elle croyait aux miracles, de le chuchoter à l'oreille de quelqu'un. Mais, par choix, elle n'avait dans sa vie personne à appeler, à qui décrire sa rencontre avec cette femme belle et envoûtante. Ni amis ni connaissances assez proches, prix d'une existence passée à l'écart des autres. Elle eut un sommeil agité, peuplé de songes aux yeux violets.

Le lendemain, elle parcourut les rues brûlées par le soleil de la baie de Nakagusuku. Main dans la poche, elle serrait son palmeur entre ses doigts, de crainte de manquer la vibration qui lui signalerait un appel. Elle se reprocha de n'avoir jamais investi dans une ocucam – impossible de rater une notification rétinienne. Elle mangea une tranche de génoise sur un banc dans un parc, tandis qu'elle réfléchissait à ses regrets. Quand elle eut terminé, elle brossa les quelques miettes tombées sur ses genoux et se dirigea vers le musée des Sciences de la Terre. Dans le hall principal, elle étudia la colossale sculpture magmatique en suspension au-dessus d'elle. Lectrice rapide, elle eut tôt fait d'absorber le contenu des plaques à affichage numérique qui replaçaient l'exposition dans son contexte. Elle en fit le tour en moins d'une heure et demie et avait presque fini sa visite quand Dana se décida à l'appeler.

« Vous êtes toujours libre ce soir ? demanda-t-elle.

— Oui, répondit Fumiko, marquant une pause devant un écran consacré à la tectonique des plaques. Qu'est-ce que vous avez en tête ?

— Le musée des Sciences de la Terre propose une nouvelle exposition sur les supervolcans. Ça a l'air intéressant. Vous y êtes déjà allée ? »

Elle s'y trouvait au moment même. Derrière elle, un hologramme présentait une vue en coupe bleu et rouge de la croûte terrestre. Un enfant poussa un cri, quand de la lave jaillit d'une fissure numérique. « Non, pas encore, répondit Fumiko, qui couvrit le micro pour empêcher Dana d'entendre le bruit. Quand voulez-vous qu'on se retrouve ?

— Je finis les cours à trois heures ; disons une heure plus tard ? »

Cinq heures à attendre. « Ça colle avec mon emploi du temps. J'y serai.

— Super ! Je meurs d'impatience. »

Fumiko baissa son palmeur. Alors que l'enfant en pleurs se faisait escorter par sa mère stressée hors du dôme, cette dernière lança un regard navré à Fumiko, avant de tourner dans le couloir vers les toilettes.

L'attente se révéla insoutenable. Fumiko traîna dans le quartier, à la fois frustrée et excitée. Elle vécut les longues heures comme un temps de préparation : que dirait-elle, comment allait-elle sourire, se contenterait-elle de lui serrer la main ou la prendrait-elle amicalement dans ses bras ? Quand Dana arriva enfin, l'énergie accumulée donna à Fumiko l'impression qu'elle allait exploser. Après une brève étreinte, Dana dit : « On y va ? », avant de la ramener dans le musée. Feindre de redécouvrir l'exposition épuisa Fumiko. Mais elle l'aurait refait sans hésiter, ne serait-ce que pour revoir le reflet de l'hologramme des entrailles de la Terre dans les yeux de Dana, alors qu'elles engloutissaient leurs corps dans des flammes aux couleurs vives.

Après un dîner au bord de l'eau, elles se donnèrent rendez-vous le lendemain. Dana suggéra un tour en gondole, assurant à Fumiko qu'en dépit de sa méfiance des attractions touristiques c'était le meilleur moyen de visiter une ville construite en grande partie sur pilotis. Le réseau de canaux qui parcourait Okinawa accueillait une véritable armada pour touristes, voguant à l'arrière des bâtiments et sous les ponts à arches.

La pluie menaçait, mais elles décidèrent de braver le temps couvert. La balade commença bien. Dana attira l'attention de Fumiko sur plusieurs monuments, tandis que cette dernière trempait la main droite dans l'eau froide, à côté de la gondole. Les yeux levés vers le ciel déserté par les oiseaux, elle écouta avec recueillement Dana prononcer les noms d'architectes qu'elle admirait. Mais au bout de vingt minutes, les nuages s'ouvrirent, larguant une pluie torrentielle et obligeant le pilote à accoster au centre. Elles coururent sous le déluge pour se réfugier dans un café. Dana gloussa, alors qu'elle essorait son foulard. L'établissement était accueillant, avec du bois partout et des tapis au sol. Au comptoir, des étudiants bavardaient avec la barista ; dans l'un des box, un homme marmonnait dans son palmeur tout en faisant défiler l'actualité du Flux. Elles s'assirent à une table près d'une fenêtre et commandèrent un thé pour Dana et un jus d'orange pour Fumiko. Cette dernière se sentit obligée de justifier son choix. « Je ne bois pas de caféine. Mon organisme ne le supporte pas. » Sur l'écran mural, au volume réduit au minimum, une chaîne d'informations diffusait un sujet sur la récente certification de Désirée, la station dont la construction débuterait l'année suivante dans le système d'Eridani. « Ils remettent ça, commenta Dana, devant un plan large d'ingénieurs en train de se congratuler. C'est la troisième de l'année, je crois ?

— Oui », confirma Fumiko, qui essuyait son cou humide avec sa serviette. Elle pensa à l'apparence de la future station, au cylindre si beau dans sa simplicité géométrique. Elle eut envie de parler à Dana de son nouveau poste, lui dire qu'un jour une de ses propres créations rejoindrait Désirée, une déclaration au monde de ce qu'elle chérissait. Mais soucieuse de ne pas rompre son accord de confidentialité, elle garda tout cela pour elle.

Dana soupira en remuant son thé. « Dommage. Je ne serais plus là à la fin des travaux.

— Vous pouvez acheter un billet sur une Arche, répondit Fumiko. Après un demi-siècle en cryostase, vous la verrez, elle et toutes les autres stations. »

Dana rit. « Pas avec mon budget d'étudiante. Et même si j'en avais les moyens, je ne le ferais pas, ajouta-t-elle, plus bas.

— Pourquoi ? »

Dana regarda la pluie par la fenêtre. « Je suis née ici. Pour le meilleur et pour le pire, ce monde est le mien, j'aurais du mal à l'abandonner. » Elle haussa l'épaule gauche. « Et puis, qui va construire des fermes solaires et des ampoules sans électricité, si je ne reste pas ?

— Dans deux générations, la surface de cette planète sera devenue inhabitable.

— Très probablement.

— C'est donc un faux problème. Votre argument ne tient pas : construire des fermes solaires sur Terre est inutile. Elles ne serviront qu'à produire de l'énergie pour des villes désertées. Votre avenir est dans l'espace, vous devriez y réfléchir. On manque de cerveaux.

— Ce n'est pas “inutile”. » Dana fronçait les sourcils. Fumiko se dit qu'elle avait souvent eu cette discussion. « La population mondiale se compte en milliards, poursuivit-elle. Hypothèse optimiste, vingt pour cent ont les moyens de partir. Quatre-vingts pour cent vont devoir rester, bloqués en enfer, en attendant le retour des Arches pour le second voyage – à condition qu'il y en ait un. Et même dans ce cas, des milliards d'êtres humains seront toujours là. Même si on parvient à construire des Arches supplémentaires, ça ne suffira pas. Et, de toute façon, il y a de fortes chances qu'ils ne tiennent pas jusque-là. Ils vivront sous terre pendant quelques décennies, tandis que la surface cuit, et dépendront de l'humidité qui s'accumule sur les murs de leurs cavernes. Tout le monde ne peut pas partir. Le moins que je puisse faire, c'est de donner à ceux qui restent de la lumière pour lire. » À ce moment-là, l'écran diffusa une publicité pour un kit de blanchiment dentaire. Un défilé de sourires éclatants sur de beaux visages. Dana suivit les images d'un air impassible, les joues encore rougies par la pluie. « Ceux qui s'en vont oublient toujours que le monde ne s'arrête pas avec eux, dit-elle. Ils oublient le déclin.

— "Inutile" n'était pas le mot juste, concéda Fumiko.

— Si, répondit-elle avec un sourire. Mais ce n'est pas grave. »

Elles burent. Le silence qui s'installa n'avait rien de commun avec le vide qui plombait les dîners de Fumiko en compagnie de sa mère. Là, c'était une pause, un moment tampon. Sous la table, le pied de Dana s'immobilisa à côté de celui de Fumiko, leurs chevilles se touchèrent. Ni l'une ni l'autre ne fit de commentaire. « Vous n'avez pas vu mon appartement », dit Dana, sans rien de suggestif dans le ton, comme si elle se contentait d'observer un des aspects qui faisaient le charme de ce café. Mais la suggestion était bien présente, dans le contact léger, mais significatif de leurs jambes.

« C'est vrai, confirma Fumiko, qui écarta son pied, de peur que Dana ne sente son tapotement fébrile.

— On peut y aller, si vous voulez. Regarder un film sur le Flux.

— On peut. »

Elles quittèrent le café dès que la pluie cessa. Elles n'eurent pas à marcher longtemps : Dana habitait à quelques pâtés de maisons vers l'est, près du rivage. Elle échangea quelques mots avec le portier, avant d'appeler l'ascenseur, mais Fumiko n'entendit pas leur conversation. Dans son esprit inquiet, ses pensées crépitaient, tel un fil électrique dénudé ; ce qui allait se passer la terrifiait. C'était nouveau pour elle. Les portes de l'ascenseur se refermèrent et la cabine monta lentement en vrombissant. Dana s'appuya contre elle. Fumiko compta les voyants lumineux. Cinquième étage. Sixième. Son cœur manqua un battement, quand la main de Dana s'éleva pour lui toucher le côté du visage. « Je peux ? demanda-t-elle.

— Oui », chuchota Fumiko.

Dana lui tint les joues en coupe, et les yeux de Fumiko s'agrandirent, alors qu'elle se penchait vers elle. Leurs souffles se mélangèrent. Leurs paupières se baissèrent. Leurs lèvres se rencontrèrent, avec la douceur d'ailes repliées. Elle sentit le citron du thé de Dana. Quand les portes s'ouvrirent au dixième étage, elles se séparèrent. Dana lui prit la main. Elle passa la clé magnétique devant le lecteur, allumant automatiquement les lumières au-dessus du plan de travail de la cuisine et la lampe à côté du canapé moelleux. Elle ne dit pas à Dana qu'elle était vierge, elle n'eut pas à le faire. Sa manière de se déshabiller – marquant une pause entre chaque action et regardant dans les yeux de Dana, comme pour demander, « Et ça, c'est permis ? » – était éloquente. Une question qu'elle se répéta, quand Dana lui embrassa l'intérieur de la cuisse, et que sa conscience se rétrécit, jusqu'à réduire son champ à certaines choses : la bruine contre la fenêtre de la chambre ; le jour et l'heure sur l'écran noir à affichage numérique, *Jeudi, 16 h 30* ; le plaisir électrique du doigt de Dana décrivant des cercles autour de son mamelon. Rien d'autre.

Personne d'autre.

Elles ne se quittèrent plus. Le vendredi, Dana n'alla pas en cours, pour accompagner Fumiko à la Réserve ornithologique internationale, en Californie. Elle lui en parlait souvent et attendait avec impatience cette visite, la première depuis son enfance. L'agencement des lieux n'avait pas changé, mais au fil des ans, le nombre d'espèces qui peuplaient l'enceinte en verre avait diminué de manière significative. Elle se rappela les nuées au-dessus de sa tête, les mouvements dans les arbres et les cours d'eau, l'écho cacophonique des cris montant de la ravine artificielle. Mais à présent, hormis le bruissement de l'herbe, le silence régnait sur une bonne partie du sanctuaire. Une sterne solitaire perchée sur un support métallique observait son reflet dans la paroi en verre. Un gardien leur apprit que le dernier pélican était mort une année plus tôt. Les oies avaient la rivière pour elles seules.

« C'était si impressionnant avant, dit Fumiko.

— Ça reste une construction remarquable, répondit Dana.

— Je regrette que tu n'aies pas pu le voir à l'époque. » Fumiko posa une main sur le garde-fou, regardant les branches et les rochers désertés par les oiseaux. « Ils étaient si nombreux. »

À ce moment-là, Dana l'embrassa sans prévenir.

Une oie s'éleva depuis l'eau et s'envola vers l'est, en direction de la ravine.

Fumiko avait toujours observé avec aversion ces couples qui faisaient étalage de leur affection. Aussi s'étonna-t-elle du plaisir que lui procuraient les baisers impromptus de Dana, ses attentions, le fait qu'elles se tiennent la main. Maintenant, elle comprenait que ce genre de comportement était comparable à une sorte de code, un langage connu uniquement de deux personnes.

Il y eut d'autres surprises, moins intimes. Un jour, Dana rentra du marché avec un sac de bruiteurs ; elle attendit que Fumiko émerge de la salle de bains pour en jeter un à ses pieds. La détonation la fit sursauter comme une chatte affolée. Dana rit aux éclats, alors que Fumiko la pourchassait à travers l'appartement. Un appel du propriétaire, les informant de nombreuses plaintes reçues des voisins du dessous, interrompit leur échange de projectiles assourdissants. Elles s'excusèrent, mirent fin à la communication et tombèrent sur le lit, rouges d'épuisement. Folle de désir, Fumiko grimpa sur Dana. Elle pensait pouvoir passer chaque heure de chaque jour du reste de sa vie dans son lit, le goût de ses doigts suffisant à la sustenter, à la manière de ces assoiffés qui lèchent l'humidité sur un rocher.

Elles s'allongeaient, enlacées, tandis que Dana imaginait de fantastiques scénarios pour un avenir entre ses bras. « On aurait une planète à nous. Juste toutes les deux, au bord de l'eau. Le week-end, on ferait des tours en mer en bateau.

— Et pour les envahisseurs éventuels ?

— On les repousserait. Tu peux fabriquer les armes, tant qu'elles sont automatiques. Je ne veux pas tenir un fusil.

— Tes désirs sont des ordres. Mais j'espère que tu as envisagé un plan de secours, quand nos maigres défenses tomberont.

— Bien sûr, ma chérie. Toute la planète est bourrée d'explosifs. » Dana se blottit contre le creux du cou de Fumiko et chuchota : « Personne n'aura ce qui est à nous. »

Fumiko n'avait jamais connu ça. Pendant un mois, elle se sentit tellement heureuse au réveil qu'elle avait du mal à respirer, certains matins. Son cœur arborait un large sourire. De l'électricité lui picotait la peau dès que leurs mains se touchaient, et quand leurs doigts se nouaient, elle ne pouvait pas s'empêcher de glousser. Elle avait l'impression que son estomac reposait dans un panier de plumes.

Pourtant, un fait tempérait son euphorie. Elle allait bientôt devoir faire un choix : Umbai ou Dana, l'un de ces rares bonheurs dans ce monde. Pendant que Dana dormait à ses côtés, Fumiko pesait le pour et le contre. En partant, elle risquait de perdre Dana. Mais en renonçant, elle se privait d'une perspective professionnelle qui ne se représenterait probablement pas. De toute façon, rien ne garantissait qu'elles restent ensemble, elles ne se fréquentaient que depuis une poignée de semaines. Elles étaient encore des inconnues l'une pour l'autre. Certes, Dana lui avait déjà laissé entendre à plusieurs reprises qu'elle souhaitait qu'elles continuent à se voir, après que Fumiko aurait quitté Okinawa, quelle que soit sa destination. Mais Fumiko manquait d'éléments solides, qui lui permettaient de parier sur la longévité de leur couple.

Les choses se compliquèrent nettement le jeudi, quand Dana aborda le sujet de leur avenir, après leur sixième curry partagé à côté de la promenade. Elle lui dit qu'elle sentait quelque chose de fort entre elles. L'espoir dans ses yeux eut raison des défenses de Fumiko, qui décida ce soir-là de révéler une des clauses mineures de son accord de confidentialité. Elle lui dit la vérité : une fois partie, elle ne serait plus en mesure d'entrer en contact avec elle ou qui que ce soit d'autre avant longtemps. Quand Dana demanda combien de temps ; jusqu'à ce qu'elle ait terminé son travail, lui répondit Fumiko. Elle ne pouvait pas lui apporter plus de précisions. Dana encaissa la nouvelle, ses yeux fixés sur l'eau. « Quand est-ce que je te reverrai, alors ? Tu peux au moins me donner une idée ?

— Pas avant plusieurs années.

— Plusieurs années, répéta-t-elle.

— Combien, je l'ignore, ajouta Fumiko. Tout dépendra de l'avancement du projet.

— Qu'est-ce que tu développes ? » Mais avant que Fumiko ait le temps d'invoquer son « accord de confidentialité », Dana leva la main. « D'accord, motus. » Elle se mit debout et contourna leur banc, sa jupe fouettant l'air dans son sillage. « Si tu veux rompre, je comprends.

Ça ne me fait pas plaisir, bien sûr, mais je comprends. Je te demande juste de ne pas me mentir.

— C'est une stipulation du contrat que j'ai signé. J'aurai accès aux réseaux de recherches, mais pas au Flux, ni à aucune ressource de l'infonuage social. Pas avant que le projet soit terminé et rendu public.

— Tu aurais pu me le dire plus tôt.

— Tu aurais cessé de me voir ? »

Dana marqua une pause, mais bientôt, ses épaules se relâchèrent. « Non, répondit-elle. Mais j'aurais pu m'y préparer.

— Je suis désolée.

— J'ai appelé mes parents hier. » Elle rit. Elle les détestait. « Les communications avec la lune sont chères, mais je l'ai fait, parce que je tenais à leur annoncer que j'avais rencontré quelqu'un de spécial. Et je n'ai pas changé d'opinion : je continue de le penser, malgré la merveilleuse surprise que tu m'as réservée. » Elle soupira. « Et une fois là-bas, tu ne pourras jamais t'absenter ?

— Non.

— Sans ce boulot, tu voudrais toujours me voir ? »

Fumiko répondit sans hésitation. « Oui. »

Dana s'égaya. « Alors, c'est simple. » Elle battit des mains. « Tu n'as qu'à prendre contact avec ton futur employeur, pour renégocier ton contrat. Explique que tu n'accepteras qu'à condition de jouir d'un minimum de liberté pour vaquer à tes occupations personnelles. Et tu en profiteras pour venir me voir. Même si c'est court, on saura s'accommoder de ce qu'on nous donnera. J'ai un ami avocat qu'on peut consulter – c'est un abruti, mais il est compétent et il me doit un service ; il acceptera sans doute d'étudier tes papiers bénévolement, et ensuite… quoi ? Pourquoi tu secoues la tête ?

— Aucune négociation n'est envisageable. » Elle pressa les mains sur ses genoux. « Si je veux ce poste, c'est à prendre ou à laisser.

— Tu n'essaieras même pas ?

— C'est inutile.

— Impossible. Tu es impossible. » Maussade, elle se rassit. Derrière elles, deux adolescentes riaient d'une vidéo sur un de leurs palmeurs. L'eau clapotait contre les pilotis, tandis qu'un dirigeable vrombissait loin dans le ciel. Mais cette fois, l'ambiance était plus mélancolique que romantique. Dana joua avec ses baguettes, picorant les grains de riz restés au fond de sa barquette, sans regarder Fumiko. « Il y a une boîte postale, à laquelle m'écrire, dit Fumiko. Je recevrai tes lettres.

— Mais tu ne pourras pas y répondre.

— Je suis désolée.

— Arrête de t'excuser, je sais que tu es désolée. Je le sais bien. » Elle se frotta le visage. Puis elle secoua la tête. « Je ne sais pas si je pourrai attendre si longtemps. »

Fumiko s'était crue prête à encaisser cette réponse, mais elle eut tout de même l'impression de se prendre un coup de poing dans le ventre et se mit à pleurer. Dana l'enlaça, acceptant le poids de son corps contre le sien. « Je ne promets rien, chuchota-t-elle, mais à ton retour, viens me trouver ; si les circonstances sont plus favorables… peut-être… peut-être qu'on pourra recommencer. Correctement cette fois.

— J'ai envie de rester », dit Fumiko.

Dana rit, chagrine. « Des mots. Ce ne sont que des mots. »

Leur dernière nuit ensemble, elles firent l'amour. Dana demanda à Fumiko de la réveiller si elle s'endormait, pour qu'elles puissent se dire au revoir. Mais elle n'en fit rien. Alors que Dana respirait, les yeux clos, le poing lové contre sa bouche entrouverte, Fumiko se glissa hors du lit, s'habilla et quitta l'appartement. Comme pour sa démission de Cybelus, elle laissa un mot, coincé sous la salière, sur le plan de travail de la cuisine. Elle y remerciait Dana pour le mois écoulé et donnait l'adresse de la boîte postale, au cas où elle souhaiterait lui écrire.

Avec gratitude,

Fumiko Nakajima

Elle ne savait pas dire au revoir autrement.

De retour chez sa mère, elle fit sa valise. Elle y entassa ses vêtements, sa console personnelle, son carnet de croquis d'oiseaux. Elle reçut trois appels en absence sur son palmeur, tous de Dana. Elle ne la rappela pas.

Aki dormait, un masque sur les yeux et des bouchons dans les oreilles. Son corps paraissait si petit dans son grand lit. Bien que Fumiko n'éprouve pas d'affection particulière pour cette femme, elle estima lui devoir un geste d'adieu. Elle embrassa sa mère sur la joue ; un léger duvet couvrait la peau douce et délicate. Même les gens les plus cruels pouvaient sembler bienveillants dans leur sommeil, observa-t-elle avec intérêt. Aki remua en murmurant de manière inintelligible, alors que Fumiko fermait discrètement la porte en sortant. Une voiture l'attendait au bas de leur immeuble.

À trois heures ce matin-là, elle avait quitté l'espace marin japonais. Elle arriva en Malaisie peu après l'aube. Le siège d'Umbai se dressait de façon imposante à l'extrémité d'une falaise, telle la défense colossale d'un animal. Ses nombreux étages se lançaient à l'assaut du ciel, mais il déployait aussi ses racines sous terre. Avant d'entrer dans l'immense hall en verre, elle appela Dana sur son palmeur. Décidant que son absence de réponse n'était que justice, Fumiko rangea l'appareil dans sa poche. L'agent d'accueil s'approchait déjà pour l'aider à franchir le premier portique de sécurité.

À la fin de sa journée de travail, Fumiko descendait dans le hall et demandait au réceptionniste si elle avait du courrier. Et chaque fois, il se confondait en excuses, comme s'il avait failli dans sa mission. La fréquence de ces visites créa une sorte de routine entre eux. Au bout de quelques semaines, elle n'avait plus qu'à passer devant lui et à croiser son regard pour qu'il secoue la tête d'un air grave ; elle avait sa réponse. Bientôt, elle abandonna tout espoir, mais elle continua à descendre dans le hall, trouvant quelque chose de réconfortant dans son manège avec l'employé. Aussi fut-elle étonnée et même un peu perturbée, quand, après un mois, il lui sourit avec enthousiasme.

« Pour vous. » Avec un grand geste du bras, il lui tendit une enveloppe adressée, à l'encre fine, à M. Fumiko Nakajima. Prenant sur elle pour ne pas la déchirer immédiatement, elle regagna son appartement-terrasse au trente-troisième étage. Se profilant sur le ciel bleu néon, elle ouvrit l'enveloppe avec un stylo et lut.

Fumiko,

Je voudrais m'excuser d'avoir attendu si longtemps avant d'écrire, mais comprends bien que, quand tu es partie sans un au revoir, j'ai été très déçue. Non. J'ai été absolument furieuse. Je ressens encore ces deux émotions. Où que tu sois, j'espère que tu apprends à mieux te comporter avec les autres. Crois-moi, tu en as grand besoin. Cela étant dit, tu me pardonneras mon écriture, qui laisse à désirer. Depuis l'école primaire, j'ai rarement eu l'occasion de me servir d'un stylo.

Je ne sais pas trop quoi dire ; j'ignore tout de tes travaux, et je n'ai pas le droit de te poser des questions à ce propos avant la fin de ta « peine ». M. Toho m'a demandé de tes nouvelles l'autre jour, où tu étais, ce que tu faisais, etc. J'aimerais le savoir, ça m'éviterait de ne parler que de moi dans cette lettre…

Notre idée d'ampoule sans électricité avance. Pour le moment, nous étudions les propriétés des formes naturelles de luminescence, comme chez le ver luisant, dans l'espoir d'accroître la durée de vie des photobactéries. Honnêtement, je doute qu'il en sorte grand-chose, le temps nous manque. J'obtiendrai mon diplôme dans deux mois. J'ai envoyé ma candidature à Arborée, une ONG qui chapeaute différents projets de durabilité autour du globe. Ils ne sont pas aussi gros que les géants technologiques du secteur privé, mais ils ont bonne réputation. Je croise les doigts. S'ils m'embauchent, ça m'évitera de me retrouver à la rue ou pire, de vivre sur la lune avec mes parents. On dit que la colonie ressemble au Strip du Las Vegas d'autrefois. Mais je suis sûre que les choses finiront par s'arranger, d'une manière ou d'une autre.

Je suis toujours en colère contre toi, mais j'espère que tu vas bien et que ton travail te donne satisfaction. Tu me manques. Ton sérieux, surtout. Peut-être que ton projet ne s'éternisera pas trop. Je m'accroche à l'idée de te revoir avant la fin de l'année ; attends-toi à un savon.

Dana

Les lettres arrivèrent avec une certaine régularité, tous les deux ou trois mois. Fumiko y revenait et s'y absorbait, des jours après les avoir reçues ; elle écoutait Dana chuchoter de sa voix chaude dans sa tête. Ses subordonnés ne comprirent jamais pourquoi, ces jours-là, leur patronne semblait rayonner.

La suivante lui parvint après la phase de brainstorming, alors que les premiers avant-projets naissaient dans l'espace virtuel clos d'Umbai.

Ça y est, je suis officiellement l'employée d'Arborée. Pour ma première affectation, on m'envoie dans les États fédérés. Je quitte Okinawa dans trois semaines. Mon départ me rend moins triste que je m'y attendais. C'est frustrant, mais maintenant, j'associe cette ville au temps que nous y avons passé ensemble, et à mes espoirs déçus. Comme si ta seule existence avait altéré la chimie de mon cerveau.

Tu seras contente (?) d'apprendre que M. Toho continue de chanter tes louanges – décidément, pas moyen d'y échapper ! Il encense ta discipline et ta faculté de concentration. Je sais qu'il a raison, mais je ne peux pas m'empêcher de me rappeler cette vidéo virale de toi. Je ne te l'ai jamais dit, mais la première fois que je l'ai regardée, ça ne m'a pas plu de te voir crier après ce type. Ça m'a paru cruel. Avant de mieux te connaître, je ne comprenais pas vraiment l'enthousiasme de M. Toho à ton égard. Des génies, il en naît tout le temps, mais la bonté est une denrée rare, surtout de nos jours. Le monde en aurait bien besoin. Je radote. Ce n'est pas une critique de ma part. Mais ça fait du bien d'évacuer ma frustration.

Prends cette lettre comme la preuve que je pense toujours à toi et que, n'écoutant pas mon intérêt personnel, je continue de t'attendre.

Chaque missive confortait Fumiko dans la certitude qu'elle avait fait le bon choix en consentant ce sacrifice pour créer un endroit où pourrait s'épanouir un nouvel amour. Entre ces courriers, elle chérissait particulièrement les moments où elle coiffait le casque sur ses yeux et disparaissait dans l'espace virtuel. Elle jouissait du pouvoir qu'elle détenait au bout des doigts, de sa capacité à modeler des lignes et des formes en objets compréhensibles, beaux parfois. En quelques gestes experts, les ailes de la première station se matérialisèrent, avant de se déployer de part et d'autre de la structure principale, comme en vol.

C'est mon premier séjour en Louisiane. Les habitants sont de braves gens, mais beaucoup n'ont pas l'habitude des bébés sur mesure. Mon visage les surprend, même mes yeux. On peut faire la différence entre des lentilles de couleurs et une augmentation réelle de la pigmentation. Un groupe d'enfants me suit chaque après-midi, pendant ma tournée des champs de panneaux, au sud de la ville. Ils m'appellent sœur Ange. Je crois qu'une des gamines a le béguin pour moi. Chaque vendredi, elle m'apporte une rose cueillie dans le jardin de son père – en fait, elle la dépose sur mon sac à dos quand elle pense que je ne la vois pas. C'est adorable. Elle s'appelle Huck. Je lui ai demandé si c'était à cause du personnage de roman, mais elle n'a pas saisi la référence.

Je m'inquiète à propos du champ solaire lui-même. Mon patron et moi nous nous sommes aperçu que quelqu'un s'est clandestinement raccordé aux panneaux du quadrant est. En suivant les câbles, nous avons découvert qu'une ville située à quelques kilomètres détournait plus que sa quote-part d'électricité. À cause d'eux, des quartiers sont plongés dans le noir. Le plus frustrant, c'est qu'on n'y peut rien. Quand nous avons pris contact avec les autorités, elles nous ont donné des réponses évasives, nous faisant comprendre qu'elles étaient impuissantes. Ce sont des foutaises, bien sûr. Je ne serais pas surprise d'apprendre que les voleurs versent des pots-de-vin aux responsables. La durabilité énergétique est une belle idée, en théorie, tant que le facteur humain n'entre pas en ligne de compte.

Quatre stations verraient le jour – Pélican, Ara, Barbu, Moqueur –, chacune à l'image de son homonyme.

Les huit premiers mois de travail furent consacrés à Pélican, qui servirait de modèle aux trois autres. Donner vie à la vision de Fumiko n'alla pas sans mal : les gigantesques ailes articulées, les ascenseurs qui parcouraient le ventre de la station, l'avenue de plusieurs kilomètres de long entre les ailes où se concentrerait l'activité commerciale… Mais on y parvint. Umbai n'avait pas regardé à la dépense pour la qualité de son personnel, ou sa technologie. Fumiko restait stupéfaite de l'ampleur des ressources mises à sa disposition. L'entreprise semblait avoir préparé ce projet de longue date.

Les lignes de démarcation bougent quotidiennement. Toutes les deux semaines, mes amis et moi avions l'habitude de nous rendre dans la réserve naturelle à une vingtaine de kilomètres à l'est, pour admirer les tunnels d'arbres et marcher dans les zones marécageuses protégées. Mais il y a un mois, on nous a arrêtés à une barrière de péage ; le garde nous a informés que cette zone appartenait désormais à Saint-Abner – la ville dont je t'ai parlé. Ils ne se contentent plus de voler de l'électricité, ils achètent de la terre au gouvernement pour s'étendre. Des familles qui habitent là depuis des années sont expropriées. Certains de mes collègues sont résignés ; d'après eux, c'est notre espèce qui veut ça. On doit s'estimer heureux de remporter de minuscules batailles, dans l'espoir d'un profond changement. Plus je suis confrontée à la réalité, plus j'ai du mal à leur donner tort. Mais une partie de moi continue de se révolter contre cette conception égoïste de notre nature fondamentale. L'amour n'est pas qu'une construction mentale, et l'âme ne se résume pas à une tentative insignifiante pour nous aider à oublier la cruauté de notre propre vide. Je viens de relire la dernière phrase. Je crois que je ne sais plus où j'en suis.

On fêta l'achèvement de la première tranche verticale de Pélican dans la salle de conférences, mais Fumiko n'assista pas à la réception. L'un de ses collaborateurs lui apporta une flûte de champagne dans son appartement. Après avoir accepté le verre, elle lui referma la porte au nez. Puis elle vida l'alcool dans l'évier et remplit le verre d'eau fraîche, qu'elle alla boire à petites gorgées sur son balcon, les yeux levés vers le ciel nocturne. Elle imagina un avenir possible où elle et Dana, embarquées à bord d'une Arche, s'endormiraient dans le présent et arriveraient à temps pour l'inauguration de Pélican. Elle imagina comme Dana serait belle, debout sous la voûte étoilée à l'extrémité d'une aile de la station, se détachant sur la blancheur éclatante du soleil. Comment elles fuiraient cet endroit, ensemble, et accompliraient leur propre ascension.

Des tentes accueillent les réfugiés le long de la frontière ouest. Nous avons installé de nouveaux panneaux, mais ils ne suffisent pas à satisfaire la population. Beaucoup de gens s'éclairent à la bougie (en fait, de la cire est en train de fondre à côté de moi, alors que j'écris). Huck m'aide, les week-ends. Le matin, nous distribuons de la nourriture aux réfugiés ; après le déjeuner, nous allons dans les champs ressouder les fils rongés par les animaux sauvages pendant la nuit. J'ai rencontré ses parents. Ce sont de braves gens, mais qui semblent un peu perdus. Ils sourient, comme s'ils ne savent pas vraiment quel jour ou quelle année on est. C'est un miracle que leur fille soit autant en phase avec le monde qui l'entoure, si attentive. En quelques leçons, elle a appris les principes de base des panneaux solaires. Elle m'a même aidé à en réparer un ! La vie ici n'est pas toujours facile, mais son amitié m'est très précieuse.

Au début, les moustiques m'ont gênée, tout comme la chaleur extrême (elle ne descend pas sous les 32 °C), mais j'ai fini par apprécier la beauté de cette région. La Louisiane demeure une oasis, où l'on peut se tenir à un endroit sans voir la moindre construction humaine, hormis l'Ascenseur colombien. Et même lui se réduit à un fin trait vertical à l'horizon. Si tu plisses les yeux, il disparaît et tu parviens à te convaincre que seuls la terre, le ciel et les saules t'entourent. Je me surprends à le faire de plus en plus souvent, alors que de nouveaux secteurs des champs de panneaux tombent en panne, et qu'augmente la quantité d'énergie volée par ceux que personne ne peut arrêter.

J'y trouve une sorte de réconfort.

Dans les jours précédant l'achèvement de la tranche verticale de Barbu, Fumiko s'isola dans son appartement pendant son temps libre, se plongeant dans l'écosystème virtuel. À l'instar de Dana, qui prenait plaisir à disparaître un moment au milieu des plaines de Louisiane, elle avait pris goût à ses escapades. Dans cet univers qui n'appartenait qu'à elle, tout n'était que ténèbres et lumière, et une grille de lignes malléables. Parfois, elle les effaçait, pour concevoir le visage d'une femme aux cheveux courts et aux oreilles pointues. Des heures durant, elle créait ces abstractions de l'amour.

Dix-huit personnes ont été abattues devant Saint-Abner. Elles manifestaient contre le détournement d'énergie et l'accaparement des terres par la ville. Tout se déroulait dans le calme, jusqu'à ce que quelqu'un brandisse un pistolet. Les gardes dans le mirador ont répliqué avec des armes automatiques. Huck était là. C'est moi qui lui ai expliqué l'importance de se battre pour ses droits. Et maintenant, elle est morte. Par ma faute. Je suis allée voir le corps, je lui devais bien ça. Ses parents étaient aussi à la morgue. Sa mère m'a montré ce qu'ils avaient fait à sa fille. Huck n'avait plus de mâchoire. Elle avait treize ans. Ce monde est sous respirateur artificiel, Fumiko. Chaque jour, je deviens plus convaincue que le moment est peut-être venu de le débrancher. Je suis en colère, frustrée, et plus triste que je l'aie été depuis longtemps. Je donnerais tout pour être de nouveau avec toi à Okinawa, parmi les cerisiers en fleurs. Mais à moins que le projet sur lequel tu travailles ne soit une machine à remonter le temps, aucun retour en arrière n'est possible. Le présent est tout ce qui nous reste.

Si vive que soit la douleur de Dana, Fumiko manquait totalement d'expérience pour la compassion à distance. À part les simulacres maladroits qu'elle créait dans son espace virtuel, ses responsabilités de plus en plus nombreuses et variées lui laissaient peu d'occasions pour penser à elle. Elle se dit que c'était aussi bien. De toute façon, elle ne pouvait rien faire pour Dana. Elle n'avait aucun moyen d'entrer en contact avec elle, avant le jour où elle irait la retrouver.

Puis arriva la dernière lettre.

On était en janvier.

J'ai rencontré quelqu'un. C'est une collègue. J'ai fait sa connaissance pendant un sommet à Washington, il y a deux mois. Elle me rend visite toutes les deux ou trois semaines en Louisiane. Je voudrais te dire son nom, te parler d'elle, mais je préfère t'épargner ces détails. Si je te dis ça, c'est pour que tu n'espères pas que je t'attende encore à la sortie de ton projet – au cas où tu entretiendrais toujours cet espoir. Ce ne serait pas juste, ni pour toi ni pour moi. À un autre moment de ma vie, je t'aurais attendue ; mais tout s'écroule, le temps est devenu un luxe. J'avais besoin de quelqu'un, alors j'ai trouvé quelqu'un.

Ma mission dans les États fédérés touche bientôt à sa fin. Prochaine destination : l'Islande, pour observer les puits de magma. C'est ma dernière lettre. Si tu la reçois – en admettant que tu aies reçu les précédentes –, sache que je chérirai toujours la brève période que nous avons passée ensemble ; j'espère que tu es heureuse, ou qu'au moins tu ressens une forme d'accomplissement.

Dana Schneider

Fumiko ne déchira pas la lettre, ne la brûla pas, ou ne la jeta pas par le balcon. N'ayant jamais eu le goût des gestes mélodramatiques, elle se contenta de replier le papier, de le glisser dans son enveloppe et de poser celle-ci sur sa table, comme si elle n'en était pas la destinataire.

Elle quitta son appartement.

D'accord, pensa-t-elle, alors que l'ascenseur descendait vers les bureaux. *Au travail.*

Quatre ans.

La durée de son séjour dans les locaux d'Umbai, avant qu'elle émerge dans la sphère publique, avec les plans de ses stations. On les exposa dans une galerie du

Louvre, aux côtés de ceux d'autres entreprises. Dans la salle bondée, l'élite en tenue de soirée but à sa santé et à son succès, tandis qu'elle apportait sa dernière annotation à son travail, à l'aide d'une plume trempée dans une épaisse encre noire.

Quatre stations
F. Nakajima
23 février 2136

Des centaines d'ocucams immortalisèrent la scène, lui donnant la curieuse impression que tous les membres de l'assistance lui faisaient des clins d'œil.

Umbai engagea un biographe réputé pour décrire la création des stations, un travail dont le commanditaire expurgea finalement la plupart des informations. Comme le prévoyait son contrat, Fumiko se prêta aux séances de signature du livre et aux interviews. Au cours de ses derniers mois dans l'entreprise, on l'avait formée à l'art de la prise de parole en public. Bien qu'elle demeure maladroite en société et se laisse parfois rattraper par ses travers – une certaine brusquerie, des réponses trop techniques –, sa mère lui affirma qu'elle avait nettement progressé.

Aki était toujours en vie, son corps maigre sustenté par sa balance à calories. Depuis qu'elle avait appris que sa fille faisait son entrée sur la scène publique, elle ne lui en voulait même plus d'être partie sans lui dire au revoir. Elle assistait à tous les événements auxquels elle pouvait matériellement se rendre, vêtue de ses plus beaux atours, et s'arrangeait systématiquement pour apparaître sur le Flux. « Que ma fille soit une leçon pour le monde, déclara-t-elle. Notre société se trompe en idéalisant la beauté physique. La beauté emprunte bien des formes, la plus merveilleuse étant celle d'un esprit doté d'une intelligence supérieure. » Il n'échappa pas à Fumiko que la peau récemment retendue et raffermie de sa mère rougissait, quand les gens lui demandaient si elles étaient sœurs.

Les premières semaines de relations publiques se révélèrent épuisantes pour Fumiko. Mais après qu'elle eut donné suffisamment d'interviews, qu'elle eut participé à assez de débats et de séances de signature, elle s'aperçut avec surprise que l'attention ne lui déplaisait pas. Bien qu'il se trouve généralement quelqu'un pour émettre un commentaire désobligeant sur son apparence physique, la plupart des observations et des éloges concernaient son travail. Enfin ses oiseaux avaient droit à la reconnaissance qu'ils méritaient, même si, à ce stade, leurs espèces homonymes frôlaient l'extinction. Au moins, d'une certaine manière, ils survivraient.

Dana était toujours dans ses pensées. Dans la foule, elle repérait parfois des mèches blondes associées à des yeux d'un violet saisissant. Alors, son cœur manquait un battement, avant de comprendre qu'une admiratrice à la beauté ordinaire la dévisageait. Pendant un temps, sa tournée au contact du public parvint à la distraire, et elle crut avoir tourné la page. Sa peine ne la rattrapait que le soir, dans son lit, au moment de s'endormir. Sans personne à côté d'elle, la conscience de sa solitude devenait plus vive. Elle prenait son palmeur, son pouce hésitant au-dessus de l'écran, mais elle n'appelait jamais. Elle avait trop peur, et sa douleur était encore trop profonde.

Bientôt, on approcha de la fin de l'année. Les projets d'Umbai suivaient leurs cours, et le tour de piste victorieux de Fumiko s'achevait. Elle assistait à un réveillon du Nouvel An anticipé à la mi-décembre sur le toit d'une tour d'habitation du Cap, quand son palmeur vibra dans sa poche arrière. Elle faillit ne pas décrocher en lisant le nom sur l'écran, mais sa main bougea de son propre chef, et elle répondit.

« Félicitations », dit Dana, avec une chaleur complice, comme si leur dernière conversation remontait à quelques jours à peine.

Les sons autour de Fumiko s'estompèrent. Elle s'éloigna de la foule et des plateaux de hors-d'œuvre floconneux et de viandes saignantes, pour aller s'appuyer sur une balustrade, avec vue sur les toits en pente de la ville en contrebas. Un dirigeable flottait assez près au-dessus d'elle, pour qu'elle entende le vrombissement du gaz de refroidissement rejeté dans l'air. Le clair de lune dorait toute la scène. « Où es-tu ? s'enquit-elle.

— En Mongolie. L'autre jour, j'ai mangé des spaghettis avec du ketchup. Le serveur m'a soutenu que c'était une spécialité locale, mais j'ai des doutes.

— Je n'espérais pas avoir de tes nouvelles un jour. »

Dana rit. « C'était l'idée, au départ. Mais quand j'ai vu ta tête en couverture d'un magazine, j'ai pensé, *Ça ne peut pas être Fumiko. Fumiko ne sourit pas !* Alors, je me suis dit que j'allais t'appeler pour vérifier qu'on ne t'avait pas remplacée par un robot pendant ton séjour chez Umbai. »

Malgré elle, Fumiko sourit. « Je ne suis pas un robot. Pas encore.

— Bien. Je… je suis vraiment contente d'entendre ta voix. Ça peut sembler bizarre, surtout après tout ce temps, mais j'avais besoin de le dire. Je voulais aussi que tu saches que, pour ce que ça vaut, je suis très impressionnée par ton travail. Je n'ai pas eu l'occasion de voir les plans en vrai – un jour, je visiterai la France –, seulement des photos sur le Flux. C'est remarquable. »

Bien que la voix de Dana grésille un peu à cause de la distance, elle parut si proche à Fumiko qu'en fermant les yeux elle eut l'impression de sentir la fraîcheur des blés dans ses cheveux. Elle devait poser *la* question. « Tu es toujours avec elle ? »

Il y eut un silence. « Oui. On est toujours ensemble.

— Tu es heureuse ?

— Oui. » Dana poussa un soupir. « Et toi ?

— J'ai cru que je l'étais.

— Je n'aurais pas dû appeler. C'était une erreur. Je suis désolée.

— Non. » Fumiko, qui avait presque crié, s'attira quelques regards inquiets. « Ne raccroche pas, chuchota-t-elle. S'il te plaît.

— … d'accord. Tu avais quelque chose à me dire ? »

Tellement de choses. Elle se tut, alors qu'elle s'accoudait à la balustrade. « Dis-moi que ça en valait la peine.

— Je t'ai déjà dit tout le bien que je pensais de tes plans. Bien sûr, je n'ai aucune expérience dans ton domaine, mais d'un point de vue esthétique…

— Non, la coupa-t-elle, son palmeur plaqué si fort contre sa bouche que sa peau commençait à rougir. Dis-moi que j'ai fait le bon choix.

— Je… Fumiko. Toi seule peux le savoir. »

Fumiko eut l'impression que s'ouvrait en elle un vide, qu'elle ne comblerait qu'en ressentant quelque chose. Elle avait besoin que Dana ait mal, qu'elle réagisse autrement, elle ne voulait pas de cette courtoisie professionnelle. « Où est-ce que tu es allée pêcher cette perle de sagesse ? Sur une chaîne de développement personnel du Flux ?

— Fumiko, qu'est-ce qui te prend, enfin ?

— Pourquoi tu n'as pas attendu ? Tout aurait été… » Elle ferma les yeux. « Tout se serait passé comme prévu. On aurait été heureuses.

— Je *suis* heureuse. Tu n'as pas reçu mes lettres ? J'ai rencontré quelqu'un, et elle est merveilleuse, tu m'entends ? Si elle me demandait de l'épouser demain, je dirais oui sans hésiter. Je suis désolée que tu te sentes seule en ce moment, mais ne t'avise pas de me critiquer. D'ailleurs, puisqu'on en parle, tu aurais pu m'appeler à ta sortie. Tu n'as même pas jugé utile de prendre de mes nouvelles, pour voir si j'allais bien après que j'ai vu Huck… après que… Tu n'as pas la moindre idée de l'enfer que j'ai vécu, pour tenter d'oublier ce que j'ai vu. En fait, tu n'y as pas pensé un instant. Tu sais, j'ai longtemps cru que ton intransigeance cachait une réelle bonté, mais visiblement, je me trompais. En dépit de toutes tes prétentions, tu es aussi égoïste que ta mère. Je n'arrive pas à imaginer que tu puisses songer… »

Fumiko raccrocha.

Une fois qu'elle eut expiré et calmé ses nerfs avec une gorgée de vin, elle s'étonna de son peu d'émotion. Elle glissa son palmeur dans sa poche et commanda un autre verre. Puis elle rejoignit la réception.

La foule l'accueillit à bras ouverts.

L'Arche d'Umbai, la troisième à quitter la Terre, partit de l'Ascenseur colombien deux ans plus tard, début juin. Des entreprises concurrentes lancèrent les leurs, douze au total, à Singapour et au Kenya. La durée du voyage laissait amplement le temps de terminer la construction des stations et de les rendre habitables à l'arrivée. L'exode provoqua des émeutes, mais les forces de l'ordre tirèrent sur la foule frustrée de ne pas pouvoir monter à bord. Les autorités calmèrent les esprits en promettant vaguement sur le Flux un second passage des Arches. Elles ne revinrent jamais.

En cinq ans, plus d'un milliard d'individus suspendus en cryostase s'envolèrent, leurs lèvres figées sur une ultime prière pour qu'au bout de la traversée les attende un monde meilleur et plus sûr. Après un sommeil de plusieurs décennies, les familles reprirent connaissance l'une après l'autre et, le nez contre les hublots de leur chambre de cryostase, restèrent bouche bée devant l'oiseau colossal qui se découpait sur le soleil blanc. La station Pélican déployait ses deux ailes articulées avec grâce, sous une voûte d'étoiles. Ils étaient chez eux. Pour la première génération de colons aux rêves hantés par l'étoile Polaire, la transition se révéla difficile. Mais à mesure que naissaient des enfants sans lien émotionnel avec la Terre, la planète d'origine devint un moyen d'engager la conversation entre compagnons de voyage assez riches pour naviguer entre les mondes. L'excitation mêlée de crainte qu'ils ressentaient ressemblait-elle à celle qu'avaient connue leurs ancêtres sur un bateau qui s'éloignait des côtes ?

La vie se propagea – sur Ara, sur Barbu. Sur Désirée et Palatial. Aux confins de systèmes aux cieux encore vierges de traînées blanches laissées par l'humanité dans son sillage. Dans les capitales des villes-planètes, dont on avait dressé les plans détaillés – chaque pâté de maisons, chaque artère –, des décennies plus tôt. Des cartographes institutionnels balisèrent des itinéraires en parcourant les courants inconnus de la Poche, cataloguant les distances et les écarts temporels. Sur la base de ces travaux, des vaisseaux colonie, puis des flottes commerciales intégrèrent les systèmes au sein d'un vaste réseau. Les villes-planètes s'élevèrent à la vitesse où poussent les bambous, dans le respect d'une tradition qui voulait que les plus riches habitent au-dessus des nuages et reléguait les moins chanceux dans les sous-strates. Ce paradoxe n'échappa à personne : même avec les progrès accomplis, une partie de l'humanité ne verrait jamais les stations ni le soleil. Pourtant, on n'entreprit aucun changement structurel. Ces gens vivaient et mouraient dans le labyrinthe du Minotaure que constituaient les sous-strates des villes-planètes, à l'ombre des tours de verre, dans les panaches de fumée des usines et l'odeur nauséabonde des vide-ordures. Là, le temps n'existait pas, aucune avancée n'indiquait le tournant du siècle ou du millénaire. Juste la chaleur et la puanteur quotidiennes des cadavres coincés dans les conduits de ventilation, réduits en cendres et vite oubliés au prochain nettoyage mensuel. Pendant ce temps, la Coalition ouvrait grand sa mâchoire et continuait d'avaler les étoiles. Ses troupes plongeaient dans et hors de la Poche, sautant des pans entiers de son histoire, rapportant les juteux contrats de systèmes planétaires récemment acquis, avec les richesses de leurs mondes-ressource.

Au bout de quatre mois à travers les courants interstellaires, une volée de douze vaisseaux se déploya dans la réalité, telles des serviettes en papier. Le *Roendal*, le *Verdoyant*, le *Cedar-Crest*, le *Helena Basho*, le *Brightband*, le *Solus*, le *Rock on Water*, le *BGT*, le *Mandoline*, le *Bittedank*, le *Ghost Dog* et le *Debby*. Tous transportaient leur cargaison de dhuba ; chacun isolé dans sa propre faille de la Poche, aucun n'avait pu communiquer avec les autres pendant le voyage. « Le temps ne fait rien à l'affaire, dit le capitaine du *Rock on Water*, par liaison vidéo. Chaque fois qu'on sort du néant comme ça et que je revois vos têtes, ça me donne envie de chialer. »

Nia sourit à l'image brouillée de l'homme âgé sur son écran. « Si tu pleures, je vais m'y mettre aussi, et personne n'a besoin de voir ça. »

Il éclata de rire.

« Tout à fait d'accord, Imani. Tout à fait d'accord. »

Ils ne s'arrimeraient pas à la station Pélican avant encore quelques heures. Nia s'assit dans la salle commune avec le garçon, qui portait toujours sa robe rouge, les mains sur les genoux. Elle lui expliqua ce qui allait se passer à leur arrivée. Des guêpes appartenant à la police du Nid l'accueilleraient. Elle le rassura : elle resterait avec lui aussi longtemps que possible. Pour la suite, elle ignorait ce que lui réservait l'avenir, mais elle garderait un très bon souvenir de ces mois avec lui. Quand elle eut terminé, il hocha la tête, l'air sombre.

Elle espéra qu'il comprenait.

Baylin dressa l'inventaire final. Doc et Sonja inspectèrent la soute, vérifièrent la température des conteneurs. Durat communiqua le code du vaisseau aux autorités du

Nid, et les informa que le garçon se portait bien. « Tout me semble en ordre, répondit son interlocuteur. Des guêpes vous attendront sur le quai pour l'emmener et parcourir votre manifeste. Ça ne devrait prendre qu'un moment.

— Parfait. À bientôt.

— Très bien. Et joyeux Millénaire. »

Durat haussa un sourcil. « Pardon ?

— La fête de Nakajima. Le millième anniversaire de l'achèvement des stations. Vous êtes vernis, toi et ton équipage. » La bouche de l'homme sourit sous sa visière. « Vous arrivez juste à temps pour la plus grosse fiesta de la galaxie. »

Alors que le *Debby* décrivait un arc en direction de la mâchoire ouverte de la station, les réjouissances préparées de longue date avaient déjà commencé. Une parade occupait le Strip : sous un ciel bleu artificiel, des projections éblouissantes des animaux de la Terre criaient ou rugissaient si fort que même les adultes s'y laissaient prendre. Des orchestres pinçaient les cordes de leurs luths et soufflaient dans leurs chufflahs les notes de l'« Hymne des ailes ». Des chars flottants servaient des mets fins et délectables en provenance d'une centaine de mondes – des pommes d'Adizan enrobées d'une sauce noire, des langues de boucane frites, des gâteaux fourrés – à des tarifs exorbitants. Mais aujourd'hui, tout était permis. Les habitants de la station Pélican et ses visiteurs acceptaient l'envolée des prix, la bousculade et les coups, galvanisés par la vue de celle sans qui rien n'aurait été possible. Fumiko Nakajima, debout sur son nuage de poussière d'étoiles, saluait la foule de sa main restée jeune et souriait. Elle était le phare qui leur montrait la voie. Tous tombaient sous le charme de ce sourire, qui ne faiblirait que brièvement, au début du feu d'artifice, quand les premières fusées épanouies dans le ciel lui rappelleraient la forme et les couleurs des fleurs des cerisiers au printemps.

4. Départs

La clameur des quais de Pélican les submergea : le bruit de la pulvérisation des extincteurs sur le *Rock on Water*, à bord duquel un incendie venait de se déclarer ; les cris des équipages manipulant les conteneurs, le vacarme des transpalettes ; les querelles autour de numéros de manifestes ; le vrombissement des drones ; et aussi, le martèlement discipliné des bottes de guêpes qui, matraques rengainées, traversaient l'immense hangar B3 en direction du *Debby*. Quand le garçon les aperçut, il attrapa la main de Nia, qui sentit les battements rapides de son cœur dans sa paume. « Je suis là, chuchota-t-elle, alors que les guêpes montaient la passerelle. Tout ira bien. »

Il serra ses doigts.

Le détachement forma une ligne à distance respectable de Nia et de son équipage – une barrière blindée qui bloquait la sortie du *Debby*. La plus petite du groupe s'avança. « Capitaine Nia Imani ? » Elle salua d'un coup sec de sa main gantée sur la poitrine. « Andetwa, cheffe-ser, police du Nid. Je vous souhaite un joyeux Millénaire, à vous et aux vôtres. Permettez-moi aussi d'être la première à vous présenter mes félicitations pour la bonne exécution de votre cycle de cargaisons. » Avec la visière en forme de bec qui couvrait les yeux et le nez d'Andetwa, Nia ne voyait que son sourire pincé. « C'est le garçon que vous avez trouvé sur la planète ?

— Oui.

— Si vous voulez bien… »

La guêpe tendit sa main gantée, comme si elles échangeaient la laisse d'un animal. Nia refréna l'instinct qui la poussait à écarter cette main, mais s'interposa entre son interlocutrice et le garçon, les bras croisés sur la poitrine.

« Nia, intervint Doc d'une voix nerveuse. Non… »

Le sourire de la cheffe-ser faiblit. Ses collègues posèrent les doigts sur le manche de leur matraque. « Un problème ? » demanda-t-elle.

La mâchoire de Nia se crispa.

Durat rit. « Euh, capitaine… ? »

Elle le fit taire d'un regard. « Où l'emmenez-vous ? »

Andetwa sembla prise de cours par la question. « À la police du Nid, sur la treizième traverse, pour les formalités d'enregistrement. Si nous parvenons à l'identifier, nous le retournerons à ses tuteurs légitimes. Dans le cas contraire, il entrera dans le système, et sera confié aux services de protection de l'enfance, au quinzième. » La guêpe les regarda tour à tour, elle et le garçon ; puis, comme si elle comprenait la situation, son sourire s'adoucit. Sa main s'éloigna de la matraque à sa ceinture. « On prendra bien soin de lui, je vous assure.

— Vous pourrez me tenir au courant ? »

Après une brève hésitation, qu'Andetwa mit à profit en faisant défiler les droits des voyageurs sur sa visière, elle hocha la tête. « Si j'ai du nouveau. »

Doc posa une main sur l'épaule de Nia.

« Il est temps », dit-elle.

Nia l'écarta et se baissa pour permettre au garçon de lire sur son visage qu'elle ne voulait pas que les choses se terminent de cette manière. « Je ne te dis pas encore au revoir, d'accord ? On se reverra. Tu comprends ? »

Soudain, il la prit dans ses bras.

Il avait l'odeur de son vaisseau.

Leur étreinte fut si brève, qu'elle eut à peine le temps de songer à la lui rendre. Elle marcha avec lui et son escorte jusqu'aux ascenseurs, et son cœur se serra quand les portes se refermèrent sur lui en coulissant. Une main plaquée contre la paroi en verre, il écarquilla les yeux, comme s'il attendait qu'elle force la cabine pour le sauver. Elle tendit le bras. Pour quoi faire, elle l'ignorait. Ses doigts touchèrent le verre, au moment où la pression du vide expulsait la plateforme vers le haut, dans le ventre de la station. Il n'était plus là. Elle se retrouva seule avec son reflet grimaçant.

« Ces quinze dernières années ont été calmes sur Pélican », leur dit l'animateur de la réunion d'accueil. Une aile délicatement tatouée sur sa joue déploya ses plumes alors qu'il souriait. « L'an passé, temps standard de la station, la prolifération des folfeuilles dans les traverses inférieures a donné lieu à un incident. Pour cette raison, cette substance a rejoint la liste des produits de contrebande dans l'espace de la station. Tout contrevenant s'expose à la confiscation et à une lourde amende, si la police du Nid en découvre sur lui. Même chose pour les solliciteurs rétiniens. Mais je n'ai pas que de mauvaises nouvelles. Umbai a ouvert de nouvelles routes commerciales entre les stations et les planètes appartenant à Grammaton. Attendez-vous à l'arrivée d'épices, de vêtements et de technologie approuvée sur le marché. Personnellement, j'avoue un faible pour le thé de DanSen, conditionné en bouteille et directement vaporisé dans la narine. Le nuage de théine est très purifiant.

« Comme toujours, poursuivit-il, Umbai exerce un contrôle strict sur les dérives linguistiques. Vous constaterez que tous les résidents et la plupart des voyageurs parlent toujours votre version de la langue commune des stations. Les quelques ajouts et changements mineurs ne devraient pas vous empêcher d'apprécier votre séjour. Le Strip reste le principal lieu d'attraction, en particulier aujourd'hui et pour la semaine à venir, où nous célébrerons le grand œuvre de Fumiko Nakajima. Et pour vous remercier de *votre* excellent travail, Umbai vous a tous réservé des chambres au Travillion pour les trente prochains jours, temps standard. En plus d'une vue imprenable sur le Strip, vous aurez également accès au spa universellement réputé du Travillion. Profitez donc librement des bains parfumés et des massages. »

En l'honneur de la fête de Nakajima et de l'époque de la Vieille Terre que Fumiko avait connue, chaque membre d'équipage se vit remettre un palmeur, à utiliser pendant son séjour sur Pélican. On leur présenta les appareils aussi fins et flexibles que des cartes à jouer, sur des plateaux en métal, à la manière de hors-d'œuvre. Par leur intermédiaire, Umbai transféra à Nia la solde, qu'elle répartit ensuite entre les comptes de chacun. Elle se rappela de retenir dix pour cent sur le montant dû à Doc, bien qu'elle n'en ait plus envie. Mais à ses yeux, peu de choses revêtaient plus d'importance que de tenir parole. Doc resta impassible en découvrant la somme sur son palmeur, mais Nia sentait que la question finirait par ressurgir. Elle se préparait déjà à une dispute nocturne avec son amie.

Après la réunion d'accueil, un ascenseur les conduisit au sommet de Pélican en dix minutes. Seule ombre au tableau, l'appel passé par Nia à la police du Nid pendant le trajet, qui doucha quelque peu l'enthousiasme de l'équipage, tout à la joie du retour. La conversation se termina par un grognement de frustration, après qu'on lui eut donné la vague assurance qu'on avait bien noté ses coordonnées. La cheffe-ser ne manquerait pas d'entrer en contact avec elle, s'il y avait du nouveau.

« Tout ira bien pour lui », dit Doc.

Nia se passa la main sur le cuir chevelu.

Ça repoussait.

Quand les portes s'ouvrirent, ils débouchèrent sur le canyon marchand de douze kilomètres de long qui courait le long du dos du pélican. L'équipage, dont ce n'était pas la première visite, ne se laissa pas éblouir par les nombreux commerces et théâtres, ou les promesses de BONNES AFFAIRES et de PRODUITS DE LUXE des enseignes lumineuses. Ils se dirigèrent immédiatement vers le Travillion. Nia constata que peu de choses avaient changé, depuis son dernier passage – ou plutôt, que *tout* avait changé, mais de manière terriblement prévisible, et donc facile à ignorer. Ainsi en était-il des magasins dévorés par la concurrence, engloutis par des entités plus vastes, dont la raison sociale, composée de noms accolés à la chaîne, témoignait de leur pedigree de prédateur. Les holos de célébrités inconnues baissaient vers elle un regard plein de convoitise, cherchant à l'attirer pour un spectacle ou une forme de divertissement quelconque. Mais l'ambiance restait la même.

Elle retrouvait les trottoirs bordés d'arbres photoréalistes. Sapins, érables et bouleaux oscillaient au rythme de la brise artificielle. Le plafond en voûte, fragile et immense surface de verre numérique, avait adopté un violet vespéral et commençait à se piqueter de points blancs. Les premières étoiles apparaîtraient dans l'heure. La seule différence notable cette fois se résumait à la présence de banderoles claquantes annonçant le millième anniversaire des stations, et à celle de nombreux drapeaux appartenant aux planètes et entreprises ayant prêté allégeance à Umbai et Nakajima. Nia n'en identifia qu'une fraction, il y en avait trop. Elle regretta que le garçon ne soit pas avec elle, pour lui montrer ceux qu'elle connaissait, et lui expliquer pourquoi ça n'avait aucune importance.

Dans le décor chaleureux du hall du Travillion, l'équipage discuta de ses projets pour ce premier jour de liberté. Doc avait l'intention de se rendre à l'hôpital de la station pour offrir ses services. Durat la taquina pour ce choix si prévisible, avant de ne surprendre absolument personne en annonçant qu'il partait à la découverte des nouvelles drogues dans les bars à la mode ; ensuite, peut-être irait-il danser. Chacun parla avec enthousiasme de ses idées, mais quand ils eurent terminé, personne ne bougea. Ils restèrent figés tous les cinq au milieu du hall, tandis que les clients les contournaient. Après quatre années de vie en commun, aller chacun de son côté avait quelque chose d'étrange.

L'un après l'autre, ils s'éloignèrent pour commencer à profiter de leurs vacances, se saluant de la tête ou promettant de se revoir bientôt. Enfin ne demeurèrent que Nia et Sonja, sous le lustre de verre et de pictos dansants.

« Alors, qu'est-ce que tu as décidé ? » lui demanda Nia.

La mercenaire lui lança un regard en coin. Elle accepta son invitation à dîner d'un hochement d'épaules évasif, comme si ça la laissait indifférente. Elles trouvèrent un endroit à cinq cents mètres de l'hôtel ; un restaurant conçu comme une boule à neige, avec des flocons blancs holographiques qui poudroyaient un peu partout, et des tables disposées autour de la projection d'un acacia. Des haut-parleurs invisibles diffusaient des chants d'oiseaux lorsqu'elles s'installèrent au fond de la salle. Les oiseaux s'interrompirent le temps d'une annonce sur le Flux : à 19 h 30, un chanteur dont Nia ne reconnut pas le nom se produirait dans l'auditorium de l'aile Schreiberi. À en juger par l'enthousiasme bruyant des autres convives, il devait être très célèbre. « D'accord, un abruti quelconque a conçu cette station », dit Sonja, élevant la voix à cause de tout ce boucan. Elle écarta un flocon blanc de son visage. Réagissant au mouvement, il s'éloigna. « Tu sais quelque chose sur ce Nakajima ? »

Nia, qui n'écoutait pas vraiment, répondit que non. Son pouce suivait le contour de son palmeur dans sa poche, elle attendait, toujours et encore. Quand on lui posa le bol de kurim devant elle, elle poussa les baies avec sa cuillère, sans appétit. Elle ignora les bruits humides de la mercenaire, qui engloutissait sa nourriture comme si elle avait un puits dans la gorge. Elle n'aurait pas dû. Elle aurait dû rester dans sa chambre à l'hôtel, ou à bord du vaisseau, un endroit au calme où recevoir des nouvelles. Elle se contenterait de quelques mots, la simple confirmation qu'on s'occupait de lui.

Elle soupira. Le silence à leur table se prolongeait, mais elle ne s'en aperçut qu'au moment où Sonja le brisa.

« Je n'ai jamais aimé les gosses », dit-elle. Les yeux rivés sur sa simili-viande, elle coupait dans la fibre grasse avec une expression sévère. « Mes frères étaient de vrais merdeux. Ils n'écoutaient jamais rien, se moquaient complètement de faire du mal aux autres. » Son couteau se figea. « Mais ce garçon, c'était un bon petit », ajouta-t-elle, les yeux sur sa capitaine. Nia se dit qu'elle devait regarder de la même manière un compagnon d'armes qui a perdu un des siens au combat. « Désolée que ça ne se soit pas mieux goupillé pour vous deux. »

Nia s'attendait si peu à ces paroles de réconfort, qu'elle ne put s'empêcher de rire. Un rire bref, brusque. Elle leva son verre d'ojai et le fit tinter contre celui de Sonja, sans qu'elle se joigne à son toast. Puis elle avala d'une traite.

L'alcool lui réveilla l'estomac, tandis que la gentillesse insoupçonnée de Sonja lui faisait chaud au cœur.

Après le dîner, elle retourna aux ascenseurs, plutôt qu'à l'hôtel, préférant le *Debby* à l'opulence du Travillion. Certains dockers lui lancèrent des regards soupçonneux, alors qu'elle passait devant les transpalettes à l'arrêt et les conteneurs vides. Qu'est-ce qui pouvait bien amener une capitaine de vaisseau sur les quais à une heure si tardive, loin de la fête et des lumières du Strip ? L'un des ouvriers lui adressa un signe de la tête et un clin d'œil, puis transféra ses coordonnées sur son palmeur. Elle l'ignora.

L'obscurité régnait dans les couloirs sans vie du *Debby*. Elle s'arrêta devant la cabine du garçon, comme si elle espérait apercevoir sa petite main, qui s'agitait pour lui souhaiter bonne nuit. La chambre était vide. Elle tira les draps sur le lit et tapa l'oreiller, avant de continuer vers ses quartiers, où elle s'assit à son bureau. Le visage en partie éclairé par la lampe, elle tint son stylo au-dessus de son carnet, cherchant les mots qui l'aideraient à dissiper son humeur maussade en la couchant sur le papier. Mais l'inspiration ne vint pas. Elle s'assoupit, la tête calée sur son poing, et les pages restèrent vierges.

Alors qu'elle dormait et rêvait de flûte, Durat entra dans l'auditorium de l'aile Schreiberi, les bras passés autour des épaules de ses nouveaux amis. Le couple, rencontré au sauna du Travillion, voyageait ensemble, reconstituant le pèlerinage d'un moine quelconque, apparemment important à leurs yeux. Durat ne s'intéressait guère au chanteur qui se produisait ce soir-là ; il avait aussi du mal à suivre les conversations, qui abordaient souvent des événements survenus pendant son temps dans la Poche. Il n'avait rien à faire de la flotte Pompadour, dont il ignorait jusqu'à l'existence. Mais il passa tout de même un bon moment. Après quatre mois de confinement à bord du *Debby*, parler d'autre chose que du vaisseau, de son entretien ou de son plan de vol lui faisait l'effet d'une bouffée d'air pur. Être entouré de tant de nouveaux visages avait de quoi griser. En fonds depuis peu, il offrit des tournées générales, absorbant avec une jubilation presque hystérique l'attention qu'il en tirait. À chaque retour, il avait le sentiment que ces vacances s'annonçaient comme les meilleures qu'il avait jamais eues. Presque immanquablement, la réalité lui donnait tort. D'ailleurs, lui-même reconnaissait l'impossibilité de rêves aussi fous.

Alors que Durat buvait jusqu'à l'euphorie, Doc patrouillait dans les couloirs de l'hôpital central de Pélican. Ses couvre-chaussures stériles passaient à pas feutrés dans les divers services, tandis qu'elle se rongeait les ongles de la main droite. Cette vieille habitude, provoquée par le stress, l'avait reprise depuis que le garçon avait embarqué avec eux. Elle gardait une paire de gants dans sa poche arrière, qu'elle enfilait pour cacher ses doigts, chaque fois qu'elle entrait dans la chambre d'un patient. Dès qu'elle en sortait, elle s'assurait que personne ne la regardait et recommençait. Elle profita de sa tournée pour discuter mentalement avec Nia. Elle lui expliqua posément et de manière claire en quoi une retenue de dix pour cent lui semblait une sanction disproportionnée. Elle s'efforça de la convaincre que la présence du garçon avait entravé son aptitude à raisonner. Elle affina ses arguments, les aiguisa comme des couteaux, jusqu'à l'apparition d'une alerte sur sa rétine. Chambre 23. Elle se précipita au chevet du patient. Toujours prête au pire, elle ne relâchait jamais son attention.

Tandis que Doc nettoyait les cuisses sales d'un homme qui ne se réveillerait plus, Sonja se trouvait sur l'aile Gracilius, en compagnie d'un groupe de vétérans comme elle. À l'écart dans un parc, ils partageaient les noms de leurs morts. Les âges des soldats variaient, d'une femme de quatre-vingt-dix ans à un jeune qui n'en avait que dix-neuf. Mais tous avaient en commun leur incapacité à oublier l'odeur d'un corps grillé par un fusil magnétique. Ils n'échangeaient pas de récits de guerre, ne revivaient pas la terreur des jours glorieux ; ça, c'était bon pour les civils. Entre eux, ils se contentaient de prononcer les noms de ceux qu'ils avaient perdus, un par un, dans le sens des aiguilles d'une montre. Dans cet espace, ils permettaient aux morts de ressusciter pour une nuit. Parda. Suchong. Jura. « Norrin », dit Sonja, quand vint son tour. « Originaire d'Edelweiss. Il m'a sauvé la vie, un jour.

— Norrin, répéta la femme de quatre-vingt-dix ans.

— Norrin », fit le jeune qui n'en avait que dix-neuf.

Pendant cet hommage, quelque part sur l'autre aile de Pélican, dans l'auditorium où Durat s'amusait avec ses nouveaux amis, Fumiko prit place dans sa loge privée. Elle s'assit à côté de la femme qui serait sa compagne pour la durée de son séjour : carré blond frangé, iris teints en violet, ces attributs ne devaient rien au hasard. Elles se tenaient par la main en travers de leurs fauteuils, Fumiko caressant la peau douce de la paume de sa consorte avec son index, suivant les lignes, comme pour y retrouver un nom depuis longtemps oublié. Les deux femmes n'étaient pas seules dans la loge ce soir-là. À gauche, près des rideaux, se trouvait un des consuls de Pélican, une présence exigée par Umbai dans le cadre de cette opération de relations publiques. Fumiko l'ignora jusqu'au milieu du concert, quand elle l'entendit faire des messes basses sur son neural. Elle s'enquit d'un éventuel problème, mais il se hâta de la rassurer : aucune inquiétude à avoir, juste un détail mineur à régler. Fumiko sourit et reporta son attention sur la scène, tandis qu'elle traçait l'appel du consul à la police du Nid à l'aide de son propre implant. Son entourage aurait pu la croire absorbée par l'aria, mais à l'intérieur de son œil dilaté se jouait un scénario différent. Ouvrant des fenêtres par dizaines, elle passa au peigne fin les acquisitions récentes de la station. Quand les pages cessèrent de défiler, elle avait découvert le garçon d'Umbai-V, à l'isolement dans sa cellule de la treizième traverse. En moins de vingt secondes, elle apprit tout ce qu'il y avait à savoir sur lui et se convainquit qu'il était celui qu'elle attendait depuis longtemps. Ses mains agrippèrent ses accoudoirs et elle s'excusa auprès du consul et de sa blonde compagne, leur disant qu'elle se sentait fatiguée, mais leur souhaitant de continuer à passer une excellente soirée. Elle avait quitté la loge avant que l'un ou l'autre, échangeant un regard incertain par-dessus son fauteuil abandonné, puisse la persuader de rester.

Et tandis que la femme du Millénaire regagnait le cœur de la station dans son tram personnel, tout en bas sur le quai B3, Baylin montait en trébuchant à bord du *Debby*. Il était incapable de se rappeler pourquoi il avait préféré le vaisseau à un lit chauffé au Travillion. La faute à l'herbe fumée au bar, qui lui avait ravagé les sens. À son âge, il manquait encore d'expérience pour savoir s'arrêter à temps. Posant un pied devant l'autre, il s'enfonça dans le cargo plongé dans l'obscurité. Il avait l'impression étrange et irritante de tout percevoir avec un différé de dix secondes, ses neurones réagissant avec une lenteur de tortue, alors que son cerveau demandait à son pied de se lever. Cette sensation le changeait agréablement de son anxiété permanente, mais elle ne l'aidait pas à trouver son lit. Traversant la coursive de la démarche hésitante d'un bambin qui fait ses premiers pas, il trébucha et s'assit sur le sol entre la porte des toilettes et la salle commune, où il écouta l'obscurité et le silence. C'était curieux, d'être à bord d'un vaisseau qui ne volait pas. Était-ce toujours un vaisseau ? Il gloussa, jusqu'à ce qu'il entende des pas approcher derrière lui. Quand il tourna la tête, il retint son souffle – Nelho, la déesse des ténèbres, par qui la nuit tomberait sur l'humanité, se dressait devant lui. Il s'en voulut de ne pas avoir cru aux vieux mythes qu'on se transmettait dans sa famille ; ses sœurs l'avaient prévenu. Puis la déesse se mit à rire ; sur son doux visage se dessinèrent les pommettes saillantes et les yeux perçants de Nia. « Tu es défoncé, constata-t-elle.

— Je pense que je suis défoncé », confirma-t-il.

Elle l'aida à se lever et le ramena dans sa cabine. Il s'arrêta devant un escalier, en dépit de l'assurance de Nia qu'il ne comptait que trois petites marches. Elles lui semblaient mesurer plus de vingt mètres de haut. Il lui faudrait des années pour les monter, des générations entières de ses descendants mourraient, avant que sa lignée atteigne le sommet. Et ensuite, que deviendraient les survivants ? Cette tentative lui parut vaine, la fierté de l'effort accompli appartenait à des temps révolus. Qui était la première personne à escalader une montagne, et quel dieu espérait-elle apercevoir tout en haut ? Quelle vérité pensait-elle trouver ?

Sa quête inexorable de réponses fut interrompue quand Nia soupira et le ramassa, comme un bébé. Elle le porta le reste du chemin.

« C'est agréable », murmura-t-il, au chaud contre elle. Elle rit doucement, et pour les sens embrouillés de Baylin, chaque gloussement eut l'effet d'une détonation sous-marine, lointaine et percutante. Il crut l'entendre dire quelque chose du genre *Que ça ne devienne pas une habitude*, mais il ne pouvait pas en être sûr. Il ferma les yeux, réconforté par la fermeté de sa prise. « Je sais pourquoi il te fait confiance », murmura-t-il. Elle ne lui demanda pas de qui il parlait ; ce n'était pas nécessaire, tant la présence du garçon était prégnante autour d'eux. Comme elle voulait savoir ce qui lui faisait penser cela, il s'en tint à une vérité toute simple, qui s'était imposée à lui dès sa rencontre avec sa capitaine.

« Parce que tu es forte. »

Pendant un moment, il n'y eut que des bruits de pas.

Puis elle le remercia.

Quand Nia l'allongea sur son lit, il s'enfonça dans l'oreiller, avec la vague conscience de sa présence, assise à côté de lui. Il tira la couverture sur sa poitrine, comme s'il craignait qu'on la lui arrache. Il se réfugia dessous, jusqu'à ce que son monde devienne aussi sombre et chaud que le ventre du vaisseau colonie de ses parents. Et dans cette obscurité brillait une lueur. Un nombre. C'était important. « Trente mille, marmonna-t-il. Le nouveau sysgrav. Faut compter trente mille. » Au-delà de sa couverture, il entendit l'air siffler dans les conduits de ventilation, et sentit le matelas bouger, alors que Nia se levait. Elle lui posa une question bizarre. Aimait-il sa vie à bord de ce vaisseau ? Pour lui, la réponse allait de soi. « Oui… oui, dit-il, sombrant dans le sommeil. Ça me plaît ici. » L'obscurité était chaude.

« Irais-tu jusqu'à l'appeler un foyer ? »

Mais il se tut. Il dormait.

Nia sourit, privée de la réponse à une question qui la rongeait depuis un moment déjà. Elle avait espéré que Baylin, malgré son jeune âge, pouvait lui donner son point de vue. Mais il était beaucoup trop défoncé pour ça, et au matin, quand il aurait de nouveau les idées claires, elle avait le sentiment qu'il lui serait difficile d'aborder le sujet. Elle le laissa donc à ses rêves et alla se servir un verre d'eau à la cuisine. Elle avait la gorge sèche et irritée.

Ses yeux s'accommodaient encore à l'obscurité, quand son palmeur s'alluma et lui envoya une notification directement au cerveau.

Ceci est une invitation personnelle adressée à la capitaine Nia Imani BC2890 pour le Bal de la Canopée, organisé en l'honneur de Fumiko Nakajima et d'Umbai.

La réception débutera à 23 heures, le 14 mars, heure locale, sur le pont Canopée de la station Pélican.

Toutes les indications pour s'y rendre se trouvent ci-dessous.

Tenue correcte exigée.

La revente ou le réencodage de cette invitation sont illégaux et auront pour conséquence l'expulsion immédiate de la station Pélican, à laquelle s'ajouteront des sanctions disciplinaires ultérieures.

COMITÉ REPRÉSENTATIF D'UMBAI

À la suggestion de Baruk, les capitaines des douze cargos se retrouvèrent dans la salle de restaurant du Travillion pour le petit déjeuner, pour marquer le coup, après quatre années de collaboration. Le capitaine du *Rock on Water*, leur aîné, n'avait jamais hésité à tendre une main secourable à ses pairs quand ils en avaient le plus besoin. Difficile de refuser son invitation, bien que rares soient ceux qui avaient la fibre nostalgique et que tout le monde aurait trouvé mieux à faire.

Nia les rejoignit après une démarche stérile auprès de la police du Nid. Sur place, on l'avait refoulée dès son arrivée, lui annonçant qu'Andetwa n'était pas au bureau. On lui avait répété que les responsables de ce dossier l'appelleraient s'ils avaient du nouveau et s'ils l'estimaient « opportun ». Quand elle retrouva ses collègues, elle était d'une humeur massacrante, l'envie de se plaindre de quelque chose la démangeait, n'importe quoi. Après qu'on leur eut servi l'entrée – un bouillon parfumé d'un blanc laiteux, avec une volute bleue, que Nia trouva terriblement aigre –, elle aborda le sujet de l'invitation reçue la veille. Elle leur demanda s'ils avaient l'intention d'y aller, imaginant qu'Umbai avait automatiquement convié tous les capitaines. La réaction agressive de Toral Anders du *Solus*, connu pour ses sautes d'humeur, la détrompa. « C'est une blague ? s'écria-t-il. Ils t'ont invitée ? *Toi* ?

— Pas la peine de le prendre comme ça, répondit-elle fermement. Honnêtement, j'ignorais que c'était si important.

— C'est un privilège », asséna-t-il d'un ton acide.

La capitaine du *Helena Basho* écarta une mèche auburn tombée devant ses yeux. « D'après ce que j'en sais, de toutes les fêtes organisées cette semaine, le Bal de la Canopée est la plus prestigieuse, expliqua-t-elle.

— On y respire l'air raréfié de l'élite, ajouta son collègue du *Ghost Dog*. Je n'irais pas, même si j'étais invité. Heureusement, ils n'ont pas pensé à moi. Difficile d'imaginer une atmosphère plus étouffante.

— Moi, je ne suis pas content, reprit Toral d'un ton brusque, prêt à taper du poing sur la table. À travail égal, salaire égal, *y compris les avantages*. Ce n'est pas juste. »

Baruk passa la main dans sa barbe grise. « Peu de choses le sont, mon ami.

— Garde ta sagesse pour les pèlerins. »

Le capitaine du *BGT*, un nom qui n'était le sigle de rien – il aimait bien le son des lettres B, G et T accolées –, pencha sa petite tête en avant et renchérit à voix basse. « J'ai entendu dire que même le prince de Primark n'était pas invité.

— Uniquement parce qu'il a publiquement pris position contre la politique linguistique de la station, précisa la capitaine du *Helena Basho*.

— N'empêche, insista le capitaine du *BGT*, il n'y va pas. » Il regarda Nia. « Et toi si. »

Les yeux de Baruk pétillèrent. « Ça ne me surprend pas. Nia est une capitaine de tout premier ordre.

— Et pas nous ? s'insurgea Toral.

— C'était un compliment, Toral, pas une insulte. Si tu n'as que faire de ma sagesse, épargne-nous ta susceptibilité. »

À ces mots, Toral se leva brusquement, faisant vaciller sa chaise, et s'excusa pour aller aux toilettes.

« Je plains son équipage », commenta la capitaine du *Helena Basho*.

Baruk soupira. « Ne l'écoute pas, Nia. Cette invitation, tu l'as méritée. Quel qu'en soit le motif. »

Les autres capitaines approuvèrent d'un hochement de la tête. Nia était touchée, mais pas convaincue que son seul mérite ait poussé Umbai à la choisir. Elle devait bien reconnaître que Toral avait raison : ils avaient tous travaillé aussi dur. Une seule chose la distinguait de ses collègues : le garçon tombé du ciel.

Elle était certaine de ne pas se tromper.

Elle décida alors d'assister au bal et d'en profiter pour tenter d'obtenir quelques réponses, même si la mention *tenue correcte*, en général synonyme d'inconfort, la hérissait. « Sois tout de même prudente, la prévint le capitaine du *Mandoline.* Tu t'aventures parmi le gratin de la Coalition. Un mot de travers, et tu risques l'exécution sur une planète reculée.

— À moins qu'on ne t'expulse par un sas, une nuit.

— Ou qu'on te balance dans une cage d'ascenseur.

— Ou qu'on t'abatte juste d'une balle dans la nuque ! »

Ils trouvaient ça drôle ; Nia s'en aperçut quand toute la tablée éclata de rire.

Ce soir-là, elle arpenta le *Debby*, déplaçant des objets, lavant des assiettes propres, astiquant les panneaux de la soute. Son père lui avait appris à contenir son anxiété en s'absorbant dans des tâches anodines. Ainsi, elle évita de trop ruminer les avertissements taquins des capitaines. Elle s'affairait dans les circuits électriques pour rétablir le rétroéclairage de la coursive quand elle se mit soudain à rire d'elle-même. D'abord, parce qu'elle n'avait aucune idée des fils reliés à la coursive ; ensuite, parce que les heures perdues à chercher n'avaient servi à rien : son cœur battait toujours la chamade à cause d'un bal qui ne débuterait que d'ici une vingtaine d'heures. Avec un soupir, elle termina les dernières vérifications de sa liste, soumettant ses demandes à l'intendance du port ; elle régla le curieux problème de bruit dans la douche – un boulon desserré –, puis elle appela Durat sur son palmeur pour savoir s'il avait quelque chose de prévu ce soir. Le souvenir de Baylin défoncé l'avait convaincue que c'était exactement ce qu'il lui fallait – comme au bon vieux temps, quand le temps était encore bon marché.

Sur les murs lisses et concaves du bar, les lumières bleu mer et orange pastoral dansaient au son d'un synth-quartet, tandis que les clients savouraient leurs pipes dans des box discrets. À l'air froid et humide se mêlait le parfum artificiel des fumées, à la fois citrique et suave. Nia sourit en entrant. Par son atmosphère, le bar contribua à détendre les muscles de son cou, l'invitant à revivre ses vingt ans. Durat avait privatisé un espace confortable au fond, assez spacieux pour accueillir une dizaine de personnes. Préférant ne pas lui demander quelle proportion de sa solde il avait claquée depuis leur arrivée, elle s'assit. « Bienvenue à bord de mon vaisseau, Nia Imani, dit-il en écartant les bras au-dessus du dossier du canapé. Ce soir, tu n'es pas la capitaine. Tu n'es même pas une membre de l'équipage. Tu es ma passagère, mon invitée d'honneur. » Il sourit de toutes ses dents. « Où tu voudras, nous irons. C'est toi qui décides. »

Ils commandèrent cinq pipes. Le mélange aigre de baies et d'épices de la première cueillit Nia en plein visage. Après qu'ils eurent tiré leur deuxième, troisième, cinquième taffe, elle s'enfonça dans le coussin de son siège, se sentant à la fois aussi légère que l'air et soumise à la pesanteur. Les muscles comme du caramel et le sourire aux lèvres, elle observa les mains de Durat lui décrire la forme d'un cul parfait qui appartenait à un homme croisé la veille au concert. Ils firent deux parties de tropico, avec le jeu que Nia avait apporté du vaisseau, mais durent s'interrompre quand leurs esprits vaporeux devinrent incapables de se rappeler qui venait de jouer et qui avait droit à une flamboyance. Une fois les pipes vides, ils montèrent au club, à l'étage. Le rythme des lumières giratoires et la puissance du beat levèrent les dernières réserves de Nia. Elle avala un solide remontant au zinc, avant de se mêler à la foule et de synchroniser son neural sur le Mouvement du bar. Les yeux fermés, elle livra son corps aux injonctions du Mouvement, les impulsions électriques modulées la fondant à la masse des corps qui se tordaient sur un même tempo.

À une époque, elle était capable de se perdre dans le Mouvement, d'atteindre ce nirvana neurotoxique au sein de cet océan de membres sous la lumière stroboscopique. Mais ce soir, à mesure que les effets de la fumée se dissipaient et que ses vertiges lui donnaient vaguement la nausée, elle ne connut aucune révélation comparable à celles de sa jeunesse insouciante. Un frisson glacé lui parcourut la colonne vertébrale, alors qu'elle regardait les voyageurs déchaînés sur la piste ; elle avait passé l'âge de ce genre de soirées. D'un clin d'œil, elle quitta le Mouvement. Elle regagna le zinc d'une démarche mal assurée, ses muscles encore engourdis réapprenant le contrôle. Elle leva le doigt pour attirer l'attention du barman, qui lui servit quelque chose de petit et de raide.

La fumée de la pipe était éphémère, la danse inefficace. Sondant la salle en quête de quelqu'un avec qui passer la nuit, elle aperçut un homme seul, un peu à l'écart, qui savourait sa bière. Sa posture suggérait qu'on lui avait enfoncé un bâton dans le cul. *Toral*, pensa-t-elle vaguement. Il n'avait pas l'air si mal. Tignasse flamboyante. Mâchoire forte. Son éternelle mine renfrognée ne jouait pas en sa faveur, mais elle le trouvait plutôt beau gosse. Elle saisit son verre et avança dans sa direction. Elle avait presque envie de lui passer un savon, pour ce matin. Mais alors qu'elle arrivait à sa table – un trajet qui lui parut durer des heures –, il eut le culot de prendre un air contrit, baissant les yeux, quand elle s'assit sans y avoir été invitée. Il marmonna quelque chose, vite noyé par le martèlement du Mouvement. Elle lui cria de répéter. « J'ai dit que je voulais m'excuser pour ce matin ! cria-t-il en retour. Je sais que tu ne cherchais pas à nous… jeter ta réussite à la tête. Je me laisse aller parfois. Mais j'y travaille.

— Excuses acceptées », dit-elle, et quand elle s'aperçut qu'il semblait sincèrement soulagé, elle songea, *Il fera l'affaire*. Ses yeux s'attardèrent sur sa chemise bien ajustée, qui épousait les contours flatteurs de ses biceps. Il lui traversa l'esprit qu'elle n'avait couché avec personne depuis Kaeda. Elle se demanda si son problème ne venait pas en partie de là. Peut-être avait-elle besoin de faire l'amour à quelqu'un qui ne mourrait pas de vieillesse la prochaine fois qu'elle le verrait. Après quelques minutes de conversation banale sur la récente cargaison et les nombreux griefs de Toral contre son équipage, coupable de relâchement dans la procédure d'inventaire, elle le fit taire en l'invitant à partager son lit. Il lui demanda si elle était sérieuse. Et il sourit quand elle répondit oui. Ils quittèrent le bar ensemble et regagnèrent sa chambre au Travillion. Elle le poussa sur le lit, empoigna ses mains et les plaqua contre sa taille. Il était très compétent, elle devait lui rendre justice. Aventureux comme peu d'hommes. Mais le plaisir qu'elle prit sur et sous lui se révéla aussi fugace que la fumée de la pipe, respirée plus tôt. Terminé avant d'avoir réellement commencé.

Deux heures plus tard, elle se retrouva dans le même état d'excitation. Mais cette fois, Toral se laissait gagner par le sommeil à côté d'elle, tandis qu'adossée à la tête de lit, elle comptait le passage des minutes. Alors que la station Pélican déployait ses ailes, le soleil perça le plafond de verre du Strip, les stores des fenêtres marquant son visage fatigué.

Elle n'était pas dans cette pièce. Elle n'était pas sur cette station, mais à bord du *Debby*, sur la coursive. Elle écoutait le bruit des sandales qui la suivaient. Le claquement du cuir entre la semelle et le métal.

Un claquement comme un réveil.

Ce matin-là, sur Pélican, avec son collègue endormi à côté d'elle, elle se dit qu'elle ferait tout pour le réentendre.

Deux cent vingt-six participants avaient été invités au Bal de la Canopée. L'ajout de dernière minute de la capitaine Nia Imani sur la liste surprit les organisateurs. Mais comme l'ordre venait d'en haut, personne ne discuta, et on plaça une chaise supplémentaire à la table de banquet. On s'agita beaucoup en cuisine, dans les heures précédant la réception ; des chefs de toutes origines hors station surveillaient les assaisonnements et inspectaient les découpes. En effet, contrairement aux habitudes d'automatisation de Pélican, chaque assiette était réalisée à la main. Tandis que les brigades s'activaient aux fourneaux et que les membres de l'orchestre accordaient leurs instruments et passaient en revue le répertoire de la soirée, les invités se préparaient pour l'événement. Dans sa cabine du *Debby*, Nia enfila sa robe, se drapant dans une rivière de soie rouge. Doc, qui nouait les bretelles dans son dos, lui demanda de bien vouloir se tenir tranquille une minute. En dépit de leurs relations difficiles en ce moment, elle était contente que Doc soit venue l'aider, malgré la fatigue d'une nuit de garde à l'hôpital, comme en témoignaient ses cernes et ses cheveux gris décoiffés. Doc serra le dernier nœud et recula, jaugeant son travail avec un froncement de sourcils. « Qu'est-ce qui cloche ? demanda Nia.

— La robe te va bien, la rassura-t-elle. J'espère juste que tu ne t'es pas faite belle pour le peloton d'exécution. »

Nia gloussa, mais ne releva pas le commentaire. Elle lissa l'ourlet pour se débarrasser de rares peluches et saisit son sac.

« Je pense que c'est une erreur, dit Doc.

— Je sais. »

Doc ne soupira pas, bien que ce ne soit clairement pas l'envie qui lui manque. Elle se retint, comme pour beaucoup de choses, soupçonnait Nia.

Aucun appareil de communication publique n'était autorisé sur le pont Canopée. Les invités remettaient palmeurs et extensions neurales aux guêpes en faction devant les ascenseurs. Attendant son tour, Nia regarda avec lassitude la foule des badauds qui, derrière le cordon de sécurité, applaudissait les élus. Son équipage était là au grand complet, à l'exception de Doc ; une guêpe vint même rappeler à l'ordre Durat et Baylin, un peu trop penchés au-dessus du cordon. Tous deux crièrent quelque chose d'incompréhensible, tandis qu'entre eux Sonja s'inclinait discrètement. Nia lui rendit son salut, avant de confier son palmeur à une guêpe et d'entrer dans la cabine.

Quatre autres invités l'accompagnaient, du beau monde, à en juger par leurs tenues improbables. Pendant les dix minutes de leur ascension, elle se tint à l'écart d'eux, de leurs vêtements en cristal liquide aux formes spectrales et à motifs d'idéogrammes. Elle hésitait à faire la conversation, quand une des femmes observa la robe de Nia et lui demanda quelle entreprise elle représentait. Elle lui répondit qu'elle était la capitaine d'un cargo. Le sourire de son interlocutrice faiblit, et après l'avoir vaguement félicitée pour ses services rendus à Umbai, elle reporta son attention sur ses compagnons. La cabine s'arrêta en silence et les portes s'ouvrirent en iris. Nia laissa les autres sortir, attendant qu'ils se trouvent loin devant pour les imiter. L'échelle époustouflante du pont Canopée la fit légèrement vaciller.

Les quelque deux cents élus triés sur le volet occupaient un espace assez vaste pour accueillir plusieurs milliers de personnes. La salle de bal de l'élite de la Coalition la fit se sentir terriblement petite. Une sensation de claustrophobie s'empara d'elle, comme si le poids écrasant du vide immense et omniprésent la broyait lentement, alors qu'elle s'acheminait vers les tables nappées de tissu situées au centre de cette arène sociale. Au-delà du dôme en verre, de lointains vaisseaux marquaient le tableau noir du ciel de traînées chimiques colorées, peignant des motifs élaborés. Elle s'aperçut bientôt qu'il s'agissait des logos de différentes entreprises. À l'intérieur, des groupes de nobles et de responsables bavardaient sous une débauche d'oiseaux automates. Un paon se pavana à côté de Nia, son plumage de cuivre et de diamant déployé, alors que ses griffes claquaient sur le sol. Un enfant, vêtu d'un costume de milliers de cristaux noirs, faisait manger un moqueur dans sa main. Il riait. Quand l'oiseau eut terminé les miettes d'amuse-gueule, il pépia, avant de s'envoler pour permettre à un agent de maintenance d'extraire la nourriture qu'il n'avait aucun moyen de digérer. Mais hormis les automates et les gens habillés comme des abstractions, Nia nota autre chose, une subtile différence de pesanteur, moins forte que dans le reste de la station, un encouragement à se déplacer en glissant. Les plis de sa robe ondulèrent, en suspension dans l'air juste assez longtemps pour qu'on s'en aperçoive. Puis, à l'instar de tout ce qui se trouvait dans la salle, ils se mirent à bouger comme s'ils étaient sous l'eau. Submergée, elle s'assit à une des tables vides pour prendre ses marques. En l'absence de toute conformité vestimentaire dans des tenues toutes plus spectaculaires les unes que les autres, rien ne permettait de distinguer les employés d'Umbai du gratin. Elle n'avait aucun moyen de savoir qui pouvait lui servir tant qu'elle ne se lèverait pas pour parler à quelqu'un. Alors qu'elle décidait d'une cible, un homme lui demanda si la chaise à côté de la sienne était libre. Elle l'invita à s'asseoir d'un geste de la main.

« La pesanteur vous réussit-elle, capitaine Imani ? » dit-il en souriant.

Plus petit que la plupart des gens présents, il avait un visage rond aimable et complètement glabre, ses cheveux formant un V sur son front. Il portait un costume noir classique, et une broche ailée épinglée sur le cœur. Sa main tenait une serviette en papier renfermant une mignardise violette. Nia reconnut sans peine l'odeur, puisqu'elle avait approvisionné la station de l'ingrédient principal ces quatre dernières années. Cet arôme la perturba. Il ravivait le souvenir du parfum de Kaeda cette nuit-là, derrière le rocher, sur la colline. L'homme la dévisagea avec une lueur dans le regard, peut-être une pointe d'amusement, comme s'il se doutait que ses pensées l'avaient entraînée quelque part au chaud, sans savoir où exactement.

« On se connaît ? lui demanda-t-elle.

— Pas encore. » Il posa sa serviette et essuya les miettes de dhuba collées sur sa paume, sans égard pour le fruit de décennies de travail, alors qu'il tendait la main pour se présenter. Elle la serra un peu trop fermement. « Sartoris Moth, l'architecte de cette soirée. » Rayonnant de fierté, il embrassa du regard le décor, tandis que, sous la table, il massait la main qu'elle venait de broyer. « Qu'en pensez-vous ? Les oiseaux sont une idée à moi. Ils m'ont semblé appropriés, étant donné l'intérêt de M. Nakajima pour ces créatures. » Il observa un moqueur mécanique qui, à leurs pieds, picorait les miettes violettes qu'il avait semées. Après qu'il eut terminé de nettoyer, l'oiseau émit un pépiement électrique ; son œil de jade fixa Nia, puis il prit son envol dans un battement d'ailes. « Vous êtes un ajout de dernière minute à la liste des invités. Quand j'ai découvert que vous ne représentiez aucune entreprise et que vous n'apparteniez pas à une des grandes familles, ça a piqué ma curiosité, et j'ai pensé, *Je dois absolument la connaître !*

— Savez-vous qui m'a invitée ? demanda-t-elle.

— Vous l'ignorez ? » Ses yeux pétillèrent. « Intéressant. Malheureusement, je ne peux pas vous répondre. Ç'a été une décision aussi soudaine que bienvenue. »

Elle frotta le tissu de la nappe entre son pouce et son index pour chasser son anxiété. Quelqu'un dans cette pièce était responsable de sa venue. « Pouvez-vous me dire à quoi je devrais m'attendre ce soir, mistan Moth ?

— Appelez-moi Sartoris, je vous en prie. » Il avait recommencé à grignoter son amuse-gueule. Elle s'aperçut qu'il ne mangeait que d'une main, tandis que l'autre restait dans sa poche gauche. « À la fin de cette mise en bouche, la consule fera son discours. Le banquet se poursuivra par une entrée en sept plats, après laquelle Fumiko Nakajima ouvrira le Bal de la Canopée. À partir de là, plusieurs divertissements seront proposés, des présentations interactives de la vie sur différents mondes-ressource. Le mode de vie des gens, leur habillement, les produits qu'ils cultivent sur ces habitats uniques. De quoi faire plaisir à tout le monde. » Il désigna la pâtisserie sur sa serviette à titre d'exemple. « Si j'étais joueur, je serais prêt à parier que votre dhuba va remporter un franc succès ce soir. Quelle douceur incomparable ! »

Nia se demanda si elle ne trouverait pas étrange de regarder des acteurs recréer la récolte de la dhuba ; elle espéra n'avoir pas à rester assez longtemps pour le voir. Elle se pencha plus près de l'architecte de la soirée. « Pouvez-vous me dire autre chose ? »

Il s'inclina lui aussi vers elle, appréciant la tournure complice prise par la conversation. « Je vous écoute.

— Des représentants de la police du Nid sont-ils présents ?

— Eh bien, en voilà une question ! » Parmi un groupe de l'autre côté du dôme, il désigna un homme âgé à l'épaisse barbe grise et à l'allure martiale, révélatrice d'années de service dans une compagnie militaire privée. Sa posture suggérait également qu'il aurait tout donné pour être ailleurs, n'importe où dans la Coalition.

« Le commandant de la garde de la station. Ça n'a pas été une mince affaire de le convaincre d'assister à cette réception. » Sartoris poussa un soupir forcé. « Il n'a pas le goût des mondanités, ce qui me semble surprenant, vu son niveau social. Sa présence ici est ma seconde plus grande réussite de la soirée.

— Il est très séduisant, dit Nia, espérant se faire comprendre à demi-mot.

— Vous trouvez ? » Sartoris lui sourit. « Aimeriez-vous que je vous présente ? »

Feignant la timidité, Nia réprima un sourire. « Je doute qu'il s'intéresse à une simple capitaine de cargo.

— Ma chère, on n'a qu'une vie. » Elle remarqua une lueur déterminée dans les yeux nacrés, un aplomb derrière la pompe, une véritable audace, celle de quelqu'un qui avait l'habitude de se battre pour sa place à la table. Ça lui plut.

« Vous avez raison, dit-elle en se levant. Soyons braves. »

Il tapa dans les mains comme un enfant.

Après qu'ils eurent fendu la foule, Sartoris la présenta au commandant, dont le regard distrait devint plus attentif à la mention de son nom. Clairement, elle ne lui était déjà plus inconnue. « Mes félicitations pour la bonne exécution de votre contrat, capitaine Imani, grogna-t-il. Vous avez bien servi Umbai.

— Merci, répondit Nia. Ça n'a pas toujours été facile. Je me réjouis de rester à quai quelque temps. »

Sartoris se recula. « Si vous voulez bien m'excuser tous les deux, je crois qu'on m'appelle. Je vais demander qu'on vous apporte à boire. Passez une bonne soirée. » Et en un clin d'œil, il s'éclipsa, abandonnant Nia avec le commandant de la garde. Il la gratifia d'un faible sourire, avant de reporter son attention sur le mur transparent du dôme. Elle suivit son regard. Un vaisseau fendit l'horizon, tel un diamant taillant dans du verre noir, soulignant l'insigne ailé de l'entreprise Umbai. « Vous avez cherché à obtenir des renseignements sur l'enfant que vous nous avez ramené, dit-il. J'admire votre persistance, mais en dépit de ce que vous semblez imaginer, je n'ai rien de particulier à vous dire. Il va bien.

— Je veux juste le voir.

— Et on vous a déjà répondu que ce n'était pas possible. » Il baissa les yeux vers elle. « Combien de fois devra-t-on vous le répéter pour que vous renonciez ?

— Je l'ignore encore. »

Sa réaction un peu bête la fit grimacer. Mais elle arracha un sourire au commandant, une expression si rare sur ce visage qu'elle évoquait le mouvement de plaques tectoniques. « Vous avez réussi à vous faire inviter pour m'approcher. Vous m'impressionnez. Ce n'est pas un mince exploit. Vous pouvez en être fière. Mais comme je l'ai dit auparavant, vous perdez votre temps. Je vous suggère donc de suivre le conseil de Sartoris et de profiter de la soirée. » Il posa son verre vide sur une table. « Importunez-moi encore et je vous ferai jeter dehors. »

Sur ces mots, il tourna les talons et se joignit à un groupe qui se hâta de l'accueillir et de l'intégrer à la conversation derrière un mur de dos, une frontière infranchissable pour Nia. C'était un moment décourageant, mais elle se consola avec ce qu'elle pouvait déduire des paroles du commandant : elle n'était pas l'invitée d'Umbai, mais d'un tiers, toujours inconnu.

La soirée se poursuivit. Elle s'efforça de bavarder avec les autres invités, mais toutes ses tentatives se soldèrent par des échecs. Dès qu'elle se présentait comme la moins que rien qu'elle était, ses interlocuteurs perdaient tout intérêt. N'ayant rien à gagner d'une conversation et ne courant aucun risque en l'ignorant, ils l'arrêtaient presque invariablement d'un sourire navré, avant de se mettre en quête d'un gibier plus prometteur. Au bout de sa quatrième rebuffade, elle battit en retraite vers un buffet qui servait des brochettes originaires d'un monde-ressource pillé. Elle se sentait plus épuisée que jamais. D'après les rares informations qu'elle avait réunies, les invités s'impatientaient de l'absence de Fumiko Nakajima à sa propre soirée. Nia se demanda si elle perdait son temps.

Un verre tinta et un attroupement se forma au centre de la salle pour écouter la première consule. Elle fendit la foule dans sa robe à géométrie variable, gravit les quelques marches d'une estrade surélevée où elle commença son discours sur l'expansion constante d'Umbai. Les mots, qui semblaient pourtant ternes aux oreilles de Nia, déclenchèrent les applaudissements à la fin de chaque phrase, comme si elle annonçait un nouvel évangile. Nia resta en marge de la foule, n'écoutant que d'une oreille, quand une main lui effleura les épaules. « Je suis désolé que ça n'ait pas marché, chuchota Sartoris. Confronté à une beauté extraordinaire, notre commandant manque malheureusement parfois de discernement.

— Vous avez fait de votre mieux », répondit-elle.

La consule gesticulait en direction des étoiles.

« Promettez-moi de ne pas laisser la bêtise d'un homme vous gâcher la soirée. Si vous avez besoin de quoi que ce soit, je suis là. »

Mais elle lui assura que tout allait bien, et il s'éloigna. Elle retourna près des ascenseurs pour se ressaisir. La pesanteur réduite commençait à lui monter à la tête, il lui fallait des appuis solides sous les pieds. « Je vous le répète, criait la consule derrière elle, merci à toutes et à tous pour votre soutien qui ne s'est jamais démenti, et profitez du reste de la soirée. Fêtons ensemble un millénaire de progrès ! » La foule applaudit à tout rompre, un véritable coup de tonnerre aux oreilles de Nia, alors qu'elle attendait l'ascenseur. Quand la porte s'ouvrit, elle s'écarta pour laisser sortir la femme à l'intérieur. Mais au lieu de se joindre au bal, cette dernière s'arrêta et se tourna vers elle.

« Vous voilà », dit-elle.

Nia eut besoin de quelques secondes pour la reconnaître. Elle n'avait aperçu le visage de Fumiko Nakajima qu'en passant, sur les enseignes lumineuses du Strip.

Elle était plus petite en personne, pas seulement en taille, dans ce qu'elle signifiait aussi. Elle portait un chemisier opalin et un pantalon noir, une tenue simple, professionnelle, presque comique, au regard des efforts vestimentaires consentis par les invités. Elle avait noué ses cheveux en chignon, qui lui pendait dans la nuque. Dans un visage assez quelconque, dont certains traits paraissaient trop grands pour son ossature, deux yeux sombres regardaient la capitaine avec une vivacité saisissante. Elle attendait que Nia parle. Une seule question lui vint à l'esprit.

« Pourquoi m'avez-vous invitée ? »

Fumiko réfléchit un moment, avant de se pencher vers elle et de lui chuchoter à l'oreille. « Il est dans mon appartement. Tolérez ces imbéciles encore quelques heures, Nia, et je vous conduirai à lui. » Puis, sans un mot de plus, elle ramena la capitaine stupéfaite au cœur de la foule, qui applaudit son entrée. On s'interrogea à voix basse : comment la capitaine d'un simple cargo connaissait-elle la femme la plus célèbre de la station ? Et plus tard, à la fin du bal : pourquoi étaient-elles parties ensemble ? Et où ? Chacun y alla de sa théorie. Même la première consule n'avait pas les réponses. Quand on lui posa la question, elle se contenta de hausser les épaules d'un air amusé, rappelant que M. Nakajima avait toujours été quelqu'un d'imprévisible.

L'appartement de Fumiko se situait au milieu du cou de la station. À l'image de sa propriétaire, l'endroit ne payait pas de mine. Il comportait un coin cuisine, séparé du salon par un plan de travail en marbre ; un couloir menait à un bureau et à une chambre, pour une personne. « On a pris pour modèle un logement de la Vieille Terre », expliqua Fumiko, alors qu'elle faisait un geste circulaire dans l'air. Près du canapé, la musique d'un piano sortit d'une paire d'enceintes désuètes. « Asseyez-vous. Mettez-vous à l'aise. Je vais le chercher. »

Nia resta debout. Tandis que Fumiko s'éloignait tranquillement, elle prit appui d'une main sur le marbre frais du plan de travail. Une situation aussi fortuite n'avait pas lieu d'être. Elle se demanda si elle ne rêvait pas, quand elle perçut un mouvement au bout du couloir : le bruit d'une porte qui s'ouvrait, des murmures. Elle se passa le bras sur le front. Puis elle entendit des pas sur le parquet, se préparant à la possibilité que Fumiko réapparaisse seule, que cette soirée ne soit qu'une gigantesque farce orchestrée par une femme rendue folle par le pouvoir. Mais ce n'était pas le cas. Fumiko revint avec une femme blonde qui fit entrer le garçon.

Il portait une chemise unie et un pantalon en coton. Il avait les joues rouges, comme s'il sortait de la douche ; ses grands yeux sombres, d'abord plissés et hésitants, s'éclairèrent en la voyant. Le cœur de Nia se gonfla, alors qu'il lâchait son accompagnatrice pour avancer vers elle. Elle posa la main sur son crâne rasé, frotta son pouce sur le duvet.

« C'est bon de te voir », chuchota-t-elle.

Il renifla, hocha la tête.

Leurs retrouvailles furent brèves. « Suivez-moi dans mon bureau, capitaine, dit Fumiko, restée dans le couloir. Nous avons à discuter. »

La mission, telle que l'exposa Fumiko derrière son bureau en verre, était simple. Nia devait accueillir le garçon à bord du *Debby* et l'emmener dans les Confins, hors de l'espace sous contrôle d'Umbai et de la Coalition. Elle y resterait, en attendant de retrouver Fumiko à un point de rendez-vous et à une heure qu'elle fixerait. Ce à quoi Nia et l'équipage décideraient d'occuper leur temps d'ici là importait peu. « Tant que vos activités ne sont pas préjudiciables au garçon, faites comme il vous plaira. » Le *Debby* ne devait en aucun cas quitter les Confins. Les escales sur des stations appartenant à des entreprises hostiles à Umbai, ou qui maintenaient au moins une politique de neutralité, demeuraient possibles, mais pour une durée n'excédant pas quelques jours. Peu importait leur destination, tant qu'ils continuaient à bouger. « Par précaution contre un éventuel risque d'ingérence de ces stations, vous devrez devenir sa tutrice légale. » Fumiko poussa le contrat vers elle sur le plateau en verre. Le libellé était différent de celui d'Umbai, bref, avec des clauses énoncées clairement et directement sous forme de liste numérotée.

1. Le garçon ne devait pas mourir.

2. Le garçon ne pouvait pas être abandonné.

3. Le garçon serait rendu à Fumiko, le moment venu.

4. Fumiko Nakajima aurait accès au journal de bord du *Debby*, pour pouvoir organiser ses propres déplacements en conséquence.

5. Si, pour une raison quelconque, Nia se voyait contrainte de changer de vaisseau, Fumiko Nakajima devait en être informée.

6. La nature du garçon ne pouvait faire l'objet d'aucune discussion avec un tiers n'ayant pas préalablement reçu l'approbation de Fumiko Nakajima.

« Pour résumer, dit Fumiko, toute action qui vous empêche de me retrouver quand et où je vous l'indiquerai avec le garçon sain et sauf constituera une rupture de contrat, rupture qui vous placera en violation du droit des sociétés. On vous retirera votre licence de capitaine, on vous interdira l'entrée des stations et vos avoirs seront gelés. »

Nia retourna le contrat en fronçant les sourcils. « Je ne vois aucune mention de la durée.

— Plusieurs années. Mais le nombre exact dépendra du garçon.

— Pourquoi ? »

Alors que Fumiko la fixait du regard, les réserves émises par Doc refirent surface, et Nia s'interrogea. Qui était réellement cet enfant, et pourquoi cette femme s'intéressait-elle autant à son avenir ? Elle n'en revenait pas de prendre en considération sa proposition, pour le moins suspecte. Normalement, sa méfiance naturelle l'aurait incitée à refuser et à tourner les talons, avec la satisfaction de n'avoir pas risqué son gagne-pain de manière irréfléchie. Mais la responsabilité qu'elle se sentait envers le garçon la poussa à rester assise.

« Qui est-ce ? Qu'a-t-il de si particulier ? demanda-t-elle.

— Signez d'abord, répondit Fumiko, qui pointa du doigt le document entre les mains de Nia. En attendant, sachez qu'il ne constitue un danger ni pour vous ni pour votre équipage, et qu'il est dans l'intérêt de tous de lui accorder du temps et de l'espace pour grandir sereinement. »

Le contrat posé sur ses genoux pesait le poids d'un bloc de granit. Nia avait imaginé accueillir le garçon à bord du *Debby*, pour l'élever et le familiariser avec la vie d'un voyageur stellaire. Mais ces rêves ne s'accompagnaient pas d'avertissements, ou de pénalités en cas d'échec. Cet enfant, qu'elle avait vu comme une fenêtre pour s'évader d'elle-même, devenait une prison.

« Combien de temps ai-je pour prendre une décision ? » demanda Nia, la bouche sèche.

Fumiko regarda la pendule sur le mur. L'objet en bois véritable de belle facture égrenait le passage des secondes en émettant un petit bruit creux.

« Pas longtemps, répondit-elle. Une heure, tout au plus. »

Elle quitta la pièce pour permettre à Nia de réfléchir tranquillement.

Accompagnant le tic-tac musical de la pendule, une fontaine rocheuse miniature murmurait sur le bureau, l'eau froide s'évacuant par un puits, avant d'être réinjectée dans le circuit pour un cycle sans fin. Nia posa son visage entre ses paumes. Une fois qu'elle aurait signé, elle ne pourrait plus faire machine arrière. Sa vie, cette vie si patiemment construite, appartiendrait au passé. Elle la trouvait souvent frustrante et solitaire, mais c'était la sienne. Par ce contrat, elle liait son destin à celui d'un enfant dont elle savait bien peu de choses.

Comme l'avait fréquemment souligné Doc, c'était un inconnu.

Nia fit les cent pas autour de la table. Elle envisagea la possibilité que Fumiko ait menti, qu'il représente un danger bien réel pour elle et son équipage, et pour leur gagne-pain. Même si elle disait la vérité, sa présence pouvait se révéler insupportable. Sa personnalité évoluerait. Peut-être deviendrait-il cruel ou capricieux, égoïste ou têtu. Rien ne permettait de le supposer, mais l'expérience lui avait montré qu'aucune hypothèse n'était à écarter. Tout le monde pouvait se transformer en monstre. Mais plus que tout, Nia craignait qu'au terme du contrat, quelle qu'en soit la durée, elle s'aperçoive avec le recul qu'elle avait perdu son temps. Que le garçon n'avait été qu'une distraction à l'approche de la quarantaine, pour éviter de s'encroûter. Une distraction dangereuse, irresponsable.

Nia savait ce qu'elle avait à faire. Elle devait aller trouver Fumiko et décliner son offre. Elle devait dire au garçon qu'elle était désolée, mais qu'elle ne pouvait rien pour lui.

Elle devait s'en aller.

Elle était à la porte du bureau, quand le visage de Deborah s'imposa dans son esprit, aussi soudain que le soleil entrant à flots par une fenêtre aux rideaux tirés. Bouleversée, elle lâcha la poignée.

J'ai déjà connu ça, comprit-elle.

Nia gribouilla sa signature à la hâte, craignant de perdre courage. Le papier luisit en absorbant les nouvelles données, puis s'éteignit. Le cours de sa vie venait de changer. Elle s'assit dans son fauteuil et expira, luttant contre le tremblement de ses mains. Derrière elle, Fumiko entra, impassible, comme si son choix ne la surprenait absolument pas. Elle prit place à son bureau et remercia Nia de son obligeance. Elle lui assura qu'elle avait pris une sage décision et qu'elle se réjouissait de leur collaboration.

Puis elle lui parla de l'avenir des voyages interstellaires.

À six heures du matin, Nia convoqua l'équipage et patienta dans la salle commune du *Debby*, jusqu'à ce que tout le monde soit là. Durat avait la gueule de bois et le cou criblé de suçons ; Baylin, encore à moitié endormi, clignait des yeux ; Sonja était alerte, avec ce petit sourire en coin qu'elle affichait quand quelque chose de curieux allait se produire. Doc, quant à elle, fronçait les sourcils, comme si elle devinait déjà l'objet de cette réunion si tôt et se préparait au pire. Une fois tout le monde installé, Nia prit le temps de les regarder, remettant brièvement en cause le bien-fondé de sa décision. Mais elle savait qu'elle ne pouvait plus revenir en arrière. Elle avait renoncé à ce droit. « J'ai signé le prochain contrat du *Debby*. »

Silence. Durat massa ses yeux rouges avec ses poings. « Attends un peu, dit-il d'une voix pâteuse. Tu n'étais pas à une soirée ?

— C'est là qu'on m'a engagée. »

Doc joignit les mains sur ses genoux. « Pour faire quoi ? »

Ne voyant pas l'utilité de tergiverser, Nia s'assit et leur dit ce qu'elle pouvait. « Fumiko Nakajima m'a demandé d'escorter le garçon hors de la zone d'influence d'Umbai. Pour une période de plusieurs années, pas plus de quinze, temps réel. Je lui fournirai un environnement où vivre et grandir en sécurité. Durant cette période, le *Debby* multipliera les missions dans les Confins, jusqu'au jour du rendez-vous fixé par Fumiko Nakajima. J'insiste : il s'agit potentiellement d'un engagement pour quinze ans, temps réel. » Elle eut un petit sourire. « J'aurai peut-être cinquante balais quand le *Debby* reverra une station de la Coalition. » Elle marqua une pause, laissant cette première dose d'informations faire son chemin. La gueule de bois de Durat s'évapora. Baylin cligna des yeux. Et Doc dévisagea Nia, qui poursuivit. « Le contrat prévoit des pénalités. En cas de décès de notre passager ou d'incapacité à l'amener au point de rendez-vous, nous serons bannis de la Coalition, nos avoirs seront gelés et notre licence nous sera retirée. Je perdrai le *Debby.* Aucun de nous n'aura de nouveau l'autorisation de travailler à bord d'un vaisseau. »

Quelque part dans les conduits, un bruit sec indiqua la reprise du cycle de la clim.

« Combien c'est payé ? demanda Sonja.

— Deux milliards d'iotas chacun. »

Tout le monde retint son souffle. Ça représentait assez d'argent pour s'offrir trois décennies de vacances. Le silence régna dans la pièce, chacun réfléchissant à cette manne financière. Doc se rongea les ongles.

« Rien ne me ferait plus plaisir que de retravailler avec vous, ajouta Nia. Vous êtes parmi les meilleurs dans votre partie, et ce sera un honneur pour moi, si vous rempilez. » À ce moment-là, elle les regarda tous. « Mais n'acceptez que si vous vous sentez motivés à cent dix pour cent. Vous avez touché une coquette somme pour notre précédent contrat. Cet argent devrait vous suffire à vous payer quelques années de vacances sur un joli rocher quelque part. Et si vous souhaitez repartir sur un cargo, ma recommandation vous ouvrira toutes les portes. Vous avez le choix. Pas moi. J'ai signé avec Fumiko. Il n'y a pas de retour en arrière possible pour moi ou ce vaisseau. Pour vous, si. Vous avez trois heures pour vous décider. » Elle tambourina des doigts sur la table. « Voilà le topo.

— C'est dingue, marmonna Baylin.

— Quinze ans… » Durat secoua la tête. « J'en aurai quarante-cinq, quand je reverrai Pélican. »

« Qu'a-t-il de si particulier, Nia ? » demanda Doc, presque en chuchotant.

La question se propagea aux autres, tel un virus. Leurs yeux se plissèrent, alors qu'ils s'interrogeaient à leur tour sur l'identité du garçon, la soudaineté de l'offre, le montant astronomique qui les attendait à la fin d'un exil de plusieurs années dans les Confins ; un endroit où Doc n'avait aucune envie de retourner. « Pourquoi le contrat tourne-t-il autour du développement de cet enfant ? Qui est-il, bon sang ? fit-elle d'une voix plus insistante.

— Je n'ai pas le droit de vous le dire. » Elle n'allait pas rompre son contrat, à peine quelques heures après l'avoir signé. Mais elle regretta de ne pas pouvoir leur expliquer qu'en toute probabilité c'était juste un gamin, entraîné dans les manigances d'une psychopathe millénaire. « Seuls les signataires du contrat en connaîtront les détails. En revanche, je peux vous affirmer qu'il n'est pas dangereux, ni mentalement ni physiquement. »

Durat grogna. « C'est rassurant.

— Cette mission ne nous mettra pas dans l'illégalité, nous nous contenterons de créer une bulle d'intimité autour de lui dans des régions moins fréquentées de la galaxie.

— Bel euphémisme, commenta Doc. J'ai failli mourir dans ces “régions moins fréquentées”. Quand mon vaisseau a connu une défaillance, il n'y avait personne pour repérer notre balise de détresse. »

Baylin grimaça. « Tout ça ne me plaît pas beaucoup, capitaine.

— Je sais, répondit-elle. Comme je l'ai dit plus tôt, et avant chacune de nos missions, si tu ne le sens pas, c'est là que nos chemins se séparent.

— Sauf que la situation n'est pas comparable, reprit Doc. Les précédents contrats avaient l'approbation de la Coalition. Avec des garanties. Personne ne risquait l'exil, en cas d'échec. » Baylin hocha la tête. Doc haussa le ton. « Arrête de nous présenter la chose comme si c'était parfaitement normal. Ce n'est pas honnête de ta part. On récupère tous à peine d'une soirée épuisante et toi, tu nous balances à la figure ce contrat mirifique, qui promet tout et son contraire. Sauf qu'on n'a pas le droit de connaître les détails avant de signer. Tu nous traites comme des collègues de bureau sur une ville-planète quelconque. Ce vaisseau, c'est aussi chez nous ! »

Nia sourit d'un air narquois. « Tu as dit toi-même que ce n'était pas un foyer. »

Doc tapa sur la table. « Parce que je soulevais un point foutrement important ! Et ma position à ce sujet n'a pas évolué : cet environnement ne convient pas à l'accueil d'un enfant, qui n'a pas voix au chapitre. Par ailleurs, tu continues d'insinuer qu'il est spécial, mais tu refuses de nous en dire plus sur son identité. D'accord, tu as signé un accord de confidentialité. Mais je ne peux pas m'empêcher de me demander si même *toi*, tu en sais davantage. » Elle avait les joues rouges. « Tu prétends qu'il n'est pas dangereux, mais vu la somme absurde en jeu, comment es-tu certaine que Nakajima ne ment pas, qu'elle ne t'a pas appâtée avec une manne financière pour t'aveugler ? Pour ce que tu en sais, il est issu d'une expérience scientifique, c'est peut-être une bombe atomique, qui risque d'exploser à tout moment, s'il avale un truc qu'il n'a pas le doit de manger. Et ne m'accuse pas d'être parano, parce que cette situation n'a rien de normal. »

Nia dut prendre sur elle pour ne pas taper du poing sur la table et ordonner à Doc de la fermer et d'écouter. L'impatience ne l'avancerait à rien. Elle acceptait même l'opinion générale : elle les avait mis devant le fait accompli, et ce n'était pas correct. Signer le contrat allait à l'encontre de tout instinct de conservation, mais décliner l'offre les priverait, pour ainsi dire, de ce qu'ils considéraient comme leur maison, quel que soit le nombre de leurs années de service. « Tu as raison, dit-elle. Tu as absolument raison. »

Doc cligna des yeux. Puis, la tension retombée, elle se ratatina. « Nia, gémit-elle. Pourquoi fais-tu ça ?

— Parce que j'en ai besoin. » Les mots glissèrent de ses lèvres, en fragments maladroits qui manquaient de conviction. Sous la table, elle se tordait les mains. La mission était ridicule, mais au bout du compte, c'était sans importance. Elle serait avec le garçon. Et c'était tout ce qu'elle voulait, elle devait se le répéter. Le garçon, le garçon. « J'ai pris ma décision », conclut-elle. Elle se leva. « Vous avez trois heures pour prendre la vôtre. Je vous attendrai dans ma cabine. » Puis elle quitta la cuisine dans un silence pesant. Laissant ouverte l'écoutille qui menait à ses quartiers, elle s'assit à son bureau, mais ne sortit pas son carnet pour écrire, ou faire semblant. Elle patienta, l'estomac bouillonnant d'acides, désireux d'éjecter l'alcool consommé sur le pont Canopée, au cours d'une soirée qui lui parut appartenir à un lointain passé. *Tu as fait ton choix*, se dit-elle. *La suite n'est plus entre tes mains.*

Baylin vint la voir le premier. Il se tint dans l'écoutille, sa réponse rendue claire par le mépris sur son visage. « Doc a raison, dit-il. Ce que tu fais n'est pas juste. J'étais chez moi ici. » Il baissa les yeux vers le sol, sa bouche peinant à articuler des pensées difficiles. « Tu es ma première capitaine. Je ne veux pas que tu sois la dernière.

— Je respecte ta décision, lui dit-elle, même si ça lui faisait mal de l'entendre. J'enverrai tes états de service aux autres cargos. Le *Helena Basho* cherche un technicien. Tu trouveras un poste avant la fin de la semaine. »

Il l'écouta, hocha la tête. Il jeta un coup d'œil à la main que lui tendait Nia, et la serra à contrecœur.

Elle le regarda partir.

Durat vint le deuxième. Il avait les joues cireuses. Des mèches grasses de sa tignasse châtain s'entêtaient à lui retomber sur les yeux, à mesure qu'il les écartait. « J'aime voler, capitaine, dit-il, son pied trépignant nerveusement, et j'aime les stations. J'aime les bons petits restaurants, j'aime manger et boire. » Quand elle lui dit par boutade qu'elle ne s'en serait jamais doutée, il rit, mais sans conviction. « J'aime aussi coucher avec des partenaires séduisants. Tu le savais, ça ? Et j'adore avoir l'âge que j'ai. » Le peu de jovialité forcée qui subsistait dans sa voix disparut. « Et quinze ans loin des choses que j'aime, c'est trop. Je t'aime aussi, mais pas assez pour... » La suite resta coincée dans sa gorge. Il se détourna. « Désolé, c'est dur de dire ces trucs à voix haute...

— Tu te débrouilles comme un chef.

— Je suis un lâche, marmonna-t-il.

— Mais non.

— Si j'étais courageux, je te ferais confiance. » Il se frotta les yeux avec ses poings. « J'ai servi sous les ordres de dix capitaines différents. J'en ai connu de très bons, j'ai eu un connard aussi. Mais toi tu es la seule pour qui j'envisagerais de signer un contrat pareil. » Il sourit, une larme coulant de ses yeux rougis. Il la pointa du doigt. « À ton retour, quand tu auras deux milliards d'iotas en poche, viens me trouver pour me rappeler quel abruti j'ai été. »

Il la serra très fort dans ses bras. Sa morve goutta sur son épaule. N'importe quel autre jour, elle l'aurait remis à sa place, parce qu'il salissait son plus beau chemisier. Il lui aurait répliqué qu'elle n'avait pas de beau chemisier. Mais pas aujourd'hui.

« Tu me manqueras, Nia », chuchota-t-il.

Et elle regarda partir son pilote.

Sonja vint informer Nia qu'elle signait, mais ne donna aucune raison. « Préviens-moi juste quand on s'en va », dit-elle simplement, laissant la capitaine sans voix pour la seconde fois depuis leur arrivée sur la station. Elle apprécia ce répit, d'autant plus que l'entretien le plus pénible restait à venir.

Doc attendit presque la fin du délai de trois heures pour se présenter. Elle ne franchit pas l'écoutille, pas immédiatement. D'abord, elle s'appuya contre le châssis riveté, passant la tête à l'intérieur ; elle portait toujours les gants de protection de sa nuit de garde à l'hôpital. Les mains sur les coudes. Les yeux dans le vague.

« Il n'y a pas grand-chose à ajouter, n'est-ce pas ? demanda-t-elle d'une voix froide, posée. On a déjà beaucoup parlé, on s'est si souvent disputées. » Elle entra, observant les murs gris et vides, le sol sans tapis, le lit et son oreiller solitaire. « Mon opinion sur ta cabine a changé avec les années. Quand tu m'as accueillie à bord, et que tu m'as invitée pour la première fois à boire un verre ici…

— Du cidre de Marbury, se rappela Nia.

— C'est ça. Un peu amer à mon goût. » Elle sourit presque. « Eh bien, ce soir-là, quand j'ai noté l'absence de décorations, à part ce beau bureau, je me suis dit, *Voilà quelqu'un qui n'a aucune personnalité*. À moins qu'elle ne soit terriblement déprimée ou totalement dépourvue de sens esthétique. Mais ensuite, j'ai appris à te connaître. » Sa main toucha le mur, comme en bénédiction. « Tu étais juste concentrée ; tu ne possédais que le strict nécessaire, un bureau pour écrire et un lit où dormir. Un dénuement comparable à celui d'un sage au sommet de sa montagne. »

Nia détourna les yeux et dit avec une pointe d'amertume. « J'ignorais que tu avais une image de moi si poétique.

— Moque-toi, si tu veux, mais c'est ce que je pensais. » Elle retira sa main du mur, resta plantée là, présentant son dos à Nia. « Mais mon opinion a évolué. Tu es vide, je le vois bien. Et toi aussi, tu en as conscience. Pour cette raison, tu te raccroches à tout ce qui pourra te combler, même si c'est une ombre.

— Ce qui ne me manquera pas, en tout cas, c'est de t'entendre constamment jouer les psys.

— Si, répondit-elle. Mais comme toujours avec toi, tu t'en apercevras trop tard.

— Qu'est-ce que je fais en ce moment, d'après toi ? demanda Nia. Ce garçon m'a presque été retiré. J'ai empêché que ça arrive avant qu'il soit trop tard. J'ai fait un choix, celui de lui venir en aide.

— Tu as réagi de manière puérile, en laissant ton impulsivité te mener par le bout du nez. »

Nia se leva. Du feu lui coulait dans les veines. Si c'était leur dernière dispute, elle ferait en sorte que Doc ne l'oublie pas. « Sur un coup de tête, j'ai déployé ce vaisseau hors de la Poche dans une région des Confins où j'ai retrouvé ton corps couvert de merde. Sur un coup de tête, je t'ai offert un endroit où te reconstruire.

— Comme tu n'as jamais manqué de me le rappeler, cria Doc. Pas une seconde. Louée soit la capitaine Nia Imani pour son instinct exemplaire. Sa bienveillance ! Combien de temps devrais-je te témoigner ma reconnaissance avec des airs de chien battu, pour que tu t'estimes satisfaite ? Ce serait bien de prévenir ce garçon de ce qui l'attend, du nombre d'années où il devra te baiser les pieds sur ce foutu vaisseau !

— Je n'aurais pas à te rappeler ta dette, si tu ne t'ingéniais pas à saper mon autorité dès que l'occasion se présente. Et pourquoi ? Pas par souci de justice, comme tu le prétends. Juste parce que tu es rongée par le désir pitoyable de te sentir importante. Mais je te connais. Tu es lâche. Tu t'es planquée, pendant que les autres membres de ton équipage se bouffaient entre eux. Et tu remets ça. Tu abandonnes les gens qui ont besoin de toi, quand la situation se complique.

— Comment oses-tu ! lança Doc d'un ton hargneux. C'est ça que tu veux ? Tu veux qu'on se balance nos tragédies respectives à la figure ? Tu veux vraiment parler de désertion ? Tu veux parler de Deborah ? Ta sœur…

— Ferme-la, tu m'entends. Ferme-la !

— Ta sœur. Son cadavre, dans la rue. C'est ta faute. Personne d'autre ne l'a laissée dans cette maison criblée de dettes. Je ne t'ai jamais crue, tu sais. Tu te lamentais en disant qu'elle devait rester, pour payer les dettes de votre père, comme si tu n'étais pas concernée. Tu aurais pu trouver une autre solution. Si tu t'étais au moins donné la peine d'essayer. Mais ça t'a plu. Ça t'a plu de partir. Comme tu as dû te sentir libérée, débarrassée de son amour si pesant. Peins son prénom sur ton vaisseau autant que tu veux, pleurniche après son fantôme, mais ne viens pas me parler d'abandon comme si tu étais une sainte. N'espère pas me faire croire que ça vient du cœur. Tu n'as pas de cœur. Sinon, tu n'aurais jamais commencé ce jeu répugnant. Mais ça y est ! J'ai participé ! Tu es contente ?

— Non ! » Tremblante, Nia tituba à reculons jusqu'à son lit. Elle pressa les poings contre ses yeux. « Non », répéta-t-elle, plus calmement. Puis, elle prononça une phrase qu'elle disait rarement, elle si fière, si têtue. « Je suis désolée.

— Je t'aimais, pleura Doc. Mais entre nous… entre *moi* et ce garçon, tu l'as choisi lui. » Elle renifla.

Nia refoula ses propres larmes, ses mains chaudes contre ses yeux. « Meena », chuchota-t-elle. Mais Doc ne répondit pas. Elle n'eut pas besoin de regarder pour savoir qu'elle n'était plus là.

Elle le sentit.

Au vide laissé dans la pièce.

En silence, les membres d'équipage qui quittaient le vaisseau rassemblèrent leurs affaires dans leurs cabines respectives. Sonja récupéra un transpalette sur les quais pour les aider avec le plus lourd. Nia appela le Travillion, et quelques minutes plus tard, quatre employés arrivèrent pour convoyer le tout jusqu'à l'hôtel.

Assise sur la passerelle du *Debby*, elle assista au départ. La scène avait un côté surréaliste. Bien sûr, l'effectif du vaisseau avait évolué au fil du temps, mais jamais plus d'une personne à la fois, et toujours à l'amiable ; les intéressés se séparaient avec la relative certitude que tout était en ordre. Face au ballet des cartons, Nia reconsidéra sa décision, ses motivations ; son acte était-il aussi altruiste qu'elle voulait le croire ou répondait-il, plus sournoisement, à quelque sombre désespoir intime ? Était-ce vraiment important ? Quand elle leva les yeux, elle vit les roues du dernier bagage de Doc danser sur le caillebotis métallique de la passerelle. Sa vieille amie s'arrêta sur le quai, mais sans se retourner. Sa main gantée réajusta sa prise sur la poignée de sa valise, puis Doc continua à avancer vers l'ascenseur, où elle et son sari disparurent. Sans une pensée de plus, sans un au revoir.

Durat s'assit à côté de Nia.

« J'attends que vous partiez, annonça-t-il.

— Tu n'es pas obligé. »

Il rit. « Je sais. Mais je préfère. »

Elle lui saisit la main, et ils restèrent ainsi sur la passerelle du *Debby*, avec Sonja debout à côté d'eux, guettant l'arrivée des nouveaux membres d'équipage.

Les portes de l'ascenseur s'ouvrirent en iris, et la femme blonde croisée dans l'appartement de Fumiko apparut. Le garçon l'accompagnait. Ses grands yeux fixaient Nia et son vaisseau, il souriait bêtement. Sa seule présence suffit à calmer les inquiétudes de Nia. Derrière lui se tenaient deux guêpes et quatre autres personnes – son nouvel effectif, se dit la capitaine. « Ils ont l'air sérieux », chuchota Durat, avant de bondir de son perchoir pour aller serrer l'enfant dans ses bras.

La femme blonde portait une ample robe longue qui chatoyait. « Je suis désolée pour votre équipage, dit-elle, apparemment sincère.

— Ce n'est pas grave », répondit Nia, qui ne se sentait pas d'humeur à s'étendre sur le sujet. Elle regarda les deux guêpes au pied de la passerelle. « Qu'est-ce qu'ils font là ?

— La police du Nid n'est pas un ensemble homogène. Ces deux-là appartiennent à un courant fidèle à Fumiko. Ne vous inquiétez pas. » Puis, d'un geste du doigt, elle invita les quatre nouvelles recrues à avancer. « Permettez-moi de vous présenter votre équipage par intérim. Vaila Jenssen, pilote ; Em Reese, technicien ; et Royvan Hollywell, médecin de bord. Chacun d'eux est d'une compétence remarquable dans son domaine. Vous pouvez vous fier à eux. » Ils s'inclinèrent tour à tour à l'énoncé de leur nom, mais avec la blessure des départs encore à vif, Nia ne pouvait ni ne voulait s'attacher pour l'instant. La quatrième personne, qui attendait toujours, piqua davantage sa curiosité. Son petit gabarit et ses cheveux en V sur le front avaient quelque chose de très familier. « Et je crois que vous connaissez déjà Sartoris Moth. »

Nia mit un moment à se rappeler leur rencontre au Bal de la Canopée. Il s'inclina bien bas dans son élégante veste noire. « Nous nous retrouvons, capitaine Imani, dit-il de son ton désinvolte. J'aurai plaisir à travailler avec vous, j'en suis sûr.

— Ravie de vous voir, moi aussi. » L'adjonction d'un organisateur de soirées à son équipage la déconcertait. « Je ne pensais pas avoir besoin d'une quatrième recrue.

— Sartoris sera votre intermédiaire avec Fumiko, expliqua la femme. En cas de difficultés, il pourra entrer en contact avec elle pour demander de l'aide.

— Et pour moucharder, si vous n'êtes pas sage », ajouta-t-il, avec un clin d'œil malicieux.

Pendant que les nouveaux s'installaient à bord du *Debby*, on échangea les derniers adieux. Durat et Sonja se donnèrent des tapes dans le dos. « À la revoyure, espèce de tricheur », marmonna-t-elle, avec un sourire narquois. Il répliqua sur le même ton, la remerciant pour tout l'argent extorqué au cours de leurs parties de cartes. Et après une ultime et rapide étreinte avec le garçon, il se tourna vers Nia pour la prendre dans ses bras. Elle trouva étrange de savoir qu'en toute vraisemblance ce serait leur dernier contact physique. Le voir quitter le *Debby*, idée inenvisageable à peine quelques heures plus tôt, semblait à présent inévitable, comme s'il était écrit que leurs routes devaient se séparer. Il cligna des yeux.

« Bonne chance, Nia. »

Depuis le cockpit, elle le vit saluer de la main, pendant que les moteurs se réveillaient et que sa remplaçante communiquait en code avec un opérateur de la station. Nia leva le bras, en réponse à son vieil ami. Alors qu'il se mettait en marche vers le Travillion, elle lui souhaita de nombreuses nuits d'ivresse et de bonheur, regrettant de ne pas être là pour les voir. Si délirante que lui semble Fumiko, elle devait reconnaître que sa théorie à propos du garçon avait de quoi séduire – l'idée qu'il possède le pouvoir de traverser la galaxie en quelques secondes, tel un symbole de lumière. Fumiko avait appelé ça le « saut », un nom idiot donné par le mystérieux premier homme à lui en avoir parlé. Mais pour Nia, si l'histoire était vraie, un tel pouvoir représentait bien plus que la possibilité de se balader librement un peu partout. C'était la fin des adieux.

Sa nouvelle pilote leva les yeux vers elle. « Parée au départ, capitaine. »

Nia hocha la tête.

Le garçon l'attendait devant son écoutille dans l'une des robes de Kaeda. Curieusement, riche de toutes les informations communiquées par Fumiko, elle portait sur lui un regard différent. Derrière ces yeux fervents se cachaient peut-être un réseau de pensées, une banque de mémoire à laquelle elle n'avait pas accès. Elle se demanda s'il soupçonnait la vérité sur lui-même, s'il savait qu'un jour, dans plusieurs années, il lui suffirait de songer à un endroit pour y être. Mais elle oublia vite ses réflexions en le voyant sourire. *Ce n'est qu'un enfant*, se dit-elle. *Et tout se passera bien pour lui.*

Tandis que les nouvelles recrues du *Debby* se préparaient à l'entrée dans la Poche, elle le conduisit dans la soute pour embêter Sonja, dorénavant la seule personne sur le vaisseau qu'ils connaissent tous les deux. Ils tinrent compagnie à la mercenaire jusqu'à l'heure du déjeuner. Après le dîner, alors que la longue journée touchait à sa fin, Nia le coucha et le borda.

« Je suis contente que tu sois là. »

Il la regarda, la couverture tirée sous son cou. Alors que l'éclairage à bord se réduisait à l'essentiel, la lumière de la cabine s'éteignit avec un déclic, les plongeant dans le noir. Nia n'entendit plus que son souffle léger et un chuchotement rauque : « Bonne nuit. »

« J'ai rencontré un homme, il y a de très, très nombreuses années, qui prétendait avoir "sauté" du Bras nodal, dans les Confins, à la station Grammaton, sans monter à bord d'un seul vaisseau. Son haleine empestait l'alcool, quand il m'a empoignée par le bras. J'aurais pu le faire exécuter pour ça, mais j'ai préféré le laisser s'humilier. Je l'ai écouté. Puis je lui ai dit, "d'accord, montrez-moi. Montrez-moi comment vous avez parcouru des décennies à travers les étoiles, juste sur vos deux jambes." Il a eu un petit sourire satisfait, et il a disparu. Comme ça. Sur le sol, à sa place, ne restaient que de la fumée et des cendres. L'air était humide, il ondulait. Je n'ai guère de regrets, capitaine Imani, mais aujourd'hui encore, je m'en veux de ne pas lui avoir demandé son nom, ou tout autre renseignement qui m'aurait permis de le retrouver. Je me tenais à deux mètres de l'avenir, et je l'ai laissé me filer entre les doigts.

« Après cet épisode, je suis restée vigilante. Quand on a eu une vie aussi longue que la mienne, on a accès à presque tout. En un clin d'œil, j'obtiens les données démographiques à l'échelle d'une planète, je suis informée des bruits qui courent dans la population, de ses mystères. Je vois la mosaïque dans sa totalité. Les disparitions inexpliquées. Les cas attribués à une combustion spontanée. Les uniques survivants, trouvés dans les débris d'une épave. Les corps nus, intacts, ignorés par les flammes, qui errent, amnésiques, puis se volatilisent à nouveau, pour de bon. Pour qui sait où regarder, un schéma finit par émerger. Je crois que ce garçon d'Umbai-V est l'un de ces sauteurs – une étape dans la mutation qui permettra de nous engager plus avant dans notre destin galactique. » Elle marqua une pause, ses lèvres esquissant un sourire narquois. « Vous pensez que j'ai perdu la tête. »

Nia avait le visage d'une femme qui s'aperçoit qu'elle a affaire à une folle. La rapidité avec laquelle la capitaine reprit sa contenance plut à Fumiko. « Ça fait beaucoup à assimiler d'un coup, répondit-elle avec précaution.

— C'est vrai. Et je pourrais très bien me tromper, reconnut Fumiko. Mais je ne suis pas prête à courir ce risque une deuxième fois. Pas avec un tel enjeu. »

La capitaine hocha la tête. Elle gardait le dos droit, comme assise sur des aiguilles. « Pourquoi moi ? » demanda-t-elle.

Une question attendue. Fumiko roula des épaules. « Pour plusieurs raisons. D'abord, dit-elle en levant un doigt, la technologie actuelle n'est pas capable de détecter de quoi se compose le pouvoir du garçon, et en quelle quantité. Le développement d'une telle technologie exigerait du temps, trop de temps réel pour courir ce risque.

— Ce risque ?

— Umbai. Voilà un moment qu'ils s'intéressent d'un peu trop prêt à mes projets personnels, et je préférerais qu'ils ne se mêlent pas de celui-là. Ils ne savent pas exploiter un bienfait sans casse. » Elle sourit. « J'ai besoin d'éloigner le garçon d'ici, de moi, jusqu'au jour où nous posséderons non seulement des outils pour l'étudier, mais où nous aurons aussi la certitude qu'il est bien celui que je cherche. Vous avez un vaisseau. Vous avez l'expérience des voyages dans les Confins. Et d'après les données disponibles, vous êtes quelqu'un de réfléchi, qui fonde ses décisions sur la connaissance des faits.

« Ce qui m'amène à la deuxième raison. » Second doigt, un signe de paix. « Outre vos références, il est évident que le garçon s'est attaché à vous. Tous les cas observés depuis des décennies ont un point commun : les "sauteurs" supposés ne sont jamais revenus. Une fois qu'ils ont disparu, c'est pour de bon. En fumée, pour ainsi dire. Si ce garçon possède réellement ce don, à moins de le plonger dans un coma, je vois mal comment m'assurer qu'il ne nous faussera pas compagnie. Comme je ne souhaite pas infliger ça à un enfant sans y être forcée, je préférerais qu'il soit avec vous. Vous seriez la raison qui le ferait rester, ou revenir, s'il venait à disparaître.

— Disparaître », répéta la capitaine, avec une expression un peu peinée, que Fumiko connaissait. Elle affichait la même, quand elle devait supporter les divagations incohérentes d'une âme en détresse.

Dans sa tête se réveilla la douleur sourde et lancinante qui n'était jamais bien loin, la conséquence de longs séjours de cryostase, tout comme les trous de mémoire, les noms depuis longtemps oubliés. Ce serait si facile de refuser de donner une explication à cette femme, mais pour une raison quelconque, elle avait besoin qu'elle comprenne. Peut-être parce que, en s'intéressant à son dossier, elle avait reconnu une âme sœur. « J'accepte la possibilité que ce que j'ai vu n'ait pas été réel, dit-elle. Dans ce cas, les recherches que je mène depuis des siècles se révéleront vaines. Mais j'en aurai le cœur net. Je dois savoir. Et si j'ai raison, en vous envoyant, vous et le garçon, dans les Confins, je n'ai rien à perdre et tout à gagner. Que vous me croyiez ou pas importe peu, que vous me jugiez psychotique aussi. Vous vous êtes engagée, et vous allez m'aider à effacer les distances entre les étoiles. »

Nia la regarda. Fumiko fut si surprise par ce qu'elle lui dit ensuite qu'elle en perdit le fil de sa pensée. Les mots surgirent de nulle part, prononcés avec certitude, comme s'il s'agissait d'un fait observable sur le bureau, à côté de la petite fontaine perpétuelle.

« Vous avez perdu quelqu'un », dit Nia.

Marquée par ces mots, Fumiko attendait dans l'appartement le retour de sa consorte, avec l'annonce que le *Debby* avait quitté la station. Assise au plan de travail en marbre, elle se caressait la lèvre inférieure, se demandant ce qui, sur son visage, avait pu la trahir. Après avoir frappé à la porte, la jeune femme blonde confirma que le garçon était déjà loin de Pélican. Fumiko écarta ses interrogations et s'activa, avisant sa goélette de se tenir prête à partir dans l'heure. Dans sa chambre, elle fourra dans un sac les vêtements nécessaires au voyage – des chemisiers unis, les quatre tailleurs qu'elle aimait. Tout le monde trouvait leur coupe merveilleusement archaïque, mais pour elle, ils n'étaient que de simples tenues de travail. Alors qu'elle faisait ses bagages, sa consorte attendait dans l'embrasure de la porte, les mains jointes derrière le dos, patiente et silencieuse. Fumiko ferma le sac avec un bruit sec ; en sortant, elle s'arrêta devant la femme blonde. « Merci pour tout », dit-elle, et elle l'embrassa à pleine bouche. L'autre laissa échapper un petit gémissement, mais Fumiko ne ressentit rien ou presque. Quelque part dans les ruines de sa mémoire se trouvait une femme qu'elle avait jadis aimée, mais dont les années en cryostase avaient érodé le nom. Même elle ignorait pourquoi elle demandait de teindre en violet les yeux des compagnes qu'elle engageait sur Pélican, toujours des blondes aux cheveux courts, légèrement décoiffés ; ou pourquoi leur sourire devait lui apparaître comme une bénédiction. En revanche, elle savait qu'elle éprouvait un net sentiment de soulagement en présence de ces copies imparfaites, comme si, après une longue journée de travail, elle retrouvait son foyer.

Vous avez perdu quelqu'un.

« Ç'a été un plaisir de vous servir, mistan Nakajima », dit sa consorte.

Fumiko transféra le salaire convenu sur son compte, ce qui suscita un sourire de gratitude, mais quand la femme se pencha pour un baiser, elle l'écarta et sortit de l'appartement. Dans l'ascenseur, elle s'appuya contre la main courante, alors que la cabine tombait dans le cou du pélican. Elle pensa à l'ivrogne qui avait un jour si soudainement disparu sous ses yeux. La beauté de son acte, un homme grossier lui révélant l'impossible. Un pélican éclopé, séchant ses ailes à la lumière. Elle soupira par le nez, regardant défiler derrière la fenêtre convexe les ailes Gracilius et Schreiberi, et le Strip, le long du dos de l'oiseau, telle une rivière entre des montagnes rhomboïdales ; tout en bas, minuscules abstractions, des gens s'amusaient dans la nuit.

Il était là, son pélican.

Son œuvre.

Sa mâchoire se contracta, alors que l'ascenseur poursuivait sa descente.

Rien de tout ça n'était réel.

Le pilote et l'équipage lui souhaitèrent la bienvenue à bord. Un homme la soulagea de son sac de voyage, une femme de son manteau. Fumiko remercia chacun d'eux pour leur dévouement passé et à venir. Avec des étoiles dans le regard, ils lui répondirent qu'ils ne la décevraient pas. Satisfaite, elle hocha la tête et demanda qu'on prépare son caisson de cryostase.

Alors que les portes-papillon se refermaient sur son corps, elle se rappela les edamames – un bol plein, saupoudré de sel de mer, sur un plan de travail en marbre.

Elle grimaça. Ces images la hantaient dans les circonstances les plus étranges ; sans éléments de contexte, elles se glissaient dans les anfractuosités de la cryostase pour la narguer avec un passé dont elle ne gardait aucun souvenir. Des rubans de curry et un bateau sur un canal. Un millier de clignements d'yeux. Elle serra les siens pour chasser ces images, lança le bol dans l'obscurité et jeta le curry dans l'eau ; elle calma les clignements, jusqu'à ce que la foule devienne aveugle et silencieuse. La température chuta, et de l'électricité statique courut sur sa peau. Se préparant à un long sommeil, elle crut qu'elle avait trouvé la paix. Mais avant que le froid la fige, une dernière image la visita, qui lui inspira une profonde émotion. Une larme se cristallisa sur sa joue, à la vue de cette silhouette assise sur un banc au bord d'un rivage lointain. Celle d'une femme qui l'attendait.

Deuxième partie

5. Le point de non-retour

Dans la Poche régnait une activité fébrile. Le *Debby* avait déployé ses voiles à rayonnement et se laissait lentement emporter par le courant Indolent, qui méritait bien son nom. En ce premier véritable jour de voyage, l'équipage se familiarisait avec un environnement et une situation qu'il découvrait, un ajustement pas facile, en particulier pour l'homme d'âge moyen enfermé dans sa cabine, qui, le front luisant de sueur, écrivait dans un vieux journal. Il l'avait emballé à la hâte, avec le reste des effets personnels auxquels il tenait le plus dans son appartement, dès que M. Nakajima l'avait informé de sa nouvelle mission.

Sa nouvelle et très longue mission.

LE COURANT INDOLENT

JOUR 1

Le voyage a commencé, cette grande aventure, et je suis dans mon lit, à l'article de la mort.

Je suis resté couché une bonne partie de la journée, à me remettre de notre entrée dans la Poche. Royvan – notre cher médecin de bord – m'a informé que les symptômes de ce mal – nausée, migraine, nerfs pincés, sueurs froides, etc.

– se manifestent plus fréquemment chez les personnes d'un certain âge.

Ça m'aura au moins donné l'occasion de me familiariser avec mes quartiers. J'y suis un peu à l'étroit, ce n'est pas beaucoup plus grand qu'une chambre bon marché dans un foyer des sous-strates. J'ai assez de place pour arpenter la pièce en décrivant un petit cercle entre l'écoutille, le bureau équipé d'une lampe et le lit ferme. Je m'inquiète de la flexibilité du mur en alliage à côté de celui-ci, quand le vaisseau rencontre des turbulences. Les forces de la Poche le font trembler, je crains de finir écrasé dans mon sommeil. Il fait plus froid que je le souhaiterais, mais hélas, le réglage de la température à bord du Debby *est centralisé. Impossible de l'adapter à son confort personnel.*

Je me sens très honoré d'avoir été choisi pour cette mission, mais j'avoue que mon appartement de l'aile Gracilius me manque. Pour les bons souvenirs qu'il me laisse, les verres partagés entre amis sur le balcon, la vue imprenable sur votre création. Ces souvenirs, je les serre contre moi, alors que je me traîne jusqu'à mon lit, dans l'espoir d'un réveil en meilleure forme.

JOUR 2

Je me sens légèrement mieux, ce matin, bien que l'engourdissement de mon pied droit persiste. Petit déjeuner plutôt chiche : nouilles de protéines, avec sauce brune ou jaune au choix. Comme je me suis levé un peu plus tard que les autres, j'ai mangé seul, avec le lave-vaisselle qui vrombissait pour me tenir compagnie.

Apparemment, j'ai manqué pas mal de choses, hier. Pour leur accueil à bord, la capitaine a reçu chaque recrue en entretien individuel. Le soir, tout le monde s'est retrouvé autour d'un repas à base d'ingrédients frais, sortis de cryostase. Après les nouilles tristes du petit déjeuner, je n'ai pas pu m'empêcher de saliver en entendant Royvan me décrire la truite cuite à la vapeur.

J'ai passé la journée à me familiariser avec le vaisseau, tout en observant les relations entre anciens et nouveaux dans l'équipage. Leurs rapports sont courtois, professionnels et manquent de naturel. C'était prévisible. Beaucoup ne se connaissent pas ; vous les avez réunis, c'est leur seul point commun. Cela dit, c'est encourageant d'avoir Vaila avec nous. J'ai eu plaisir à la revoir, lors du briefing sur Pélican. Un sentiment réciproque, même si toute cette entreprise continue de la chagriner. C'est compréhensible, elle est impatiente de vous retrouver, je pense.

La seule anomalie à bord est le garçon. Fidèle à la description qu'on m'en a faite, c'est une créature étrange. Petit et silencieux, il a cette façon bien particulière de se déplacer. Comme s'il répétait ses mouvements, avant d'entrer dans une pièce, pour une plus grande efficacité. Lui et la capitaine semblent inséparables ; sinon, il tient parfois compagnie à la mercenaire, Sonja, dans la soute. Le nouvel équipage évite de croiser son regard. Ils adoptent un comportement étrange, quand ils se trouvent dans la même pièce, enregistrant sa présence d'un coup d'œil, mais discutant entre eux, comme s'il n'était pas là. Nous n'en sommes qu'au deuxième jour, je ne suis donc pas vraiment inquiet, mais la bonne intégration de tous est un point important, à surveiller de près. Je suis curieux de voir comment notre capitaine a l'intention de faciliter la transition.

JOUR 3

J'ai croisé le garçon dans la coursive. Sans la capitaine ni Sonja pour le couver. Une occasion à saisir pour tenter de me lier d'amitié. Je me suis arrêté pour lui dire bonjour, avec un grand sourire. Le pauvre. Je pense que je l'ai effrayé. Il a semblé ne pas savoir comment réagir, a légèrement incliné la tête, avant de filer en direction de la cabine de la capitaine. Difficile de se sentir plus monstrueux qu'en faisant fuir un enfant.

Il n'est pas le seul à m'éviter. Le reste de l'équipage, les anciens et les nouveaux, s'éclipse, dès que j'entre dans une pièce. Aimablement, toujours avec une bonne excuse, mais leur gêne est flagrante. Ce n'est pas surprenant. Je m'y attendais, d'ailleurs. Après tout, je suis vos yeux et vos oreilles. Tout le monde a donc peur de se compromettre en ma présence, même fortuitement – une plainte formulée dans un moment d'inattention, une déclaration que quelqu'un de moins compréhensif que moi pourrait interpréter comme une trahison.

Je me sens isolé.

Ce soir, le dîner se composait d'une bouillie réchauffée où flottaient des morceaux salés. J'y ai ajouté une bonne dose d'épices pour lui donner un peu de goût. Je regrette encore d'avoir manqué la truite et j'en veux un peu aux autres de n'avoir pas pensé à m'en garder une part. J'ai tenté d'engager la conversation avec Em, le technicien, déjà à table quand je suis arrivé. Mais après quelques réponses monosyllabiques, il s'est levé et a quitté la pièce avec son bol.

Un de plus.

JOUR 4

Peu d'occupations pour quelqu'un comme moi, à bord d'un cargo, à part vagabonder, et l'errance a ses limites sur un vaisseau de cette taille. En à peu près quatre minutes, je marche d'un bout à l'autre du Debby *à une allure normale. Je pense avoir parcouru la coursive principale près d'une cinquantaine de fois depuis notre départ, mon intérêt s'émoussant peu à peu. Les rares détails que je remarque encore m'inspirent quelque crainte, car ils me font prendre conscience de l'âge de ce vaisseau.*

Je m'étonne que vous n'ayez pas souhaité nous attribuer un modèle plus récent pour cette mission, même si je comprends que vous avez estimé préférable de laisser la capitaine dans un environnement connu.

Cela dit, il faut bien reconnaître que le Debby *est un assemblage hétéroclite de technologies périmées. En cuisine, l'armoire de cryostase ne permet de conserver les aliments qu'à peine quelques mois. Les vêtements sortent de la machine à laver avec une odeur métallique. L'ouverture des écoutilles leur arrache des gémissements de douleur. La température des douches oscille entre le chaud et le froid, au hasard – quand il y a de l'eau chaude. J'entends cogner constamment à l'intérieur des murs – un boulon desserré sur le point de tomber, peut-être, qui provoquera la chute de ce château de cartes. Et enfin, le moteur. Depuis notre entrée dans la Poche, je continue de souffrir de nausée, et j'ai toujours des fourmis dans le pied droit ! D'après Vaila, les modèles plus récents ont corrigé ce problème de nausée. Voilà qui devrait certainement constituer une priorité pour la capitaine ! Mais non. Quand je m'en suis ouvert à elle, elle a haussé un sourcil. Après un silence, j'ai eu droit à une réponse sèche – coût trop élevé, manque de temps –, avant qu'elle retourne à son inventaire.*

Elle semble mal tolérer tout ce qu'elle perçoit comme une critique de son vaisseau, si bien intentionnée soit-elle. Je saurai me montrer plus diplomate à l'avenir. Si j'ai bonne mémoire, j'ai lu dans son dossier qu'elle a baptisé le Debby *d'après sa sœur. On doit choisir ses mots avec soin, quand on parle des morts.*

JOUR 5

Aujourd'hui, j'ai bavardé avec la seule personne qui accepte de s'entretenir longuement avec moi. Vaila a changé. Je ne l'ai jamais connue d'humeur aussi sombre, elle a du mal à se concentrer. Elle parle de cette mission comme si elle pensait rentrer d'un jour à l'autre. Elle semble persuadée que la durée de ce contrat – quinze ans – n'est qu'une façon pour vous de mettre à l'épreuve notre loyauté. Pour elle, vous nous demanderez de rebrousser chemin avant d'entrer dans les Confins. Sa conviction est telle que je n'ai pas cherché à la détromper. L'expérience m'a montré que chacun finit par accepter la réalité à sa manière. J'ai donc joué mon rôle et lui ai prêté une oreille attentive, tout en l'observant effectuer la rotation manuelle des ailes à rayonnement pour que le vaisseau profite d'une houle qui approchait. Qu'elle croie ce qu'elle veut, si ça l'aide à bien faire son travail.

JOUR 7

Comme j'avais toujours le pied légèrement engourdi ce matin, j'ai décidé de passer à l'infirmerie consulter le médecin de bord. Nous avons eu une sympathique conversation sur l'ennui des longs vols, mais le plus intéressant, c'est ce qu'il m'a dit avant que je reparte. La deuxième nuit de notre voyage, tandis que j'étais malade dans mon lit, Royvan a eu soif. En se rendant à la cuisine, il est passé devant la cabine de la capitaine et a surpris des voix étouffées derrière l'écoutille. L'une des voix était celle de la capitaine, mais il n'a pas reconnu la deuxième et ne l'a plus entendue depuis. Quoique les murs en métal ne facilitent pas l'identification, il est sûr que l'autre voix appartenait à un enfant.

JOUR 9

Sans Royvan, je ne pense pas que j'aurais remarqué une chose curieuse ces derniers jours : pendant une heure, peu avant le dîner, la capitaine et le garçon s'isolent dans sa cabine et ferment la porte. Ils font ça régulièrement, comme s'ils avaient rendez-vous. Et pendant cette période, la mercenaire parcourt nonchalamment la coursive principale, l'œil aux aguets. Au premier abord, j'ai cru à une petite promenade du soir ; mais à y regarder de plus près, je soupçonne une patrouille.

J'ai commis l'erreur de confier mon observation à Vaila ce matin. Je crains d'avoir soufflé sur les braises complotistes qui couvaient chez notre pilote, déjà mécontente de sa mission. À présent, la voilà persuadée de l'infamie de notre capitaine ; pour elle, cette femme vous a dupée et cette opération s'inscrit dans une machination d'envergure. Elle est soit une informatrice de la Coalition, soit une simple arnaqueuse désireuse de profiter d'une aubaine. En l'espace de quelques minutes, elle a échafaudé ce scénario et l'a accepté en bloc. Elle a réuni Royvan et Em, et nous nous sommes retrouvés dans sa cabine, pour partager nos observations. Une idée peu judicieuse – je l'ai su immédiatement, et j'en suis encore plus sûr maintenant. En disparaissant tous les quatre chez Vaila, nous étions certains d'attirer l'attention de la capitaine, de Sonja ou du garçon. Mais les autres tenaient à cette rencontre en petit comité. Ne pouvant les en dissuader, j'ai jugé préférable d'y participer, pour tempérer leurs folles théories et leurs soupçons. Et aussi, en toute honnêteté, pour calmement émettre mes propres hypothèses.

L'enfant parle-t-il depuis le début ? Pourquoi la capitaine nous l'a-t-elle caché ? Pourquoi la mercenaire se tient-elle en faction devant sa cabine, une heure chaque soir, avant le dîner ? Et pourquoi, à en croire Em, le garçon marche-t-il seul dans le vaisseau pendant la nuit ? Où va-t-il, et pour quelle raison ? Sait-il déjà sauter ?

JOUR 10

Un calme de mauvais augure. Les coursives sont aussi silencieuses que le moment qui précède le sermon. Chacun reste sur son quant-à-soi. Les muscles tendus, le regard attentif, méfiant. Je suis dans ma cabine, où j'ai passé une bonne partie de la journée, tentant de me changer les idées avec d'anciens divertissements enregistrés sur mémo-disque. Mais un bruit dans les conduites au-dessus de moi vient constamment me distraire. Je l'entends, en ce moment même. Comme un caillou dans une boîte de conserve. Mes doigts se contractent, ils meurent d'envie d'arracher la grille de ventilation et de braquer une lampe électrique sur la source de mon irritation.

Il y a une heure, Vaila et la capitaine ont eu un échange tendu à propos de la suite de notre voyage. J'ai presque eu l'impression d'assister à une scène de théâtre, dont les deux actrices avaient tendance à surjouer. L'itinéraire d'origine établi par Vaila avant notre départ de Pélican devait nous emmener directement de Bran-Neruda à Fujimoto-Set. Par sa proximité avec l'espace de la Coalition, ce monde est une plaque tournante qui entretient des relations avec les alliés. Sa position sur la route commerciale Sullivan s'accompagne de facilités d'approvisionnement. Mais cela signifie aussi que ce monde a des échanges réguliers avec de nombreuses entreprises de la Coalition, y compris Umbai. Des rumeurs sur le Flux ont même suggéré que Fujimoto-Set est le prochain candidat à l'intégration, et deviendra bientôt une ville-planète.

La capitaine a décidé que cet itinéraire ne convenait pas. Après Bran-Neruda, le Debby *évitera donc Fujimoto-Set, pour se laisser porter par le courant Austère jusqu'à Black Rock Drannon, plus loin vers l'extérieur, sur une route commerciale beaucoup moins fréquentée. Je ne connais pas moi-même cet endroit, mais la capitaine y est déjà allée ; elle pense que nous y passerons plus facilement inaperçus. Vaila a soutenu que nous devions nous en tenir au plan qui a reçu votre approbation. La capitaine l'a fait taire en lui rappelant d'un ton ferme et inflexible qu'en vertu de son contrat elle était seul maître à bord.*

Avec un sourire plein de condescendance, notre pilote a déclaré qu'elle exécuterait les ordres, en dépit de ses réserves. Plus tard, je suis allé trouver Vaila dans le cockpit, pour lui dire que je comprenais son inquiétude, mais qu'il en allait de l'intérêt de tous qu'elle n'éprouve pas la patience du chef de notre mission.

« Notre chef n'est pas sur ce vaisseau », a-t-elle répondu, avant de se détourner. Message reçu. Je l'ai laissée à son silence. Nous atteindrons la station de Bran-Neruda dans quatre jours. La fin de ce prologue épuisant, et le début du premier chapitre de notre long périple. Je doute que nous arrivions même jusque-là.

Pour le petit déjeuner, on nous a servi une sorte de tubercule bouilli.

JOUR 13

L'écoutille de la cabine de la capitaine était entrouverte ce soir – pas assez pour voir à l'intérieur, juste pour entendre. Elle parlait au garçon à voix basse, mais d'un ton pressant. Je me suis arrêté brièvement pour tendre l'oreille. C'était trop faible. « … doit arriver bientôt… », c'est tout ce que j'ai compris.

À ce moment-là, Sonja est sortie des toilettes. Je me suis réfugié dans la salle commune, le souffle court. Puis j'ai attendu que la voie soit libre avant de regagner tranquillement ma cabine, où j'écris en ce moment, en me demandant si je dois garder pour moi ce que j'ai entendu. Le contexte me manque pour émettre une hypothèse sur ce qui « doit arriver bientôt ». En en parlant aux autres, je ne ferais qu'alimenter un feu qui grossit déjà. Mais peut-être est-ce aussi le seau d'eau qui permettrait d'éteindre l'incendie dans la maison.

J'en sais trop peu pour agir.

J'attendrai ; demain, nous nous posons à B-N.

STATION DE BRAN-NERUDA

JOUR 14

Le stylet pèse lourd dans ma main. Je pense encore à tout ce que j'ai appris aujourd'hui. Ne pas commencer par la fin exige toute la retenue dont je suis capable.

Le début, donc. Notre arrimage à la station s'est déroulé sans incident. Je crois que tout le monde était content de descendre du vaisseau. L'équipage avait besoin de se détendre et de profiter du dernier marché de la Coalition que nous verrons avant longtemps pour dépenser ses iotas et se procurer de quoi agrémenter le voyage ; musique, vidéos, pipes, jeux.

La capitaine a rappelé les règles : aucun implant neural, rien de traçable avec accès au Flux. Ce retour forcé à des formes de divertissement plus analogiques n'a pas suscité l'enthousiasme général. Sonja la mercenaire est restée à bord pour veiller sur le garçon, à qui la capitaine a expliqué qu'une station appartenant à Umbai était trop dangereuse pour lui. Ses guêpes et ses agents en civil sont partout, qui scannent la foule à la recherche d'éventuels perturbateurs. Je pense qu'il a compris, mais il faisait tout de même grise mine, en nous voyant quitter le vaisseau sans lui.

Ça m'a fait du bien de me dégourdir les jambes, après si longtemps sur le Debby. *Bran-Neruda est une station assez quelconque, mais la vision de tant de devantures brillantes et de visages en provenance de toute la Coalition m'a laissé sans voix. Immergé dans le bruit, j'ai fait mes courses en me rappelant qu'au-delà de cette station j'allais pénétrer en territoire inconnu pour un nombre d'années indéterminé. J'ai découvert une mine de classiques de la littérature dans une boutique de la Vieille Terre et les ai fait ajouter aux quelques dizaines de livres qui composent la bibliothèque de bord. Des ouvrages d'histoire, des romans d'aventures et des récits de voyage, dont les auteurs ont été une source d'inspiration pour moi et ma propre écriture. Ils seront mes compagnons pendant notre périple, comme durant mon enfance.*

Une fois que nous avons tous été de retour sur le Debby, *la capitaine nous a appelés dans la salle commune. Nous avons pensé que ce serait un briefing normal, avant notre départ pour les Confins. Le discours de motivation de rigueur. Em était assis en tailleur sur le sol, Royvan et Vaila sur le canapé, Sonja a rapporté une chaise de la cuisine. Je me suis juché sur un tabouret, près du plan de travail qui servait de séparation, pour enregistrer tout ce que j'entendrais et en faire la synthèse dans ce rapport.*

Ç'a été surprenant, c'est le moins qu'on puisse dire. La capitaine nous a tous regardés et nous a dit que, peu après notre départ de Pélican, elle a découvert que le garçon parlait. Ces deux dernières semaines, dans sa cabine, elle a appris qui il était et d'où il venait. Il a connu une vie éprouvante, a-t-elle ajouté. Il a encore des difficultés à s'exprimer, et à accorder sa confiance. D'abord soucieuse de son intimité, elle a souhaité attendre qu'il se sente prêt à nous parler. Mais, avant d'entrer dans les Confins, elle estimait nécessaire de jouer cartes sur table, faces bien visibles. Elle a parcouru la salle du regard, s'attardant sur Vaila, et a ajouté que la confiance était primordiale entre nous, et qu'elle aussi avait eu besoin de temps pour nous accorder la sienne. Pour mieux connaître les gens avec qui elle travaillait. Son discours s'est interrompu là. Elle est sortie pour aller le chercher. Ce moment m'a rappelé le premier acte d'une pièce ; le rideau s'écarte, alors que l'acteur principal entre sur scène et que nous, public silencieux, attendons qu'il prononce ses premiers mots.

Entre le garçon.

Les mots étaient encore une nouveauté pour lui.

Pas leur compréhension, mais le fait de les dire, qui le pétrifia, alors que sa langue s'efforçait de se rappeler comment les former. Dépareillés, ils se bousculaient et s'empêtraient dans son esprit.

Il serra les poings sur les côtés.

Avant de réunir l'équipage, Nia l'avait pris à part pour le rassurer. Elle avait souri, comme si ce n'était qu'un jeu et qu'il n'avait pas à avoir peur. Elle avait ajouté qu'il n'était pas obligé de répondre aux questions. Il pouvait aussi tout arrêter à n'importe quel moment, s'il se sentait trop mal à l'aise. Il pouvait même quitter la pièce au milieu d'une phrase, et ils en resteraient là.

« Pendant l'heure qui suit, dit-elle, le capitaine, c'est toi. »

Il les regarda tous, les nouveaux dont il apprenait encore les noms, et celles en qui il avait confiance. Sonja. Nia.

Il desserra les poings.

Et il leur dit d'où il venait.

Dans la salle commune régnait un silence presque solide quand il a pris la parole de sa voix adolescente qu'il n'avait pas l'habitude d'utiliser, un son faible et rauque. Il nous a fait part de son histoire en une série de déclarations brèves et hésitantes, et à grand renfort de gestes et d'expressions du visage intenses.

Un Vaisseau Silence.

C'est ainsi qu'il a appelé l'endroit d'où il venait.

Il se couvrit la bouche avec la main et secoua la tête.

« Jamais », dit-il à travers ses doigts.

Parler était interdit.

Il mima l'acte de jouer d'un instrument, le mouvement d'un archer sur un violon invisible. Il montra des gens plus grands que lui. Ses maîtres.

« Ils parlent. Je les suis, dit-il. Ils disent. Je fais. Ils jouent de la musique. Je… » Il s'interrompit, ayant du mal à trouver le mot. Il regarda Nia pour qu'elle l'aide, alors qu'il se tapotait l'oreille, pour la mettre sur la voie. Elle comprit.

« J'écoute, dit-elle.

— J'écoute », répéta-t-il.

Il a servi selon le bon plaisir de ces musiciens masqués, qui jouaient d'anciennes symphonies dans une grande salle avec des rideaux rouges. Sur ce vaisseau organisé en castes, la sienne était la plus basse. Des journées entières, il a appliqué de la colophane sur les archets, il a entretenu les violons, les violoncelles et les mandolines, et a poncé les instruments neufs.

« Bol », dit-il, tenant une soupière invisible. « Un jour, je fais tomber. » Il écarta les mains et laissa le récipient s'écraser sur le sol. « Saleté… partout. Tant pis. »

Le choix de ses mots provoqua le rire de l'équipage.

« Pour ça, ils me font mal. » Ils se turent, alors qu'il touchait son bras et suivait son cubitus. « Os », dit-il. Il avait toujours aimé ce mot. Sa force.

Il tendit ses deux poings, l'un à côté de l'autre, comme s'il serrait le cubitus.

Il le cassa en deux.

Pour chaque faute, une correction. Un coup de bâton télescopique, une côte cassée et ressoudée en quelques instants, ne laissant que le souvenir de la fracture, et une capacité intacte à exécuter les tâches exigées. Dans cet univers qui attachait une telle importance à la maîtrise de soi sous toutes ses formes, même le fait de ne pas respirer convenablement pouvait valoir une punition.

Il l'entendait encore : le déclic caractéristique du bâton sortant de sa gaine, la lumière rouge à l'extrémité, comme un œil, et le bourdonnement, qui rappelait celui d'un insecte chitineux.

Quand Nia lui demanda s'il allait bien, il tressaillit.

« Oui », répondit-il.

Un Vaisseau Silence, de musique et de souffrance.

Aucun détail ne nous a été épargné, tous sont plus épouvantables les uns que les autres. Chose troublante, quand il nous a parlé des bébés en pleurs à qui on coupait la langue, il nous a montré, non sans une certaine satisfaction, la sienne, rose et intacte.

Ses lèvres esquissèrent un sourire, alors qu'il se rappelait sa fierté. Son ravissement, quand, après qu'il eut parfaitement astiqué le violoncelle, sa maîtresse le gratifiait d'un rare signe de tête approbateur, un geste à peine perceptible, à moins de l'espérer, ce qui était son cas. C'était un bon souvenir.

Nous vivons à une époque où des vaisseaux se glissent dans les replis opaques de l'univers, où ils se laissent porter par les courants du temps. Nous générons des tissus musculaires pour créer de nouveaux membres ; grâce au YonSef, nous fractionnons des continents entiers à l'aide d'un seul engin explosif. La vie a changé, mais pas l'aptitude de l'humanité à perpétrer d'absurdes cruautés. En dépit de toutes mes récriminations sur la façon dont mes parents tenaient leur maison, je reconnais avoir profité d'une enfance privilégiée. Bien que les rires y soient rares, ma famille n'a jamais souffert de la faim ou craint l'insécurité. Je n'ai aucune nostalgie pour ces années, mais je ne peux pas nier que j'ai bénéficié d'un foyer, où je me sentais chez moi. Ce garçon n'a connu que l'enfer.

Il y eut de nombreuses réactions. L'homme à la grande barbe qu'ils appelaient docteur marmonna son dégoût des Musiciens. L'homme aussi mince qu'un poignard qu'ils appelaient technicien le regarda et hocha lentement la tête, comme s'ils avaient plus en commun que l'un et l'autre l'avaient cru. Et la femme au visage rond et doux et aux cheveux bien coiffés, celle qu'ils appelaient pilote, se détourna, fuyant délibérément ses yeux.

Quant au vieux qui n'avait pas de titre, il s'appuyait sur le plan de travail, concentré sur ses notes, les lèvres pincées.

La galaxie est étrange, et ses terreurs variées. On reste sans nouvelles de centaines de vaisseaux colonie. Le Flux bruisse de rumeurs de civilisations en gestation sur ces béhémoths égarés dans la Poche. Pour ma part, je crois volontiers à l'enfer baroque décrit par ce garçon.

Son histoire comporte des lacunes, en particulier concernant son évasion. Rien n'explique son apparition dans ce champ de dhuba, où les villageois d'Umbai-V l'ont découvert, nu et inconscient, dans les vestiges calcinés d'une épave, probablement une capsule de secours.

En revanche, nous savons maintenant comment il a appris à parler sur un vaisseau qui interdisait l'usage de la parole. Après s'être creusé la tête, parmi tous ces mots qui n'avaient pas encore servi, il a arrêté son choix sur « Bienfaiteur ».

« Pas de nom, dit-il en se frappant la poitrine. Nous n'avons pas de nom. Mon Bienfaiteur m'apprend. Me montre. » Il désigna une fenêtre imaginaire devant lui. Il tendit le bras de l'autre côté et attrapa quelque chose. « Je trouve nom. Je me donne. »

La pièce était silencieuse.

« Quel est ton nom ? » lui demanda Sartoris.

Il baissa les bras.

« Ahro », répondit-il.

Il a prononcé Ah-Row. L'orthographe est de mon invention, puisqu'il ne connaît pas l'alphabet. Je n'ai jamais entendu ce mot ; à en juger par l'absence d'expression des autres, eux non plus. Le garçon n'a pas su expliquer ce choix, juste qu'il a trouvé ce mot sur l'écran de son Bienfaiteur.

Il est tentant d'imaginer ces leçons clandestines nocturnes. Les différents thèmes défilent sur l'écran, il remplit son esprit d'information sur le monde extérieur. Puis, soudain, il s'arrête. Dans cette vaste encyclopédie, ce mot d'une langue oubliée a attiré son attention.

Ahro.

Peut-être demande-t-il à son Bienfaiteur de le prononcer pour lui, avant d'essayer à son tour ; les syllabes le font sourire, le son est comme une friandise dans sa bouche, il trouve un écho dans son âme ; cet instant marque non seulement la découverte de son nouveau nom, mais aussi la naissance d'une philosophie qui éclairera dorénavant sa vie. Il acquiert la conviction que c'est ainsi que tout le monde doit être baptisé : par une main, plongée dans un sac de mots, à la recherche de la forme unique, particulière, qui convient.

Royvan a été le premier à se lever et à lui tendre une main fraternelle. Notre technicien Em l'a imité, et moi juste après. Nous lui avons dit que nous étions enchantés de faire enfin sa connaissance. Seule Vaila est restée assise. Elle a regardé le garçon, puis notre capitaine, avec un mélange de confusion et de frustration, et a demandé s'il n'avait réellement rien à nous dire de plus, sur ce don, qu'il est censé posséder. Quand la capitaine lui a confirmé que non, Vaila s'est levée. « Ravie de te rencontrer », a-t-elle lâché d'une voix à peine audible, avant de quitter la pièce.

Dès la fin de la réunion, l'équipage s'est tranquillement remis au travail pour préparer le départ. Ce que nous a appris le garçon laisse tout le monde songeur. Mais aussi, ce qu'il n'a pas abordé. Même si je pense que Vaila aurait pu mieux choisir son moment pour exprimer ses préoccupations, et faire preuve de plus de tact, je ne peux pas nier la pertinence de certaines d'entre elles. Nos vies sont désormais inextricablement liées à celle de cet enfant, en route pour l'inconnu.

Une journée étrange, qui fait réfléchir.

Un dernier point qui, me semble-t-il, a son importance : la musique.

En rentrant de mes courses sur Bran-Neruda, j'ai aperçu notre capitaine derrière la vitrine d'un atelier de réparation. Comme tout bon fouineur, je suis entré, sous prétexte d'avoir moi-même besoin de quelque chose. Elle n'a pas été dupe, je crois, mais cela n'a pas paru la gêner outre mesure. Quand je lui ai demandé la raison de sa présence, elle m'a montré un objet qu'elle venait de faire réparer, un cadeau destiné à Ahro.

Une flûte, achetée des années plus tôt, sur la station Ara. À sa première rencontre avec lui – il n'était alors que « le garçon » –, elle lui a offert l'instrument pour qu'il en joue. Il lui a beaucoup plu, jusqu'au jour où un incident l'a rendu inutilisable ; cassé en deux « par accident », mais notre capitaine n'a pas été plus explicite sur la nature de l'accident.

Sur l'objet de nouveau entier, une incrustation d'or et d'argent masquait la fissure ; elle avait aussi fait graver son nom sur la partie inférieure. Du beau travail. J'ai dit à notre capitaine que cela lui ferait très plaisir.

Mais après avoir entendu son histoire, je me suis demandé si une flûte était vraiment un cadeau approprié pour un garçon dont le passé associe étroitement musique et souffrance. N'est-il pas à craindre que l'instrument, au lieu de lui apporter de la joie, réveille en lui les souvenirs d'heures terriblement sombres ? Mais les cadeaux qu'elle lui fait et les pensées qui lui traversent l'esprit ne sont pas de mon ressort. Malgré tout ce qu'il nous a révélé, une part importante de cet enfant reste un mystère. Un jour, je lui demanderai ce qu'il entend, quand il écoute des notes de musique : l'enfer ou le paradis ?

À en juger par l'air de flûte qui filtre en ce moment par ma porte entrouverte, la réponse se situe quelque part entre les deux.

Dans un royaume céleste ardent, qui n'appartient qu'à lui.

Dix minutes avant d'entrer dans la Poche ; ensuite, le courant Bienveillant nous portera jusqu'au monde de Drannon, dans les Confins. J'ai demandé à notre capitaine si elle connaissait une technique pour lutter contre la nausée ; elle m'a conseillé de me concentrer sur quelque chose, un objet, comme une boule de relaxation. La dernière fois, j'ai tenté de m'agripper à une main courante, mais j'ai tout de même vomi mon déjeuner, au grand amusement de Sonja. Je ne suis pas du genre à me décourager – cette fois, j'ai l'intention d'utiliser un objet à la valeur sentimentale : le peigne de mon père, que je garde dans ma poche. Je frotterai mon pouce sur ses dents usées, pour me rappeler combien mes haut-le-cœur lui feraient honte. Comme deux précautions valent mieux qu'une, je resterai tout de même à proximité des toilettes de la coursive. Confiance, Sartoris ! Crois en toi !

LE COURANT BIENVEILLANT

JOUR 16

Allez savoir pourquoi, ç'a été pire que la première fois. Comme un coup de poing dans le ventre. Je suis resté plié en deux au-dessus de la cuvette des cabinets, évacuant dans la douleur tout ce qui pouvait l'être. Nul doute que tout le vaisseau a entendu la réaction excessive et répugnante de mon corps. Mon statut a évolué, de fidèle copiste à risée du village. Notre technicien Em me taquine constamment pour ma constitution « chétive ».

Cela mis à part, je note un changement d'atmosphère sensible sur le Debby. *L'air ne semble plus aussi fragile que du verre, la gêne entre nous est moins palpable. Il y a même des plaisanteries.*

Certaines plus drôles que d'autres.

Un exemple. Aujourd'hui, je suis allé à l'infirmerie, pour mon pied engourdi. Sonja était là, assise en sous-vêtement sur la table d'examen, répondant par monosyllabes aux questions de notre bon docteur. J'ai demandé si je devais revenir plus tard, mais il m'a dit qu'ils avaient bientôt terminé, et elle n'a pas semblé gênée d'apparaître presque nue devant un inconnu. À la guerre comme à la guerre, je suppose. Je me suis mis de côté et j'ai observé le déroulement de la consultation. La jambe gauche de la mercenaire est biosynthétique ; elle aurait perdu la vraie sur une mine, au cours d'une escarmouche à la stratégie hasardeuse. Ces renseignements sont d'ailleurs probablement déjà en votre possession. La peau plus foncée de cette jambe suggère une greffe qui précède la parfaite maîtrise de cette science. Tous les deux mois, elle a besoin d'une injection de réadaptation, juste sur la ligne de démarcation entre anciens et nouveaux tissus. Sinon, le membre se révolte et lui casse la hanche, comme la vieille branche d'un arbre. Sonja a expliqué tout cela d'un ton neutre, les dents serrées, alors que l'aiguille pénétrait lentement et que le liquide bleu néon inondait ses veines.

Quand il en a eu terminé avec elle, le médecin de bord m'a demandé ce qui m'amenait. Après avoir entendu l'histoire de la mercenaire, je me suis senti un peu ridicule de venir me plaindre de picotements dans le pied ; d'ailleurs, j'ai cru surprendre un grognement moqueur de Sonja, pendant que je décrivais mes symptômes. Royvan m'a fait asseoir sur la table d'examen. La mercenaire s'est rhabillée sur le côté de l'infirmerie, tandis que les mains du docteur me serraient délicatement la cheville, puis la plante du pied. Soudain, il a reculé d'un pas avec une expression grave et il m'a annoncé qu'il allait falloir amputer. J'ai blêmi. J'ai bredouillé quelque chose d'inintelligible, que je serais bien en peine de retranscrire ici. Royvan et Sonja ont échangé un regard. Puis il a ri et a avoué qu'il plaisantait. Sonja a gloussé. Je me suis senti comme un idiot. Il a ouvert un flacon d'où il a fait tomber deux petites pilules grises dans ma paume, m'assurant que mon problème aurait disparu dès le lendemain matin. J'ai remarqué son expression, après que la mercenaire a quitté l'infirmerie. Je pense avoir détecté une attirance, mais j'étais trop irrité pour m'y attarder. Humilié, j'ai furtivement regagné ma cabine.

Je dois reconnaître que Royvan est venu me voir, plus tard dans la journée, pour me présenter ses excuses. Bien sûr, je les ai acceptées. Mais pas avant de lui avoir joué un tour à ma façon, en lui promettant d'écrire à une certaine M. Nakajima pour recommander son exécution.

Donc, les choses avancent. Dans la joie et la bonne humeur. Le fait d'avoir un nom et un contexte pour le garçon – pour Ahro *– je dois perdre cette habitude de l'appeler « le garçon » – y contribue. Cette gêne, ressentie par tous dès qu'il entrait dans une pièce, a disparu. Et si sa façon de parler continue de subjuguer par son manque de naturel, c'est une amélioration considérable, par rapport à son mutisme impénétrable.*

Je lui ai dit bonjour dans la coursive ; cette fois, il s'est arrêté et m'a répondu. Ç'a été un bon moment, légèrement gâché par le silence, juste après. Heureusement, il a promptement abrégé nos souffrances en s'éloignant sans un mot ou un geste de plus.

À petits progrès, grandes ambitions, Sartoris.

JOUR 17

Apparemment, je viens de recevoir une promotion, sans incidence financière (hélas), mais une marque de confiance. Vers midi, notre capitaine a frappé à ma porte et m'a demandé de reprendre avec Ahro son apprentissage de la parole et de l'écriture là où son « Bienfaiteur » *s'est arrêté. Elle a reconnu que cela dépassait le cadre de mes responsabilités, ajoutant qu'elle ne m'en voudrait pas si je refusais. J'ai immédiatement accepté. D'abord, je me sens extrêmement flatté qu'elle ait pensé à moi, mais j'y vois aussi une manière de me faire une place dans le cénacle du* Debby. *J'ai dans l'idée qu'il y a beaucoup à apprendre de ce trio soudé, composé de notre capitaine, de la mercenaire et de l'enfant des étoiles. Avantage supplémentaire : en développant ses capacités linguistiques, il pourra se montrer plus précis sur son passé, et peut-être même révéler quelques indices quant à son don présumé.*

Je commence demain. J'aurai enfin une occupation régulière sur ce vaisseau. Je suis impatient.

JOUR 18

J'ai donné ma première leçon dans la salle commune ; la capitaine s'est jointe à nous en observatrice. Je me suis contenté d'une courte introduction, pour éviter d'embrouiller mon élève. Il comprend déjà notre langue plutôt bien et il est capable de lire des phrases simples. À partir de ces bases, l'essentiel de notre travail préliminaire concernera l'écriture et l'articulation correcte des syllabes.

Il a une façon curieuse d'écouter, sans réellement croiser mon regard, quand je parle. J'ai d'abord cru qu'il s'ennuyait, ou que cette faculté à impliquer leurs élèves que possèdent les meilleurs professeurs me faisait défaut. Mais j'ai rapidement compris que, à cause de son histoire, regarder un adulte dans les yeux continue de le mettre mal à l'aise. Avec son stylet, il a écrit les lettres de l'alphabet, alors que je lui donnais quelques astuces pour savoir où commencer et où terminer la forme de chacune d'elles. Il aime la lettre Q. Il en a même écrit tellement que j'ai dû l'arracher à sa transe, pour qu'il passe à la suivante.

JOUR 20

S'occuper est une nécessité à bord.

Quand elle ne tient pas compagnie à Ahro, la capitaine compose des haïkus, ce que je trouve surprenant et assez touchant. Dommage qu'elle refuse de me faire lire ses poèmes, au prétexte qu'ils ne sont pas très bons. Ahro, lui, joue son exquise musique, en respectant un horaire alloué. Sonja la mercenaire passe le plus clair de son temps à s'entraîner dans la soute, à démonter et fourbir ses armes. J'espère qu'elle n'en aura jamais l'usage. Elle prend soin de son vaste arsenal avec dévotion. Son engin préféré est un fusil à pavillon qu'elle a baptisé le Bouffon. Em a pris l'initiative d'une entreprise de ravitaillement et de modernisation de différentes parties du Debby *trop longtemps négligées – Royvan lui apporte son aide. Ces deux-là s'entendent comme larrons en foire ; j'en veux pour preuve les plaisanteries qu'ils échangent et sont les seuls à comprendre. La capitaine n'a pas caché sa satisfaction en découvrant la porte des toilettes enfin réparée. Plus besoin de tenir le rideau pour bénéficier d'un minimum d'intimité. Vaila continue de se distancier du reste d'entre nous ; elle est notre albatros qui, depuis le cockpit, veille à notre itinéraire. Aux rares occasions où je passe dans les parages, je l'entends égrener son chapelet en ladeum avec une ferveur croissante, me semble-t-il.*

Actuellement plongé dans l'autobiographie de Luca Assaya – un des ouvrages acquis sur Bran-Neruda –, je me demande comment cet ancien cartographe des courants occupait ses moments de pot au noir dans la Poche. Vu son jeune âge, je soupçonne une pratique frénétique de la masturbation.

JOUR 24

Nous sommes passés de l'apprentissage de l'alphabet à l'écriture et à la prononciation de mots simples. Il comprend la différence entre les noms et les verbes, mais les conjonctions le déconcertent. Il n'a aucune difficulté avec les syllabes à voyelle fermée, comme « lot ». En revanche, il bute sur les groupes de voyelles qui nécessitent une inflexion particulière, comme « moi », qu'il prononce curieusement « mu-ah ».

JOUR 27

Découverte surprenante aujourd'hui. La capitaine possède la collection complète des Six Royaumes *! Je ne l'aurais pas crue amatrice de romans historiques. Je lui ai fait la remarque. Elle a ri et m'a avoué qu'elle attachait surtout une valeur sentimentale à cette tétralogie, une des œuvres préférées de sa mère, une historienne de la Vieille Terre. J'ai alors voulu savoir si elle avait reçu ces quatre volumes en héritage, mais elle m'a répondu que non. Puis elle a ajouté, avec une soudaine distance dans le regard, que les exemplaires de sa mère avaient disparu, avant de changer de sujet. Bien qu'elle eût piqué ma curiosité, je n'ai pas insisté.*

Nous avons bavardé un moment, à propos de cette série signée Samuel Palen. En son temps, cet auteur était connu pour ses récits épiques denses et complaisants. L'intrigue des Six Royaumes *se déroule sur une Vieille Terre parallèle et tourne autour de l'ascension au trône d'une jeune paysanne, qui devient la première reine à gouverner la principauté méridionale de Shumar, un continent imaginaire. Une part importante du plaisir qu'on tire de cette lecture vient de l'observation de cette femme qui, confrontée au pouvoir politique, cède lentement à son influence corruptrice. Je sais combien vous détestez que je vous compare aux grandes figures historiques et fictives, mais je ne peux m'empêcher de retrouver un peu d'elle en vous, ou l'inverse. Assis sur le canapé de la salle commune, la capitaine et moi avons discuté de l'intrigue, des choix difficiles de Faydra Faneuil, déchirée entre ses responsabilités et les êtres qui lui sont chers. La capitaine a dit qu'elle appréciait l'évocation par l'auteur de la vie sentimentale de Faydra, sa nature libre et polyamoureuse. J'étais d'accord, bien que j'aie dû admettre qu'ayant lu la tétralogie à un jeune âge, je ne m'intéressais pas beaucoup aux scènes romantiques, mais savourais les machinations tortueuses des civilisations en guerre. D'ailleurs, si j'ai bien changé depuis, mon indifférence pour cet aspect-là des choses demeure intacte. Mon père et moi nous opposons sur bien des points – selon son école de pensée, les réussites d'une vie sont des quantités mesurables –, mais nous avons tous deux un faible pour les histoires de stratégies ambitieuses.*

J'ai trouvé cette conversation avec la capitaine stimulante et passionnante. Elle aussi, j'espère. Avant que je parte, elle m'a prêté le premier volume de la série et a ajouté qu'elle était satisfaite de mes progrès avec Ahro. Je suis très confiant pour la suite.

Voyez le travail de mon élève avide d'apprendre, qui, après les lettres et les mots, vient de passer avec succès aux phrases complètes.

Fiche d'exercices – Écriture de phrases

Mon nom est Ahro. J'ai treize ans. Mes amis sont Nia et Sartoris et Sonja et Vaila et Royvan et Em. Nia est ma meilleure amie. Elle est forte et jolie. Sartoris est aussi mon ami. Il est vieux et il n'a pas de cheveux.

Au programme de notre prochaine leçon : de l'usage du tact.

JOUR 33

Drannon est proche. Je redoute le moment où le Debby *sortira de la Poche. Déjà, certains que je ne nommerai pas – Em, c'est toujours lui – me harcèlent sans relâche, me rappelant ma faiblesse.*

Il y a quelques jours, la capitaine, consciente de mon inquiétude – et peut-être fatiguée de m'entendre me vider dans les toilettes –, m'a aimablement suggéré de m'initier au yoga avec Sonja. Quelques postures pourraient m'aider à préparer mes poumons et mes muscles au changement de réalité. J'ai accepté, pensant naïvement qu'on tiendrait compte de ma morphologie et de mon âge (j'ai vite compris mon erreur). J'ai invité Vaila à se joindre à nous, mais, comme je le craignais, elle a refusé ; elle préfère ne pas quitter la forteresse de solitude du cockpit.

Les séances ont lieu chaque après-midi, jusqu'à notre arrivée. Deux heures durant, Sonja me plie comme du linge sale, elle tord mon corps dans des contorsions grotesques, comme si elle espérait me voir expirer par l'anus. Certains membres de l'équipage participent, par solidarité ou pour limiter leurs propres nausées, je l'ignore. Pour ma part, je souffre, et mes mains ne sont pas près de toucher mes orteils, ou mes genoux, comme Em prend un malin plaisir à le souligner. Je ne vous parle même pas de notre régime, essentiellement liquide. De l'eau, de l'eau, plus que j'en ai jamais absorbé. J'en oublierais presque complètement mon excitation d'arriver.

Presque. Hormis notre capitaine, aucun de nous n'est déjà sorti de la Coalition. Ceci est notre premier contact avec la vie dans les Confins, hors de la sphère d'influence commerciale des alliés. Pendant nos leçons, j'ai appris au garçon ce que je sais de Drannon, et l'idée que je me fais de ce centre culturel dynamique, en raison de sa proximité avec la frontière. J'imagine cette planète, cette ville, comme une sorte de récif corallien humain, auquel les voyageurs de passage ajoutent de la beauté et de la nouveauté, couche après couche. Ma vision, avec sa promesse de mystère et de découverte, a semblé enthousiasmer mon élève. Je ne serais pas le moins du monde surpris si, comme moi, il ne ferme pas l'œil cette nuit !

Ahro était réveillé presque toutes les nuits.

À cause des mauvais rêves.

À cause de beaucoup de choses.

Il marchait pieds nus, de peur que le claquement de ses sandales dérange les autres dans leur sommeil. Le froid des grilles métalliques et des panneaux du sol contre ses plantes de pied lui remontait dans tout le corps, mais ce n'était pas un problème. Il prenait même plaisir à ces frissons, qui lui rappelaient où il se trouvait. En lieu sûr, à bord de ce vaisseau qu'il aimait beaucoup. Il avançait avec un bras tendu devant lui, sa main effleurant le mur à mesure qu'il progressait. Ses doigts caressèrent les rivets alors qu'il passait à la hauteur de l'entrée vers la cuisine et la salle commune, les écoutilles des quartiers de l'équipage, celle de la cabine de Nia. Il marqua une pause avant de poursuivre sa route, dans le couloir qui reliait la coque au cockpit. C'est là que ses pas l'entraînaient immanquablement, des nuits comme celles-là.

Il s'assit dans le fauteuil du copilote et coiffa le casque trop grand pour lui. À l'écoute de la Poche, il surprit les étranges matières qui passaient à toute vitesse à proximité des détecteurs extérieurs du *Debby*. Entre crépitement et grésillement, le bruit blanc envahit son esprit, comme de l'eau noyant les inquiétudes et les mauvais rêves. Bercé, il glissa dans un sommeil sans symphonies, sans os cassés, juste de légers chuchotements et des claquements de doigts. En suspension au-dessus du vide qui bruissait. Il y resta jusqu'à ce que les claquements ralentissent et que les lèvres se ferment sur leur dernier chuchotement. Le silence revint, alors que le vaisseau émergeait de la Poche.

Quand il se réveilla, il avait la bouche sèche, sa langue était aussi rêche que du vieux tissu. Il se lécha les lèvres, reprit ses esprits.

Vaila occupait le fauteuil du pilote, les mains empêtrées dans le berceau ; à côté d'elle, Nia tenait une tasse fumante, appuyée contre le tableau de bord. Elles ne se parlaient pas. Il les observa un moment à travers des yeux mi-clos, sensible à l'étrange qualité de leur silence, jusqu'à ce que Nia s'aperçoive qu'il était réveillé.

Elle montra l'écran d'un signe de tête.

« On arrive », dit-elle avec un doux sourire.

PORT DRANNON, LES CONFINS

JOUR 34

Le vaisseau vient de passer en mode jour, mais l'excitation de notre arrivée me tient éveillé depuis deux heures. Notre capitaine nous appelle dans le cockpit, mon cœur devient arythmique. Mon premier monde des Confins. Assaya a dû ressentir la même chose, à la fin de son si long périple dans les courants – avide de découvertes, de nouveautés.

Le Debby *tourne dans le ciel au-dessus de la ville. L'écran du cockpit ne révèle pas grand-chose, juste des nuages, spectres gris et menaçants. Et de la pluie. Des doigts d'eau striant le verre vers le haut. Em est resté dans la salle des machines, pour s'occuper d'un panneau mal serré qui a sauté à notre entrée dans l'atmosphère. Le garçon est sanglé au fauteuil du copilote, avec notre capitaine debout à côté de lui, tandis que Vaila manipule les ficelles du berceau pour nous poser.*

Je suis assis sur une chaise dans le hall des autorités portuaires, à côté de trois enfants laissés sans surveillance, qui se claquent violemment les mains. J'espère qu'il s'agit d'un jeu. En face, le reste de l'équipage déambule. Sonja a l'œil sur le garçon, tandis que nous attendons le retour de notre capitaine. Je la vois qui parle en confidence à l'un des gardes en faction à l'entrée du quai. Je crains qu'il faille nous armer de patience. Je vais donc décrire notre arrivée, il y a une demi-heure.

L'odeur. C'est ce qui m'a frappé en premier. Portée par une rafale d'un froid glacial, elle s'est engouffrée dans le Debby *par la passerelle. Une odeur de mort. Si forte qu'elle en devenait électrique. Vaila a enfoui son visage dans le devant de son manteau. Même Sonja, qui se vante souvent de son endurance, a détourné la tête en serrant les dents d'un air furieux. Les larmes aux yeux, le garçon a posément demandé à notre capitaine ce que c'était. Elle a grimacé un sourire et lui a répondu qu'apparemment la pêche avait été bonne. D'abord, aucun de nous n'a compris cette déclaration troublante. Puis nous avons vu la carcasse, tout au bout des quais, après les dizaines de vaisseaux arrimés. Celle d'un monstre marin, au moins moitié aussi long que le* Debby, *pendu par la queue à un grand crochet en métal. Des pêcheurs munis de lances perforaient ses poches ventrales gélatineuses, tandis que leurs collègues récoltaient le liquide visqueux dans des seaux tenus à bout de bras. En les observant, des images de baleiniers de la Vieille Terre me sont revenues en mémoire. Une entrée en matière pas banale pour notre séjour sur Drannon.*

Les locaux des autorités portuaires sont bondés. Beaucoup de gens grognons ; une jeune fille qui vend une friture de nature inconnue au bout d'un bâton ; un homme qui tourne en rond en criant après une projection numérique, apparemment d'une ancienne maîtresse. Les trois enfants à côté de moi continuent de braire. J'ai beau regarder autour de moi, je ne vois personne qui pourrait être leur tuteur.

Enfin l'occasion de se reposer, après des heures de marche. Nous sommes dans l'office des voyageurs de la ville. Cet endroit curieux présente un véritable microcosme de Drannon. C'est un vaste espace voûté, assez sombre, faiblement éclairé par quelques ampoules suspendues au plafond. Une lucarne circulaire projette une brume inquiétante sur l'arène autour de laquelle nous sommes assis.

Ceci, m'a expliqué notre capitaine, est la fosse, où les équipages proposent leurs services à d'éventuels employeurs. Les négociations – un mot bien sage pour qualifier une réalité beaucoup plus brutale – se mènent à grands cris. Les candidats intéressés n'hésitent pas à jouer des coudes pour se faire entendre, et même faire taire un concurrent. Notre capitaine est en train d'écarter hommes et femmes à coups d'épaule, tout en déclinant à tue-tête compétences, modèle du vaisseau et années d'expérience, etc. Elle marque fréquemment des pauses, à l'écoute de réponses. Une manière curieusement analogique de traiter ce type d'échanges. L'air est chargé de diverses fumées et odeurs corporelles. Une chaleur nauséabonde dilate les pores, libère mon essence en globules vitaux de sueur qui mouillent le vélin sur lequel j'écris. Le garçon n'est pas importuné par la chaleur ou l'odeur. Fasciné, il se penche loin au-dessus du balcon, pour regarder notre capitaine affronter la concurrence dans la fosse. Même quand elle se trouve en dessous de nous, il donne l'impression de lever vers elle des yeux admiratifs.

Les autres s'en sortent mieux que moi, mais pas beaucoup. Royvan, Em et Vaila sont absorbés par une partie de cartes, tandis que Sonja reste plantée, droite comme une statue, le Bouffon prêt à faire feu. Elle crée une bulle autour du garçon, dans laquelle personne n'ose pénétrer.

Pendant des années, j'ai tenté d'imaginer la vie débarrassée des contraintes imposées par les normes de la Coalition. Et nous y voilà, tout ce que j'ai toujours désiré : une conception architecturale qui tient du mélange hétéroclite, sans la moindre uniformité d'un bâtiment au suivant, pures juxtapositions sans plan ; une flèche hélicoïdale partant à l'assaut du ciel, à côté d'une masure trapue au toit plat. Des habitations construites les unes au-dessus des autres, certaines penchées contre leurs voisines, tels des amants fatigués, dans l'absence la plus complète de respect des règles de sécurité. Des ponts de fortune en tôle ondulée et bois de récupération relient les différents niveaux de la ville, masquant la lumière du jour. Aucune considération pour les vues, les symétries agréables à l'œil ou les surprises volontairement aménagées au détour d'une rue. L'antithèse d'une ville-planète de la Coalition, comme si un grand créateur avait à dessein inversé les valeurs esthétiques des alliés. Une perversion. Mais je sais que ce n'est pas le cas. Concevoir un tel chaos exigerait un génie de tout premier ordre.

Notre capitaine revient. Elle nous a trouvé du travail.

Elle regarde Sonja et son fusil.

JOUR 35

La mercenaire est partie, avec le convoi d'épices qu'elle escortera dans un col. Retour prévu demain, ce qui laisse toute une journée pour explorer la ville.

Joie, ai-je pensé.

Sur ordre de notre capitaine, nous ne devions pas nous séparer. Em, qui connaît ce genre d'endroits et n'aime pas se faire materner, n'a pas pu s'empêcher de lever les yeux au ciel. Pour ma part, je m'en suis réjoui, car je dois avouer que, après mon expérience de la veille, l'idée de parcourir seul ces rues animées me rendait nerveux. J'espérais tout de même que cette nouvelle immersion me ferait moins l'effet de plonger dans une piscine d'eau glacée. Peut-être serait-ce plus facile aujourd'hui…

Voir cet endroit à travers les yeux curieux d'Ahro m'a aidé. N'ayant pas d'autre élément de comparaison que les couloirs ensanglantés du Vaisseau Silence, chaque personne et chaque objet était une joie effrayante pour lui. Pendant près d'une heure, il est resté planté devant une boutique et a montré du doigt les articles dans la vitrine fêlée, un à un, tandis que notre capitaine lui expliquait la fonction de chacun d'eux.

Pendant que nous marchions, j'ai noté les regards qu'il lui lançait, et sa manière d'imiter peu à peu sa démarche pleine d'assurance. C'est charmant.

Mais à mon grand regret, la ville m'a une nouvelle fois repoussé. Je n'ai vu aucun trottoir, automatique ou non, aucun verti-tube pour aider les piétons dans leurs déplacements. Aucun bot de ramassage des ordures. Aucun écran-plan au service du voyageur désireux de s'orienter dans ce miasme de… rues ; des rues qui, contre toute attente, s'arrêtent brusquement ; certaines si raides qu'elles exigent de se cramponner à une rampe ; des rues nommées en dépit du bon sens, sans convention, certaines numérotées, mais sans logique perceptible ; des rues aux noms parfois longs et dans des langues illisibles sans l'aide d'un neural. Durant notre marche interminable à travers ce Styx, il m'a traversé l'esprit que, de toute ma vie dans la Coalition, je ne me suis jamais égaré. Cette impression effrayante de ne pas savoir où mènera la rue suivante m'était totalement inconnue. Ma mini-carte neurale me manque terriblement. Ici, je n'ai aucun sens de l'orientation. Avec le recul, j'ai honte de mon comportement, mais j'ai collé à notre petit groupe, craignant de les perdre dans ce bruit. À en juger par les regards méprisants d'Em, j'ai dû passer pour un sacré poltron. Il a remarqué d'un ton désinvolte que j'éprouvais sans doute de grandes difficultés d'adaptation, si loin du paradis à température régulée qu'est l'Aire de la station Pélican. Je n'ai rien répliqué. Face à la vérité, le silence n'est-il pas la seule réponse ?

La nuit tombe, mais je n'arrive pas à dormir. La ville veille, elle aussi. Assis sur la passerelle du Debby, *j'écoute le bruit et l'activité grouillante, qui m'irrite et m'intrigue à la fois. Je suis rebuté par l'odeur de pisse et d'huile, mais le mélange d'effluves salés me fait saliver. Je suis malheureux et je ne sais pas pourquoi.*

Quelque chose me retient, m'empêche d'être pleinement là. Mais quoi ? À quelle partie de moi-même ai-je peur de renoncer ? Je me demande si au fond je suis réellement une créature de la Coalition et ce qu'il faudra, combien de temps, pour que je laisse ce monde derrière moi.

JOUR 36

C'est le matin. Le brouillard, descendu pendant la nuit, ne s'est pas levé. Sonja devrait être rentrée depuis deux heures, mais le convoi n'est toujours pas de retour. Notre capitaine est allée aux nouvelles à l'office des voyageurs. Pendant ce temps, notre médecin de bord arpente nerveusement le quai devant le Debby. *Il nous demande, à moi, aux autres, ce qui a pu mal tourner. J'ai beau lui affirmer que rien n'est arrivé à la mercenaire, il reste tendu et jette des regards en direction de l'entrée du port toutes les deux minutes. Le garçon est assis à côté de moi. Lui aussi est inquiet, je le vois bien, à la manière dont il lisse constamment ses vêtements. Et bien que je n'aie pas encore eu l'occasion de vraiment bien la connaître, je dois avouer que son sort me préoccupe également. En effet, sans elle, qui assurera notre protection ?*

Sonja est rentrée. Captivés, nous avons écouté son récit tragicomique, tandis que Royvan traitait sa blessure au bras droit.

Le convoi devait livrer sa cargaison dans une ville voisine des montagnes noires. Un simple aller-retour, mais deux jours pendant lesquels Sonja nous a dit avoir souffert. Pas à cause du froid glacial à haute altitude. Ni des cadavres découverts, dans la montée, la gorge tranchée et les poches vides. Pas même de la progression incroyablement lente de leur chenillard ou de son balancement à donner la nausée, alors qu'il se frayait un chemin entre les gros rochers humides. Non, le plus dur ç'a été la compagnie de ses employeurs, deux hyènes qui ignoraient la signification du mot « silence ». De leur voix aiguë, ces hommes se sentaient obligés d'émettre un commentaire sur chaque caillou, arbrisseau ou cadavre qu'ils croisaient. Elle aurait pu en faire abstraction – elle en avait vu d'autres, a-t-elle ajouté. Mais l'une des hyènes, croyant surprendre un attaquant derrière un rocher, a jugé bon de tirer une fléchette au jugé, la touchant au bras. Son comparse n'a rien trouvé de mieux que de ricaner en disant que ce n'était pas un brigand, juste un bâtard à trois pattes.

Elle a cassé le nez du tireur.

L'autre a hurlé.

Au bout du compte, tout est rentré dans l'ordre, la livraison a été effectuée, et le trajet du retour s'est déroulé dans un silence merveilleux. En compensation de sa blessure, Sonja a reçu une caisse supplémentaire de rations, et on lui a retenu un boisseau sur sa paye pour le nez cassé. Elle avait connu pire, comme boulot ; elle avait aussi connu mieux.

Elle avait fait la guerre, a-t-elle rappelé.

Elle n'a pas su comment réagir, quand, à la fin de son histoire, le garçon a pris son bras blessé par la main pour la porter à son front. Aucun de nous n'a compris cette étrange bénédiction. Mais elle a tout de même grogné de vagues remerciements, tout comme à notre capitaine, qui lui a dit qu'elle avait fait du bon travail, et qu'elle regrettait que les choses aient mal tourné. Peu après, nous avons laissé Sonja aux bons soins de notre médecin de bord, qui s'est occupé de sa plaie dans un silence sévère. En m'éloignant, j'ai cru entendre la mercenaire rire doucement, en réponse à sa voix qui la réprimandait. Il régnait une curieuse électricité dans l'air entre ces deux-là, quand ils ont émergé du vaisseau plus tard. Aucun de nous n'a émis de commentaire. J'ai fait de mon mieux pour ne pas poser les yeux sur la plaie, dont la seule pensée me fait frôler l'évanouissement. Mais je l'ai regardée, elle, notre chevalier blessé, qui ne se laisse pas impressionner par une estafilade. Il y a une leçon à en tirer, Sartoris, et elle concerne notre aptitude à nous adapter.

Notre capitaine est allée régler ses affaires auprès des autorités portuaires. Au bout du quai, les pêcheurs terminent leur besogne sur la carcasse du léviathan. Les restes squelettiques tombés du crochet ont été récurés pour en récupérer toute la graisse. Pour fêter l'achèvement d'un travail pénible, les hommes ont sorti de petits verres à alcool qu'ils plongent dans les seaux du liquide visqueux extrait des poches ventrales de l'animal. En les regardant trinquer et avaler ce breuvage, je ne peux m'empêcher de grimacer. Par boutade, ils en offrent aux voyageurs de passage sur le quai et rient en les voyant presser le pas pour fuir l'odeur nauséabonde, le visage bleu et l'estomac retourné. Ils boivent déjà depuis un moment, c'est à qui tiendra le plus longtemps. L'un d'eux s'est évanoui. De l'argent fait son apparition, on parie sur qui sera le suivant. À proximité, je remarque Em qui frémit. Ainsi, même lui a ses limites.

Intéressant.

Il me vient une idée. Peut-être qu'en acceptant un des horribles petits verres proposés par les pêcheurs, je gagnerai l'affection ou l'estime du reste de l'équipage. La blessure de Sonja et son retour triomphant n'ont fait qu'attiser mon désir de me montrer à la hauteur. Jusqu'à présent, je suis au mieux un poids mort à bord de ce vaisseau. Un corps frêle qui n'est pas fait pour cette vie. Quelle meilleure façon de leur donner tort qu'en plongeant la tête la première dans ce baptême aigre, extrait d'une pustule de cette créature répugnante ?

À la relecture, non. C'est une très mauvaise idée.

Je l'ai fait. Je suis de retour dans ma cabine, à bord du Debby, *me demandant où mon instinct de conservation est passé.*

Retour en arrière. Je suis descendu sur le quai et j'ai approché les marins. Ils étaient six. Dans un premier temps, ils m'ont pratiquement ignoré, jetant un coup d'œil dans ma direction, avant de se détourner, comme s'ils avaient décidé que je ne présentais aucun intérêt pour eux. Ravalant ma peur, je me suis imposé dans leur cercle et, par l'intermédiaire de mon traducteur, je leur ai demandé s'ils me permettaient de goûter un verre de leur… intrigante essence. Ils ont ri de bon cœur. « Je ne te conseille pas d'essayer, étranger, a répondu le plus grand. Ce truc n'est pas fait pour se boire. » J'ai observé qu'ils ne semblaient pas en souffrir. « C'est le résultat d'années d'expérience », ont-ils déclaré, hilares. Toutefois, j'ai réitéré ma demande, j'étais sérieux, et bientôt, les rires se sont tus. Soit. Le plus grand a fait un signe de tête à celui qui s'occupait du service. Il a plongé un verre dans le seau et me l'a tendu. Il était glissant entre mes doigts. Je sentais la bile dans ma gorge. Mais j'ai puisé dans un réservoir caché de force intérieure et je n'ai pas flanché. Je me suis dit que rien de tout ça n'était réel, que j'étais en représentation. Et dans cet esprit, je me suis retourné vers le Debby, *d'où l'équipage horrifié assistait à la scène. J'ai levé mon verre à la santé d'Em, et j'en ai avalé le contenu d'un trait.*

Le breuvage en lui-même est difficile à décrire. En revanche, je garde un souvenir très précis de ses effets. Mon cou s'est contracté, des mouvements brutaux se sont emparés de mes jambes, des couleurs nouvelles aux nuances captivantes ont volé en éclats sur mes yeux. Mon estomac s'est violemment enfoncé dans mon menton. J'ai toussé, alors que je rendais le verre au pêcheur, je suis même parvenu à remercier, la bave aux lèvres. De retour à bord du Debby, *mon exploit m'a valu des réactions variées. Ahro n'a compris ni l'importance ni le côté choquant de mes actes. Sonja m'a surpris en éclatant de rire. Quant à Royvan, il n'a pas mâché ses mots ; il m'a traité de « sombre crétin » et m'a immédiatement conduit à l'infirmerie pour me vider l'estomac.*

Em n'a rien dit.

Obéissant, j'ai suivi notre médecin de bord, qui a voulu me faire vomir et a même tenté de m'enfoncer son doigt dans la gorge, en dépit de mes protestations. Au bout du compte, mon entêtement a eu raison de son insistance. J'ai croisé les bras comme un enfant et, après un échange plutôt vif, il s'est laissé fléchir ; mais quoi qu'il m'arrive par la suite, il s'en lave les mains.

Il a soupiré, comme il a déjà dû le faire avec de nombreux patients difficiles dans le passé. Puis il a ajouté que, de toute manière, mon estomac se viderait de lui-même lors de notre entrée dans la Poche. Mais je n'ai pas l'intention de laisser cela se produire.

Pas une goutte ne franchira mes lèvres.

LE COURANT VOLCANIQUE

[ENTRÉE NON DATÉE]

Ce verre était une erreur.

[ENTRÉE NON DATÉE]

J'ignore combien de temps durera ce moment de lucidité ; je vais donc consigner ce que je peux, sans garantie d'arriver au bout. Je suis baigné de sueur, j'empeste. Je reprends mes esprits par intermittence. L'équipage se relaie à mon chevet ; je les entends parler ; puis, brusquement, je me retrouve seul dans un vaisseau qui hiberne, en mode nuit ; le son étouffé du recycleur d'air me tient compagnie, alors qu'une aiguille invisible s'enfonce dans la chair tendre derrière mes yeux. Royvan a déclaré qu'on pouvait presque écarter l'hypothèse d'une issue fatale, mais il a ajouté avec un sourire satisfait que les prochains jours seraient les pires. Voilà ce qui arrive, quand tu n'écoutes pas ton médecin, Sartoris. Il affirme que je ne vais pas mourir, mais mon corps est en feu et je ne parviens pas à me défaire de la peur que mon cœur me lâche dans cette petite pièce, si loin de chez moi. Où est… [TEXTE INDÉCHIFFRABLE]

[ENTRÉE NON DATÉE]

Mon appartement de l'aile Gracilius me manque. Un endroit charmant. J'aurais voulu vous le montrer. Des meubles confortables, un balcon spacieux avec vue sur le Strip et des jardinières de brunias à la balustrade. Mes fleurs préférées. Elles sont probablement mortes, maintenant. Au total, nous avons passé un mois et demi dans la Poche, depuis notre départ de Pélican. À cause de l'écart du courant Volcanique, cela équivaut à une année de temps réel (pour mon information, pas la vôtre). Mon ancien domicile a donc sans doute été vendu. Ses nouveaux occupants ont invité des amis, ont célébré les fêtes officielles en trinquant avec du bon vin. Je parie qu'ils s'y sont rapidement sentis « chez eux ». Ils s'y sont disputés jusque tard dans la nuit, ils ont fait l'amour dans le salon, ils ont peut-être même eu des enfants, s'ils ne manquent pas d'ambition. Je les vois si clairement dans ma tête, alors que j'agonise dans mon lit. C'est idiot, mais la peur qu'ils aient jeté mes fleurs m'accable. Les brunias ne sont pas des plantes exigeantes. Elles sont faciles à entretenir. Bon sang, j'aurais dû leur laisser des instructions par écrit. Un mot aimable, accompagné d'une bonne bouteille de vin, pour en souligner l'importance. Une heure de lumière et un peu d'eau, aurait précisé la note. Elles n'ont pas besoin de plus pour conserver leurs nuances violettes, même en hiver.

[ENTRÉE NON DATÉE]

Mon ancienne vie est derrière moi. Mes fleurs avec elle. Tout ce qui me reste à présent, ce sont quinze années à bord de ce foutu vaisseau. Et c'est vous que je peux remercier, je suppose. Pour tout ça.

[ENTRÉE NON DATÉE]

Ma mémoire est comme de l'eau entre mes doigts. Parfois, je parviens à saisir le fragment d'un souvenir. Le garçon venu me montrer sa fiche d'exercices avec ses phrases, ou me jouer un air de flûte. Une belle mélodie, à l'opposé de sa voix râpeuse, qui manque d'assurance. Em, qui me raconte ses années dans les sous-strates de Galena, ses regards furieux vers les rues de la ville du dessus, qui bloquent le soleil. Une histoire de chat aussi. Et puis, la silhouette de Vaila à mon chevet, dans le noir, l'éclat discret du ladeum de son chapelet, alors qu'elle chuchote des prières que je ne comprends pas.

Une étrange rotation de visages. Cloué au lit, je n'ai aucun moyen de distinguer les phases jour/nuit dans le vaisseau. Seuls repères, mes sorties aux toilettes, ou le gémissement de l'écoutille, annonçant un nouveau visiteur venu s'assurer que Sartoris est toujours de ce monde. Malgré son côté pragmatique, leur attention me touche, elle m'aide à traverser cette période sombre.

[ENTRÉE NON DATÉE]

Le résidu de la maladie s'accroche encore à la paroi de mon estomac. Mais aujourd'hui, je me sens… soulagé. Vaila m'a demandé ce qui m'a pris de boire une substance si abjecte. La réponse m'est venue portée par un rayon de soleil hallucinatoire. « Bois, ou meurs de soif, lui ai-je dit. Mange, ou meurs de faim. Le voyage sera long et, pour survivre, l'espoir ne suffit pas. » Elle m'a dévisagé comme si j'avais perdu la tête. C'est bien possible. Alors, avec cette folie, j'ai croisé ses yeux marron et je lui ai dit cette vérité qu'elle fuit depuis notre départ : nous ne rentrerons pas, et elle ne vous reverra pas avant très, très longtemps. Mes paroles ont fait mouche. Ses doigts se sont resserrés autour de son chapelet. En se levant, elle s'est demandé à voix haute quand j'étais devenu aussi cruel. Je me pose la même question depuis, seul dans cet hospice de fortune, dans les rares instants où je crève la surface de ce cauchemar, avant de replonger.

PERADA

JOUR 54

L'ouragan est passé. Ouvrez les portes de vos caves et retrouvez la lumière, la maladie de Sartoris est enfin derrière lui ! Si son attitude pendant sa convalescence a pu vous choquer, il s'en excuse. Le voilà qui se tient à présent, dans le lavis verdoyant de Perada, respirant à pleins poumons l'air le plus pur qu'il a jamais eu le plaisir de connaître.

Quel soulagement ç'a été, quand une brise fraîche et un parfum de pinède nous ont accueillis au bas de la passerelle ! Royvan a mis ses compétences au service de l'hôpital local, pendant que le reste d'entre nous explorait librement cette région boisée des Confins. À l'office des voyageurs, on nous a appris que l'un des plus gros arbres de tout le continent poussait au sommet d'une colline des environs. Notre capitaine,

Ahro, Sonja et moi avons décidé de monter l'admirer. Vaila est restée à bord, pour effectuer des travaux d'entretien avec Em. Elle nous a tous surpris, en nous souhaitant une bonne promenade, ses premières paroles aimables depuis notre départ de Pélican. Ce n'est pas passé inaperçu de notre capitaine. Je suis content que Vaila commence à s'adapter à la situation, même si elle y met le temps.

Le sentier était magnifique, avec autour de nous des feuilles parées de couleurs à l'éclat incroyable. Imaginez autant de nuances de vert que vous pouvez : eh bien, il y en avait le double ! Ma propre énergie m'a surpris, même notre capitaine n'a pas réussi à me distancer. Mais je n'étais pas de taille face au garçon, qui ouvrait la marche en compagnie de Sonja, se calquant sur son pas martial. À la fin de la randonnée, nous étions tous en nage. Il faisait chaud et humide ce jour-là. Dans la descente, notre capitaine et moi avons senti un changement dans l'air.

Chez lui.

Non, rien à voir avec le saut. Rien d'aussi spectaculaire, désolé. Mais un phénomène non moins notable. Son odeur corporelle rappelait un chiffon mouillé, récupéré dans le tuyau d'écoulement d'une douche dans une salle de sport. Aucun de nous ne lui en a fait la remarque avant notre retour en ville, où notre capitaine lui a acheté un déodorant. Elle lui a montré comment se servir du spray, mais je ne pense pas qu'il en a réellement compris l'intérêt. En effet, dès le lendemain au petit déjeuner, le nuage adolescent avait refait son apparition.

Ah, les affres de la puberté. Je ne lui envie pas cette phase de la vie, où les mutations du corps enflamment l'esprit et embrouillent les perceptions. Une période qu'on est pressé de laisser derrière soi, mais qu'avec le recul on finit par regretter.

Si je le pouvais, je le mettrais en garde contre ce phénomène ; je lui dirais de profiter au mieux de chaque seconde, de la savourer. Mais comme je ne le sais que trop bien, chacun doit faire cette expérience, pour comprendre la nature éphémère des choses. Pour s'apercevoir, à l'instar d'un malade en proie au délire pendant des jours, qu'il suffit de tourner la tête, ne serait-ce qu'un moment, pour qu'un pan entier de sa vie disparaisse.

Comme ça.

ANNÉE 3, JOUR 22

Les cimes noires. Kai, avant-poste de Sounder. L'enchevêtrement des rues de Suda-Sulai. Les paysages glacés de Gallahad. Nous avons accompli d'innombrables missions dans toutes sortes d'endroits, petits et grands. Nous avons traversé des continents pour livrer des vaccins. Nous avons escorté trois sœurs fortunées, pendant leur pèlerinage dans les anciens temples de leur religion. Nous avons diagnostiqué le mal étrange dont souffrait le fils d'un prince de Primark, et lui avons sauvé la vie. Nous avons sillonné les Confins, laissant derrière nous des années d'anecdotes. Nous avons voyagé sans relâche. Et pourtant, après tout cela, toute cette agitation et cette attente, le garçon ne manifeste aucun signe de son don. Je n'y crois plus. Aucun de nous n'y croit. Seule Vaila, à qui vous manquez énormément, compte les jours, même si elle s'est calmée ces derniers mois et semble s'être résignée au fait que nous avons été l'objet d'une mystification.

Et ce n'est pas grave.

Devant ma tente, les braises du feu faiblissent en silence. Il est encore chaud. Le vent agite les grandes feuilles dans les arbres, l'eau clapote sur le sable, au son mélodieux de la flûte.

Ahro a seize ans aujourd'hui. Nous avons passé la journée à nous prélasser au soleil, dans cette région tempérée de Hodas. Les autres se sont baignés ; Vaila et moi nous sommes assis à l'ombre d'un palmier. Elle m'a parlé des vaisseaux qui la fascinent et qu'elle aimerait un jour voir ; les croiseurs de la flotte d'Umbai dont elle rêvait, jeune fille, dans le bureau de son père. Au crépuscule, nous avons allumé un feu de joie, et l'équipage a pris son repas, alors que le soleil rouge sang se dissolvait sur un horizon aquatique sans limites. J'ai vu ce qui nous liait. L'amitié facile entre Em et Royvan.

Le gloussement perplexe de Vaila, en réaction aux blagues obscènes de Sonja. Et Nia, veillant sur tous, avec Ahro à ses côtés.

Alors que nous allions chercher de l'eau potable sur le vaisseau, Nia n'en revenait pas. Le garçon a si vite poussé. Elle a raison. Ce n'est plus un enfant, mais un jeune homme. Il n'est pas très grand, à peu près de la même taille que moi, mais ses mouvements ont une grâce rare à son âge. Il s'adapte aux nouveaux développements de son corps avec la souplesse d'un saule qui plie. Il coiffe ses cheveux à la mode des jeunes de Suda-Sulai, rasés sur les côtés, avec une route noire qui lui passe au milieu du crâne. Remplissant le bidon d'eau, Nia l'a regardé rire aux éclats avec Royvan. Spontanément, elle a noté que son garçon était devenu très séduisant. Croyant déceler une pointe de peur dans sa déclaration, je lui en ai fait la remarque. Elle a ri et m'a répondu qu'un jour ou l'autre le Debby *se poserait sur un monde où il s'enticherait de quelqu'un. Ce n'était qu'une question de temps. « Je ne pourrai pas lui permettre de rester, a-t-elle ajouté avec tristesse. Et il me détestera pour ça. » J'ai voulu la rassurer en lui rappelant qu'elle avait peut-être raison, mais aussi qu'un jour viendrait où ils n'auraient plus à bouger sans arrêt ; à la fin du contrat, elle et Ahro seraient libres de vivre comme bon leur semblerait. Mais cela n'a pas suffi à l'apaiser. Tout a une fin, et les gens partent. Rien ne permet de dissiper cette crainte. Le jour où cela sera vrai pour Ahro, si lointain soit-il, ce jour approche.*

Devant la tente de Sartoris, Nia écoutait Ahro jouer de sa flûte près des braises, se demandant où avait filé cette journée d'anniversaire. C'était la nuit, les étoiles étaient de retour. Elle avait récemment découvert son premier cheveu gris, au-dessus de sa tempe droite. Il n'y a pas si longtemps, le jeune homme assis à côté d'elle était un petit garçon. Les robes de Kaeda ne lui allaient plus. Elle n'avait pas vu le temps passer. Il joua une note aiguë, un sourire calme sur les lèvres.

Elle ferma les yeux.

Rappelle-toi cette journée.

Ce moment n'était plus. C'était déjà un instantané pittoresque, prêt à céder la place à des souvenirs plus utiles, des regrets plus forts. Son esprit fonctionnait ainsi. Elle avait du mal à garder les bonnes choses en mémoire, tant la peur des ennuis à venir les poussait vers la sortie. Devant elle se trouvait la preuve que le temps passait, et vite. Devant elle se tenait cet enfant, qui avait surmonté tant d'épreuves, mais restait naïf quant à l'ordre des choses. Devant elle se tenait un petit feu, à entretenir.

« Ça t'a plu ? demanda-t-il, à la fin du morceau.

— Oui. »

Il sourit.

Mettre le feu à l'abri du vent. L'alimenter avec de vieilles branches. Le temps filait, et il avait encore tant à apprendre, avant qu'il soit trop tard.

Pendant qu'il continuait à jouer, un plan s'échafauda dans son esprit. Elle le familiariserait avec les techniques de négociation d'un contrat, sa manière de tirer profit d'une transaction. Chaque membre de l'équipage contribuerait en fonction de son domaine de compétence. Vaila lui transmettrait le b.a.-ba du pilotage, à décoller et se poser sans trop de dégâts. Royvan lui montrerait comment soigner des blessures superficielles. Em passerait en revue pour lui les organes du vaisseau et lui donnerait les rudiments nécessaires pour effectuer des réparations simples. Sartoris continuerait ses cours de culture générale sur la vie et l'histoire galactiques. Quant à Sonja, elle lui apprendrait à se défendre, en faisant usage de la force, au besoin. Elle prit sa décision entre deux morceaux de musique, mais elle le garda pour elle. Au lieu de le stresser le jour de son anniversaire, elle lui fit un signe de tête, pour qu'il joue encore.

« La chanson gaie », demanda-t-elle.

Avec un grand sourire, il s'exécuta.

Demain, son apprentissage commencerait.

Un passage des Six Royaumes *me vient à l'esprit. Il se situe vers la fin du dernier livre de la série. Faydra Faneuil a été capturée par la principauté ennemie. Après un mois de délibération, le gouvernement la condamne à la décapitation en public, en guise d'avertissement à la population, à ceux qui entretiendraient toujours des idées de révolte. En voyant le billot, Faydra dit, « J'ai transformé la réalité, fractionné des empires et bâti à partir de rien un héritage qui me survivra des millénaires. Mais maintenant que ma tâche est accomplie, je ne pense plus qu'à l'insouciance de ma jeunesse sur Arcadie. L'indolence de l'été. Le soleil sur mon dos, et une main, écartant d'une caresse les cheveux tombés sur mes yeux. »*

J'attendais beaucoup de ce voyage.

Mais certainement pas de trouver une famille.

Fumiko, votre esprit demeure un mystère pour moi ; je n'espère pas vous influencer, mais j'estime de mon devoir de vous l'écrire : ce garçon ne possède pas le pouvoir que vous cherchez – pour peu qu'il existe. Ce n'est qu'un garçon comme un autre. Après trois années, nous nous sommes faits à l'idée que notre quête est futile. Admettez-le, vous aussi, et résiliez ce contrat, je vous en conjure. Laissez ces gens, ma nouvelle famille, regagner la Coalition, ou n'importe quelle destination de leur choix. Ils méritent que leurs vies ne soient plus figées par les termes stricts de cet accord et qu'on leur rende leur liberté. Oubliez cette idée folle, s'il vous plaît, et écoutez votre cœur.

Notre prochaine escale est la lune d'Ariane, un satellite naturel. Nia est déjà venue. À l'en croire, c'est un paradis pour musiciens. Elle veut qu'Ahro y rencontre des gens comme lui, avec qui il pourra parler de leur art, avant que nous repartions inévitablement pour la suivante des nombreuses étapes de notre voyage. Peut-être profiterai-je de notre séjour pour m'acheter un instrument. Je n'ai jamais joué de rien, alors je pense commencer avec quelque chose de simple. Un tambourin ou un bicorde, pour me lancer dans la chansonnette, faire des gammes. Et, le temps venu, pourquoi pas un air de ma composition ?

Nous verrons bien.

6. Encore pour un moment

Aucun bugle ne résonna dans les rues d'Ariane au petit matin. Les maisons étaient vides, les musiciens partis. Aucun bruit à part le grattement de milliers de pattes sur la roche chaude, les lézards locaux prenant position pour le lever du soleil au-dessus des dunes au sud. Aucun bruit, à part les ronflements de chiens, par centaines, alors que la lumière rouge glissait ses doigts dans la ville ostensiblement silencieuse.

Les chiens avaient pris possession de l'ancienne enclave des artistes. Échoués le long des petites rues poussiéreuses, ils s'entassaient couchés en rond, sur les vérandas des préfabriqués abandonnés. La plupart dormaient ; il était encore tôt, il faisait sombre. L'air grondait du souffle collectif qui soulevait ce tapis de ventres. Parmi les rares animaux déjà réveillés, un seul se décida à bouger : un mastiff obèse, qui avança sans se presser dans la rue principale.

L'odeur de la doyenne tira la meute du sommeil. Des têtes se levèrent sur son passage, et bientôt, un cortège se forma dans son sillage. Elle s'arrêta devant la porte de la ville, fermée depuis des jours. Les autres attendirent à distance respectueuse, tandis qu'elle s'asseyait sur son arrière-train et braquait ses yeux chassieux sur la tour de transmission au sommet de la dune, de l'autre côté de l'enceinte. Le pylône fendait le ciel d'ecchymose. Le mastiff savait, peut-être pas explicitement, mais d'instinct, qu'aux premières lueurs de l'aube au-dessus de l'horizon la plus haute des paraboles s'embraserait pour se métamorphoser en lune brillante. Alors, l'Homme viendrait. Il leur apportait leur nourriture le matin. Les autres chiens, qui le savaient aussi, salivaient d'avance, dès que la lumière gris-blanc du petit jour drapait la tour.

Les aboiements commencèrent quand un point noir franchit la crête de la colline au loin, avec un panache de sable dans son sillage.

L'Homme arrivait.

Gorlen était le seul humain à vivre sur cette lune. Et il craignait d'être le dernier.

Ses journées suivaient un emploi du temps immuable ; il consacrait des périodes d'une heure à différentes activités pour conjurer la folie de la solitude, ou pire, à ses yeux, l'ennui. Mais ce jour-là, il s'attarda avec les chiens, il remplit les mangeoires sans se presser, parce que les visiteurs se plaisaient en compagnie des animaux. Le jeune homme avec eux arborait un large sourire, mais gardait les mains figées contre sa poitrine, alors qu'un grand danois le poussait de tout son poids.

Gorlen les observa un moment.

Il gratta sa cicatrice derrière l'oreille droite.

Après qu'il eut donné aux chiens les croquettes déchargées de sa camionnette, il siffla le mastiff, qui grimpa sur le siège passager pour leur tournée quotidienne. Ayant terminé ici, il ferma la porte de la ville morte et lança son véhicule à l'assaut de la pente raide vers la tour de transmission. Il conduisait avec une main sur le volant, l'autre sur le rebord de la vitre baissée, un index hâlé pianotant le rythme qui lui trottait dans la tête. D'ordinaire, il s'accompagnait en chantant, mais il préférait épargner aux visiteurs sa voix rouillée. Il les regarda dans son rétroviseur, silencieux tous les trois. La capitaine fit signe au jeune homme de boire à sa gourde ; à côté d'eux, la tête du technicien assoupi vibrait contre la fenêtre. Apparemment, l'inconfort ne l'empêchait pas de dormir.

À leur arrivée, la veille au soir, il avait accepté de les réapprovisionner pour la suite de leur voyage, en échange d'un coup de main, le lendemain. En vérité, il n'avait besoin de personne pour nourrir les chiens et réaligner les paraboles de guingois après les orages du week-end.

La compagnie lui faisait du bien, voilà tout.

Il gara la camionnette à côté du premier appui de la tour et le jeune homme réveilla le technicien d'un coup de coude. Gorlen leur demanda s'ils avaient des questions sur le travail à effectuer, mais ils n'en avaient pas. La capitaine lui assura qu'ils se rappelaient ses instructions et qu'ils n'en auraient pas pour longtemps. Elle le gratifia d'un sourire confiant, qu'il choisit d'interpréter comme une tentative de séduction. Bien sûr, il avait conscience que le peu de charisme qu'il avait pu posséder un jour appartenait au passé, érodé par les années de solitude sur ce rocher. À moins qu'elle n'ait un faible pour les hommes avec trois dents en moins. « D'accord, dit-il. Je serai là, si vous avez besoin de moi. »

Alors qu'ils montaient les marches rouillées en délogeant le sable cramponné au métal, Gorlen sortit de la camionnette ; il s'étira et se dégourdit les jambes, alors que le mastiff tournait autour de lui, comme un requin. Ensemble, ils s'assirent à l'ombre d'un des appuis. La chienne finit par s'affaler sur le ventre, à côté de lui, mais pas trop près, tandis qu'il massait ses cors au pied. Quand elle bâilla en dévoilant toutes ses dents pourries, il la regarda et songea avec amusement, *On fait la paire, tous les deux*, avant de se sentir gagné par une profonde affection pour elle.

Ce moment méritait une chanson. Il ferma les yeux et tendit le cou ; avec une grimace douloureuse, il activa le mémo-disque niché sous sa cicatrice, derrière l'oreille droite. De la liste qui défilait dans son œil gauche, il décida d'extraire « Lover's Quarry », une ballade toute simple chantée des années plus tôt par deux jeunes interprètes, qui avaient certainement trouvé mieux à faire depuis. Le souvenir de ce concert s'imposa sur la scène du théâtre limbique de son cerveau, comme si c'était hier. Lentement, il sourit. Il leva les yeux. Ses visiteurs auraient bientôt atteint la première parabole, ils ne pouvaient plus l'entendre. Il s'éclaircit la gorge avec les dernières gouttes tièdes tirées de sa gourde et, timidement, il se mit à accompagner le duo dans sa tête.

Alors que les notes quittaient ses lèvres, un phénomène se produisit. Loin au-dessus de lui, là où le regard embrassait la ville aux chiens et l'astroport, le plus jeune des visiteurs s'immobilisa entre deux marches. Il venait de détecter dans l'air de subtiles vibrations que nul n'aurait dû percevoir. Un frisson lui parcourut la colonne vertébrale de bas en haut, puis il sentit un picotement, et son cœur s'ouvrit comme une main.

« Ça va ? » demanda Nia derrière lui.

La sensation se volatilisa, mettant fin à ce moment.

Ahro cligna des yeux, réajustant la trousse à outils sur son épaule. « Oui, répondit-il. Désolé. »

Ils continuèrent à monter l'escalier, et bientôt, l'altitude suffit à le distraire des échos de la sensation. Quand ils atteignirent la première parabole, ce fut comme si rien ne s'était passé.

Le courant d'air ascendant s'engouffra dans leurs vêtements amples, menaçant de lui arracher la trousse, mais il tint bon et tendit à Em les outils demandés. Bien que Nia lui ait clairement fait comprendre qu'il était là pour observer et apprendre, il se sentit coupable de laisser Em travailler seul. Installée quelques marches plus haut, Nia leur raconta à quoi ressemblait cette lune, plus d'une décennie plus tôt, selon son échelle de temps. L'endroit où vivaient les chiens était une vraie ville à l'époque, leur dit-elle. Elle n'avait pas survécu à la faillite de la colonie, leur avait expliqué Gorlen. « Je connaissais beaucoup de musiciens ici, certains étaient mes amis. Eux aussi sont partis ou morts, je suppose.

— Comment c'était avant ? demanda-t-il.

— Plus grand. Derrière les préfabriqués, de vastes tentes accueillaient quelques milliers de personnes, des négociants pour la plupart, comme moi, avant que je me tourne vers le transport de marchandises. Je venais de partir de chez moi, je n'avais pas les idées claires. J'ai pensé que les Confins étaient la solution. Je n'avais pas le même vaisseau, à l'époque.

— Comment s'appelait-il ?

— Déjà le *Debby*, répondit-elle en riant. *Debby 1*. Un modèle Pélican bon marché, avec un cockpit court et aplati. Jamais vu un truc aussi moche. Mais c'était tout ce que je pouvais me permettre. Dès que je l'ai acheté, j'ai filé hors de la Coalition. Pendant quelques mois, j'ai fait du commerce. Ici, je vendais des denrées alimentaires et des fournitures artistiques ; Ariane avait bonne réputation, c'était rentable. Cet endroit vivait du commerce. » Elle soupira, alors qu'elle regardait au loin, dans le vide. « Il en est mort, j'imagine.

— Et la musique ?

— Elle était partout. » Elle retrouva le sourire. « Je me rappelle un immense marché, long de deux kilomètres, et entièrement consacré à la vente d'instruments. Des bassons, des luths, des violoncelles… Des concerts dans les rues. Tous les soirs, des chœurs dans les dunes. C'était bien. Vraiment bien. »

La manière dont Nia évoquait son passé continuait de le rendre perplexe. Devant tant d'émotions contradictoires, il avait parfois du mal à savoir ce qu'elle ressentait réellement. « Si c'était bien, pourquoi es-tu partie ? » demanda-t-il.

Nia se figea et se tut. Pendant un moment, Ahro craignit de l'avoir contrariée, mais il comprit vite qu'elle réfléchissait seulement à la meilleure façon d'expliquer quelque chose de complexe. « J'étais heureuse, tout en ne l'étant pas. J'avais comme une sorte de manque, ici, répondit-elle, se tapotant la poitrine, à l'emplacement du cœur. Un vide, quelque chose en sommeil, que rien sur Ariane ne pouvait réveiller. Je me sentais seule. Je ne sais pas mieux l'expliquer. »

Elle n'espérait pas qu'il comprenne. À sa surprise, et après réflexion, Ahro hocha la tête. « Je connais ça, dit-il.

— Vraiment ? »

Il se frappa la poitrine, comme elle l'avait fait.

« Quelque chose d'endormi, ajouta-t-il. Ici. »

Un courant ascendant s'engouffra à travers la grille sous leurs pieds en les ébouriffant. Elle le regarda brièvement, comme si elle se demandait comment interpréter ce qu'il venait de lui dire. Finalement, elle sourit. « Je suis contente que tu comprennes, répondit-elle. C'est dur, parfois, n'est-ce pas ?

— Oui. »

Elle jeta un coup d'œil quelques marches plus bas. « Comment ça se passe, Em ?

— On fait aller. » Les bras enfoncés jusqu'aux coudes dans le terminal, il avait des câbles qui tombaient en cascade sur ses épaules et son visage ruisselait de sueur. « La chaleur n'aide pas, c'est sûr.

— D'accord avec toi. Je me demande comment Gorlen s'en sort jour après jour.

— Pas de fraîcheur. Personne à qui parler. Un lit vide. Ce putain de sable à perte de vue. Je suis surpris qu'il n'ait pas encore pété les plombs. » Em s'interrompit un instant et leva les yeux vers elle. « Combien de temps tu tiendrais le coup, capitaine ? »

Nia soupira en pensée. « Un an, deux, avec quelque chose à la clé. Toi ?

— Un mois. Maximum.

— Juste un mois ?

— Si je suis obligé d'être seul... » Il tendit le bras dans les entrailles du terminal. « Mais modifie les paramètres, envoie-moi une visiteuse particulière de temps à autre, et je me laisserai peut-être convaincre de rester plus longtemps.

— Je plains ces pauvres femmes.

— Alors, je verrai l'avantage d'une planète déserte, poursuivit-il, ignorant sa pique. Pouvoir faire tout le boucan qu'on veut, sans crainte de réveiller qui que ce soit au milieu de la nuit », ajouta-t-il en souriant à Ahro. Comprenant l'allusion, le jeune homme bougea les pieds d'un air gêné. Il n'aurait jamais dû laisser Em le convaincre de lui raconter cette histoire.

Nia s'appuya contre la rampe et demanda au technicien d'être plus clair.

« Sa cabine est à côté de celle de Sonja, tu sais.

— Je suis au courant, répondit Nia.

— On entend toutes sortes de choses entre voisins. Par exemple, les sons produits par un vigoureux check-up nocturne administré par notre bon docteur. »

Comprenant l'essentiel, elle se plaqua une main sur les yeux.

« Ils n'étaient pas très discrets, reconnut Ahro, d'un air penaud.

— On ne peut pas le leur reprocher. Trois ans, ça se fête. »

Nia ne put s'empêcher de sourire. « Je suis désolée, s'ils t'ont réveillé, dit-elle. Je leur demanderai de faire preuve de plus de retenue, tu ne devrais pas avoir à supporter ça. Mais s'ils te dérangent encore, ne va pas le raconter à la commère du village… » Em leva les yeux au ciel en entendant cela. « … viens me voir moi, que je puisse m'en occuper. L'intimité de l'équipage mérite qu'on la respecte, d'accord ?

— D'accord.

— À bord d'un vaisseau, “ragot” rime avec…

— … “chaos” », compléta Ahro, qui avait mémorisé tous ses dictons préférés.

« Tu m'as écoutée, ça me fait plaisir », dit-elle. Elle fit un geste de la tête à Em. « Tu en as encore pour longtemps ?

— Presque fini. » Il claqua des doigts à l'intention d'Ahro, qui n'attendait que son signal pour tirer de la trousse à outils la bombe d'enduit et l'écrou pour le raccord. Bientôt, les servomécanismes se mirent à vrombir ; en grande pompe, la parabole située sur le côté de la tour bougea de quelques degrés vers la gauche. Em referma le terminal, et d'un signe de la tête, Nia ouvrit la marche vers le suivant, un peu plus haut. Ils marquèrent une pause entre chaque réseau d'antennes, pour boire et manger des barres réhydratées en admirant la vue sur le désert, qui semblait infini à cette altitude. « C'est là qu'on s'est posés », dit Nia, pointant du doigt vers la droite. Pendant qu'ils travaillaient, Em expliqua à Ahro comment il procédait ; les meilleures méthodes pour appliquer l'enduit ; les mesures qu'il prenait pour éviter que son cœur explose en cas de décharge électrique ; le tout illustré par une série d'anecdotes sur des imbéciles qui avaient appris tout ça à leurs dépens. Et bien qu'Ahro ne s'intéresse pas beaucoup aux détails techniques, il écouta, parce que Nia le lui avait demandé. Si c'était important pour elle, ça l'était pour lui.

Ils cessèrent de parler des rendez-vous nocturnes de Royvan et Sonja, mais une image demeura : le garçon, bien éveillé dans sa cabine, et s'efforçant d'ignorer les gémissements étouffés et les frottements des peaux.

Cette vision les accompagna jusqu'à la camionnette, une fois le travail terminé. Em faisait des exercices de dextérité avec une sorte de jeton ; Ahro, la tête contre la vitre fraîche, suivait du doigt le relief des dunes qui défilaient, songeant à cet étrange moment en haut de la tour, quand il avait cru voir l'infini. Leur capitaine les arracha à leur rêverie en éclatant de rire.

Dans le rétroviseur, Gorlen observa l'hilarité les gagner, l'un après l'autre. Envieux, il regretta d'en ignorer la raison et le contexte, ce qui lui aurait permis de se joindre à eux. Il semblait condamné à rester un spectateur.

Le trajet de la tour à l'enceinte durait vingt minutes. En franchissant la crête de la dernière dune, ils aperçurent les aires d'atterrissage sur plusieurs étages, avec le *Debby* arrimé au sommet, telle une abeille butinant un pétale.

Après avoir garé la camionnette, il conduisit la capitaine à l'entrepôt, où l'attendaient les rations promises. Il lui indiqua quelles caisses n'avaient pas encore été la cible des rongeurs locaux. La capitaine alla chercher le membre le plus fort de son équipage, la femme musclée qu'il avait rencontrée la veille. À l'aide d'un transpalette, elle chargea la cargaison dans l'ascenseur, qui montait jusqu'à la soute du vaisseau. Il pensa alors qu'ils en avaient terminé ; il n'avait pas l'habitude de la nouveauté, qui l'épuisait. Sa solitude lui manquait déjà, bien qu'il redoute aussi de la retrouver. Mais la capitaine lui dit que, s'il n'y voyait pas d'inconvénient, ils ne repartiraient qu'au matin. Puis elle lui demanda s'il souhaitait se joindre à eux pour le dîner.

Il n'avait pas reçu d'invitation depuis l'époque lointaine où ce genre de choses allait de soi. Plus maintenant. Il savoura ce moment, alors qu'elle attendait sa réponse. « Elle peut venir aussi ? » s'enquit-il, désignant geste le mastiff, qui se soulageait dans le sable.

La chienne regarda Gorlen se raser avant le repas, passant la lame contre le sens du poil, tapotant le rasoir sur le bord du lavabo. Il avait perdu cette habitude, n'ayant guère de raison de le faire, ces temps-ci. Sa maladresse lui valut quelques petites coupures indésirables au menton, contre lesquelles il appliqua une serviette, pour étancher le sang. Ouvrant son casier pour s'habiller, il soupira en s'apercevant que sa seule tenue présentable était également la dernière qu'il souhaitait porter. Il défroissa la veste sur son bureau et, les dix minutes suivantes, entreprit de retirer à l'aide d'une lame de rasoir l'insigne ailé d'Umbai cousu sur la poitrine. Il jeta ce symbole de sa honte dans la poubelle et examina le pantalon qu'il n'avait pas enfilé depuis des années. Une ceinture parvint presque à lui faire oublier les deux tailles qu'il avait perdues. Il demanda au mastiff de quoi il avait l'air. La chienne le regarda avec une expression indifférente, comme si elle avait déjà assisté à la scène dans quelque rêve prophétique, et qu'elle se contentait de jouer son rôle d'observatrice détachée. « Je sais », dit-il en se frottant le menton, alors qu'il examinait les coupures infligées par la lame émoussée. « Je ne trompe personne. »

À l'heure convenue, l'ascenseur les mena à l'aire d'atterrissage du *Debby*. Le jeune homme et deux autres membres d'équipage, le technicien et la femme large d'épaules, lavaient au jet les mâts du vaisseau. Ils bavardaient, pendant que le magma noir infâme de la Poche s'accumulait à leurs pieds. Il se demanda s'il arrivait trop tôt, mais le jeune homme le salua d'un geste. « Le dîner est presque prêt, dit-il. Entrez, si vous voulez. On vous rejoint dès qu'on a terminé. » Ils reprirent le cours de leur discussion, tandis qu'il se dirigeait vers la passerelle. Rendu nerveux par la perspective de ce repas, il s'engagea dans la cathédrale de la soute en se tordant les mains.

Un écho de voix lui parvint depuis l'embrasure de la porte éclairée, au bout du couloir. Il se toucha une aisselle. Il transpirait. Il se rappelait à peine comment dire bonjour. Pour se calmer, il réactiva son mémo-disque pour se passer l'enregistrement du concert de Salt Flat Heights.

Encouragé par le rythme percutant des tambours, il avança ; la force de la musique le fuit sitôt qu'il se tint sur le seuil de la salle commune, l'air gêné.

Assise sur le canapé, la capitaine parlait à l'homme chauve, dont il avait oublié le nom. Dans la cuisine contiguë, une femme à la mine sévère dressait la table, tandis qu'un barbu râblé s'activait aux fourneaux, jetant des épices dans le feu, tel un alchimiste dément. L'homme chauve remarqua sa présence.

« Notre invité ! » s'écria-t-il. Tout le monde se retourna. Gorlen les salua d'un petit geste de la main. L'homme chauve se leva et lui fit signe d'entrer. « Je vous en prie, asseyez-vous, faites comme chez vous. Oui, où vous voudrez. Royvan finit de préparer notre repas. Encore quelques minutes de patience. Mon Dieu, je n'ai pas vu de chien depuis… Je ne me souviens même pas.

Très longtemps, en tout cas. Un mastiff, si ma mémoire est bonne. Je peux… ?

— Elle n'aime pas qu'on la touche, répondit Gorlen.

— Sartoris, intervint la capitaine, embarrassée. Laissez-les respirer.

— Bien sûr. » Sartoris rougit. « Excusez-moi. Nous recevons si rarement du monde et je… Oh, Vaila, non ! Pas comme ça, les serviettes ! » La femme à la mine sévère qui mettait la table lui lança un regard meurtrier. Alors que s'engageait une vive discussion sur l'ordre dans lequel il convenait de disposer les couverts, Gorlen s'assit à côté de la capitaine.

« Sartoris organisait des dîners et des réceptions dans une autre vie, expliqua-t-elle. Ça lui manque. Ne lui en veuillez pas, s'il prend les choses un peu trop à cœur.

— Pas de problème », la rassura-t-il.

Le mastiff flaira un morceau de viande tombé à côté du plan de travail.

« Comment s'appelle votre chienne ?

— Je l'ignore. Elle n'est pas à moi. Son maître l'a abandonnée, comme les autres. »

L'intensité du regard que la capitaine posait sur lui lui donna un léger frisson. « Qu'est-ce qui s'est passé ici ? »

Il opta pour une demi-vérité. « La même chose que sur une centaine de mondes. La Coalition a voulu se l'approprier. La situation de ce système au carrefour de cinq courants différents en fait une plaque tournante commerciale. Alors, ils ont fait une offre. Et la population a refusé. »

La capitaine hocha la tête. Elle connaissait la suite, semblait-il. Mais quelque chose le poussa à raconter toute l'histoire, peut-être pour sa propre tranquillité d'esprit. Il grimaça et interrompit le flux de son mémodisque. Puis il poursuivit. « Quand ils ont rejeté son offre, l'entreprise intéressée a décidé d'utiliser les grands moyens. Ariane dépendait du commerce, elle importait la quasi-totalité des denrées alimentaires, des outils nécessaires. Alors, on leur a coupé les vivres, en détournant la route commerciale qui traversait la région. Puis on a inondé le marché de contrefaçons bon marché, "inspirées" des créations originales des artistes locaux. On a lancé des rumeurs sur la montée de la criminalité et de l'insalubrité. On a soudoyé les négociants les plus importants, pour qu'ils aillent voir ailleurs. Sur une période d'une vingtaine d'années, l'activité s'est lentement tarie, tandis qu'un représentant des lobbies de la Coalition chuchotait à l'oreille de la classe gouvernante d'Ariane. Les élites ont fini par se laisser convaincre que le jeu n'en valait pas la chandelle et elles sont parties. Et tout le monde a suivi.

— C'est prêt ! les appela le barbu.

— Merci, Roy, dit la capitaine. Tu veux bien prévenir les autres ? » Alors que le cuisinier sortait de la pièce, elle se tourna de nouveau vers lui. « Pourquoi êtes-vous resté ? »

Gorlen haussa les épaules.

« Quelqu'un devait s'occuper des chiens. »

Elle sourit.

Les trois membres d'équipage qu'il avait croisés en arrivant entrèrent à leur tour, leurs mains poisseuses dégageant une odeur nauséabonde. Sartoris leur ordonna d'aller se laver avant de passer à table. L'ancien organisateur de réceptions proposa à Gorlen de prendre place entre la femme large d'épaules et le technicien

– il regretta de ne pas avoir la mémoire des noms. Mais avant que le dîner puisse commencer, Sartoris calma les ardeurs des plus affamés. « Un peu de savoir-vivre, je vous prie ! Les convenances exigent que nous servions d'abord notre invité. » Gorlen voulut protester, mais ne trouvant pas les mots, il se contenta de remercier à voix basse le jeune homme qui remplissait son assiette de viande sautée. « Si Nia le permet, dit Sartoris, un verre à la main, j'aimerais porter un toast. »

Tout le monde grogna.

« À condition de ne pas dépasser la minute, cette fois », le prévint la capitaine.

Le soliloque de Sartoris sur les vertus d'un bon repas et de commensaux encore meilleurs dura plus d'une minute, près de cinq, en fait. Gorlen envisagea de faire une plaisanterie sur le sujet, pour gagner la tablée à sa cause. Mais dès la fin du toast, tout le monde se mit à manger ; ce n'était plus le moment. Pourtant, il n'en avait pas toujours été ainsi. Autrefois, son sens de la repartie faisait merveille dans les soirées de la haute société sur Pélican ; il s'exprimait avec l'assurance d'un roi et le charme d'un prince. Mais cet homme-là appartenait au passé.

Une version plus jeune de lui-même.

Qu'il aimait et qu'il haïssait.

Il n'y avait pas beaucoup à manger, juste de quoi rassasier quatre personnes à un dîner de la Coalition. On lui présenta tout l'équipage, pendant qu'ils avalaient leur maigre repas, mais les noms s'effaçaient de son esprit à mesure qu'il les entendait. Leur conversation l'étourdissait, à la manière d'un crépitement ininterrompu ; on gloussait, on se rembarrait, on riait, on tapait sur les doigts qui empiétaient sur les assiettes des autres, à l'aise comme le sont les familles improvisées. Il faisait si chaud que sa propre odeur corporelle l'indisposait. La femme costaude assise à côté de lui ne sembla pas s'en formaliser, mais ça le tracassait tout de même. Pour se calmer, il activa le mémo-flux d'un concert de Take Me Down dans les dunes, auquel il avait emmené une fille. Il sentit la douceur de sa main dans la sienne, alors qu'il buvait le vin gris qu'on lui servait ce soir, Sartoris remplissant son verre, dès qu'il le posait sur la table. « Les portions sont frugales, c'est vrai, mais nous avons acheté plusieurs caisses de ces bouteilles sur la précédente station, expliqua Sartoris. À prix massacrés. Profitez-en. » Il ne se le fit pas dire deux fois, bien que l'alcool ne l'aide pas à suivre les multiples conversations parallèles. « Quelqu'un peut me remettre ça ? » demandait la capitaine en tendant son verre. « Je n'ai pas eu le choix », disait le cuisinier barbu à la voisine de Gorlen. « Je leur ai dit, "Écoutez, il faut amputer..." » À côté d'eux, le jeune homme resservait consciencieusement tout le monde en légumes, quand la capitaine exigea qu'il commence à manger, bon sang. Dans son mémo-flux, la petite amie de Gorlen lui sourit en entendant les premières notes d'une chanson, sa préférée, lui chuchota-t-elle. La conversation à bord du vaisseau continuait sans lui. « Il y a encore du riz ? » « Je m'en occupe », répondit la femme à la mine sévère. « Où est ma fourchette ? » « Alors, le type m'a regardé le plus sérieusement du monde et m'a dit, "Pas de problème, docteur, coupez-moi le bras, si nécessaire, mais débrouillez-vous pour me laisser mes doigts." » La femme large d'épaules éclata d'un rire tonitruant. « À Em de s'en occuper ; c'est son rayon, pas le mien, dit la femme à la mine sévère à la capitaine. À force de multiplier les atterrissages, une certaine usure des suspensions est tout à fait normale. C'est au technicien d'y remédier. » « Je sens qu'on fait de moi un bouc émissaire. » « C'est pas vrai, il a réellement dit ça ? » « Qui a la bouteille ? » « Êtes-vous originaire d'Ariane ? »

Dans ce brouhaha, Gorlen ne comprit pas immédiatement que Sartoris s'adressait à lui. Il quitta le mémoflux, dont ne subsista que la sensation de chatouillement au lobe de l'oreille que sa petite amie avait commencé à mordiller.

« Non, répondit-il, le rouge aux joues. Je suis né sur Falstaff.

— Une ville-planète ? » L'homme chauve retourna cette information dans sa tête. « Vous venez de loin.

— C'est vrai. » À sa façon de le regarder comme s'il était la personne la plus importante autour de cette table, il était évident que Sartoris avait appris à se comporter en société. Pourtant, bien qu'il reconnaisse sa technique, Gorlen apprécia le sentiment que cela lui procurait. Il était prêt à tout lui dire. Presque tout. « J'ai entendu ce qu'on racontait à propos de cet endroit. Alors, je suis venu. Et je suis resté.

— Mais vous-mêmes n'êtes pas musicien, n'est-ce pas ?

— Non, je… » Il s'interrompit, sa voix s'estompa. « Je suis juste un passionné. J'ai assisté à beaucoup de concerts, à l'époque. » Tout en agissant en sous-main, pour le compte des fossoyeurs de la musique.

« Ça devait être agréable.

— Ça l'était. » Il sourit, poussa son verre devant lui, et laissa Sartoris le remplir. Il décida de s'approprier l'histoire d'une ancienne connaissance, et d'en faire la sienne. « J'étais opérateur ici, à l'astroport. On ne chômait pas, entre les arrivées et les départs des vaisseaux, les clandestins qui cherchaient du travail sur les quais, le pataquès dans les réservations : on était d'astreinte en permanence. Ce n'était pas tous les jours facile, mais j'oubliais tout, dès que je les entendais jouer. »

Un changement subtil se produisit dans la dynamique de la tablée. Les autres s'étaient tus, mais il ne s'en aperçut qu'une fois lancé. Ensuite, il se laissa porter, aidé par la nourriture et le vin.

Il leur raconta comment c'était, avant que les chiens envahissent la ville. La musique qui vous accueillait, dès le réveil, à la fenêtre de votre chambre. Selon un vieil adage, les oreilles entendent, mais le cœur écoute ; en ce temps-là, son cœur était comblé. Il leur parla des heures où il s'endormait dans son fauteuil au travail et des week-ends en ville, en compagnie d'inconnus, pour découvrir de nouveaux sons sur scène. Au milieu de ce public, il avait trouvé une part de lui-même dont il ignorait l'existence, avant de quitter la Coalition.

Il rêvait de monter sur scène un jour, mais il avait laissé passer l'occasion, maintenant que tous les musiciens étaient partis.

Partis, mais pas tout à fait.

Il tapota sa cicatrice derrière l'oreille. « J'ai conservé des milliers de mémos-flux sur mon disque. Des concerts que j'ai enregistrés. Si vous connaissez le titre d'un morceau. Il est probablement là. »

Cette dernière affirmation leur donna l'idée d'un jeu. Chacun évoquait une vieille chanson chère à son cœur, ou un air qu'il estimait obscur, et Gorlen se concentrait sur son mémo-disque. Presque chaque fois, il trouva la réponse, car cette ville avait jadis accueilli un nombre incroyable de musiciens ; pas un jour sur Ariane sans qu'il soit dans le public, à les écouter. Et il traduisit ces souvenirs en leur fredonnant l'air, leur chantant les paroles qu'il comprenait ; il tira un grand plaisir de la joie nostalgique et de la surprise de ses hôtes. Il avait enfin la sensation de se produire sur scène.

« Je parie que je connais une chanson qui manque à votre répertoire, dit la capitaine.

— Je vous écoute », fit-il avec un sourire de défi.

L'équipage cria son excitation.

« Je l'ai entendue sur un monde-ressource, poursuivit-elle. Umbai-V. Les moissonneurs la chantent à la fin de la journée. Je pense que ça s'appelle "La Chanson du retour". »

Il ferma les yeux et chercha.

Nia croisa les bras.

« Tu l'as collé, je crois », dit Royvan.

Mais Gorlen sourit.

« Non. Je l'ai. »

Il se trouvait dans une des plus petites salles d'Ariane. La Tente de Nayla. Dans sa main droite, il serrait un fruit évidé, rempli d'une boisson légère et sucrée. Le spectateur à sa gauche émettait un sifflement désagréable par le nez. Sur la scène étroite, une femme en ensemble lamé expliquait que la prochaine chanson se transmettait de mère en fille dans sa famille. La traduction était la sienne. Gorlen grimaça en se rappelant l'impatience du jeune homme qu'il était, le long soupir que lui avait inspiré cette interminable introduction. *Chante, bon sang.* Et alors qu'elle chantait, Gorlen, des années plus tard, répéta ses mots dans la cuisine du *Debby*.

Les champs sont vides de fruits
Ma corbeille est lourde de leurs graines.
Je marche sur la route qui me ramène chez nous
Cette chanson est la lumière qui me guide.

Prends ma journée, mais laisse-moi la nuit,
Prends ma journée, mais laisse-moi la nuit.
Mets du bois dans la cheminée et verse à boire,
Un verre pour moi, un verre pour toi.

La route est longue et n'a pas de fin
Les pierres me blessent les pieds,
Mais je marche vers le sommet des collines ce soir
Car tu m'attends aux portes du village.

Alors, prends ma journée, mais laisse-moi la nuit,
Prends ma journée, mais laisse-moi la nuit.
Mets du bois dans la cheminée et verse à boire,
Je rentre
Je rentre te retrouver.

C'était une médiocre traduction. Le jeune Gorlen avait grincé des dents en entendant le rythme bancal et les rimes puériles. Le Gorlen actuel portait un regard moins sévère sur ces vers. Au bout du compte, cela n'avait guère d'importance : l'équipage était tellement soûl, qu'il l'aurait applaudi même s'il avait pissé sur le tapis. À l'initiative de Sartoris, on se leva pour l'ovationner, à la fois pour sa victoire et pour son interprétation, qui, en dépit de quelques fausses notes et couacs nerveux, avait su les émouvoir. Seules deux personnes restèrent assises ; la capitaine et le jeune homme. Nia applaudit sans enthousiasme. La chanson l'avait plongée dans une humeur mélancolique. Elle se rappelait la nuit avec Kaeda, la tête posée sur sa poitrine ; Kaeda, si doux et disparu depuis longtemps. Elle songea qu'elle ne connaîtrait probablement plus jamais une nuit comme celle-là.

Quant à Ahro, ce qu'il ressentait défiait toute explication de sa part. Il était trop surpris par ses sensations pour articuler une pensée cohérente ou une théorie ; le souffle coupé, il pouvait seulement laisser ces émotions l'envelopper. De sa poitrine, une ligne invisible le tirait vers le haut, vers le tourbillon multicolore d'un ciel qui ressemblait à un tableau. Alors, la chose qui sommeillait en lui battit des paupières.

Le repas se termina peu après, on but un dernier verre et le moment vint de se souhaiter bonne nuit. À l'entrée de la soute, Gorlen les remercia tous chaleureusement pour leur invitation. Puis il se dirigea d'une démarche mal assurée vers l'ascenseur, se réjouissant de ce merveilleux souvenir qu'il savourerait jusqu'à sa mort. Malheureusement, de retour chez lui, il pesta en s'apercevant qu'il n'avait rien enregistré.

C'était tout aussi bien. Le mémo-disque était vieux, et il l'avait utilisé avec désinvolture au cours de la soirée. Il s'assit sur le canapé râpé. La tête entre les mains, il se massa les tempes pour chasser la douleur lancinante, alors que le disque courroucé lui infligeait de brefs extraits de mémos-flux, comme autant de gifles, pour le punir de sa légèreté. Resté dans l'obscurité de la pièce d'à côté, le mastiff le regarda, tandis qu'un sourire grimaçant tordait ses traits. Un châtiment mérité, pensa-t-il, pour qui se servait des spectres d'un monde dont il avait précipité la ruine pour briller en société, le temps d'un dîner.

Demain, et le jour d'après, il reprendrait son rôle de gardien des chiens abandonnés et de la tour de transmission. Umbai finirait par le contacter, pour l'informer que la flotte de construction était en route. Il ne serait pas le dernier humain à fouler le sol de ce satellite, mais il serait le dernier à se rappeler les concerts. Au volant de la camionnette, il continuerait d'écouter ses souvenirs. Et pour un temps, il trouverait la paix et accepterait la tournure qu'avait prise son existence, jusqu'au jour où plus aucun aboiement ne l'accueillerait aux portes de la ville.

Pourtant, même cette perspective ne l'empêcha pas de sourire, alors qu'il s'endormait cette nuit-là.

Après son départ, l'équipage débarrassa la table en discutant d'autres sujets. Seule la critique impromptue de son numéro à laquelle se livra Royvan prolongea la présence de Gorlen parmi eux. Il reconnut que ce n'était pas mal pour un débutant, mais que leur hôte avait une marge de progression, s'il espérait de nouveau attirer du monde sur Ariane, uniquement grâce à la musique. Sonja leva les yeux au ciel en l'entendant, avant de lui donner affectueusement un coup sur le coude. Bientôt, seul Ahro pensa encore à lui. Le front plissé, il se rappelait sa réaction physique à sa chanson – la danse des nerfs au sommet de sa tête, le vent qui avait paru s'engouffrer par une soudaine brèche dans l'air.

Des sensations dont il ne savait que faire.

Ramassant l'assiette du mastiff pour la laver, il jeta un coup d'œil à Nia de l'autre côté de la pièce, qui semblait complètement perdue.

Elle aussi était perturbée.

« Je sors fumer », annonça-t-elle. Les femmes et Sartoris la suivirent, pour partager une pipe dehors.

Debout dans l'entrée de la salle commune, Ahro les regarda s'éloigner, incapable de se joindre à eux, car Nia l'avait mis en garde contre cette mauvaise habitude. Il alla donc retrouver Em et Royvan autour de la table, bien qu'il ne se sente pas d'humeur à jouer au tropico. Il n'avait pas envie d'être seul. La joue en appui sur son poing, il assista en spectateur à quelques parties – deux perchoirs, et un nid –, avant de regagner sa chambre pour y chercher sa flûte. De retour à table, il tenta de reproduire la mélodie que l'homme avait gravée dans sa tête, tandis que Royvan creusait l'écart avec Em.

Pendant qu'il redécouvrait les notes, les femmes et Sartoris approchèrent les fauteuils pliants du bord de l'aire d'atterrissage pour scruter l'obscurité du désert, laissant les projecteurs du *Debby* derrière eux. À cette altitude soufflait une brise fraîche, qui sécha la sueur sur le front de Nia et produisit des volutes du plus bel effet avec sa pipe. Elle continuait de se sentir terriblement mélancolique. Passant la pipe à Sartoris, elle se rappela, avec le peu de lucidité qui lui restait, sa conversation avec Em et Ahro, en haut de la tour de transmission. Faisant rouler les muscles de son cou, elle demanda aux autres combien de temps ils croyaient pouvoir tenir, complètement seuls, sur un monde abandonné comme celui-là. Sartoris toussa, crachant de la fumée par la bouche et produisant un son comparable à celui d'un jouet mou à presser ; il voulut savoir si on lui permettrait d'apporter des livres. Elle lui dit que non. « Quelques semaines, alors. » Puis il donna la pipe à Sonja, qui formula sa réponse sans restrictions. « Cinq ans », dit-elle, sans rien ajouter. Sonja offrit ensuite la pipe à Vaila, mais la pilote l'ignora, tout comme la question. Ses pensées étaient ailleurs, loin de ses compagnons, tandis que ses mains égrenaient fiévreusement les perles en ladeum de son chapelet. « Désolée, capitaine, s'excusa-t-elle, quand elle s'aperçut que tous la regardaient. Quelle était la question ?

— Combien de temps pourrais-tu vivre sur ce monde, complètement seule ? »

Dans l'obscurité, Nia dut plisser les yeux pour distinguer le sourire de Vaila.

« Aussi longtemps qu'on me l'aurait demandé. »

Dans la cuisine du vaisseau, après qu'on eut abattu la dernière carte, la conversation porta sur la mission. Royvan se laissa aller en arrière sur sa chaise, et Em se pencha en avant, le menton posé sur son gobelet. Assis entre eux, sa flûte sur la table, Ahro écouta attentivement Royvan lui expliquer pourquoi il servait sur le *Debby*. « J'ai rejoint cet équipage, parce que Nakajima me l'a demandé. Il en va de même pour Em. N'est-ce pas ? » En face de lui, le technicien hocha la tête, les yeux sur le jeu de cartes.

« C'est la seule raison ? insista Ahro.

— Tu es dubitatif. Je comprends. Quinze ans, ce n'est pas rien. Mais laisse-moi t'expliquer une chose, Ahro : il suffit que tu perdes un patient... » Il rit, sans humour. « ... un patient célèbre, talentueux et aimé du public... et tu es fini. Peu importe que tu sois victime des caprices d'un dieu quelconque, tu seras puni et mis au rebut. C'est ce qui m'est arrivé. J'étais un des médecins les plus en vue sur la station Moqueur. En l'espace d'une journée, j'ai été relégué en orbite, dans les sous-strates d'une ville-planète. » Il soupira. « J'y ai vécu un certain temps.

— On a probablement été voisins, intervint Em.

— Voisins de taudis. » Royvan sourit, frottant sa barbe, remuant de vieux souvenirs, dont il n'avait sans doute pas envie de parler. « J'allais en finir, quand Fumiko m'a trouvé. Elle m'a offert une issue, à son service. Si l'une des femmes les plus connues de la galaxie vient te chercher dans ton trou à rats, tu ne refuses pas. »

L'histoire d'Em était plus courte. « J'ai tenté de lui voler son vaisseau. Elle m'a surpris, m'a dit que mon travail l'impressionnait. Elle m'a embauché dans la foulée. »

Royvan gloussa. « Ça n'a pas été si simple.

— Non », reconnut Em, qui choisit toutefois d'en rester là. Sa réserve n'étonna pas Ahro, tant le technicien pourtant friand de ragots sur les autres préférait la discrétion sur son propre compte.

« Fumiko est coutumière du fait, poursuivit Royvan. Elle attire dans son orbite les insoumis, les déchus ou les révoltés, et les conditionne pour servir fidèlement une seule cause, la sienne. Elle nous déploie, quand elle l'estime nécessaire, aidée par un accès quasi illimité à l'information. » Il but, serra les dents. « Au moment où elle m'a trouvé, j'ai cru être un privilégié, mais j'ai rapidement découvert qu'elle en avait "sauvé" des centaines comme moi. » Il soupira. « Alors, maintenant, je fais ce qu'elle me dit.

— Mais tu l'aimes bien ? » s'enquit Ahro.

Royvan rit. « Je l'aime beaucoup, répondit-il. Mais je ne la connais pas du tout.

— Qui connaît qui que ce soit ? marmonna Em dans son gobelet.

— Bien dit, idiot.

— Et Vaila ? » demanda Ahro.

Les deux hommes échangèrent un regard. Aucun d'eux ne parla. L'espace d'un instant, Ahro craignit d'avoir commis un impair. Puis Em lui répondit, d'une voix réduite à un murmure. « Elle a été sa consorte. »

L'appareil dans la poche de Sartoris vibra – sa ligne cryptée. Il consulta l'écran et son expression devint grave. Nia retrouva sa lucidité, à l'instar des autres femmes, qui se redressaient dans leurs fauteuils.

« Alors ? demanda-t-elle.

— "Votre requête pour écourter votre contrat est rejetée" », lut-il à voix haute. Seul le souffle de la brise accueillit cette annonce. « "Vous poursuivrez votre voyage jusqu'à ce que le garçon manifeste son don ou jusqu'au terme convenu des quinze ans. Les pénalités prévues au contrat vous seront appliquées si vous-même ou l'un des membres de votre équipage décidiez de revenir prématurément. À l'avenir, vos rapports porteront exclusivement sur le développement du garçon. Toute digression sera dûment ignorée." Signé, Nakajima. » Il soupira, alors qu'il remettait l'appareil en poche. « Je ne suis pas vraiment surpris.

— On rentrera avant quinze ans, à votre avis ? demanda Sonja.

— Non, répondit Nia, la nuit la rattrapant plus vite qu'elle l'espérait. Je ne pense pas. »

Plus aucun d'eux ne croyait à l'objectif de leur mission. C'était même devenu un sujet de plaisanterie entre eux. Un jour, Nia avait feint d'avoir oublié sa brosse à dents dans une ville – elle ne se rappelait plus laquelle – et elle avait suggéré à Ahro de faire un saut pour la récupérer. Il avait fermé les yeux, comme pour se concentrer de toutes ses forces, et tout le monde s'était tu dans la pièce. *Quelque chose allait-il se passer ?* Mais alors qu'il pressait ses tempes entre ses doigts, il avait lâché un pet. Depuis, cette réponse faisait autorité à bord, et plus personne n'en attendait une autre. Aussi, quand Nia entendit la dernière communication en date de Fumiko, elle accusa le coup, avant d'exhaler la fumée qu'elle gardait en bouche. Les yeux fermés, elle en ouvrit un, au moment où Vaila, d'une voix étrangement calme, s'adressait à Sartoris. « Tu lui as dit qu'elle me manquait ? »

Un silence.

« Oui, répondit doucement Sartoris. Je l'ai fait. »

Elle hocha la tête. « Merci. »

Nia l'observa à travers une volute de fumée.

Un rappel du contexte s'imposait. Royvan commença par le début. « Fumiko séjourne sporadiquement sur Pélican ; elle peut s'y rendre à deux reprises dans la même année, mais parfois, on ne l'y voit plus pendant des décennies. C'est toujours un événement. Et à chaque visite, une femme a la chance d'être choisie pour devenir sa consorte. On lui teint les cheveux, les yeux aussi, la totale. » Il but une gorgée. « Vaila a été une des compagnes favorites de Fumiko. D'habitude, à la fin du séjour, on les paie suffisamment pour qu'elles mènent une existence confortable pendant quelques décennies, et elles ne revoient jamais Fumiko. Sauf Vaila. Elle, Fumiko l'a engagée, elle l'a recueillie, comme nous.

— Vaila occupait une place à part, dit Em.

— Vraiment à part, confirma Royvan. Elle est devenue la pilote personnelle de Fumiko, accompagnant la femme la plus célèbre de la galaxie dans tous ses voyages.

— Peut-être…, dit Em, avant de chuchoter à Ahro : Mais ça n'a pas empêché Fumiko de continuer à collectionner les consortes.

— Et alors ? J'ai vu les photos. Vaila semblait s'en moquer. Elle avait l'air heureuse. »

Em grogna. « Ça l'a bien avancée. Elle se retrouve coincée avec nous, dans les Confins.

— Un diamant dans une boîte en fer-blanc.

— Un bon titre pour une chanson, dit Em.

— C'en est une, imbécile. »

Ils se turent en entendant les autres arriver sur la coursive. Ahro craignait qu'ils aient surpris leurs commérages. Mais Nia coupa court à son inquiétude, dès qu'elle s'assit pour leur expliquer pourquoi ils revenaient avec la mine sombre. Les nouvelles de Nakajima, la certitude, dorénavant, que leur engagement s'inscrivait dans la durée. Autrement dit, pour reprendre ses propres mots, qu'ils en avaient encore pour un moment. Il savait qu'il aurait dû se réjouir à la perspective de rester dans ce vaisseau qu'il aimait tant. Mais alors que l'équipage se souhaitait bonne nuit, la tension perceptible dans leurs voix lui pesa. Par ailleurs, ses pensées étaient diffuses. Étendu dans son lit, il songea à l'inexplicable attraction qu'il avait ressentie plus tôt, à la petite danse invisible au-dessus de sa tête. Ce n'était pas très différent de ce qu'il avait éprouvé en écoutant le bruit blanc de la Poche. Mais cette fois, ç'avait été plus fort, comme amplifié. Il toucha sa poitrine, se méfiant de ce qu'annonçaient ces sensations, de leur signification.

De la cabine d'à côté lui parvinrent les bruits de l'amour – plus discrets qu'auparavant, mais toujours audibles ; les halètements brefs – ceux de Sonja ou Royvan, il n'aurait pu le dire ; le frôlement d'une main contre la tôle, puis remontant le long d'un bras ; les chuchotements à travers les murs. Des sons qui le mettaient régulièrement en transe. Nia lui avait expliqué qu'à la fin de cette année, il saurait se débrouiller seul dans tous les domaines de la vie à bord. Mais cette nuit-là, en écoutant ce qui se passait à côté, il comprit que l'équipage ne pouvait pas tout lui apprendre.

Il tenta d'imaginer ce qu'on devait ressentir, en étant si proche d'une autre personne. Et alors qu'il se rappelait l'attraction qu'avait exercée sur lui le ciel tourbillonnant, il se demanda quelle distance il lui faudrait parcourir, pour se trouver lui aussi en si bonne compagnie.

7. Son année d'apprentissage

Elles l'attendaient dans le cockpit le lendemain matin, Vaila aux commandes, Nia debout à côté d'elle. La capitaine, la mieux réveillée d'entre eux, fit signe à Ahro d'approcher. « Tu assisteras à toute la procédure de décollage », lui annonça-t-elle. Sa main lui pétrit l'épaule. « Vaila va te montrer. Comme avec Em sur la tour de transmission, personne ne te demande de tout retenir la première fois. Regarde et écoute bien. La mise en pratique, ce sera pour plus tard. »

Il prit place dans le fauteuil du copilote, s'interrogeant sur Vaila, qui lui désignait les commandes. Pensait-elle à Fumiko, en ce moment ? « Les bons pilotes exécutent cinq contrôles de sécurité avant le décollage, expliqua-t-elle. Carburant. Propulseurs. Cordages. Composants mécaniques. Voiles. Ça vaut même en cas d'urgence. Si tu en négliges un seul, tu compromets la sécurité de ton vol. » Elle décrivit chaque action, alors qu'elle manipulait les commandes au-dessus d'eux, puis tournait une petite roue à côté d'un levier imposant. « Quels sont les contrôles de sécurité ? lui demanda-t-elle, à la fin.

— Carburant. Propulseurs. Cordages, répéta-t-il.

— Et ? »

Il regarda Nia pour qu'elle l'aide, mais elle se contenta de lever les épaules.

« Composants mécaniques et voiles, termina-t-elle à sa place. Retiens-les. C'est important. » Puis, d'un geste rapide, elle ouvrit l'écran de visualisation et lui montra comment déployer les voiles.

Son année d'apprentissage commença par une phase d'observation. Il n'eut pas à se forcer ; ses maîtres du Vaisseau Silence l'avaient dressé pour être une ombre, prête à anticiper leurs besoins. Sur un avant-poste de sondeurs frappé par la grippe rouge, il assista Royvan, tenant à sa disposition une boîte de gants propres entre deux consultations, comme il l'avait fait pour la Maîtresse Violoncelliste, avec sa colophane. Il écouta le médecin répéter les mêmes questions à chaque patient. Quand la première rougeur était-elle apparue ? Souffrait-il de démangeaisons ? Avait-il constaté une altération dans sa perception des couleurs ?

Chaque fois que le *Debby* se posait ou décollait, il se trouvait dans le cockpit, observant l'intense concentration de Vaila qui manipulait le berceau. Il apprit à mieux la connaître, bien qu'elle parle peu. Ces moments où sa dextérité permettait au vaisseau de prendre son envol étaient ceux où elle semblait le plus heureuse. Ils sentaient le grondement des propulseurs jusque dans leurs chaussures.

Sonja, laissant tomber un fusil déchargé entre ses mains, lui demanda de le soupeser, de bien s'imprégner de sa puissance, et ensuite de réfléchir à la nature illusoire de cette puissance. « N'importe quel imbécile peut appuyer sur la détente, expliqua-t-elle. Les plus malins savent que, la plupart du temps, ce n'est pas nécessaire. » Elle lui reprit l'arme. Assis en tailleur à côté d'elle sur une bâche bleue, il entendit un déclic, puis un bruit de glissement, alors qu'elle la démontait, une pièce après l'autre. À la fin, le fusil n'avait plus rien de menaçant.

Sur un banc devant le cœur dans son trône de verre, Em et lui comptaient les pulsations lumineuses de la mesure à 6/8. « C'est comme un cœur humain, lui dit le technicien. Une fois que tu parviens à suivre le rythme, ce n'est pas difficile de repérer un problème. Faut juste écouter. Poser un doigt contre sa gorge et compter. » Il ouvrit un volet sous le cœur et montra à Ahro les veines du vaisseau, lui expliqua le fonctionnement des lumières, l'ordre d'automation. L'écheveau de câbles, dont les couleurs ne permettaient pas, à elles seules, de comprendre le rôle.

Sartoris lui fit un cours magistral sur la première femme à s'être aventurée dans la Poche, il y a bien longtemps. Emportée par le courant Fougueux, elle était revenue sur Terre vingt ans plus tard, croyant n'avoir décollé que la veille. C'était la première voyageuse. « En histoire, tout est question de contexte, s'exclama-t-il. C'est notre clé pour comprendre, la seule ! » Son temps libre, Ahro le passait dans sa cabine, où il jouait de la flûte, pendant les deux heures qu'on lui allouait. Alors qu'il répétait « La Chanson du retour », il sentait cette petite danse sur son cuir chevelu. Cette sensation et sa possible signification l'effrayaient. Elle l'intriguait. Il s'inspira de cet air pour lui donner une forme différente, en composer d'autres, tellement habitué à sa résonance qu'il n'avait pas conscience qu'il gagnait en force et en portée.

Nia lui remplit ses journées, comme si elle savait ce qu'il voulait et craignait ce qui se produirait, s'il avait le temps de le chercher. Elle ne lui permettait plus de se promener avec Sonja comme garde du corps dans les colonies ou les villes des mondes où ils faisaient escale. À présent, il accompagnait sa capitaine à l'office des voyageurs pour trouver du travail. La foire d'empoigne bruyante de la fosse l'angoissait ; les bouches vociférantes qui postillonnaient pour se faire entendre ; les coups de coude contre la tête ; l'atmosphère pleine de colère de cette arène sinistre. Pour se rassurer, il tenta de tenir la main de Nia, mais elle glissa entre ses doigts, tel un poisson. Plus tard, pour se justifier, elle lui expliqua que personne n'engage une capitaine qui donne une image de faiblesse. Debout avec elle au sein de cette masse de gens qui se disputaient les contrats, il fit de son mieux pour s'instruire. Il la vit crier qui elle était et quelles étaient ses compétences à l'attention des employeurs potentiels réunis au balcon, brandissant son immatriculation au-dessus de sa tête. Le reste de la journée, il tenta en vain de se débarrasser du bourdonnement dans ses oreilles, et du souvenir des jours de concerto sur le Vaisseau Silence. Ces jours-là, le son des violons fendait l'air des couloirs ; on lui avait placé un bras sur une table, pour que le bourreau fasse son office avec son bâton. Il se rappela le craquement de l'os, le radius fracturé. Être dans la fosse suscita en lui une montée d'adrénaline qui se prolongea jusqu'au soir. De retour dans sa cabine, Nia lui expliqua pourquoi elle validait ou refusait un contrat, et comment accorder sa confiance à bon escient. « Je l'ai appris à mes dépens, lui dit-elle. Toi, tu peux tirer profit de mon expérience. »

Il ne lui parla pas des souvenirs qui lui revenaient ; il savait combien ces histoires l'attristaient. Il se contenta d'écouter.

On fit des transactions, on accepta des missions. Il observa. Progressivement, il apporta ses petites pierres à l'édifice de la vie à bord. Il porta l'eau et la caisse à outils. Durant une longue nuit de garde, il s'assoupit sur l'épaule de Sonja ; elle le rappela à l'ordre d'un coup de coude, lui disant qu'il dormirait plus tard. Il apprit à conduire au volant d'un camion de location, mais la leçon se termina rapidement et brutalement, quand il entra en collision avec un poteau sur le quai. Il se ratatina sur son siège, tandis que Nia se frottait la tempe. Il bascula en arrière, en sous-estimant le poids supporté par un transpalette, qu'il chercha désespérément à redresser, comme une tortue ; au-dessus de lui, Em s'étranglait de rire.

Son temps libre lui était accordé au compte-gouttes. Épuisé, il regagnait alors sa cabine, où il jouait de sa flûte et sombrait dans un sommeil hanté par cette sempiternelle mélodie. Des étincelles invisibles dansaient au-dessus de sa tête. De plus en plus certain de ce qui arrivait, dès que son corps vibrait au son de « La Chanson du retour », il se demandait où était cet autre monde, quand il le trouverait, et pourquoi il en mourait d'envie.

Il ignorait encore tellement de choses sur lui-même.

Mais il apprit à connaître les Confins, ses roches, ses mers et ses déserts interminables, ponctués par les exclamations de ses occupants ; ses avant-postes improbables, et plus rarement ses villes, éclos sur le versant sauvage de noires montagnes. Sur la plupart des mondes où ils s'arrêtaient, la population se concentrait dans des faisceaux de flèches au sommet de promontoires, ou dans les habitats-bulles de clairières, au cœur des jungles. Parmi les gens dont ils croisaient la route, certains manifestaient une certaine curiosité à l'égard de ces voyageurs, mais pour l'essentiel la prudence et la réserve prévalaient. En dépit de leurs assurances du contraire, beaucoup continuaient de les soupçonner de servir les intérêts de la Coalition dans sa stratégie d'expansion. Ces gens l'intriguaient, mais il n'avait jamais l'occasion de leur parler, de partager avec eux un repas autour d'un feu. Il aurait voulu les écouter lui expliquer comment était la vie avec un lustre de nuages verts cristallins en suspension dans le ciel. La vue du fusil de Sonja suffisait à éloigner la majorité d'entre eux. Ils s'écartaient, lui permettant de suivre Nia jusqu'à leur prochain boulot. Sur un monde océanique, il aperçut des plongeurs de retour de la pêche, avec leurs prises du jour ; l'éclat de l'eau glissant sur leurs épaules suscita en lui une émotion qui l'empêcha de se concentrer sur le nettoyage des voiles du *Debby*. La boue noirâtre s'accumulait à ses pieds et tachait ses chaussures, alors qu'il les observait du coin de l'œil. Quand l'un des hommes lui sourit, l'étincelle se transforma brièvement en flamme, vite étouffée à l'apparition de Sonja. Elle surgit de derrière le support d'arrimage du vaisseau et la gueule béante du Bouffon suffit à mettre le plongeur en fuite.

Parfois, quand ils ne trouvaient pas de travail et que leurs réserves baissaient, ils se couchaient après un repas frugal. Le ventre creux, ils sombraient dans un sommeil agité. Mais ces nuits ne le dérangeaient pas. Il avait connu la faim bien avant sa rencontre avec Nia. Curieusement, il accueillait cette sensation en vieille amie, sachant que personne ne viendrait le réveiller à coup de botte à bout ferré, ou lui briser un os. Et puis, la faim constituait une distraction. Elle écartait d'autres pensées, inspirées par ces plongeurs revenus de la côte, avec leurs corps d'anguilles et de requins. Il aurait voulu reprendre en chœur avec eux la chanson apprise sur la lune aux chiens. Mais parfois, quand ces idées le tourmentaient, il se touchait, imaginant qu'il n'était pas seul ; un bras autour de la taille ; un doigt sur les lèvres ; des nuits qui s'achevaient dans la frustration, le visage pressé contre son oreiller ; il se rappelait l'heure tardive, son besoin de repos avant une nouvelle journée chargée.

Mais d'abord, une dernière chanson.

Et entre les notes, la vision d'un océan noir.

En faisant ses preuves, il devint l'un des leurs, plus un enfant à dorloter. L'équipage s'ouvrit à lui, se confia davantage, même sur ce qui faisait mal parfois, comme les noms du passé qu'ils gardaient en eux. Em et lui resserraient les sangles d'arrimage des conteneurs dans la soute, quand le technicien évoqua l'époque où il vivait dans un taudis sur Galena, en compagnie de Nanda, un chat à deux queues. Une nuit sur deux, il rejoignait dans sa chambre Morissa Algernon, la cheville ouvrière du marché noir dans le quartier, une femme brutale. Après leurs ébats, elle lui rappelait que, s'il la décevait au lit, elle n'hésiterait pas à ordonner son exécution. Pourtant, personne ne lui connaissait d'autre amant. Il se demandait encore si elle plaisantait. « Et je ne sais toujours pas si elle m'aimait », ajouta-t-il, avec une rare timidité.

Pendant un jogging en compagnie de Sonja dans un vallon désert, la mercenaire lui parla, entre deux inspirations, de l'homme qui lui avait sauvé la vie dans les gisements gaziers d'un monde-ressource. Ils mataient une révolte, expliqua-t-elle, et sondaient le sol pour y découvrir des caches d'insurgés, quand un imbécile nerveux avait sauté sur une mine coincée sous une valve d'argon. L'explosion avait emporté la moitié de sa section et fendu la visière de son casque. Elle avait entendu le sifflement des neurotoxines qui s'introduisaient à l'intérieur. À ce stade de son récit, Sonja s'arrêta de courir et se détourna de lui, pour raconter ce qu'elle n'oublierait jamais ; le moment où cet homme l'avait sauvée en retirant son masque pour le lui mettre sur la tête. Elle se souvenait encore de son rire hystérique, quand les toxines lui avaient réduit le cerveau à la taille d'un petit pois. « Norrin, il s'appelait. Un gamin. Pas beaucoup plus âgé que toi. »

Il entendit ainsi les noms de personnes disparues, et d'autres qui ne vivaient plus que dans les murmures pleins de regrets de ses compagnons. La patiente que Royvan n'avait pas pu guérir, et qui lui avait coûté sa carrière. « La Suprême Justine, reine de tes rêves érotiques. Immortelle, jusqu'au jour où elle ne l'a plus été. » Il se versa le reste de vin, le liquide perlant au bord de son gobelet. « On ne sauve pas tout le monde, poursuivit-il. Certaines personnes meurent, c'est comme ça. Et tu as beau faire, tu n'y changeras rien. Quand tu es mort, c'est pour de bon. » Il but à grands traits, un sourire rouge se formant sur ses dents. Justine, un nom qu'il murmurait en allant retrouver Sonja la nuit dans l'obscurité clémente de sa cabine.

Vaila évitait soigneusement de mentionner le nom qu'elle portait en elle. Elle parlait d'autres gens ; la femme qui avait dressé les plans du premier accélérateur à fonctionner dans la Poche ; un pilote rentré dans l'histoire pour son habileté aux commandes d'une vipère de combat. Des récits d'un autre temps. Sa nervosité, le jour où elle avait passé son permis de pilote et failli s'écraser sur la tente de l'observateur. Elle ne prononça jamais le nom de celle qu'elle aimait, ce n'était pas nécessaire. Cette histoire-là était lisible dans sa manière de serrer les perles en ladeum de son chapelet, dans ces journées entières où, plongée dans ses pensées, elle ne parlait à personne. Ainsi, il apprit les noms de Nanda, Morissa, Norrin, Justine et Fumiko. Et Deborah, que Nia chuchota, après l'extinction des feux, quand il se retrouva seul avec elle, dans la cabine de la capitaine. La sœur qu'elle avait abandonnée, pour prendre un nouveau départ, loin des dettes de leur père joueur. « Ma mère possédait ces livres, dit-elle. Une collection de la Vieille Terre. Première édition. Inestimable. » Elle eut un petit rire sans joie. « Je les ai vendus pour le prix d'un billet. Pas grand-chose à l'époque, même comparé aux tarifs actuels. » Elle lui confia ce qui la hantait – les amis qui lui manquaient, disparus de longue date ; Doc, Durat et Baylin, des noms d'une autre vie, aux visages déjà flous dans la mémoire d'Ahro, mais très nets dans la sienne. Il l'écouta parler de ses regrets, des mots que son orgueil l'avait empêchée de prononcer jusqu'alors. Le lendemain de cette confession, il accueillit avec un sourire compatissant ses excuses. Elle n'avait pas à se servir de lui comme d'une épaule réconfortante, ça n'entrait pas dans ses attributions.

« Ta priorité, c'est toi, lui dit-elle. Personne d'autre. »

Il ne lui parla pas de la musique.

De ce qui lui arrivait.

Le travail ne lui déplaisait pas. Il aimait se rendre utile, faire partie de leur groupe. Les jours où tout se déroulait sans anicroche lui apportaient plus de satisfaction qu'il en avait jamais éprouvée dans sa courte vie, même si elle manquait de piment. Puis vint le moment où il se sentit vraiment adulte. Enfin autorisé à revêtir une des combinaisons spatiales, il sortit du vaisseau avec Nia pour flotter dans le vide de l'espace, leurs cordons ombilicaux formant des sinusoïdes derrière eux. Ils grimpèrent à l'échelle de coque pour atteindre le toit de leur maison. Puis, du pas lourd de leurs bottes magnétiques, ils avancèrent au-dessus du cockpit. Elle lui indiqua la balise de détresse et lui montra comment déployer l'antenne manuellement, si nécessaire. À la fin de ses explications, un silence s'installa, alors qu'ils embrassaient tous deux du regard le tourbillon d'étoiles vives, les taches de couleurs des Confins, ce chef-d'œuvre inachevé. Tout était loin, rien n'avait d'importance, sauf eux, et le sourire qu'ils échangèrent à travers leurs visières ; lui prenant la main, elle l'autorisa à désactiver ses bottes magnétiques. Il flotta au-dessus d'elle, comme tant d'années plus tôt, dans la cuisine, avec la certitude qu'il ne courait aucun danger et qu'elle ne le lâcherait pas. Mais secrètement, il se demanda ce qu'il adviendrait de lui dans le cas contraire, où il aboutirait, sans cette main pour le retenir.

Dans les ruelles des villes où le *Debby* faisait escale, il observait souvent les jeunes de son âge, qu'il trouvait beaux. Animés d'une énergie presque sauvage, ils riaient aux éclats, alors qu'ils se dirigeaient vers un univers qu'il ne connaîtrait jamais. Il aurait voulu joindre ses rires aux leurs, mais Nia veillait, et son coude l'arrachait à sa rêverie. Nia, calme, mais insistante, sa main autour de son poignet, en guise de rappel.

« On a du travail. »

Ils ne restaient jamais.

Carburant. Propulseurs. Cordages. Composants mécaniques. Voiles. À la fin de l'année, il était devenu l'un des leurs. Sans aide, il déploya manuellement les voiles et ressouda des tuyaux ; il appliqua le gel de suture sur les coupures superficielles infligées aux bras d'Em par les dents en cuivre pointues des engrenages du cœur ; quand Vaila se foula la cheville, à force de multiplier les allers-retours entre le cockpit et le reste du vaisseau, il bricola lui-même une attelle avec ce qu'il trouva dans l'infirmerie. Elle l'en remercia quelque temps plus tard, en lui offrant un chapelet sculpté de sa main, dans des pierres de différentes couleurs. Sonja l'emmena sur un plateau, où elle plaça une bouteille vide en hauteur sur un rocher, assez loin pour qu'il ne voie plus qu'une tache. Il fit voler sa cible en éclats d'un seul coup de fusil magnétique, un exploit dont il se sentit fier, mais un peu gêné, aussi. À la fin de l'année, la fosse ne le rendait plus nerveux. Nia ne cachait pas sa satisfaction, chaque fois qu'il jouait des coudes pour se frayer un chemin à travers la foule, la fumée ; brandissant l'immatriculation du *Debby*, il criait, « Capitaine Nia Imani ! Cargo de classe Toucan ! Sept membres d'équipage ! Solide expérience ! Disponible immédiatement ! Oui ! Vous ! Par ici ! » Et d'un geste, il invitait l'employeur potentiel à le suivre, pour le présenter à sa capitaine. Nouvelle mission, nouvelle destination, entraperçue de derrière le dos large de Sonja. À la fin de ces journées harassantes, il fermait les yeux et pressait sa flûte contre ses lèvres, laissant son esprit vagabonder entre les mondes. Il sentait alors l'étincelle qui se transformerait bientôt en flamme, peu après son dix-septième anniversaire.

À cette occasion, il fuma sa première pipe. On l'alluma sous un ciel vert, semé de ballons blancs, qui mesuraient la qualité de l'air. La fumée gonfla son cerveau et guida ses doigts, alors qu'il jouait de son luth, de sa flûte et tapait des paumes sur ses bongos – tous les instruments qu'il avait pu se procurer au cours de leur voyage. Il interpréta les chansons qu'il composait dans sa tête en travaillant, parmi elles, une ballade dédiée à Sonja et Royvan, dont la liaison était devenue un secret de polichinelle. Les deux amants dansèrent tendrement, tandis qu'Em virevoltait avec une grâce éthylique derrière eux. Assises dans des chaises pliantes, Nia et Vaila jouaient aux cartes sur une caisse retournée. Ahro ralentit le rythme de son luth et lança un regard à son professeur, l'esprit bouillonnant de pensées sur l'amour. « Avez-vous déjà été avec quelqu'un ? » demanda-t-il avec désinvolture à Sartoris.

Le vieil homme ouvrit un œil. « Dans une relation amoureuse, tu veux dire ? »

Il gratta les cordes de son instrument, hocha la tête.

« La réponse est oui. » Sartoris avait ouvert les deux yeux à présent. « Mais ça ne ressemblait probablement pas à l'idée que tu t'en fais. J'appartenais à un groupe de gens de même sensibilité. Nous avons vécu ensemble plusieurs années, partageant tout, à l'exception de notre enveloppe physique. » Il sourit d'un air distrait. « J'ai beaucoup appris et je pense encore à eux, presque quotidiennement.

— Que leur est-il arrivé ? »

La tête de Sartoris bougea d'un côté à l'autre, comme pour répondre *des choses et d'autres*. « Aux dernières nouvelles, le groupe existe toujours, avec quelques ajouts. Mais si tu te demandes pourquoi je ne suis pas avec eux en ce moment… disons juste que j'étais jeune, et que je me suis mal comporté. » Il eut un sourire sans joie. « J'ai été cruel.

— Je ne peux pas le croire. »

Il gloussa. « Quoi que tu penses, je ne suis qu'un simple mortel, et la facilité avec laquelle l'humanité recourt à la cruauté face à la peur ne cesse de me surprendre. » Quand il poussa un profond soupir, Ahro se dit qu'il n'avait jamais vu cet homme si triste. Comme s'il prenait conscience de l'image qu'il donnait à son élève, Sartoris se redressa. « Mais que cela ne te dissuade pas de faire ton propre apprentissage de l'amour, ajouta-t-il, le moment venu. En dépit de mes regrets et de sa fin peu brillante, je n'hésiterais pas une seconde à retenter l'aventure. »

À la périphérie de sa vision, Ahro aperçut Nia, penchée en arrière sur sa chaise, ses cartes tenues faces cachées. Elle les écoutait. « Je ne pense pas que j'en aurai l'occasion, répondit-il.

— Pourquoi dis-tu ça ? »

Un regard d'Ahro suffit.

« C'est vrai. Notre situation. » Il y avait de la pitié dans les yeux de Sartoris, et une légèreté peu convaincante dans sa voix, quand il ajouta : « Un jour viendra. Un jour. »

« Ahro, l'appela Nia en se levant. Aide-moi avec les bouteilles. »

Il posa son luth et la suivit.

La soute était sombre, avec l'éclairage coupé à bord du *Debby*. Seule source de lumière, le feu allumé devant le vaisseau projetait leurs ombres en avant, alors qu'ils s'acheminaient en direction de la poubelle, sous l'escalier de la coursive. Elle ouvrit le couvercle, et ils jetèrent les bouteilles vides, à remplir à leur prochaine escale. Parce qu'ils se trouvaient à contre-jour, il ne distinguait ni son visage ni son expression quand elle lui demanda : « Tout se passe bien, n'est-ce pas ? » Elle était immobile. « Ce n'est pas parfait. Rien ne l'est. Mais on ne s'en sort pas trop mal, je crois. »

Il hocha la tête, mit la dernière bouteille dans la benne ; le verre tinta contre ses sœurs.

« Si quelque chose te tracasse, tu peux me parler. » Elle se tourna vers lui, l'inquiétude de son regard de plus en plus perceptible dans la pénombre. « Alors ? »

Il hésita.

« Non, répondit-il en souriant. Tout va bien.

— Tous mes actes, les choix que je fais, je sais que ça peut paraître frustrant. Mais c'est uniquement pour ta sécurité. Pour m'assurer que tu pourras te débrouiller seul si je… si personne n'est là pour t'aider. Tu comprends ? »

Il ne dit rien.

« Tout ça, c'est pour toi. »

Cette nuit-là, la flûte joua une mélodie aux accents plaintifs, qu'on entendit par les grilles d'aérations, par les écoutilles et dans les couloirs ; elle flotta devant les cabines où l'équipage, satisfait de ses rêves, dormait à poings fermés ; enfin, elle traversa la coque elle-même, hors du vaisseau. Les notes tombèrent dans le vide, dans les constellations mythiques des premiers voyageurs, et encore plus profondément, jusqu'à ce qu'elles cèdent à la force d'attraction de l'océan noir et s'évanouissent. Il posa son instrument, le tapota contre sa poitrine. Pour certaines leçons, il ne pourrait compter que sur lui-même.

Il décida donc de s'offrir une escapade. Pas longtemps. Rien qu'une nuit, sans chaperon.

Pour voir ce qui se passerait.

Un mois plus tard, l'occasion se présenta. Le *Debby* était à quai dans la Cité Peinte ; des fresques couvraient les murs dans toute la ville, on fêtait l'alignement lunaire de Dyack, Rohindra et Essex. Tel un corbeau sur sa poutre, il attendit que l'équipage dorme profondément pour sortir en catimini par l'écoutille de secours, dans le plafond, entre le cockpit et la cabine de Nia. Il descendit les barreaux de l'échelle de coque, avant de s'éloigner par les quais, esquissant un sourire nerveux, alors qu'il rejoignait la foule en liesse. Dans le ciel, les trois lunes bleues s'emboîtaient, comme trois têtes empilées l'une sur l'autre, de la plus petite à la plus grande. On y voyait comme en plein jour. Il se promena parmi les habitants – un vieil homme bien vêtu tenta de l'attirer dans une ruelle tortueuse ; une femme aux tresses ornées de perles et aux ongles longs sillonnés de digi-charmes. Il regarda les jeunes de son âge, à qui il n'avait jamais eu aucune raison de parler. L'air qui les enveloppait avait quelque chose de grisant. Si différents de ses compagnons plus mûrs du *Debby*, ils s'exprimaient dans des langues qu'il ne connaissait pas. Malgré les mises en garde de Nia, il les suivit. Acceptant les conséquences, il pénétra dans les entrailles de la ville et vit où les gens allaient. Et c'est là qu'il se trouva.

Les danseurs s'étaient donné rendez-vous dans un parc, sous les lunes électriques, au son de tambours assourdissants. Des façades d'immeubles en ruine délimitaient la piste, parmi les arbres blanc os qui s'élevaient en hélice vers le ciel. Il se fraya un passage entre les fumeurs indolents et les amants qui se chuchotaient à l'oreille. Le spectacle n'était pas sans rappeler la fosse, où les voyageurs se disputaient les contrats. Avec une différence de taille toutefois : ici, tout le monde bougeait au même rythme, les muscles de chacun entraînés par le courant de la musique. Il tomba dans ce monde, cette vieille sensation, cette résonance, alors qu'il inspirait l'odeur des corps et de la sueur. Il s'abandonna au mouvement en direction de l'endroit où le son rencontrait le son, à l'instar de deux vagues frangées d'écume qui entrent en collision. Il sourit à un homme qui buta contre lui, et lui sourit à son tour. Il leva les mains au-dessus de la tête, comme les autres. Il cria vers la lune Essex. Des serpentins aux couleurs vives sillonnèrent le ciel, alors qu'il se laissait absorber par la nouveauté ; ses membres l'entraînèrent vers le cœur de la fête, là où la musique était la plus forte ; là où l'électricité semblait lui parcourir la colonne vertébrale ; là où le monde ondulait et se déformait. La tête lui tournait, la chaleur allait crescendo. La résonance fit voler en éclats ses pensées, et il sombra dans le délire.

Tout lui revint. Les souvenirs, dont sa conscience avait cherché à le protéger. Un jaillissement d'images de ses derniers moments sur le Vaisseau Silence – les détails de son évasion. La force avec laquelle son Bienfaiteur l'avait poussé dans la capsule de secours. Sa main sur sa joue, en guise d'adieu. Un contact, avant que les autres

Musiciens les retrouvent et se précipitent pour les séparer brutalement. Le craquement des os de son Bienfaiteur, quand les bâtons avaient frappé. Son corps brisé, réduit à une masse frémissante. Puis la terreur, tandis que les masques se tournaient vers la capsule. Sa forme recroquevillée à côté des commandes, son désir de partir à tout prix rendu manifeste par cette étincelle brillante et violente. Une étincelle qui crépita, alors que les mains des Musiciens se refermaient sur lui pour l'extraire de la capsule. La chaleur dans son dos. Ses robes réduites en cendres. L'odeur du départ.

Il comprenait parfaitement ce qui se passait.

Au milieu du parc de la Cité Peinte, sous la triade lunaire, ses yeux roulèrent dans leurs orbites, sa main saisit sa poitrine et il se laissa aller. Il offrit son corps aux fêtards et aux lunes, à l'océan noir et à la clameur. Le temps retint son souffle et ce monde s'immobilisa. Les danseurs se pétrifièrent entre deux pas et les buveurs tinrent la pose, leur gobelet aux lèvres, tandis qu'au-dessus d'eux, les serpentins scintillants semblaient collés au ciel. Pour sa dernière pensée, il s'émerveilla de la beauté de cet océan figé. Puis ce pouvoir qu'il portait en lui, ce vieil inconnu, revint, et dans un éclair de lumière, il tomba loin de ce monde, son corps disparut, entre les rythmes de fête des tambours.

8. De retour

Il se réveilla.
Il faisait sombre.
Froid.

Son corps tout entier était engourdi ; ses membres refusaient de se mouvoir ; ses synapses transmettaient paresseusement son influx nerveux, alors qu'il contemplait avec apathie le manteau noir au-dessus de lui. Ses yeux clignèrent une fois. Deux. Il avait la conviction qu'il ne bougerait pas avant des jours, ou des siècles, sans que cette perspective l'inquiète particulièrement.

Le réveil vint lentement. Petit à petit, chaque détail de l'endroit où il se trouvait filtra en lui, tel un gaz sifflant à travers une fente dans un mur, empoisonnant sa quiétude léthargique. Les feuilles, qui s'agitaient au-dessus de lui sur les branches maigres d'arbres squelettiques. Le sol irrégulier de la forêt sous son dos ; le paillis humide, la brindille pointue qui s'enfonçait dans sa cage thoracique. La fraîcheur de la brume qui nappait le sous-bois, s'enroulait en vrilles grises sur son corps nu et laissait des traînées de rosée sur sa poitrine et ses cuisses. Il prit conscience de sa nudité. Jusque-là parvenues au compte-gouttes, les informations affluèrent. Le bruissement d'ongle cassé des feuilles, malmenées par le vent qui s'égosillait entre les branches ; le trottinement écœurant d'insectes sur ses mains et ses pieds, le frôlement sur sa peau de bestioles aux pattes trop nombreuses, affleurant à la surface du lit végétal, avant de replonger. Puis, lentement, une prise de conscience terrible : le hurlement porté par le vent n'était pas le sien, mais un son aigu émanant d'un objet créé par l'homme ; et ils étaient plusieurs, apparemment. Et sous ces stridences étranges, de légères secousses dans le sol gagnaient régulièrement en force et en volume, signalant l'approche rapide d'une créature déchaînée dont le rugissement grave annonçait la mort. Quand il l'entendit, un vieux verrou rouillé sauta en lui et il se réveilla brutalement. Il se débarrassa de l'adolescent dorloté du *Debby*, comme un serpent de sa mue, et redevint la petite chose, qui, dans l'obscurité du Vaisseau Silence, ne connaissait qu'un verbe.

Survivre.

Levé d'un bond, il avait plongé dans les feuilles accumulées contre un tronc à l'écorce lisse. À peine un moment plus tard, l'arbre explosa. Il resta aussi immobile qu'un cadavre, malgré la pluie d'éclats de bois qui tombait sur sa tête exposée. Le souffle coupé et les yeux écarquillés, il vit deux mains pâles et tannées ratisser le sol à sa gauche et à sa droite. Leur forme et leurs articulations présentaient une ressemblance troublante avec des extrémités humaines. Un adulte aurait largement pu tenir dans une de ces paumes. Encore sonnée par la collision, la créature tanguait. Son grand museau flaira l'air avec un reniflement guttural et sentit sa trace. Elle baissa la tête vers le tas de feuilles où il gisait. Le cœur battant la chamade, il hésita entre la fuite et l'immobilité totale – un choix qui risquait de se révéler le dernier.

Un coup de sifflet aigu le tira de ce dilemme. Comme frappée par l'onde sonore, la créature chancela sur le côté, claquant ses mâchoires anguleuses. À cette distance, Ahro distingua enfin son visage âgé, à la lumière d'un rayon de lune rouge qui perçait la canopée. D'épais filets de bave jaillirent de sa gueule, tombant sur le tapis de feuilles en longs rubans visqueux.

Une jeune femme surgit de derrière un arbre. En robe rouge à une épaule, elle serrait une lance en bois dans sa main droite, elle approcha sans cesser de souffler dans le sifflet coincé entre ses lèvres. Le son sembla perturber la créature, qui se ramassa sur elle-même et se mit à bredouiller. D'autres sifflets percèrent l'air, et un groupe d'hommes et de femmes émergea de la brume. Vêtus et équipés de manière identique, ils étaient cinq, blessés, fatigués et effrayés. Ils avançaient en traînant des pieds dans les feuilles, leurs armes tenues mollement. Ils formèrent une sorte de pentagramme sonore autour de la créature, qui pour Ahro ressemblait à un vieillard désorienté d'une taille supérieure à dix fois la normale. Recroquevillée sur elle-même, elle prit sa tête chauve entre ses mains, tirant sur la peau flasque, comme si elle cherchait à extraire le son de son cerveau. Le cercle se refermait sur la créature tremblante au milieu de la clairière. Ahro crut que c'était terminé.

Mais à ce moment-là, l'un d'eux fit une erreur.

La jeune chasseuse rompit les rangs et se précipita en avant. Les autres la regardèrent, horrifiés. Quand elle planta sa lance dans le ventre distendu, la pointe s'enfonçant dans la chair, tel un doigt dans un fromage mou, la créature se rebiffa et, d'un de ses huit bras, la frappa d'un revers de main. Même de là où il se trouvait, Ahro entendit le craquement de ses os et la perturbation curieusement silencieuse dans l'air, alors qu'elle était projetée hors de la clairière. Ce fut si soudain que certains en oublièrent leur sifflet, tombé d'entre leurs lèvres écartées pour pendre à leur cou. Ce répit suffit à leur proie, qui se jeta sur eux. Son hurlement secoua la canopée, délogeant les feuilles rouges et brunes de leur perchoir pour les éparpiller à travers la brume. Les grandes mains fendirent l'air. Le sous-bois craqua sous les pieds chaussés de sandales des chasseurs qui couraient autour du béhémoth, esquivant ses attaques furieuses. Pas toujours assez rapides. Le bruit sourd d'un coup qui porte. Un cri.

Alors que le combat suivait son cours, deux voix contradictoires s'affrontèrent dans la tête d'Ahro, et dans son cœur. L'une appartenait à l'obscurité, elle lui avait permis de survivre au pire de douze années de sévices aux mains des Musiciens. Elle lui recommandait de ne pas intervenir, de rester dans l'ombre, de s'estimer heureux de ne pas être battu, de ne pas prendre de coup. La créature et les étrangers étaient trop occupés pour le remarquer. Elle le poussait à saisir cette occasion unique pour fuir.

L'autre voix n'était pas de cet avis. Encore naissante, elle demandait à mûrir. Découverte et cultivée au contact de ses nouveaux amis dans la salle commune ou dans la soute du *Debby*, elle insistait pour qu'il retrouve le corps de la jeune femme.

Pour l'aider.

« Elle est probablement morte », dit la première voix.

À quoi la seconde répondit, « Alors, ne la laisse pas mourir seule. »

Il explora le sous-bois, dans les broussailles et l'obscurité. Le silence était une seconde nature pour lui, tout comme le calme. Suivant les traces et les signes de la forêt, il finit par la trouver près d'un vieil arbre rabougri.

Il s'accroupit à côté d'elle ; elle hoquetait. Elle n'était pas beaucoup plus âgée que lui. Quelques années à peine. Elle leva les yeux vers lui, sans confusion aucune, avec dans le regard une prière qu'il connaissait bien. Mais à la vue de ses blessures, il comprit qu'il ne pourrait pas l'exaucer. Dans sa robe, il déchira des bandes de tissu qu'il serra autour des entailles sur ses bras et ses jambes pour arrêter l'hémorragie ; il appliqua une boule de tissu sur le trou qu'elle avait à l'abdomen et la maintint en place, sentant dans les os de ses bras la vie la quitter lentement. Elle avait du mal à respirer, sa poitrine ayant subi de plein fouet le choc contre la roche. Mais malgré ses difficultés, elle parla, des mots dans une langue qu'il ne comprenait pas et prononcés à toute allure. L'émotion le submergea. Ses pires nuits, il posait la tête sur les genoux de Nia et lui décrivait en chuchotant la violence qui le hantait. Elle ne cherchait jamais à le rassurer en lui disant que ce n'était qu'un rêve, que c'était terminé et qu'il n'avait plus rien à craindre. Nia ne mentait pas. Elle lui disait simplement qu'elle était désolée, et il n'en demandait pas davantage. Entendre ces mots suffisait, même de la bouche d'un inconnu. Et c'est ce qu'il offrit, à son tour, à la femme qui mourait devant lui.

« Je suis désolé. »

Mais si elle l'entendit, elle ne donna aucun signe de compréhension. Elle regarda derrière lui, ailleurs, nulle part, tandis que ses ultimes paroles bouillonnaient hors de sa bouche et le long de ses joues cireuses.

La créature poussa un mugissement final, puis elle prit la fuite, brièvement pourchassée par l'un des chasseurs, avant que ses compagnons le rappellent.

C'est fini, semblèrent-ils lui dire.

Laisse tomber.

Le cœur de la femme s'arrêta. Il le sentit avant de le voir – l'immobilité, là où il pressait le tissu sur son abdomen, au moment où le dernier souffle d'air quitta ses poumons. Il examina son visage relâché. Son regard figé. Sa bouche, ouverte, comme interrompue au milieu d'une pensée. Il ne pleura pas. Ce n'était pas son premier cadavre. Il essuya ses mains ensanglantées sur ses cuisses et fit ce qu'il avait toujours fait à bord du Vaisseau Silence, quand il tombait sur un corps, lors de l'exécution de ses tâches quotidiennes. Il resta assis avec elle et lui tint compagnie, jusqu'à ce que quelqu'un vienne la récupérer.

Les hommes et les femmes approchèrent leur sœur morte comme des chats. Il s'écarta, et, pour le moment, ils l'ignorèrent et s'occupèrent du cadavre. Formant un vague cercle autour d'elle, la tête inclinée, ils semblèrent lui rendre un dernier hommage. Il tenta d'analyser leur langue, dont la structure familière le perturbait, mais avec le stress qui l'empêchait de réfléchir, il ne parvint pas à établir de comparaisons valables. Il attendit qu'ils aient terminé.

Quand le groupe se tourna enfin vers lui, leurs corps tendus comme des ressorts lui donnèrent l'impression qu'ils étaient prêts à bondir sur lui. Encerclé, il couvrit sa nudité avec ses mains tremblantes. Un homme au nez fin le poussa du bout de sa lance. Ils parlaient vite, d'un ton agressif. Il resta recroquevillé, en silence.

Leurs expressions s'adoucirent, quand, remarquant les bandes de tissu nouées autour des blessures de leur amie, ils comprirent ce qu'il avait tenté de faire. Après délibération, une chasseuse, la plus grande parmi eux, retira ses vêtements et l'aida à enfiler sa robe à une épaule. Elle essuya la crasse sur ses joues et cria quelque chose aux autres. Ils se mirent en marche en direction opposée de celle où avait disparu la créature, fauchant les arbres qui se dressaient sur sa route.

Il avança parmi eux, à bout de nerfs. Leurs robes rouge magma et les intonations musicales de leurs voix avaient quelque chose de familier, mais l'énergie pour y réfléchir lui manquait ; il n'avait plus la force de s'interroger. Il dut attendre le matin, quand le brouillard se leva avec une rapidité surprenante au sortir de la forêt, pour découvrir le dernier détail révélateur.

Un soleil rouge brillait au-dessus de la vallée. Au bas de la colline, les champs de dhuba s'étendaient à perte de vue, aussi violets que dans son souvenir. Dans la lumière de l'aube, les tiges flamboyaient comme de l'or. À cette vue terrifiante, le nœud dans sa poitrine se resserra. Il prit enfin conscience de la distance qu'il avait parcourue.

Ils s'arrêtèrent pour se reposer au bout de quelques kilomètres, dans un renfoncement de la colline, un lit d'herbe chaude. Tandis que les chasseurs chuchotaient entre eux, Ahro s'assit pour examiner la plante de ses pieds nus, abîmée par la marche. Il grimaça en extrayant une écharde plantée dans un talon. La chasseuse qui lui avait donné sa robe lui tendit deux tranches ratatinées de viande séchée et une gourde d'eau. Mâchant lentement, il observa un homme s'accroupir à côté du corps de la victime de la créature. On lui avait couvert le visage d'un carré de linge bleu foncé. L'homme tint entre ses mains deux doigts de la jeune femme, frottant les articulations froides avec son pouce, comme pour les réchauffer. Puis il se mit à pleurer.

Avec l'aube, le rouge du ciel se précisa, aussi profond qu'une plaie ouverte. Quelques étoiles résistaient encore, mais leur éclat faiblissait rapidement. Ahro ne ressentit rien en les voyant – à l'inverse de ce qu'il avait éprouvé dans la Cité Peinte. Les sensations qui l'avaient submergé alors, sous les trois lunes, lui semblaient si loin qu'elles auraient pu concerner une personne différente. C'était pourtant lui qui avait sauté d'un monde à un autre, il en avait la preuve autour de lui.

Bien des années plus tôt, quelques jours après leur départ de la station Pélican, Nia lui avait révélé le but de leur mission, et il n'avait pas su comment réagir. L'idée d'un voyage instantané lui avait paru si bizarre qu'il n'avait pas attaché d'importance particulière à cette information. Nia ne semblait pas y croire elle-même, comme en témoignait son petit sourire ironique, quand elle lui avait demandé s'il comprenait ce que leur situation avait d'unique.

L'enjeu lui avait quelque peu échappé sur le moment, dans la mesure où il n'avait pas encore de notion claire des distances. Confiné dans les couloirs sombres du Vaisseau Silence, il avait vécu à l'étroit, menant une existence routinière, immuable. Il avait dû attendre de se trouver à bord du *Debby* pour endurer le lent passage des semaines de transit, et connaître la sensation étrange et troublante de retrouver un monde différent, des années plus tard. Alors seulement, l'idée qu'il se faisait du saut avait acquis une qualité magique. Mais c'était resté une sorte de chimère, un fantasme qui le faisait soupirer et sourire, tandis qu'il sombrait dans le sommeil, bien au chaud dans sa cabine du *Debby*. Si un jour l'impossible se révélait possible, il avait toujours cru qu'une joie sans bornes marquerait ce moment ; de la fierté, peut-être.

Mais maintenant qu'il observait ces inconnus, leurs regards impassibles et l'homme qui pleurait sur le corps de son amie, il n'éprouvait que de la peur. Pour ses amis. Pour Nia. Celles et ceux qu'il aimait, qui ignoraient où il était passé. Peur aussi, de la décision difficile qu'ils auraient à prendre, après avoir fouillé en vain les rues de la Cité Peinte. Ne trouvant pas trace de lui, ils partiraient, inévitablement.

Peur de ne jamais les revoir.

Il se recroquevilla, le menton contre les genoux, et resta assis dans cette posture enfantine, jusqu'à ce que la cheffe du groupe se lève et donne le signal de se remettre en route.

Les portes s'ouvrirent au coup de sifflet de la cheffe. Tirés par trois hommes, les deux battants s'écartèrent, à la manière d'un rideau, et les maisons au toit de chaume du Cinquième Village, avec ses rues en pente, apparurent devant lui. Il écouta le chœur triomphant qui les accueillait sur la grand-place, puis le silence de plomb qui lui succéda, après la découverte du corps qu'ils ramenaient.

Étrangement – pour peu que ce terme ait encore un sens ce jour-là –, il se rappelait à peine cet endroit. Mais ses odeurs et ses bruits le touchèrent profondément, comme si une partie muette de lui-même connaissait un merveilleux secret, qu'elle ne pouvait communiquer à sa conscience qu'à travers les larmes qui lui montaient aux yeux.

N'ayant clairement pas sa place dans la cérémonie qui suivit, il se tint à l'écart. Les chasseurs saluèrent six anciens, hommes et femmes, qui avaient émergé de la foule. Quand la cheffe s'inclina, ses compagnons l'imitèrent.

D'une voix tendue, elle sembla faire un compte rendu aux anciens, qui l'écoutèrent avec un visage sans expression. Parmi eux, Ahro remarqua une femme trapue à la peau si hâlée qu'elle avait presque la texture d'un cuir tanné. Contrairement aux autres, elle se tenait droite, une posture étonnamment jeune pour son âge. Son regard fendit la foule pour se fixer sur lui, tel un oiseau de proie, comme si elle le connaissait et le haïssait.

La chasseuse n'avait pas terminé son rapport, quand un cri retentit parmi les villageois. Ils s'écartèrent, et cinq individus firent irruption sur la grand-place, interrompant la cérémonie dans un nuage de poussière. Des adultes d'âge moyen, sur les visages desquels Ahro lut une colère mêlée de chagrin. Oubliant la vieille femme, il frissonna en regardant les cinq intrus pousser les chasseurs de côté et tomber à genoux près du corps, avec des cris étranglés de bébés oiseaux. Il avait beau ne pas comprendre un mot de leur langue, Ahro sut au ton de l'homme le plus corpulent du groupe qu'il refusait la situation et exigeait des explications de la part la cheffe des chasseurs. Les yeux baissés, elle répondit d'une voix ferme aux questions qu'il crachait. Les anciens et plusieurs villageois dans la foule tentèrent de le calmer, mais ne parvinrent qu'à l'exciter davantage. Il pointa le cadavre du doigt, comme en accusation, tandis qu'il avançait d'un air menaçant vers la chasseuse. Il répéta le même geste, apparemment une façon de lui signifier sans ambages son échec. L'air se figea et toutes les personnes présentes se métamorphosèrent en statue de glace, alors qu'il se remettait à crier. Sans perdre son sang-froid, la chasseuse leva la tête et croisa son regard ; les paroles qu'elle chuchota ensuite firent éclater une veine sur le front de son accusateur.

Il lui donna un coup de poing dans le ventre, avec une telle force qu'Ahro tressaillit. Les yeux de la jeune femme s'agrandirent. Alors qu'elle reprenait péniblement son souffle à quatre pattes, les autres chasseurs tombèrent à bras raccourcis sur l'homme. Et c'est ainsi que commença la deuxième bagarre de la journée, sous la chaleur accablante du soleil rouge. À travers la mêlée, les yeux de la vieille femme ne quittèrent jamais Ahro, pas même quand le seul chasseur à ne pas participer à la rixe l'attrapa par le bras pour l'éloigner de la grand-place. Avec trois comparses, ils le poussèrent en haut de la colline, vers la grande maison qui dominait le village. Y compris à ce moment-là, il continua de sentir son regard sur lui.

Dans la montée, le soleil de midi projetait les ombres des habitations qu'ils croisaient et celles d'objets abandonnés ici et là. Un seau renversé. Un râteau posé contre le mur d'une remise. Tranchant avec le rouge du jour, ces ombres noires faisaient figure d'entailles dans un monde imprégné de son propre sang.

L'un des hommes poussa Ahro devant lui.

La maison qu'il avait jadis partagée avec le vieil homme bienveillant et sa femme se dessinait au sommet. Après qu'ils eurent frappé à la porte, le maire sortit et Ahro sut que la bonté n'habitait plus ce lieu. Alors que le chasseur chuchotait à l'oreille de l'édile, il ne lut que le soupçon dans son regard. Ils l'interrogèrent dans la cour. Des questions auxquelles il ne pouvait pas répondre, même s'il avait maîtrisé leur langue. Il était sous un océan, d'où il suivait tout cela de manière abstraite, comme de la lumière dansant à la surface de l'eau, juste des formes.

Il perdit la notion du temps, ne retenant que deux choses à la fin : ils n'étaient pas satisfaits et il était très fatigué. Il ne résista pas, quand ils le poussèrent au bas de la colline, jusqu'à une maison, avec un vieil escalier en bois qui descendait sous terre. Il resta simplement là, au milieu de cette cave, ce carré de lumière, levant les yeux vers eux, alors qu'ils fermaient la porte à clé.

L'obscurité était totale. Il ne voyait pas ses mains. Entendant sa respiration, il subit une nouvelle transformation ce jour-là, une régression, en fait. La petite chose aguerrie par le Vaisseau Silence quitta la scène et laissa derrière elle un enfant, perdu et effrayé.

Gravissant tant bien que mal les quelques marches, il trébucha dans le noir et sa joue heurta le bord de quelque chose de dur. Il sentit le goût du sang dans sa bouche.

Il chancela vers la porte, qu'il frappa violemment. Il laboura le battant de ses ongles. Il hurla le nom de Kaeda, qui ne lui revenait qu'à présent, trop tard, dans ce cachot où personne ne l'entendait et d'où il ne sortirait peut-être jamais. Il lui sembla s'époumoner des heures. En l'absence de réponse, il appela Nia, avec une conviction : si incroyable que cela paraisse, elle attendait dehors et s'il criait, elle lui ouvrirait. Il gémit jusqu'à en avoir la gorge sèche, la chaleur de la cave agissant telle une éponge, pour en absorber l'humidité. S'écartant de la porte, il redescendit l'escalier à tâtons et se réfugia dans un coin, au fond de sa prison de fortune. Il se recroquevilla, à côté d'une grosse marmite vide. Trop fatigué pour garder la tête droite, il la posa contre la boue durcie du mur et se rappela la leçon secrète de Nia ; une forme de poésie qu'elle lui avait apprise, au cours d'une nuit de solitude. « Ça ne te sauvera pas », lui avait-elle dit. « Les mauvais rêves continueront. »

Mais ça l'aidait.

Il compta les syllabes sur ses doigts, tandis qu'il chuchotait d'une voix éraillée :

« Je suis si loin.
Je ne sais pas comment rentrer.
Elle viendra me chercher. »

« Il fait noir ici,
Mes pieds me font mal, ma tête aussi.
Elle viendra me chercher. »

Il chuchota les haïkus au récipient vide, aux marches en bois, à la poussière. À la porte verrouillée. Et dans ces mots extraits de lui-même, son corps retrouva la paix.

« Nia Imani,
La capitaine du *Debby*.
Elle viendra me chercher. »

Elby, fille de Jhige et Yotto, et de Kaeda – autrefois maire du village –, Mère des Chasseurs, était déçue. « Il a le double de ton âge. On ne l'a vu jouer des poings que quand il a bu, et le plus souvent contre ses propres enfants. Chur est tout sauf un guerrier. » Elle leva les yeux du thé qu'elle préparait, pour observer la jeune femme assise à sa table. Cette dernière massait le bleu qui s'épanouissait sur son ventre en faisant la grimace. « Comment as-tu pu laisser cet imbécile te frapper ?

— Je ne l'en pensais pas capable.

— Alors, il te reste beaucoup à apprendre. »

La chasseuse – Taya – baissa le regard et pencha légèrement la tête, quand Elby plaça la tasse devant elle. Les mains autour de son thé, elle n'y toucha pas avant qu'Elby le corse avec quelques gouttes de liqueur de dhuba. Ses joues reprirent des couleurs en buvant. « Je suis désolée », marmonna-t-elle.

Avec un grognement, Elby s'assit face à elle.

« Raconte-moi. »

Taya avala encore une gorgée, avant de commencer son récit, le breuvage dégoulinant sur son menton, sans qu'elle le remarque. « Ça s'est passé dans la forêt de la Lanterne, au sud. J'ai suivi tes instructions à la lettre, dans l'idée de roder les novices, en leur offrant une victoire facile, et de les familiariser avec les comportements des mondradas, le genre d'arbres auxquels ils aiment se frotter. Je voulais qu'ils en débusquent un, mais à part les insectes, tous les animaux avaient déserté les bois. Ce n'était pas normal. Je l'ai senti, tous les signes étaient là. J'ai donc dit au groupe qu'il valait mieux rentrer et revenir une autre nuit, ou choisir un endroit différent, mais Gede… Elle ne m'a pas écoutée. »

En entendant ce nom, Elby resserra sa prise sur sa tasse. « Tu étais son aînée. Tu aurais dû te faire obéir.

— Elle refusait de repartir bredouille. Et elle a – avait – la langue bien pendue, comme chacun sait. À voir son assurance, personne n'aurait soupçonné qu'elle chassait pour la première fois en forêt. Et sa manière de parler… J'ai commis l'erreur de me laisser influencer, et ça me rongera jusqu'à la fin de mes jours. J'ai accepté de continuer à chercher une heure, pas davantage. » Elle ferma les yeux. « Peu après, l'Égorgeur nous a trouvés. Dès que je l'ai entendu arriver, j'ai donné l'ordre de fuir. C'est vrai. On aurait pu s'en sortir, si la peur ne nous avait pas pétrifiés. Je n'ai pas eu le temps de leur dire de préparer leurs sifflets qu'il avait déjà rattrapé Rej.

— Vous n'avez pas ramené son corps.

— Il n'en restait rien. L'Égorgeur l'a gobé. » Elle se figea, seul son doigt continua de pianoter sur le bord de sa tasse. « C'était horrible. Mais nous nous sommes battus. Et à mes yeux, chacun des novices présents cette nuit-là a gagné son statut de chasseur. Par miracle, les blessures que nous lui avons infligées ont permis de le mettre en fuite.

— Il a tenté de s'échapper ? »

Taya hocha la tête. « Malheureusement, Gede s'est lancée à sa poursuite. On n'a pas eu le choix, on ne pouvait pas l'abandonner. On a fini par encercler l'Égorgeur dans une clairière. Peut-être que, en attaquant ensemble, on aurait eu une toute petite chance, et que Rej serait resté l'unique perte à déplorer. Mais Gede, bon sang… C'était trop tôt pour elle. Elle voulait à tout prix faire ses preuves. Au mépris de toute prudence, elle a avancé seule, imaginant probablement se couvrir de gloire. Et le monstre l'a écartée d'un revers de main. Comme une poupée. » Taya sourit, sans joie. Quelque chose semblait s'être brisé en elle. Son visage parut hésiter sur l'expression à adopter. « Elle n'aurait pas dû se trouver là, dit-elle d'une voix sourde.

— Et tu m'en veux pour ça.

— Oui. » Sans réfléchir, elle se hâta d'ajouter : « Tu la connaissais mieux que personne. Sa passion. Sa fougue. Et pourtant, tu…

— Je reste ébahie devant ta défaillance en tant que cheffe », la coupa Elby. Taya tressaillit, comme si on venait de la gifler. « Je t'ai mise à la tête d'une expédition à la portée d'une débutante, et tu rentres avec deux chasseurs en moins, sans viande, pas même une herbe pour épicer un plat. En revanche, tu ne manques pas de reproches à adresser aux absents. Gede était jeune, mais je l'étais encore plus lors de ma première chasse. Pourtant, comme par miracle, je suis revenue au village, saine et sauve. Avec un oreillard mort dans ma gibecière. Veux-tu savoir pourquoi ? L'habileté et la chance n'y sont pour rien. Ma cheffe n'était pas une idiote influençable, Taya. J'aurais pu laisser Chur te tuer à coups de poing sur la grand-place, si je n'avais plus besoin de toi. J'aurais souri en ramassant tes dents dans la poussière. »

Les mots réduisirent la femme à une enfant. Elby attendit avec impatience que les sanglots se tarissent. Au bout d'un moment, Taya se mit à murmurer, « Dis-moi ce que je dois faire, dis-moi ce que je dois faire », alors qu'elle se calmait et séchait ses larmes avec la serviette lancée par son mentor.

« Le garçon. Je veux tout savoir. »

Taya respira profondément par le nez. Elle avait les yeux rougis.

« Aucun de nous ne l'a vu approcher, dit-elle enfin. Après que la créature a pris la fuite, on l'a trouvé assis à côté du corps de Gede. Nu. D'abord, on a cru qu'on avait affaire à un sauvage du Huitième Village et on l'a un peu bousculé. Je ne sais toujours pas d'où il sort, mais j'ai rapidement compris qu'il ne voulait de mal à personne.

— Comment ça ?

— Il a tenté de la sauver. » Elby haussa imperceptiblement un sourcil, tandis que Taya poursuivait. « Maladroitement. Il a arrêté une partie du saignement avec des bandes de tissu, mais les blessures de Gede étaient profondes, et trop nombreuses. Il semblait plus déconcerté que nous. Il avait besoin d'aide. C'est ce que j'ai pensé. Alors, je lui ai donné ma robe et je l'ai ramené au village. Mais maintenant, je me dis que j'ai sans doute commis une erreur. La dernière de la journée.

— Pourquoi ?

— Noro. Au retour, il m'a parlé d'une histoire qu'il tient de sa mère, à propos d'un garçon tombé du ciel. Un mauvais présage. À cause de lui, les récoltes ont été catastrophiques l'année suivante. » Elle sourit d'un air contrit. « Tu as raison. Je n'ai pas l'étoffe d'une cheffe. J'ai perdu deux chasseurs et j'ai attiré une malédiction sur le village.

— Les récoltes ont été catastrophiques à cause du manque d'humidité et de la canicule. Malheureusement, les explications banales ne font pas les bonnes histoires. »

Taya, aussi superstitieuse que sa mère, ne fit aucun commentaire.

Ainsi, Noro était au courant. Inquiète, Elby se rappela les avoir vus, lui et ses amis, traîner le garçon hors de la grand-place, en direction de la maison du maire. Elle se frictionna les tempes. Une bande d'abrutis qui tentait d'éclaircir un mystère. Rien de bon ne pouvait en sortir. Elle se demanda s'il était toujours en vie, ou si ces imbéciles avaient déjà rendu *leur* justice. Dans ce cas, elle n'y pouvait plus rien, mais elle devait en avoir le cœur net. Elle congédia Taya d'un geste de la main et alla vider la théière par la fenêtre. La dernière goutte venait de tomber du bec, quand elle s'aperçut que la chasseuse se tenait en silence sur le seuil. « Qu'y a-t-il ?

— Tu vas voir le maire *maintenant* ?

— Oui.

— Tout le monde est réuni chez Osan, pour préparer Gede aux derniers sacrements. Ils ne peuvent pas terminer sans toi.

— Je sais.

— Ils t'attendent.

— Et dès que j'aurai vu le maire, j'irai les rejoindre.

— Tu vas les obliger à attendre ?

— Elle est déjà morte. Une heure de plus ou de moins, qu'est-ce que ça change ? »

L'espace d'un instant, Elby put lire avec une clarté douloureuse les pensées de Taya sur son visage. Mais contrairement à ce qu'elle avait fait sur la grand-place avec Chur, elle ne les exprima pas à voix haute et garda pour elle ses critiques. Elle dit simplement : « Dans la forêt, avant qu'on tombe sur le monstre, elle m'a parlé de toi. Tes chasses. Les histoires que tu lui as racontées. »

Elby écouta, sans la regarder.

« Elle voulait que tu sois fière d'elle, dit Taya.

— Vraiment ?

— Oui, vraiment. »

Et elle sourit d'un air absent, avant d'ouvrir la porte.

En vérité, Elby souhaitait retarder le plus possible sa visite chez Osan. Quant à ses raisons, même elle, si opiniâtre soit-elle, préférait ne pas s'interroger dessus. Les émotions, en particulier les siennes, la mettaient mal à l'aise. Elle n'aimait pas y penser, laissant volontiers son esprit gérer ses petites affaires sans supervision ni examen de conscience. Elle trouvait cela beaucoup plus facile.

Tard dans l'après-midi, elle se mit en route vers le sommet de la colline. Les ombres des toitures et des clôtures, des cordes et des manches des lances abandonnées contre les murs tendaient déjà leurs longs doigts, comme pour l'étrangler. Alors qu'elle avançait péniblement, les poumons en feu, les fesses impatientes de s'asseoir, elle se dit qu'elle n'avait jamais aimé ni ce village ni ses habitants, pour lesquels Yana, éprouvait une profonde et indéfectible affection. Ne partageant pas ce sentiment,

Elby l'avait toujours considéré comme un défaut chez sa sœur.

Songeant à elle, elle lâcha un murmure introspectif, comme une note échappée à sa musique intérieure. Elle pensa au jour où sa famille avait poussé les portes de la maison du maire. À Jhige et Yotto, riant sur la véranda et buvant quelque chose de fort ; deux êtres qui avaient connu l'intimité, avaient accepté sa fin et l'avaient remplacée par une amitié enviable. Et Kaeda, à sa fenêtre, qui n'avait d'yeux que pour le ciel. Il était, et resta jusqu'à son dernier jour, une énigme pour elle. Son mystère était celui de ces êtres qui marchent dans leur sommeil, arpentent la nuit et obéissent à une logique qui n'est pas de ce monde, buvant à grands traits d'un gobelet vide. Parfois, elle l'entretenait pendant des heures des affaires du village, du ravitaillement de ses chasseurs, pour finir par s'apercevoir qu'elle n'avait parlé qu'à son corps. À part les rares moments où il semblait se réveiller en sursaut et sourire avec eux, son esprit était ailleurs.

Non, pensa-t-elle, alors qu'elle frappait à la porte. Ce n'était pas entièrement vrai.

À une période de sa vie, il avait paru pleinement conscient.

Elle n'avait rien oublié de cette nuit – le bruit qui avait fait trembler les murs du village et la trajectoire de feu, comme esquissée par un artiste céleste au-dessus des toits. Déjà chasseuse confirmée, elle avait fièrement pris la tête d'un groupe de reconnaissance, envoyé dans les champs par Kaeda. Rien ne l'avait préparée à ce qu'elle avait découvert au point d'impact : un enfant nu, sans une égratignure ou presque, au centre d'un petit cratère, jonché de débris noircis. Elle avait chancelé, en proie à un profond vertige, comme si elle se tenait au bord d'un gouffre. D'un côté se trouvait ce qu'elle croyait possible en ce monde, de l'autre le témoignage concret de ses yeux. Et entre les deux, une distance étourdissante. Elle se rappelait l'avoir porté jusqu'au village, aussi léger qu'un sac de feuilles. Sur le chemin du retour, elle avait résisté à la tentation fugace, instinctive, de lui tordre le cou, se demandant s'il n'aurait pas été plus simple qu'ils n'aient découvert qu'un cadavre cette nuit-là.

Aujourd'hui encore, attendant que le maire vienne lui ouvrir, elle croyait que la réponse était oui. Mais si elle avait ce village en horreur, elle éprouvait aussi pour sa famille l'amour d'une louve pour ses petits. La fascination déconcertante de Kaeda pour cet enfant, et l'affection dont Jhige avait fini par l'entourer l'avaient attristée. Elle n'avait pas caché sa consternation, quand Yana avait commencé ses visites hebdomadaires pour l'écouter jouer de la flûte. Mais elle gardait précieusement leurs désirs en elle, tel un foyer ardent qu'elle entretenait avec dévouement. Et ce garçon appartenait à leur histoire ; elle agirait donc comme ils l'auraient sans doute souhaité, s'ils avaient toujours été les maîtres de ce village.

Elle le renverrait chez lui.

La porte s'ouvrit.

« Tu n'es pas chez Osan ? furent les premiers mots à franchir les lèvres pincées de Jhoal, le maire, alors qu'il baissait le regard vers Elby.

— Et toi, tu n'étais pas sur la grand-place pour accueillir les chasseurs aujourd'hui. Tu avais probablement d'autres priorités. Moi aussi. Tu m'invites à entrer ou tu vas m'obliger à rester debout ?

— Qu'est-ce que tu veux, Elby ? »

Elle le toisa, jusqu'à ce qu'il comprenne.

« Il n'est pas là, dit-il, après un soupir. Contrairement à mes prédécesseurs, je ne suis pas… Je préfère ne pas garder sous mon toit un inconnu dont j'ignore les intentions. Je l'ai fait enfermer, pour sa sécurité comme pour la nôtre, jusqu'à ce que les choses se tassent.

— Tu l'as "fait enfermer" ?

— Juste le temps d'éclaircir la situation. » Jhoal était grand et large d'épaules. Elle avait le sentiment qu'il devait en bonne partie son élection à sa carrure, et certainement pas à sa capacité à régler les problèmes ou à son courage. Il s'adoucit, un calme de façade qui ne la trompait pas. « Elby, s'il te plaît. Tu devrais vraiment aller chez Osan maintenant. Je sais que c'est dur, mais…

— Où est-il ? »

Il soupira. « À la cave, chez Dawara. Sous bonne garde. Et ne me demande pas si tu peux le voir, c'est non. Pas aujourd'hui. Peut-être à la fin de la semaine. Il a refusé de répondre à nos questions, et si tu veux mon avis, il m'a tout l'air d'un fauteur de troubles. J'ai décidé de le laisser mijoter un peu, seul, au moins jusqu'à ce qu'il se montre plus coopératif.

— Tu perds ton temps. Il ne parle pas notre langue. »

Il haussa les épaules. « Je connais d'autres moyens de communiquer.

— Tu ne peux pas croire sérieusement qu'il représente un danger.

— Je sais qu'il est déjà venu ici, et qu'on l'a renvoyé chez lui avec le fruit de notre travail. Maintenant, le revoilà. Pour moi, c'est une raison de se méfier. » Il s'appuya contre le mur. « Les gens ne se sont pas encore remis des meurtres de la rivière. Les conflits territoriaux avec le Quatrième Village se multiplient. Un groupe de chasseurs est rentré bredouille aujourd'hui. Deux d'entre eux sont morts. Si la nourriture vient à manquer, il va y avoir des tensions. Heureusement que Noro m'a amené ce garçon avant qu'on remarque sa présence. La bagarre sur la grand-place aurait pu beaucoup plus mal tourner. Ces dernières semaines ont été dures pour tout le monde. Nous n'avons pas besoin d'un problème supplémentaire. Pas en ce moment. »

Elle bougea les pieds pour se soulager de l'inconfort de sa position. *Ce fumier aurait au moins pu m'offrir une chaise.* « J'ai un plan. Mais pour que ça marche, il est plus prudent d'agir vite. »

Il leva les mains, paumes apparentes. Elle poursuivit. « Nous sommes d'accord sur un point : ce garçon n'a rien à faire ici. Malheureusement, notre Expédition ne remonte qu'à la saison dernière. Les vaisseaux ne reviendront pas avant quinze ans. Aucun de nous ne veut garder ce garçon aussi longtemps au village.

— Jusque-là, je te suis.

— Mais dans les villages situés de l'autre côté de la rivière, l'Expédition n'aura lieu que dans trois saisons, à peu près la durée nécessaire pour arriver là-bas. Je propose de l'envoyer sur place immédiatement, avant le départ des vaisseaux. Il aura besoin d'un guide, ou d'instructions, et aussi de lettres de recommandation adressées aux villages qui lui apporteront leur aide. Il ne sera plus ton problème, et tu pourras continuer à faire… ce que tu fais ici.

— C'est une longue marche que tu envisages pour lui.

— L'attente sera encore plus longue, s'il ne part pas. »

Il hocha la tête et réfléchit à sa suggestion, quelques secondes au moins, avant de l'écarter d'un haussement d'épaules. « Et qui l'accompagnerait ? demanda-t-il. Notre village a besoin de chaque homme et de chaque femme valide et ne peut pas se passer d'une partie de ses provisions. Mais même en laissant ces aspects de côté, je te répète le plus important, que tu sembles refuser d'entendre : nous ne savons pas ce qu'il veut. Personne ne revient à un endroit sans avoir une idée derrière la tête. Avec le peu d'informations à notre disposition, le relâcher constitue un risque.

— Tu ne peux pas le garder enfermé dans cette cave pendant quinze ans.

— Moins, s'il change de comportement.

— Ce sera trop tard.

— Tant pis. Mais je ne sacrifierai pas la sécurité de notre village. Aujourd'hui, Elby, nous manquons d'éléments, et nous en resterons là. Tu pourras lui parler, le moment venu. Mais à part ça, je ne te promets rien. Et pour l'instant, c'est toi qui risques d'arriver en retard. »

Il la regarda, comme si l'insensibilité de certaines personnes le sidérait.

Elle détestait par-dessus tout cette odeur, une aversion dont elle se rappelait précisément l'origine, ce qui n'était pas si fréquent. L'instant qui l'avait irrévocablement changée. Elle n'avait que cinq ans ; avec sa mère, elles visitaient les ateliers où l'on pilait la dhuba. Elles étaient venues voir une tante ou une amie de sa mère, elle ne s'en souvenait plus. En revanche, elle n'avait pas oublié sa surprise et sa terreur quand les grosses mains calleuses d'un ouvrier l'avaient soulevée par-derrière et hissée sur le bord de la cuve, pour lui montrer le travail des graines. Elle avait tendu les bras vers sa mère, en grande conversation à l'autre bout de l'atelier, avant de basculer sur le côté et de tomber, la tête la première. Elle s'était cassé le nez contre la croûte de pâte au fond de la cuve ; un bruit sec, comme le craquement d'un doigt. Dans la panique de cette inhalation étourdissante, son corps tout entier s'était révolté, secoué de frissons, alors que la douceur écœurante de la dhuba submergeait ses sens. L'étreinte réconfortante de Jhige n'avait pas suffi à mettre fin à la douleur ni à la nausée. À dater de ce jour, elle n'avait plus supporté la vue des pâtisseries au dîner, ou l'odeur des champs, qui pénétrait dans le village sur les mains des moissonneurs ou portée par le vent du nord. Mais en dépit des effluves de cet endroit qui ne les quittaient jamais, elle aimait sa famille. Quand elles avaient été plus âgées et que Yana la serrait dans ses bras après une longue semaine de travail au moulin, Elby lui empoignait les mains, prise d'une furieuse envie de les frotter. Pour faire disparaître cette tache, cette saleté qui, pour sa sœur, se comparait au plus exquis des parfums.

Elle sentit la dhuba, alors qu'elle s'acheminait chez Osan, à l'autre bout de la colline. L'air était chargé de son souffle saccadé.

Comme des fleurs écloses de la bouche des morts.

« Toi ! » Les autres tentèrent de retenir Aska, qui les repoussa. Rien, semblait-il, ne pouvait s'interposer entre elle et Elby. « Deux heures. Deux heures de retard ; tu n'es qu'un monstre d'égoïsme.

— Me voilà, répondit Elby.

— Oui, te voilà. Et sans toi, Gede serait toujours parmi nous. C'est toi qui lui as monté la tête avec toutes tes histoires. La mort n'a rien de glorieux, contrairement à ce que tu lui as bêtement laissé croire. Tu n'entreras pas, tu ne mérites pas d'être avec elle. »

Elle se planta devant Elby, les bras tendus, comme si c'était le seul moyen de faire obstacle à sa volonté. Restés à l'écart, les autres membres de la famille observaient les deux femmes. Elby avança vers Aska, réduisant la distance qui les séparait à l'épaisseur d'une feuille. Aska la dépassait de deux têtes, mais le poids de l'histoire compensait la différence de taille. Elle n'eut qu'à fixer sa nièce du regard, sans un mot, pour qu'elle retourne à l'intérieur en fulminant.

Les parents attroupés à la plupart desquels Elby n'avait adressé la parole qu'une ou deux fois dans sa vie s'écartèrent devant elle. Dans la chaleur de la maison d'Osan, elle observa le corps sur la table.

C'était elle. La petite-fille de Yana.

Elby s'étonnait toujours que Gede ressemble autant à sa grand-mère. Pas seulement à cause du nez pointu, de la courbe des sourcils ou de la petitesse du menton. Ou de son orgueil, aussi opiniâtre que mal placé. De cette ferveur. C'était un tout. Pour cette raison, elle avait abreuvé la jeune fille de ses histoires, faisant l'apologie de ses parties de chasse sanglantes en forêt. Ces soirées au coin du feu, où elle avait trouvé du plaisir à la régaler et à la terrifier avec ses descriptions sinistres des hurlements d'un mondrada sous la menace d'une lance, elle avait voulu retrouver Yana. Une Yana vierge de son amour viscéral pour ce village, une chasseuse comme elle. Une Yana avec qui elle pourrait respirer l'air pur des brumes à la bonne saison, avec qui elle pourrait guetter, à l'affût dans les broussailles, les mouvements des ombres et les cris des animaux.

Gede avait été habillée d'une robe qui, rabattue vers le bas, révélait la peau huilée de sa poitrine. Elby pressa son pouce dans le bol de suie et appliqua la matière noirâtre au-dessus du cœur arrêté. Elle laissa son empreinte, à côté de celles des autres, tantes et oncles, nièces et neveux, et l'amant que Gede n'avait pris que récemment.

Elle s'inclina.

On incinéra le corps dans les champs funéraires, sur un bûcher imposant. Il revenait à Aska, en sa qualité de mère, de lancer la première torche. Mais le moment venu, sa détresse la paralysa. Oubliant sa haine, elle regarda Elby d'un air implorant. Avec douceur, elle prit la torche à sa nièce et la jeta sans hésitation. Les flammes montèrent régulièrement en grandes langues de feu, crépitant dans le vent qui se levait. Elby sourit, car l'amour existait sous bien des formes, et le sien était âpre. Ses bras n'étaient pas faits pour la tendresse, ses mains très tôt calleuses étaient nées pour tenir une lance de chasse. Elle n'éprouva pas de chagrin en voyant le feu dévorer le corps. Seulement de la fierté, de l'envie et une profonde gratitude envers les esprits de ce monde, qui avaient choisi une journée splendide pour accueillir sa petite-nièce ; cette jeune fille qui, dans ses bons et ses mauvais jours, était l'ombre de Yana, son double. Le sourire d'Elby s'élargit, alors que les flammes consumaient le bois et la chair. Elle fit ses adieux à Gede, priant pour que son dernier voyage ne soit pas long et que, cette nuit, elle les rejoigne, elle et sa mère, sur l'autre rive.

Après qu'on eut dispersé les cendres dans les fosses à humidité, ceux qui le souhaitaient allèrent noyer leur chagrin dans la boisson, tandis que les plus fatigués allaient se coucher. Elby, elle, regagna sa petite maison aux abords du village et se prépara à la longue nuit qui l'attendait, comme une guerrière. Elle décrocha sa lance du mur pour en affûter la pointe. Elle retira sa robe contre le froid pour adopter la tenue à une épaule des chasseurs, exposant la peau tannée et tachée de son de son bras pour la première fois depuis une éternité. Elle huma sa fraîcheur familière. Puis elle remplit un sac de provisions tirées de sa réserve, assez de viande séchée, de légumes verts, de pain et d'eau pour les quelques jours de marche jusqu'au Deuxième Village. Elle dessina une carte pour arriver là-bas. Après l'attendait un territoire qu'elle ne connaissait pas et que le garçon découvrirait au fur et à mesure. Enfin, elle rédigea une simple lettre sur du parchemin, qu'elle signa et estampilla.

À Uvay, Mère des Chasseurs du Deuxième Village

Le jeune homme porteur de ce billet voyage sous ma protection, et avec l'assistance inconditionnelle de mes amis et collègues. Il ne parle pas notre langue et ignore nos coutumes. Il doit rejoindre à tout prix les villages de l'autre côté de l'Eau avant la prochaine Expédition. C'est une longue marche, pour laquelle il aura besoin de provisions et d'une carte. Merci d'adresser toi aussi une lettre sur ce modèle à la Mère du village suivant.

Il faisait nuit noire, quand elle frappa à la porte de la maison abandonnée des Dawara, qui servait de local de fortune en fonction des besoins de la communauté – un entrepôt, une prison. Le garde qui ouvrit était Seeva, un petit homme au regard dur, que la vue de la vieille femme en tenue de chasseuse sembla déconcerter.

« Tu es seul ? demanda-t-elle.

— Oui, Mère, répondit-il avec méfiance. Il est tard. Ne devrais-tu pas dormir ?

— Je suis là pour le garçon. »

Il secoua la tête. « Pardonne-moi, Mère. Mais personne, à part le maire, n'a le droit d'entrer.

— Tu m'as mal comprise. » Elle leva les yeux vers lui. « Je vais le voir. »

Un coup violent du bout de sa lance l'envoya au tapis. Elle enjamba son corps sans connaissance et s'arrêta dans la pièce principale, tendant l'oreille pour s'assurer qu'il avait dit la vérité. Sûre de n'être pas dérangée, elle s'engagea dans le couloir vers l'arrière de la maison. Dans un coin, elle repéra une partie du mur où la fibre du bois était différente, avec un loquet, facile à ouvrir de l'extérieur. Elle fit basculer le crochet et, à l'aide de la bougie que Seeva avait laissée, elle descendit les marches vermoulues de la cave, dans la poussière et l'obscurité.

Il était tapi dans l'ombre, à côté d'une marmite, chaque muscle de son corps tendu.

« Tu n'es pas chez toi ici », dit-elle.

Lentement, il leva la tête, et il se rappela ces yeux, aussi grands et hantés que la forêt elle-même.

Loin de la lumière des torches, sur le chemin sombre qui serpentait au bas des collines sous le regard fatigué de la lune rouge, tous deux retrouvèrent leur vraie nature. La chasseuse et le jeune homme tombé du Vaisseau Silence marchaient sans un mot. Aucun d'eux n'avait envie de parler. Et peut-être est-ce pour cela que l'un comme l'autre se sentait à l'aise. Une entente mutuelle rendait inutile toute explication, à propos d'eux-mêmes, ou de la suite des événements. L'évidence guidait leurs pas.

Au troisième virage, Elby s'arrêta. En contrebas s'étendait la forêt de la Lanterne. Elle ne connaissait pas l'origine de ce nom de conte de fées, et elle s'en moquait. Elle se tourna vers lui. Au regard qu'elle lui lança, il saisit immédiatement que leurs routes se séparaient. Et bien qu'il semble ne pas comprendre pourquoi, il savait qu'aucune discussion ne serait possible. De la pointe de sa lance, elle traça des images dans la poussière. Une longue ligne courbe qui déroulait ses méandres autour de collines triangulaires, traversait les deux traits parallèles d'une rivière et serpentait dans la plaine. À côté de ces indications simples, elle dessina le soleil et la lune et fit trois marques pour compter. Le jeune homme saisit. Trois jours de marche jusqu'au Deuxième Village. Elle lui tendit un morceau de parchemin, une lettre écrite dans sa langue, avec un nom en gras sur le rabat, ainsi qu'une copie de la carte qu'elle venait de dresser pour lui. Elle lui mima ce qu'elle attendait de lui, une fois arrivé sur place : il devait remettre le billet au garde, qui le conduirait à son amie. Elle assurerait sa sécurité. Il hocha la tête.

« Je n'ai jamais compris pourquoi Kaeda s'était pris d'une telle affection pour toi », dit-elle. Reconnaissant ce nom, il dressa l'oreille. « Ma sœur et moi avions du mal à retenir son attention plus de quelques minutes. Avec moi, il ne parlait que du travail. Mais à toi, il consacrait des journées entières. Il t'a offert toute sa musique. Je n'ai jamais compris. Ce qui l'attirait autant chez un inconnu. » Sans bouger, il l'écouta chuchoter pour elle-même, d'une voix pleine d'émotion. « À l'époque, ça m'énervait, qu'il refuse de me répondre, quand je lui demandais pourquoi. Mais plus maintenant. J'en ai pris mon parti. J'ai appris qu'il est parfois difficile d'expliquer ce qui nous pousse à agir. »

Elle inclina la tête vers lui. Ensuite, pour une raison que même elle n'était pas certaine de comprendre, elle s'agenouilla, lécha son pouce et le frotta dans la terre sablonneuse. Puis elle tira sa robe sur le côté pour dévoiler sa poitrine, où elle appliqua son doigt contre la peau, au-dessus de son cœur qui battait la chamade, et laissa son empreinte. Ce rituel, qui ne revêtait aucune signification particulière à ses yeux, lui donna néanmoins du courage. Le voyage qui l'attendait lui faisait un peu moins peur.

Et après, elle s'en alla.

Elle entra seule dans la forêt, suivant le sentier des chasseurs, à la recherche des troncs brisés, sa route vers la bouche de l'Égorgeur. Arpenter la brume lui rappela qu'elle n'était plus toute jeune ; ses jambes se fatiguaient vite et ses yeux voyaient une silhouette derrière chaque ombre. Mais elle continua tout de même, sa lance à la main ; malgré les protestations de son corps, son cœur ne s'était jamais senti aussi sûr de sa voie. Elle marcha vers la mort cette nuit-là, sans aucun regret, pas même pour les jours qu'elle avait laissés filer, sans dire à ceux qu'elle aimait l'importance de la place qu'ils occupaient dans sa vie. À l'instar de Kaeda, elle s'était entêtée à vivre dans un rêve, dont elle ne se réveillait que maintenant, avec la certitude d'avancer dans la bonne direction. Loin de ce village où elle ne s'était jamais sentie chez elle, loin de la puanteur des champs à l'aurore. Sa place était ici, parmi les troncs déchiquetés, dans cette atmosphère chargée de sang, dans cette clairière aux colonnes rougies par la lune. Elle souffla dans son sifflet, lançant un appel aux disparus, qui, dans la mort, l'avaient privée d'un foyer.

Un hurlement, au loin ; respirant doucement, elle brandit sa lance.

Bientôt, elle les retrouverait.

Il entendit le son étouffé du sifflet. Au bout d'un moment, il chargea son sac sur l'épaule et se mit en route en suivant les indications qu'elle lui avait données. Des nappes de brume s'élevaient au-dessus des forêts, comme un souffle froid, vers ce ciel qui s'obstinait à ne pas l'appeler. Les cailloux s'enfonçaient dans les semelles de ses sandales. Il ignora les mouvements furtifs du sous-bois et les cris affamés. Sa vie avait pris une tournure surréaliste ; il savait qu'il n'avait rien à craindre d'un rêve. Il avait déjà connu le pire, des années plus tôt.

C'était si bon, d'être sorti de cette cave.

Le chemin descendait de la colline et remontait au loin – un scénario qui, à en croire la vieille femme, se répéterait souvent jusqu'à la rivière. Peu à peu, alors que ses pas l'installaient dans une sorte de routine, il oublia la peur. Comme la plupart des gens qui n'ont rien pour s'occuper l'esprit quand la route est longue, il s'interrogea sur lui-même. De quoi était fait ce don qui l'avait amené ici ? Pourquoi ce monde exerçait-il une telle attraction sur lui ? Des questions sans réponses. Et alors qu'autour de lui la forêt cédait la place aux vastes étendues de dhuba, il sentit une nostalgie déconcertante l'envahir, d'un temps d'avant son premier séjour. L'écho d'un écho, un message dont la source se perdait dans un souvenir auquel il n'avait pas accès. Cette deuxième visite sur ce monde esquissait les prémices d'un schéma qu'il ne comprenait pas, que seules des perturbations à la surface de son inconscient lui permettaient de soupçonner. Mais sans une clé, ni même une serrure où l'introduire, il rejeta ces pensées et continua d'avancer. Séchant ses larmes, il leva les yeux vers la lune rouge, et au-delà, à la recherche des coordonnées de Nia.

Elle l'appela, elle cria à s'en casser la voix, tournant en rond dans les ruelles de la ville assombrie, suivant un parcours tracé par la lumière des réverbères. Elle ignora Sartoris, qui la suppliait d'être raisonnable. « Nia, dit-il, au moment où il la rattrapait. Il faut rentrer.

— Pas avant de l'avoir retrouvé.

— Il faut rentrer et réfléchir calmement.

— Il est là, dehors. Il est seul.

— Les Haus enverront des gardes dans la matinée. Cette ville est trop grande pour nous deux. Nia, répéta-t-il. Vous ne pouvez pas continuer à chercher au hasard. Nous avons besoin d'un plan plus efficace. »

Au-dessus de leurs têtes, quelqu'un ferma une fenêtre en la claquant. Un petit animal rôdait à proximité d'un sac d'ordures. Elle n'avait aucune idée de la rue où ils se trouvaient, ou de la distance qui les séparait du port. « Retournez au vaisseau, chuchota-t-elle. Je vous rejoindrai bientôt, vous et les autres.

— Nia…

— C'était un ordre. Pas une suggestion. »

Sartoris lui demanda une dernière fois de revenir sur sa décision, plaidant sa cause, les mains tendues, paumes apparentes. Quand elle lui donna sa réponse définitive, il repartit seul, la mine défaite. Nia continua à explorer les rues, désertes ou bondées, petites ou grandes ; elle s'aventura dans des venelles, ses doigts effleurant la crosse du pistolet de poche que lui avait prêté Sonja. Elle n'avait jamais tiré sur qui que ce soit, mais s'en sentait capable maintenant. Chaque muscle de son corps connaissait sa mission, elle était prête à frapper. Un fracas lui fit braquer sa torche électrique vers un seuil assombri, à côté duquel elle avait cru détecter un mouvement. Une fillette aux yeux écarquillés s'enfuit à toutes jambes.

Le rayon vacilla. Alors qu'elle agitait vigoureusement sa lampe, envoyant involontairement un message en morse dans la ruelle, une pensée lui traversa l'esprit. Peut-être avait-il sauté. Peut-être Fumiko avait-elle vu juste. Dans ce cas, il était déjà loin. Le ciel était noir, privé d'étoiles par la pollution lumineuse, sans aucun repère. Une carte sans clé d'interprétation, sans continents. Peut-être était-il parti. Elle fit claquer violemment la torche contre sa paume. Quand elle cessa de trembloter, Nia entreprit de fouiller une autre ruelle,

elle ne pouvait pas faire plus. Sa quête infructueuse se poursuivit pendant des heures.

Rentrée bredouille au vaisseau, elle marcha dans les couloirs froids de ce qu'elle avait longtemps considéré comme sa maison. À présent, le *Debby* lui faisait l'effet d'un simple assemblage de métal et de câbles, elle ne s'y reconnaissait plus. Réuni dans la salle commune, l'équipage écoutait Sonja répartir les secteurs de recherche pour le lendemain. Elle s'y intéresserait plus tard ; pour l'heure, elle avait besoin de solitude. Elle la trouva dans la cabine d'Ahro, qui avait connu plusieurs occupants avant lui. Yvon avait peint sur les murs son arbre généalogique aux branches nombreuses ; gratter la peinture avait exigé autant de temps que la création de son œuvre. Ponchi gardait ses précieuses pipes à côté de son lit et fumait avant de s'endormir. Au petit déjeuner, il racontait ses rêves euphoriques avec un luxe de détail qui ne réjouissait que lui. Et puis, pendant une période, personne ne l'avait occupée, et la cabine était redevenue un espace vide, attendant qu'on le remplisse.

La musique en avait pris possession – une dizaine d'instruments différents, issus de leurs escales. Une sphère qui changeait de sonorité en fonction de la manière dont on frottait sa surface. Un krar en métal. Un tambour, qu'elle, Sonja et Em avaient fabriqué pour le quinzième anniversaire d'Ahro. Ils avaient utilisé la peau d'un animal chassé sur un continent désertique, et les mains habiles d'Em avaient taillé le bois. Elle se rappela les yeux brillants d'Ahro quand il avait reçu son cadeau, ce truc idiot, auquel il attachait pourtant une si grande importance, et les journées entières où il en avait joué sous les soleils jumeaux.

La flûte.

Elle la ramassa, effleurant de son pouce le nom gravé. Sans savoir pourquoi, elle porta le bec à ses lèvres et se mit à jouer ; à ce moment-là, se souvenir des notes, de sa musique, lui sembla essentiel.

Sur Umbai-V, le jeune homme s'arrêta de marcher.

Il entendit la note, venue de très, très loin.

Sa musique.

Des rares airs qu'elle connaissait, c'était le plus facile.

Une berceuse.

Il ressentit comme une démangeaison au fond de son esprit, dont la source se situait à la fois à l'intérieur et à l'extérieur de lui-même. La brise se transforma en vent, qui rugit et souleva la poussière sur le chemin. Il entendit la musique qui l'attirait vers les étoiles. Quelque chose sous son cœur, un vieil instinct, le poussa à fermer les yeux et rétablit le calme dans ses pensées. Le monde autour de lui se rétrécit. La route, les champs et la forêt disparurent. Il flottait dans le vide, comme tant d'années plus tôt, quand le sysgrav du *Debby* était en panne. Les restes du repas avaient volé dans toute la cuisine, et il avait éclaté de rire pour la première fois. Puis il distingua sa voie, un courant aux couleurs changeantes et innombrables qui décrivait un arc dans le ciel et semblait avoir attendu ce moment pour se révéler à ses sens.

Et sur ce courant, il quitta ce monde, traversa les nébuleuses, les ceintures d'astéroïdes et les géantes gazeuses, les anneaux stellaires et les constellations mythiques. Création ancienne et nouvelle, il se joua des lois de cette réalité, fracassant les barrières établies, abolissant les frontières entre les possibles pour rentrer chez lui. Il vit des milliers, des millions d'autres lignes qui s'entrecroisaient dans un réseau illimité, autant d'itinéraires empruntés de longue date, et d'autres qui restaient à explorer. Il traversa cette immensité avec légèreté, jusqu'à la Cité Peinte. La ville tourbillonna vers lui de manière terrifiante, si vaste, et lui si petit. Il franchit les couches de métal, de lastique et de carroc de l'astroport. Il décélérait à présent, plus bas, toujours plus bas dans l'obscurité silencieuse des quais, en direction du *Debby*. Bientôt, il pénétrait la coque ancienne et calcinée du *Debby*, que les années en transit avaient chargée d'histoires. Lentement, doucement, il arriva enfin dans sa cabine, le monde se pliant et palpitant autour de lui, avant de retrouver ses formes, sa solidité d'origine.

Il était rentré, toutes ses affaires l'attendaient. Son lit. Ses vêtements. Ses instruments. Sa joie trop immense pour l'exprimer. Il enleva de son corps les cendres de sa robe brûlée et se changea. Ses mains tremblaient, car il venait de faire un saut dans l'espace. Il se sentait infini, aucun mur ne pouvait le retenir, aucune distance n'était trop immense. Il avait envie de le crier sur les toits ; mais d'abord, il en réservait la primeur à sa famille.

Sorti de sa cabine, il se précipita dans le couloir désert. À proximité de la salle commune, il entendit le brouhaha d'une conversation. Un sourire excité sur les lèvres, il avança vers l'embrasure de la porte, inspira un grand coup et fit son entrée. Vaila hurla. Sartoris, surpris, laissa tomber son gobelet ; une tache bleue s'épanouit sur le tapis. Nia courut vers lui et l'étreignit avec force, presque avec violence.

« Où étais-tu passé, bon sang ? » cria-t-elle. Elle le repoussa, le secoua, le reprit dans ses bras. « Où étais-tu ? »

Il faillit le lui dire, mais les mots se coincèrent dans sa gorge. Devançant ses pensées, son corps venait de comprendre une chose : il était ici chez lui, et il tenait à y rester. Dès qu'il leur aurait révélé la vérité, ce serait la fin du voyage. Fumiko les attendrait. Ce que lui réserverait l'avenir, il l'ignorait. Mais il avait une certitude : il perdrait ces gens, sa famille. Et il y avait encore tant à faire.

Alors, il se contenta d'une demi-vérité. Il s'était égaré. Nia le dévisagea, toujours avec son regard inquisiteur, mais dans son expression, à la colère et à la confusion se mêlaient la joie et le soulagement. « Bon sang, chuchota-t-elle enfin, lui massant doucement la joue avec son pouce. Tu m'as fait une de ces peurs. »

Ce soir-là, il leur inventa une histoire. Il leur raconta qu'il avait rencontré des jeunes de son âge, qu'il avait un peu trop bu. Ils avaient dansé, et les festivités l'avaient entraîné hors de la ville. Au matin, il s'était réveillé sur le canapé d'une maison qu'il ne reconnaissait pas. Il leur décrivit sa longue journée d'errance, leur parla de la bonne âme qui l'avait aidé à retrouver son chemin. Il eut la présence d'esprit de rester vague, prétendant qu'il ne se rappelait pas grand-chose, à cause de l'alcool. Il fit même semblant d'avoir mal à la tête. Nia, qui l'observait de l'autre côté de la table, ne dit rien, à part qu'elle se réjouissait de son retour. Et à la fin de son récit, quand l'équipage épuisé décida d'aller se coucher, tous eurent un petit geste à son intention, pour lui témoigner leur soulagement. Il les remercia, s'excusant encore de l'inquiétude qu'il leur avait causée. Mais intérieurement, un léger sourire persista à l'idée qu'il s'en tirait à si bon compte.

Le sentiment de culpabilité ne vint que plus tard. Seul dans sa cabine et entouré de toutes ses affaires, il sentit comme un vide en lui.

La culpabilité lui serrait la gorge. Elle l'étranglait quand, sans prévenir, Nia lui touchait le dos, comme pour s'assurer de sa présence. Mais peu à peu, il apprit à s'en accommoder. Et bientôt, il l'oublia, pour savourer l'idée que Fumiko avait vu juste : il était exceptionnel. Qui d'autre détenait la preuve tangible d'un don si extraordinaire ? Incapable de contenir sa joie, il lui arrivait de rire aux éclats pendant les leçons de Sartoris, confondant le vieil homme. Il riait de maîtriser enfin quelque chose que son professeur ignorait.

Peu à peu, il se mit à employer ce pouvoir découvert de fraîche date. Il attendit un mois que Nia cesse d'exiger qu'il dorme dans sa cabine pendant leurs escales, et de scruter ses faits et gestes. Sortant furtivement, il se lançait alors dans l'inconnu et éprouvait ses limites.

Ces mois d'escapades nocturnes marquèrent son apprentissage.

9. Escapades nocturnes

Sur Mondrian, il partit seul à travers le vaste damier noir et gris des cultures de fuligia et de bli, tandis que l'équipage dormait à l'hôtel, sans se douter de rien. Une fois à l'abri des regards, il se déshabilla, pour éviter que ses vêtements se calcinent au moment de sa sortie. Pieds nus sur la terre gelée, les nerfs engourdis, il restreignit le champ de ses perceptions, ignora le vent, son odorat, son goût et son toucher, jusqu'à ce que tout devienne sombre et tranquille. Alors, il entendit le crescendo de la musique au loin et décela les courants invisibles ; bientôt, il quittait ce monde. Le temps s'arrêta ; loin au-dessus de la planète, son être immatériel suivit les courants innombrables de l'espace, pour un périple qui le parachuta dans…

… le tourbillon d'une géante gazeuse veinée de rouge, derviche tourneur composé d'air toxique, irrespirable. Pris de haut-le-cœur, il s'étrangla, porté par des vents si violents qu'ils l'auraient déchiré si son corps n'avait pas été chargé de l'énergie cinétique d'un saut récent. Sa conscience affaiblie lui souffla que c'en était fait de lui, il allait mourir ; pourquoi avait-il été si stupide ? Mais le vieil instinct qui l'habitait prit le dessus ; tel un pêcheur attrapant son cœur à l'hameçon, il tira sur sa ligne pour l'extraire de l'ouragan planétaire. Lancé en chandelle à travers la galaxie, il retomba dans le ciel rouge d'Umbai-V.

Sous son corps, les tiges de dhuba brûlées craquèrent, alors qu'il se relevait. Pris d'étourdissements, il se tint la tête, se remit d'aplomb. Après s'être réorienté et avoir vu où il avait atterri, il réduisit de nouveau ses sensations et laissa les courants le ramener sur la planète où l'attendait le *Debby*. Il atterrit avec un bruit sourd et écœurant à côté de la pile de vêtements qu'il avait abandonnée derrière lui. Il courba le dos, aveuglé par la douleur incroyable que lui causaient de violentes et cinglantes quintes de toux. Il se rhabilla. Clopin-clopant, il rentra à l'hôtel avec un air de chien battu, pas pressé de recommencer cette nuit. Il se consola en se disant qu'il avait au moins acquis une certitude : quand il était en danger, il retournait systématiquement sur Umbai-V. Comment ou pourquoi, il l'ignorait. Peu importe, il pouvait compter sur ce filet de sécurité.

À force de s'exercer, il s'améliora. Il apprit à identifier les destinations sans risque, les mondes respirables, ceux qui ne le mettraient pas en pièces à l'arrivée. Il lui suffisait de prêter attention à leur musique, qui n'en était pas au sens donné habituellement à ce terme, mais plutôt une essence, la substantifique moelle d'une chanson ; un courant cadencé, une mélodie entonnée non par la bouche, mais par le corps. Ce jour-là, il se déshabilla et sauta. Son corps chanta par-delà les étoiles, et il tomba dans une clairière tachetée de soleil. Son arrivée soudaine provoqua la fuite d'une créature florale. La confusion mentale de ses premiers sauts s'était atténuée pour se limiter à une douleur sourde, qui ne durait pas. Il sourit et repartit aussitôt par un courant qui le mena de l'autre côté de la planète, sur un promontoire rocheux dominant une large vallée. Au fond brillait un lac argenté. Cherchant le point le plus escarpé, il distingua une arête, à peine une épingle dans le ciel vert thé, l'endroit idéal pour mesurer la précision de ses sauts. Mais il manquait encore d'expérience, et il rata sa cible d'une bonne trentaine de centimètres. L'estomac noué, il tomba dans le vide, la vitesse de sa chute le privant d'air pour hurler, tandis que le sol se précipitait à sa rencontre. Il se voyait déjà mort, quand son vieil instinct se réveilla et le porta de nouveau vers les courants, haut dans le ciel, loin de la mort, et dans les champs de dhuba. De là, il regagna la planète aux rafales neigeuses, pieds nus, mais debout. Puis ses jambes se dérobèrent.

« Tu dors bien en ce moment ? » lui demanda Royvan au petit déjeuner, étendant la main pour lui toucher le front. Ahro entra dans le jeu du médecin de bord et répondit qu'il avait toussé toute la nuit. On lui donna à boire de l'eau, et l'instruction de rester au lit jusqu'en fin de journée. Nia passa la tête par son écoutille toutes les deux heures pour s'assurer qu'il observait bien la consigne. Soucieux, il se demanda si ces visites ne cachaient pas d'autres soupçons, comme si elle se doutait qu'il lui mentait. Mais elle se contenta de lui apporter à boire et de lui toucher le front avec la main.

Il nagea dans des lacs dont nul n'avait fendu la surface avant lui. Il hurla à pleins poumons, alors qu'il tombait dans un tourbillon de nuages roses. Il se reposa dans la fourche de branches d'arbre à plus de trois cents mètres d'altitude, le regard perdu dans l'horizon brumeux. Il fit ce qui lui plaisait.

« Où vas-tu ? s'enquit Sartoris à voix basse, un soir, dans le hall de leur hôtel.

— Prendre l'air », répondit-il.

Son exploration sans bornes de mondes inhabités lui offrait une certaine liberté. Il pouvait s'y comporter comme il l'entendait, s'habiller comme il le voulait ou se promener complètement nu. Pisser où il le souhaitait, chier du haut d'un sommet. Crier des mots interdits et écouter l'air lui en renvoyer l'écho, tels des rochers dégringolant sur le versant escarpé d'une montagne. Il dit des bêtises à l'oreille des oiseaux, il confia ses secrets, ses rêves et les fantasmes qui le tourmentaient à un cratère noir et profond. Il rit, tout seul. Autant d'expériences satisfaisantes, pleines de vie, d'exubérance. Mais, sans surprise, il finit par se lasser de ses édens innombrables, mais vides.

Il voulait rencontrer des gens.

Il avait pris soin d'éviter les mondes habités. En écoutant les courants, il savait où ils se trouvaient, leur musique avait un tempo différent, une sorte de frénésie bruyante, dissonante. Jusqu'à présent, la peur d'être découvert, ou pire, capturé, avait été la plus forte. Mais la tentation était trop grande. Bientôt, il se tint au-dessus de toits en bulbe, contemplant les rues animées en contrebas ; il sauta de vaisseau en vaisseau, leurs pilotes ne détectant qu'une variation de poids mineure, avant qu'il s'éclipse. À mesure qu'il affinait son talent et devenait plus précis, il se mit à sauter au domicile des gens, chapardant une pâtisserie dans la cuisine, sans éveiller les soupçons. Il se faufila à travers les cultures. Il écouta les chansons de New Tides. Il monta aux échelles de tissus des prêtres qui grimpaient à la cime des arbres pour se rapprocher de leurs dieux. Il entendit le vacarme des populations, tout en bas, toujours trop loin pour comprendre les conversations. Puis il s'aventura en leur sein. Il vola des vêtements pour se fondre dans le décor, assez près pour distinguer les expressions sur les visages, les pilosités, les yeux rougis par l'alcool et l'odeur des corps de bon matin.

Parmi tous les endroits qu'il visita, aucun ne pouvait rivaliser avec Kilkari, la ville brûlée de soleil, où il emprunta un pantalon et une chemise vert olive sur un séchoir, avant de descendre son escalier en terre cuite. Effleurant d'un doigt désinvolte le mur bleu, il arriva sur les quais léchés par les vagues. Au loin, les pêcheurs jetaient leurs filets à stase dans l'eau claire, remontant des profondeurs des créatures étourdies, qui fouettaient l'air, au-dessus de conteneurs prêts à les accueillir. Kilkari, la ville récemment acquise par la Coalition, où, alors qu'il se tenait au bord du quai et regardait la mer calme, une voix dit derrière lui, « Sanpa ? »

Un mot kilkarien. Il signifiait à la fois « Bonjour » et « On se connaît ? » Un mot, parmi beaucoup d'autres, qu'Ahro apprit ce jour-là, du garçon qui l'approcha sur le quai. « Sanpa ? »

Un peu plus petit que lui, il avait des yeux taillés dans des pierres précieuses et un nez légèrement de travers, probablement la conséquence de fractures mal réduites. Il regardait Ahro, comme s'il avait affaire à un vieil ami. Il répéta ce qu'il venait de dire.

« Je suis désolé, répondit Ahro, surpris. Je ne comprends pas. »

L'autre ne sourit plus. « Tu parles la langue commune. »

Ahro hocha la tête. « Toi aussi.

— La plupart d'entre nous le font. Mais pas par choix. » Il chassa cette pensée d'un petit mouvement rapide du poignet, comme une simple contrariété. Un geste gracieux qu'Ahro trouva irrésistible. Le garçon inclina la tête. « Tes vêtements m'ont induit en erreur, je t'ai confondu avec un autre. Excuse-moi. » Mais alors qu'il faisait mine de partir, Ahro le retint ; il attendit, visiblement impatient. Toute chaleur avait disparu de son visage. « Oui, quoi ? »

Ahro n'avait jamais parlé à quelqu'un de son âge ni à un inconnu sans Nia ou Sonja à proximité. Il ne devait pas gâcher ce moment. « Comment t'appelles-tu ?

— Oden. » Le garçon le mesura du regard. « Pourquoi ? »

La question le prit de court. « Je ne sais pas, je… » Puis, se sentant stupide, il offrit le sien. « Moi, c'est Ahro.

— D'accord, Ahro. » Il prononça son nom sur un ton moqueur, avant de repartir par l'escalier qui remontait des quais, sans se retourner.

Ahro le suivit du regard. Il se demanda ce qu'il avait fait de travers. Il avait déjà beaucoup appris grâce à l'équipage du *Debby*, mais personne n'avait jugé bon de lui expliquer comment se faire des amis. Il continua donc seul sa promenade, chuchotant, « Sanpa ». Il aimait la sensation de ce mot dans sa bouche, la manière dont la dernière syllabe ressemblait à un léger souffle, échappé d'entre ses lèvres.

Avec des heures devant lui avant de devoir rentrer, il alla au hasard des rues, dans cette ville qui semblait perpétuellement à la tombée du jour. Le soleil, solidement installé juste au-dessus de l'horizon de l'océan, retenait Kilkari dans sa lumière ambrée. Il observa une femme ouvrir une anguille avec son couteau ; son aisance pour extraire les arêtes cartilagineuses ; sa décontraction, née d'une connaissance intime du corps de l'animal, au moment d'arracher l'épine dorsale. Hypnotisé par son travail, il entendit des cris au bout de la rue. Il y eut un fracas derrière lui, le mouvement confus de quelqu'un qui se précipitait hors d'un bâtiment, par un rabat en toile. Oden. Ahro le vit s'élancer dans une ruelle, pourchassé par un homme plus âgé, qui, vite essoufflé, dut se contenter de crier à pleins poumons. Des imprécations, supposa Ahro. L'homme trépigna, faisant une croix sur sa proie. La femme qu'Ahro avait observée eut un petit rire amusé à ce spectacle, avant d'extraire une nouvelle anguille molle de son panier et de lui trancher la tête.

Il le retrouva rapidement, à quelques rues de là, dans un parc de la ville.

« Encore toi », l'accueillit Oden, qui récupérait, derrière un arbre brun-roux poussant de manière anarchique entre les pavés. De la sueur coulait sur son visage. « Qu'est-ce que tu veux ?

— Ça va ? s'inquiéta Ahro.

— Non. » Quand sa respiration retrouva un rythme normal, il se redressa, lançant un regard furieux en direction du vieil homme, qui criait toujours. « Non, ça ne va pas. » Puis il reporta son attention sur Ahro. « Tu n'as rien à faire sur ton vaisseau ? Tu n'as pas un capitaine qui t'attend ? »

Le visage de Nia apparut brièvement dans son esprit. Il devrait bientôt rentrer. Mais il n'était pas prêt. « J'ai encore un peu de temps, dit-il à Oden, qui le toisait. Tu as besoin d'aide ? »

Oden rit. « Et qu'est-ce que tu proposes ? Tu vas résoudre mes problèmes ? »

Ahro se rappela le Vaisseau Silence, son incapacité à répondre son Bienfaiteur, qui lui demandait ce qu'il lui fallait. Autant chercher à déterrer une racine trop profondément enfouie dans le sol. Quelle arrogance ! Les mots lui manquaient alors, mais il avait voulu lui rétorquer qu'il ne savait rien ou presque sur lui et sa vie, qu'il était complètement dépassé. « Tu as raison, dit-il à Oden. Je ne pense pas pouvoir t'aider.

— Non. Tu ne peux pas. » Mais son expression s'adoucit légèrement. « Qu'est-ce que tu veux exactement ?

— Quelqu'un à qui parler. »

Les mots étaient sortis presque tous seuls. Il se sentit ridicule, un peu honteux, et ne s'étonna donc pas du rire d'Oden. Mais il lui sembla moins sévère que le précédent. Il crut même y déceler une pointe d'amusement.

« Sahave », marmonna Oden, finissant d'éponger sa sueur. « Tu vois cette colline ? » Il montra les montagnes visibles au-dessus des maisons en terre cuite. « On m'attend en haut. Viens, si tu veux. » Puis il partit à grandes enjambées, si vite qu'Ahro n'eut que quelques secondes pour se décider. Nia n'aurait pas approuvé qu'il suive un inconnu hors de la ville, mais elle n'était pas là pour l'en empêcher.

Ils parlèrent peu en marchant. Toutes les questions que posa Ahro essuyèrent de vagues rebuffades de la part d'Oden, y compris les plus simples comme : « Qu'est-ce que tu fais pour t'amuser ? » « Ça dépend des jours, répondit-il.

— Et aujourd'hui ?

— Aujourd'hui, je monte au sommet d'une colline avec un petit jeune beaucoup trop curieux. » Il tendit la main à Ahro, pour l'aider dans son ascension. Ahro l'ignora bondissant avec légèreté d'un rocher à l'autre. Oden le regarda d'un air critique. « Et toi ? demanda-t-il. Qu'est-ce que tu fais pour t'amuser ? »

Ahro sourit. « Aujourd'hui, pour m'amuser, je tiens compagnie à un petit jeune qui n'aime pas répondre aux questions. »

Le rire d'Oden se perdit dans un grognement.

Son corps taillé à la serpe semblait s'ébrouer à chaque pas. À côté de lui, Ahro se sentait à la fois à l'aise et sur ses gardes, électrisé, dès qu'ils se frôlaient et qu'il surprenait les yeux émeraude d'Oden sur lui. L'angoisse de ne pas savoir ce qu'il pensait de lui n'était pas pour lui déplaire, même s'il ne désespérait pas d'y parvenir.

Après un coude dans le sentier et une dernière pente raide, un groupe de maisons en terre cuite apparut au bord d'un escarpement. La ville s'étendait loin en contrebas. Ici, les bâtiments semblaient de construction plus simple, certains murs se lézardaient. Des ordures et débris de toutes sortes jonchaient les rues, qui sentaient la boue. « Tu vis ici ? » demanda-t-il à Oden. Mais il dut de nouveau se contenter d'un haussement d'épaules et d'une réponse vague. « Je vis un peu partout. » Une heure durant, il suivit Oden comme un animal errant dans sa tournée des maisons plus ou moins délabrées. Le garçon s'arrêta pour remettre un paquet à une petite femme âgée, il passa la tête par une fenêtre et parla dans sa langue à des interlocuteurs qu'Ahro ne voyait pas. Oden semblait avoir oublié sa présence ; Ahro avait l'impression d'être devenu invisible et d'observer les habitudes d'un inconnu. Les gens aimaient bien Oden. Leur expression dure se fendait d'un sourire, quand il arrivait, mais Ahro ne comprenait rien à leurs conversations. Parfois, la personne inclinait la tête dans sa direction avec un regard curieux mais méfiant et posait une question à Oden. Ce dernier faisait ce geste du poignet désormais familier et répondait, sur un ton désinvolte. « C'est juste un type qui n'arrête pas de me suivre » ou « Ne fais pas attention à lui, il est inoffensif », probablement. Ce manège se prolongea un certain temps, jusqu'à ce qu'ils aient rendu visite à presque tout le monde, et qu'Oden ait fini de vaquer à ses occupations, quelles qu'elles soient. Pour la première fois depuis leur arrivée sur le promontoire, il regarda Ahro dans les yeux. « Tu es très patient, observa-t-il, d'un ton qui ne se voulait pas particulièrement flatteur. Tu n'es pas fatigué ? »

Ahro ne s'était jamais senti plus alerte. « Je peux continuer. »

Ils sortirent du village en prenant la direction opposée de celle par où ils étaient venus. Le sentier devint encore plus raide ; Ahro se mit à transpirer, alors que ses pieds cherchaient des appuis dans les rochers ; il se demanda si, sur ce monde, certaines collines montaient à l'infini. Une heure plus tard, l'ascension de la dernière crête invalida sa théorie, quand ils arrivèrent sur un plateau grêlé de grosses pierres noires. Le soleil n'avait pas bougé de son zénith. Ils se hissèrent tant bien que mal sur un des rochers surplombant l'escarpement. Avec un profond soupir, Oden s'affaissa dans un renfoncement concave, son derrière s'y logeant, comme s'il l'avait lentement creusé lui-même au fil des ans, des jours passés à regarder l'océan dans le lointain. Ahro se trouva un perchoir à un mètre au-dessus de lui. Même à cette altitude, il sentait l'air marin et entendait le bruit des vagues. Il plissa les yeux pour les protéger de la lumière ambrée. « Quand est-ce que le soleil se couche ? » demanda-t-il.

Oden gloussa. « Pas tout de suite. Pas avant quelques-unes de tes semaines. » Il avait prononcé « tes » comme si Ahro était responsable de l'harmonisation horaire dans la Coalition. Il voulut le détromper, lui expliquer qu'il n'avait pas prêté allégeance à la Coalition. Mais son instinct lui soufflait qu'Oden ne l'écouterait pas, ou ne le croirait pas. L'autre garçon le regarda. « Je m'étonne que tu l'ignores. La plupart des marchands le savent.

— Je ne suis pas un marchand.

— Qu'est-ce que tu es, alors ?

— Juste un visiteur.

— Personne n'est juste un visiteur. Pas en ce moment. » Il cracha par-dessus le promontoire, décrivant un arc parfait. « Kilkari est le dernier monde-ressource d'Umbai, dit-il avec une fierté moqueuse. Les vaisseaux autorisés à faire escale dans nos ports sont les cargos des alliés.

— Tu n'aimes pas les alliés ? »

Un nouveau crachat. « Ils nous ont achetés. Ensuite, ils ont bloqué notre accès au Flux. Reeda nous avait prévenus, et c'est ce qu'ils ont fait.

— Qui est Reeda ? »

Mais l'esprit d'Oden était ailleurs. « Elle les a accusés de mentir, quand ils prétendaient protéger notre culture. Tout ce qu'ils veulent, c'est faire de nous leurs esclaves.

Ils contrôlent déjà la plupart des écoles. Bientôt, on sera tout juste bons à pêcher les anguilles *shavevan* pour en extraire les encres rares, que vous achetez, vous autres marchands. » Il soupira. « Elle avait raison, de A à Z, mais personne ne l'a écoutée. »

Ahro n'était pas sûr de savoir quoi dire. À bord du *Debby*, il avait appris – de Nia en particulier – que parfois les gens ont besoin de décharger leurs frustrations sur quelqu'un, et que la meilleure attitude consiste à écouter. La plus sûre aussi. Ses maigres connaissances à propos des acquisitions de la Coalition et du cadre imposé aux autres cultures incitaient à la prudence. Il n'avait pas prêté une grande attention aux leçons de Sartoris sur le sujet, et il préférait éviter de paraître stupide à cause d'une remarque superficielle. Ainsi, après que le garçon eut passé sa colère, Ahro dit simplement : « Je suis désolé. »

Oden sembla s'en satisfaire ; il grogna, puis se tut.

Les feux du couchant paresseux donnaient un bel éclat à la peau d'Ahro, qu'il attisait comme des braises. Il s'assit sur la roche brûlée de soleil, les yeux mi-clos. Il allait bientôt devoir rentrer, il en avait conscience, mais il se sentait bien ici, à côté de cet inconnu. *Encore une minute*, se répétait-il. *Rien qu'une minute et je pars.* À voix haute, spontanément, il dit :

« Le soleil au-dessus de nous
Ne fait pas ce qu'on lui dit.
Il refuse de se coucher. »

Tournant légèrement la tête, il vit la manière dont son compagnon le regardait à présent.

Il sourit. Combien de temps s'écoula avant qu'Oden grimpe le rejoindre et s'accroupisse au-dessus de lui, son visage à quelques centimètres du sien, il n'aurait su le dire. Des heures, des minutes peut-être. D'aussi près, il s'aperçut qu'une de ses paupières descendait plus bas que l'autre, comme entraînée par son propre poids. Il distingua les éclats de couleurs dans ses yeux – le vert veiné d'or. « Marchand, dit-il d'une voix grave, comme s'il la forçait d'une octave. J'ai une proposition à te faire.

— Je ne suis pas un marchand », répéta Ahro.

Mais Oden poursuivit, sans en tenir compte.

« Mon corps contre le tien. »

Les moyens de rester en mesure ne manquaient pas sur le Vaisseau Silence. Dans chaque pièce se trouvait au moins un métronome. Il en existait différents modèles : mécaniques, à ressort, avec un balancier gradué ; électroniques, avec de petites ampoules qui clignotaient en silence pour marquer le tempo – un, deux, trois, quatre. Ahro ignorait ce qui le fit penser à cela, alors qu'il embrassait Oden entre deux rochers. Peut-être était-ce une question de rythme. Leur manière d'osciller eux aussi, comme un balancier, battant la mesure.

Dans son oreille, le souffle d'Oden lui demanda de s'asseoir d'un ton brusque, tempéré par la nervosité de ses mains. Ahro obéit et avala sa salive, tandis qu'Oden saisissait le devant de son pantalon. Il en défit la fermeture, un mouvement à la fois rapide et lent, la ceinture claquant hors des passants, telle la queue d'un serpent. Puis il tira brutalement sur les jambes du pantalon.

« Ne fais pas de bruit », dit-il, avant de se baisser.

Le dos d'Ahro se cambra, et il entendit des formes dans sa tête, il sentit des couleurs et de la chaleur. Mais il fit ce qu'on lui disait et resta silencieux. Il avait des années d'expérience. Se cramponnant à la terre, il grimaça, les dents serrées, mais pas un mot ne franchit ses lèvres. Il craignait trop de rompre le charme et de faire cesser le plaisir. Il supporta les égratignures laissées par ses incisives, et résista au courant de cette langue qui menaçait de l'emporter ; la main pressée contre sa poitrine, Oden le poussa jusqu'à ce que son dos repose fermement contre la surface dure de la roche.

Je ne rêve pas, pensa-t-il.

Je suis là.

Il se souvint d'un de ses métronomes préférés, une main automate qu'utilisait la Maîtresse Violoncelliste. Les bons jours, elle lui permettait de la remonter. Cet index qui s'agitait pour battre la mesure, comme pour soulager une invisible démangeaison, le fascinait. Pendant que derrière le rideau de gaze, sa Maîtresse se préparait pour le coucher, il restait assis à côté de l'instrument et suivait le mouvement du doigt dans le vide, se rongeant les sens, seconde après seconde.

« Dis-moi ce que tu veux », dit Oden.

Ahro essuya de son pouce la salive qui pendait aux lèvres de son ami.

Oden rit.

Il se demanda souvent qui avait fabriqué la main ; dans quel bois, de quel arbre ancien, l'avait-on taillée ; combien d'heures d'un travail de précision avait nécessité la coordination des nombreux petits composants mécaniques à l'intérieur ? Pourquoi pas juste un boîtier avec un voyant qui clignote, comme les autres ? Pourquoi cette forme ? À quoi servait sa beauté ?

Pour rien. À rien, songea-t-il, avec une main dans les cheveux décoiffés d'Oden.

C'était comme ça.

Dans la descente, aucun d'eux ne parla. Leur sueur sécha dans la lumière ambrée. Parfois, leurs regards se croisaient, et leurs bouches esquissaient un sourire maladroit, mais bientôt la ville apparut, ses murs cloisonnant le ciel, et ils se retrouvèrent de nouveau dans son ombre. Sachant qu'il ne reverrait jamais Oden, Ahro ressentit le besoin de ne pas se contenter de mots pour lui dire au revoir, de faire un geste plus personnel. Mais quand il étendit le bras vers lui, l'autre garçon s'écarta.

« Il est temps de retourner à ton vaisseau, marchand », dit Oden, avec un air chagrin. Puis il courut vers les portes et disparut.

Ahro repartit seul vers un endroit plus discret, à la fois comblé et frustré, déçu et satisfait. Il sourit en se rappelant le contact de la langue d'Oden, et espéra que la sienne avait produit le même effet. Il se demanda s'il aurait pu ou dû faire plus, puisant dans sa mémoire pour revivre ce moment. La main qui l'avait saisi par la nuque, juste assez fort pour qu'il sente la pression. Peut-être pourrait-il revenir et retrouver Oden, après que le *Debby* serait parti pour sa prochaine escale dans les Confins. L'aurait-il oublié d'ici quelques mois ? Ahro s'arrêta à la limite de la forêt, envisageant de rebrousser chemin. Mais il décida de ne pas jouer avec le feu. Oden avait raison : le moment était venu de s'en aller.

En pleine nature, parmi les arbres et les rochers, il sauta. Il chevaucha les courants hors de ce monde, immatériel dans l'espace et le temps, songeant à la chaleur de la peau, et à l'éclat saisissant des yeux d'Oden. Distrait par ses pensées, il y regarda à deux fois en arrivant, pour s'assurer qu'il se trouvait effectivement sur la planète où le *Debby* était à quai. Sa pile de vêtements l'attendait sur le sol couvert de mousse. Vaseux, il se rhabilla, d'abord le pantalon, puis la chemise. Affichant une expression satisfaite, il ne remarqua pas l'homme assis sur le rocher derrière lui jusqu'à ce qu'il prenne la parole.

« Bonsoir, Ahro », dit Sartoris, avec un sourire attristé.

10. Chronos

On réveilla Fumiko en arrivant sur la lune. Un doigt ganté augmenta la température de son caisson de cryostase ; ses paupières papillonnèrent, et elle vit, derrière la brume qui s'évaporait, la paroi concave de son cercueil de métal. Pour elle, les crises d'angoisse provoquées par la fin d'un séjour en cryostase appartenaient à un lointain passé. Elle avait eu plus que le temps nécessaire pour s'habituer au processus. Maintenant, elle reprenait connaissance dans le calme, écoutant le bip incessant, comme une bestiole dans son oreille.

« Bonjour, Fumiko », l'accueillit le médecin, après qu'on eut levé le couvercle et qu'elle retrouva la lumière crue de la chambre. Il l'aida à se mettre debout. « Avez-vous bien dormi ? »

Elle étira ses doigts de pied. Son cou.

« Date et heure ? demanda-t-elle.

— An 3320. Mardi, 8 heures, standard. Arrivée prévue sur Chronos dans trois heures. » Elle ignorait ce qu'était Chronos. Peut-être lut-il sa confusion sur son visage, puisqu'il jugea utile de préciser : « Chronos est votre base de recherche. »

À présent, elle se souvenait.

« Chronos est ma base de recherche.

— Oui, Fumiko. Ne vous inquiétez pas. La mémoire vous reviendra au cours des prochaines heures. »

Il la conduisit dans une cabine meublée, où elle enfila un ensemble noir sur mesure, blazer et pantalon, et noua ses cheveux dans un chignon strict, le tout machinalement, pendant qu'elle rassemblait ses esprits. *Mon nom est Fumiko Nakajima. Je suis sur le point d'atterrir sur Chronos, ma base de recherche située au bord d'un cratère. Je travaille là-bas.*

Quel genre de travail ?

« Bonjour, Fumiko ! la salua une voix enjouée depuis la porte. Voulez-vous boire quelque chose ?

— De l'eau », répondit-elle, sans réfléchir.

Elle ferma les yeux. Entre son réveil et le moment où le sas s'ouvrit en iris, trois heures étaient passées, presque entièrement effacées de sa mémoire. Elle ne conçut aucune inquiétude de cet effet normal d'une exposition prolongée à la cryostase. La tête en carafe. Le temps tronqué. Ce n'était pas nouveau, mais pas moins contrariant.

À sa descente du vaisseau, une poignée d'inconnus lui souhaitèrent la bienvenue sur l'aire d'atterrissage. À leur tête, un homme déjà âgé portait un épais manteau, et un badge avec son nom sur la poitrine. Mais le vent le souleva, empêchant Fumiko de le lire. Il semblait impatient de lui parler, bien qu'elle ignore pourquoi. Elle ne le connaissait pas. « C'est un plaisir de vous revoir », dit-il.

Ou peut-être que si. « Qui êtes-vous ? » demanda-t-elle.

L'espace d'un instant, son sourire faiblit. « Hart Solumen, répondit-il. Directeur scientifique du groupe de recherche Chronos. » Il inclina la tête. « Je me réjouis de votre retour parmi nous, Fumiko. »

À en juger par l'expression de leurs regards, son comité d'accueil attendait d'elle une importante déclaration.

« J'ai froid », dit-elle.

Progressivement, ce qui l'entourait redevint familier, les formes et les idées se précisèrent. Elle se trouvait sur Chronos. Elle avait fondé ce centre bien des années plus tôt. La poignée de constructions modulaires des débuts avait cédé la place à un vaste complexe au bord de ce cratère. Aujourd'hui, ses racines s'enfonçaient profondément dans la chair calcaire du satellite bleu ; un lieu à elle, à l'abri d'Umbai. L'homme qui la connaissait, mais dont le nom lui échappait, lui fit faire le tour du propriétaire, niveau après niveau, tous plus immenses les uns que les autres. Le chantier avait pris des décennies. Chaque fois qu'ils entraient dans une pièce, l'activité cessait lentement et tous les regards se posaient sur Fumiko, dans un enthousiasme feutré. Son guide parla avec empressement du travail accompli depuis sa dernière visite, comme ses nouveaux alliages légers qui supportaient mieux les pressions de la Poche. Mais elle s'en moquait. Bien que les souvenirs de Fumiko forment une toile d'araignée aux fils encore fragiles, elle savait le peu d'importance de ce qu'elle entendait dans son grand projet. « A-t-on reçu des nouvelles du *Debby* ? l'interrompit-elle.

— Pas depuis le dernier rapport de Sartoris Moth. Ce n'est probablement plus qu'une question d'heures.

— Alors, nous n'avons plus grand-chose à nous dire pour l'instant. »

Il ouvrit la bouche, puis la referma, comme s'il se ravisait. « Bien sûr. » Il inclina la tête. « En attendant, puis-je faire quoi que ce soit pour vous ?

— Oui. Montrez-moi ma chambre. »

Une femme. Une femme sur un banc, au bord de l'eau, avec une cuillerée de curry en bouche. Un rêve tout simple, sans fard, auquel l'arracha le réveil sur sa table de chevet. Elle se rappela qu'on était en 3320, un mardi, et qu'elle se trouvait sur Chronos, sa base de recherche. Elle avait fait une sieste avant le dîner de bienvenue, prévu dans un amphithéâtre, dont elle ignorait l'existence. On s'était probablement passé de son autorisation pour le construire, car elle n'en voyait pas l'utilité dans un centre de recherche. Alors qu'elle se baignait et s'habillait pour la seconde fois de la journée, elle pensa à la femme de son rêve, tenta d'évoquer une image plus précise, mais les détails lui échappaient ; une brume blonde et anonyme dans sa mémoire.

« Des yeux violets, chuchota-t-elle, alors qu'elle fermait le dernier bouton de sa veste. Elle avait les yeux violets. »

Elle sourit. Sans trop savoir pourquoi, ce détail lui plaisait.

On frappa à sa porte, puis le temps se contracta, et une flûte remplie d'un vin pétillant tinta contre la sienne, résonnant dans tout l'amphithéâtre. Le brouhaha d'une centaine de conversations s'interrompit, alors que l'homme qui la connaissait levait son verre à la santé de Fumiko Nakajima. « À celle qui, en nous offrant ce lieu consacré à la science, nous a permis de mener nos recherches hors du strict cadre institutionnel et commercial imposé par Umbai et la Coalition. À Fumiko !

— À Fumiko ! »

Une mer de verres brilla sous la lumière vive du lustre mécanique. Quand l'assistance se mit à chanter en chœur pour lui souhaiter un joyeux anniversaire, Fumiko se rappela qu'elle avait soixante-dix ans. Non. Soixante et onze. Elle s'examina dans le miroir qui occupait le mur à sa droite sur toute sa longueur. Une jeunesse artificielle, achetée grâce à Umbai. Elle fit courir son doigt sur la peau douce de son bras, les muscles régénérés et raffermis à chaque réveil. Soixante et onze ans, l'âge de ce corps. Et soixante-douze approchait déjà. Elle n'arrêtait pas de fêter son anniversaire. Une longue et interminable succession d'anniversaires.

Elle planta sa fourchette dans la simili-viande bien épicée. Du sang s'écoula des trous, et bientôt elle se retrouva devant une assiette, avec des gens qui se levaient autour d'elle. Certains voulaient lui parler : un chercheur du labo de culture hydroponique ; un agent d'entretien ; un professeur, de l'école située à une station de tram, à trois heures, au bord du cratère ; un conducteur de travaux, sur les chantiers d'excavation, pour creuser encore plus de niveaux et accueillir de nouvelles familles. En les écoutant, Fumiko s'aperçut qu'elle avait fortuitement créé une civilisation miniature. Puis elle se rappela avoir déjà eu cette révélation lors de sa dernière visite. Elle n'en gardait pas un souvenir précis, juste la trace d'une impression. Ses interlocuteurs lui donnèrent leurs noms, qu'elle se hâta d'oublier pour s'extraire de cette conversation qui l'étouffait. L'homme qui la connaissait l'intercepta au moment où elle sortait de l'amphithéâtre. Il lui dit espérer s'entretenir ultérieurement avec elle de leurs projets de développement, mais Fumiko perdit le fil, frappée par une sensation de déjà-vu. Le souvenir d'une situation similaire, peut-être. *J'assistais à une réception… un cocktail… je voulais m'en aller… et alors, je l'ai rencontrée… et elle a dit…*

« Je regrette mon attitude avec vous aujourd'hui, dit l'homme avec un sourire aimable. Mais si vous trouvez un moment pour vous asseoir tranquillement avec moi, je pense que nous pouvons…

— A-t-on été en contact récent avec le *Debby* ? demanda-t-elle.

— Non, répondit-il, détournant les yeux. Le rapport de Sartoris devrait nous parvenir cette nuit, au plus tard demain matin. Il n'a jamais dépassé ce délai. Vous êtes sûre de ne pas vouloir rester plus longtemps ? »

Elle le fixa du regard jusqu'à ce qu'il s'écarte avec un soupir résigné.

Un petit bruit de pas pressés, comme un crépitement de gouttes sur un parapluie. Une averse de printemps.

Le printemps.

Des enfants rieurs dépassèrent Fumiko en courant, poursuivis par un camarade plus âgé. Ce dernier lui sourit, comme pour s'excuser, puis il accéléra, criant des noms qu'elle entendait pour la première fois. D'étranges syllabes. Ils disparurent dans la courbe que décrivait le couloir. *Il y a donc également des enfants ici*, pensa-t-elle. Un garçon, quelque part, affleura à la surface de sa conscience. Il lui tendait une fleur de cerisier. *Pour moi ?* Fumiko toucha sa joue, essuyant une larme avec brusquerie, avant de se précipiter dans sa chambre. La sortie de cryostase constituait toujours une épreuve, mais elle ne lui avait jamais semblé aussi épuisante. À moins qu'elle n'ait oublié. Elle se sentit mieux après une douche, la peau réchauffée par l'eau, les muscles détendus par le jet. Mais une fois couchée, elle ne parvint pas à s'endormir.

Un autre symptôme.

Étendant le bras vers la tête de lit, elle activa la fenêtre virtuelle ; la ligne des toits d'une ville de la Vieille Terre remplaça les ténèbres infinies. Augmentant le volume, elle entendit bientôt le vrombissement d'un train dans le lointain, les coups de klaxon des taxis, mais ce gisement de nostalgie sonore resta sans effet. Elle envisagea de retourner à bord de son vaisseau, en cryostase, avant de se raviser. C'était trop tôt. Mauvaise idée. Alors, elle s'habilla pour la troisième fois de la journée et alla se promener dans les locaux, sans but précis. Même à une heure si tardive, elle trouva des gens encore au travail. Derrière les cloisons vitrées, ils inclinaient la tête sur son passage et lui faisaient signe de la main. Aux plus braves, qui tentaient de lui parler, elle débitait les banalités de rigueur, avant de s'éloigner brusquement, en pleine conversation, laissant ses interlocuteurs pantois. Elle avait conscience des murmures qu'elle suscitait dans son sillage. Elle s'en moquait.

Inévitablement, elle finit par croiser l'homme qui la connaissait. Il semblait être partout, à moins, se dit-elle, que le monde soit vraiment si petit.

Cette fois, il fumait sur le patio, en surplomb de l'immense cratère bleu ; la cendre de la cigarette pendue à sa bouche tombait par-dessus la balustrade, dans le néant. Au-dessus, Fumiko vit l'enveloppe vaporeuse qui retenait l'air à l'intérieur, et empêchait les poisons lunaires d'entrer. La pseudosphère ressemblait à un œil humide géant, qui floutait les étoiles et donnait l'impression d'un ciel en fusion. Quand il s'aperçut de sa présence, il lui offrit une cigarette qu'elle refusa. Elle supportait mal la fumée.

« Vous ne dormez pas. Ce sont les effets secondaires ? demanda-t-il.

— Je crois.

— Ce n'était pas si pénible la dernière fois. »

Elle se tint devant la balustrade, touchant la surface lisse et brillante de la main courante. « Je ne me rappelle pas ce patio. C'est curieux de trouver un endroit comme celui-là dans un centre de recherche. » Elle regarda les tables vides autour d'elle. « On se croirait dans un hôtel. »

Il la dévisagea, presque avec pitié.

« Il a toujours été là, répondit-il. Vous souhaitiez que les gens se sentent ici chez eux.

— Vous me l'avez déjà rappelé, je suppose ?

— En effet. »

Lâchant la balustrade, elle joignit les mains derrière son dos. Le cratère ressemblait à une grosse cuillère bleue. Elle s'efforça de ne pas le montrer, mais le fait qu'il connaisse cet endroit mieux qu'elle la perturbait. « Vous ne gardez réellement aucun souvenir de moi, n'est-ce pas ? » demanda-t-il.

Elle ne vit aucune raison de le nier. « Non, c'est vrai », reconnut-elle.

Il afficha un sourire peiné. Elle s'étonna de sa sensibilité.

« Des techniques permettent de restaurer les souvenirs perdus en cryostase, lui dit-il. Des extensions de mémoire. Un disque dur qu'on injecte juste là. » Il toucha la minuscule cicatrice en forme de loupe qu'il avait derrière l'oreille. « C'est douloureux un moment, mais à part quelques flash-back inopportuns, c'est efficace. Vous n'oubliez plus rien.

— Certains souvenirs ne méritent pas qu'on les garde.

— Comment pouvez-vous le savoir, si vous ne vous les rappelez pas ?

— L'intuition. J'ai eu une longue vie.

— Tout comme moi. »

Elle le regarda, surprise, mais elle n'eut pas le temps de l'interroger. À ce moment-là, le hurlement des sirènes donna l'alerte, puis une notification apparut sur tous les appareils de communication de la base. Un vaisseau de combat venait de sortir de la Poche et de se mettre en orbite autour de leur lune.

L'homme laissa tomber sa cigarette dans le noir.

« Ils nous ont trouvés », marmonna-t-il.

Une excitation bienvenue gonfla la poitrine de Fumiko, alors qu'ils couraient dans les couloirs, suivant un itinéraire jalonné de lumières bleues au pouls hypnotique sur les murs d'acier au carbone. Partout, des employés au regard voilé par le sommeil émergeaient de leurs chambres, réagissant à l'annonce d'un danger imminent. Ce qu'elle ressentit s'apparentait au plaisir de lancer une pierre sur une ruche et d'observer l'explosion de mouvement provoquée par ce geste. C'était un jet d'eau froide sur un visage endormi. L'homme qui la connaissait nota son sourire, mais ne fit aucun commentaire. Clairement, il ne partageait pas son appréciation esthétique de la situation.

Dans l'amphithéâtre, sur la projection d'une carte de leur système, un point rouge marquait la position du vaisseau d'Umbai. Sa proximité fit prendre conscience à Fumiko qu'elle risquait de tout perdre. Le souvenir de plans élaborés en prévision d'un jour comme celui-là s'imposa à elle.

« Appel entrant ! cria une femme depuis une plate-forme surélevée.

— Transmettez ! » répondit l'homme qui connaissait Fumiko.

Une voix éteinte résonna dans la salle voûtée.

« Ici le croiseur Euphrate, *de la flotte Umbai-Pélican. Fumiko Nakajima s'est rendue coupable de rupture de contrat et a été jugée pour cela. Nous avons pour mission d'exécuter la sentence et de reprendre possession de la propriété intellectuelle de l'entreprise. Obtempérez, et il ne vous sera fait aucun mal. »*

« Emmenez les familles à l'abri, au sous-sol », ordonna l'homme, qui s'approcha ensuite de Fumiko. Son stylet glissa de sa main moite. « Nous ne faisons pas le poids face à l'*Euphrate*, lui dit-il. Nous devons les laisser se poser. »

Mais Fumiko ne lui prêtait pas attention ; elle continuait de gratter à la surface de ses souvenirs calcifiés, mettant au jour les mesures imaginées par son ancien moi, les sécurités qu'elle avait installées.

De l'autre côté de l'amphithéâtre, une voix cria : « Un message du *Debby* ! Reçu à l'instant.

— Lisez-le.

— “Fumiko, l’enfant a fait la preuve de son aptitude à sauter. Sommes prêts à rentrer. Demandons les coordonnées du point de rendez-vous. Signé, Sartoris Moth.” Fin de la communication. »

L’annonce provoqua le silence à travers toute la salle ; opérateurs, chercheurs et gardes, tous restèrent sans voix. Le sourire de Fumiko s’élargit, devenant presque effrayant. La rumeur disait vrai. Enfin, après tout ce temps.

Les sauteurs étaient une réalité.

Maintenant, elle n’avait plus qu’à sortir de cette impasse.

Bien sûr, ma chérie. Toute la planète est bourrée d’explosifs.

Alors, elle se souvint.

« Ouvrez une ligne avec l’*Euphrate* », dit-elle.

On lui confirma qu’elle pouvait parler. L’homme qui la connaissait lui lança un regard implorant.

« À l’attention de l’*Euphrate*, dit Fumiko. Le cratère de Chronos contient une quantité suffisante de YonSef pour détruire cette base. Repartez immédiatement, ou je donne l’ordre de déclencher l’explosion. Je répète : battez en retraite ou perdez le fruit de précieuses décennies de recherches. »

L’homme qui la connaissait s’écarta d’elle, la main posée sur la nuque. « C’est vrai ? s’étrangla-t-il. Les explosifs ? Quand avez-vous… Fumiko, deux cents familles vivent ici ! »

Elle l’ignora. « Umbai, confirmez la bonne réception de cet avertissement.

— Confirmé », répondit la voix.

Silence sur la ligne.

Puis :

« Votre proposition est rejetée.

— Ce n'est pas une menace en l'air », dit-elle dans le micro, le front couvert de sueur. Son cœur battait à un rythme qu'il n'avait pas connu depuis longtemps, le monde autour d'elle n'existait plus. Juste ce micro, sa voix et le croiseur *Euphrate*. « Partez dans les cinq minutes ou je donne l'ordre. Est-ce que… »

Quelque part très loin, elle entendit comme un claquement creux. Il lui fallut un moment pour comprendre qu'il émanait d'un objet dur cognant l'arrière de sa tête. Elle chancela, avant de s'écrouler. L'homme qui la connaissait l'avait frappée avec l'extrémité d'un manche de torche électrique. La dernière chose qu'elle vit fut la déception sur son visage, puis tout devint noir.

Aucun son. Aucune alarme pour la réveiller. Juste un homme au visage quelconque, assis à son chevet, une liasse de documents entre les mains. Quand il s'aperçut qu'elle avait repris connaissance, il se mit à lire, sans émotion. « Contrat de partenariat. Entre les soussignés : Umbai, ci-après dénommée "l'entreprise", d'une part, et M. Fumiko Nakajima, d'autre part, il a été convenu ce qui suit… » Elle voyait double et une douleur lancinante tenait son cerveau en étau. Elle avait la bouche sèche, les lèvres gercées presque jusqu'au sang. « … sauf si le contexte l'exige, le ou les mots énumérés ci-dessous entre guillemets seront réputés signifier les mots suivants… » Elle tenta de toucher ses lèvres, mais des magnéliens retenaient ses mains aux barrières latérales du lit. « … le fruit de tout travail de recherche et développement menés par Fumiko Nakajima dans le cadre de ce contrat appartiendra de plein droit à l'entreprise… » Elle resta étendue, immobile, pendant qu'il parlait, des heures, lui sembla-t-il. Enfin, il conclut en lui rappelant l'erreur qu'elle avait commise, il y a si longtemps. « Signé par les parties, le mercredi 13 février 2132. » Il lui montra l'électrocardiogramme furieux de sa signature. « Reconnaissez-vous qu'il s'agit là de votre contrat, et de votre signature ?

— Quel est le but de cette question ?

— Reconnaissez-vous qu'il s'agit là de votre contrat, et de votre signature ? répéta-t-il.

— Oui.

— Merci. » Il but un peu d'eau dans un gobelet en métal. Sa pomme d'Adam protubérante dansa à chaque gorgée, une vision tellement grotesque que Fumiko voulut la lui arracher. « Fumiko, dit-il. Vous savez pourquoi nous sommes ici, n'est-ce pas ? »

Des poils dépassaient de ses narines. Pour une raison qui lui échappait, ce détail la captiva. « Pour me "punir". »

Il hocha la tête. « Vos compétences ne sont plus reconnues au sein de la Coalition et tous vos diplômes universitaires ont été révoqués. Pendant que vous étiez inconsciente, nous avons saisi le contenu de vos banques de données, les recherches de vos trois laboratoires, votre flotte à quai, ainsi que la plupart des matières premières entreposées dans la base. Les ordinateurs ont été démontés, et la centrale électrogène démantelée.

— Vous avez fait les choses à fond.

— C'est exact. Mais je ne suis que l'exécuteur de la décision des juges. Les actions disciplinaires exercées à votre encontre résultent d'un verdict prononcé par le tribunal des stations Pélican, Barbu, Moqueur et Ara. »

Elle rit. Ses propres oiseaux se retournaient contre elle.

Très bien.

« C'est tout ? »

L'homme soupira, manifestant une émotion dont elle ne le croyait même pas capable. « Non, répondit-il posément. Il reste deux mesures. D'abord, une fois que tout sera terminé, on vous abandonnera ici. En vie, saine et sauve. Mais vous ne pourrez pas regagner la Coalition. Le tribunal a décidé de vous exiler sur cette lune. »

Quelle comédie ! « Et la dernière chose ?

— Vos subordonnés. » Il tambourina des doigts. « Ils seront remerciés.

— "Remerciés" ? » Quel euphémisme tordant ! Mais son état de faiblesse ne lui permit que d'esquisser un sourire. « Tués, vous voulez dire… »

Il hésita. Mais s'il avait eu l'intention de la corriger, il s'en abstint.

« J'étais prête à tout faire exploser et eux avec une heure plus tôt. Quelle différence ça fait ? » Elle soupira. Elle n'avait aucune envie de causer la mort d'un millier de personnes, mais elle ne regretta pas la dureté de sa réponse, ne serait-ce que pour la surprise qu'elle lut sur le visage impassible de son interlocuteur. Ce n'était plus de son ressort, de toute manière. Mais cette façade s'effrita presque aussitôt, et ce fut d'une petite voix qu'elle dit : « Très bien.

— Le tribunal a également ordonné que vous assistiez à la procédure pour, je cite, "comprendre les conséquences de votre rupture de contrat". » Il se leva, sans la regarder. « Je suis désolé », ajouta-t-il, avant de quitter la pièce.

Ses lèvres sèches la faisaient souffrir comme une damnée. Mais quand elle étendit le bras pour saisir le gobelet, le magnélien de son poignet l'arrêta à mi-chemin de la table de chevet.

Elle n'avait jamais eu aussi soif.

Alors qu'on l'escortait hors de l'infirmerie, le contact de sa langue sur ses lèvres lui donna l'impression de les passer au papier de verre. Le « licenciement collectif » devait se dérouler au second sous-sol, dans un entrepôt qui sentait la terre. Dans cet espace qui, hier encore, accueillait les matières premières utilisées pour accompagner l'expansion de la base, on avait parqué les 2 590 habitants de la petite ville de Fumiko.

Des adultes et des enfants. Aucun d'eux ne bougeait, aucune bouche n'émettait le moindre son, comme s'ils pensaient qu'en obéissant aux ordres et en restant immobiles ils échapperaient aux balles. Comme l'exigeait le jugement rendu par le tribunal, les guêpes installèrent Fumiko au centre du peloton d'exécution. Au malaise palpable des militaires, elle comprit que ce n'était pas une procédure courante. Même eux semblaient surpris par la sévérité de la peine. Mais ils obtempérèrent tout de même. Fumiko avala sa salive. Elle se força à regarder, se disant qu'on ne faisait pas d'omelette sans casser des œufs, qu'une vie ne valait pas grand-chose. Elle en avait vu s'éteindre tellement au cours de sa longue existence. Des anonymes, sans visage, qu'elle s'était hâtée d'oublier…

Les canons des fusils magnétiques se levèrent au commandement du lieutenant. Comme poussés par une grande vague invisible, les gens refluèrent vers le mur opposé. Dans la débandade, cette fresque infernale, elle aperçut l'homme qui la connaissait ; celui qui l'avait assommée. Il transpirait, mais se tenait debout, le dos bien droit. Le regard qu'il lança à Fumiko l'intrigua. Sans colère, sans chaleur.

Elle se rappela alors pourquoi il lui était familier, et les circonstances de leur première rencontre.

Ce même regard froidement neutre, elle l'avait croisé sur la Vieille Terre, plus d'un millénaire plus tôt, quand elle l'avait trouvé devant la cabane de sa mère, coupant du bois pour le feu. Un regard qui disait, *Oh. C'est vous.*

Elle s'était toujours demandé ce qu'était devenu l'homme dont elle avait ruiné la carrière, en lui passant un savon pour son travail bâclé. D'après certaines rumeurs, sa disgrâce l'avait poussé au suicide. « Non, dit-il, plantant sa hache dans la souche. Mais je n'ai pas quitté ce bout de terrain depuis trois ans. » Il retira ses gants. « Un garçon du village me livre mes dépenses d'épicerie. »

La parcelle de la cabane en question se situait au milieu d'une forêt nord-américaine, sur une hauteur émaillée de quelques pins squelettiques, aux racines profondément enfouies dans la terre noire. Elle avait mis du temps pour le trouver, mais elle en éprouvait le besoin avant de monter dans l'Arche qui l'emmènerait loin de ce monde – la dernière boucle à boucler, en quelque sorte. « Je n'ai jamais voulu que ce moment entre nous soit filmé et devienne viral », dit-elle.

Il haussa les épaules. « Si vous êtes venue vous excuser, ne vous donnez pas cette peine. Je m'en suis remis. »

Elle hocha la tête. « Je suis heureuse de l'entendre. »

Ils auraient pu en rester là. Elle serait retournée à sa voiture, lui à sa solitude. Mais arrivé à sa porte, il se passa la main sur son front dégarni et lui proposa du thé. Les préparatifs qui l'attendaient encore avant de se rendre à l'Ascenseur colombien la semaine suivante lui laissaient peu de temps, mais elle accepta tout de même son invitation.

Elle s'assit sur un tabouret bricolé qui penchait sur la droite, tandis qu'il allumait la bouilloire. Il lui parla de sa vie. Des détails banals de son quotidien. Des marques de nouilles instantanées qu'il préférait. De ses week-ends de pêche dans une rivière à quelques kilomètres à l'est. « Les arbres sont de bonne compagnie », dit-il soudain. Il lui apprit qu'il continuait de se perfectionner en mathématiques, qu'il n'était plus le jeune homme arrogant de la vidéo virale. Tout cela, il le lui dit avec fierté. Mais sa solitude crevait les yeux, le simple fait de parler à autrui faisait trembler ses mains. Elle connaissait la solitude, et savait que, même par inadvertance, elle avait créé la sienne. Pour cette raison, elle le coupa, alors qu'il lui racontait sa vie, pour lui demander s'il voulait embarquer sur l'Arche avec elle. Du thé chaud coula lentement de sa bouche, quand il se hâta de lui répondre oui, *grand Dieu oui.* Et dans ses yeux, elle vit s'accomplir sa métamorphose, de fantôme du passé en figure salvatrice ; le pélican éclopé, déployant ses ailes pour atteindre la transcendance ; cette sensation grisante la poursuivrait des siècles.

Hart fut son premier oiseau fidèle, parmi des centaines à venir. Elle avait connu des jours où elle n'avait pu compter que sur lui, son seul ami dans l'univers, quand, dans une salle de conférence, ils évoquaient la Vieille Terre. Sans hésitation, il avait synchronisé son caisson de cryostase avec le sien, pour la suivre dans les méandres du temps. Il l'aimait, à sa façon. Un amour qu'elle ne pouvait pas lui rendre, mais qu'elle appréciait, parce que c'était mieux que rien.

Dans les profondeurs du cratère, dans ce caveau qui résonnait d'un concert de hurlements, elle se souvint de lui. Elle allait crier son nom, quand le peloton d'exécution appuya sur la détente. Les détonations percutantes des fusils la firent grimacer, mais elle garda les yeux ouverts, alors que tombaient ses collaborateurs, et l'ami qu'elle avait oublié.

Les militaires remontaient déjà à bord du croiseur sur l'aire d'atterrissage, quand l'homme de la Coalition s'adressa à elle une dernière fois. Il lui expliqua qu'on lui avait laissé assez de denrées alimentaires pour toute une vie. Puis, s'assurant qu'on ne les voyait pas, il s'approcha d'elle et lui pressa un pistolet dans la main. « Il est déchargé, chuchota-t-il, mais j'ai déposé une balle dans l'amphithéâtre. » Puis il se retourna et embarqua à son tour. Quelques minutes plus tard, il avait quitté sa lune. Elle était seule.

La scène à laquelle elle avait assisté au second sous-sol était trop énorme pour l'assimiler. Le trauma la frappa par vagues, dans l'escalier ou les couloirs, bloquant ses genoux, lui comprimant la poitrine jusqu'à lui couper le souffle. Il lui fallut du temps, et beaucoup d'efforts, pour retrouver l'aplomb nécessaire et rejoindre l'amphithéâtre. Elle y découvrit la réalité décrite par l'homme de la Coalition : les ordinateurs détruits, plus de courant.

Pour s'éclairer, elle se rabattit sur une torche électrique extraite de l'armoire d'urgence intégrée à l'escalier central. Tous les moyens de communication avec l'extérieur étaient morts. Et là, sur la table ronde, à l'endroit où Hart l'avait assommée, se trouvait une balle pour son pistolet vide.

Elle l'ignora pour le moment et consacra les quelques jours suivants à fouiller la base, dans l'espoir bien maigre qu'Umbai ait négligé un élément essentiel anticipé par son moi passé. Mais toutes les sécurités qu'elle avait installées dans les entrailles de Chronos avaient été découvertes et démantelées. Le terminal crypté, isolé du reste du réseau. Les puces de communication de rechange pour les vaisseaux. Même le vieil émetteur radio. Sans accès aux consoles de l'amphithéâtre, elle ne pouvait plus interroger les journaux de bord et vérifier si Chronos attendait le retour de certains véhicules de sa flotte. Mais d'après ce qu'elle avait vu à son arrivée, elle avait le sentiment que pas un ne manquait à l'appel. Au fond d'elle-même, elle savait que tous ses pilotes gisaient au second sous-sol, avec le reste de ses collaborateurs ; tous morts, comme elle aurait dû l'être, depuis longtemps.

Revenue bredouille de sa quête pour un plan de sauvetage, elle s'assit à la table ronde, dans l'amphithéâtre, et regarda le cadeau de départ de l'homme aux traits si quelconques. Sa seule porte de sortie. Sa main saisit la cartouche et l'introduisit dans le pistolet en produisant un petit bruit sec satisfaisant. Elle fit cela lentement, prolongeant le mouvement, alors qu'elle imaginait la suite – le souffle qui lui nettoierait la tête, balayant ses soucis, comme autant de crasse, à la manière d'un cure-pipe. Une fois l'armée chargée, elle hésita ; elle pensa sentir l'odeur du curry, émanant du couloir, crut entendre le crépitement de la pluie sur la fenêtre d'un café. Puis ces souvenirs sensoriels s'évanouirent dans un frémissement.

Elle leva le pistolet vers sa tête.

Son geste agit comme un stimulus. Au contact insistant de sa tempe droite, le bout du canon se transforma en fleur de cerisier, que lui glissait derrière l'oreille une jeune femme blonde aux yeux violets. Ses doigts tremblants lâchèrent l'arme, qui tomba avec fracas. Elle s'écroula, à genoux, et pleura ; après des siècles, elle se rappelait enfin le nom de Dana.

Les vannes de sa mémoire s'ouvrirent, comblant les vides de son esprit. Un banc au bord de l'eau, des rubans de curry, le pied de Dana frôlant le sien sous la table dans ce café, où elles avaient trouvé refuge contre la pluie ; un dirigeable se détachant sur une lune de parchemin. Ses souvenirs tombèrent comme des gouttes d'eau sur une langue sèche. Elle s'en désaltéra. L'exposition au musée. Les canaux. Autant d'images fraîchement extraites de son passé. Même la balance à calories de sa mère lui arracha un sourire, elle aussi appartenait à son vécu. Le pistolet bientôt oublié, elle continua d'attiser les braises de son esprit, alors que des formes merveilleuses apparaissaient dans la fumée.

Deux semaines s'écoulèrent, avant qu'elle rassemble le courage nécessaire pour se risquer au second sous-sol. La première fois, elle faillit s'évanouir à cause de la puanteur insupportable et revint porteuse d'un masque de protection respiratoire, pour marcher parmi les cadavres. Elle trouva Hart sans difficulté. Lui seul gisait au milieu de la pièce. Elle arracha sur sa poitrine le badge taché de sang et le laissa tomber dans son sac. Puis elle répéta ce geste pour les milliers d'autres, agglutinés tout au fond. Elle retourna les corps, écarta leurs membres, afin de recueillir les noms de tous. Les enfants ne portaient pas de badge, mais elle identifia aisément leurs parents, grâce à leurs bras protecteurs passés autour des petits cadavres. Ce travail l'occupa de longues heures. Une fois sûre d'avoir récupéré tous les badges, elle remonta dans les niveaux supérieurs où se situaient les dortoirs et les appartements familiaux. Sur le lit de chacun – grand, simple ou double –, elle déposa son nom, devinant parfois qui dormait où. Elle ne pouvait pas faire plus. Les ascenseurs étaient morts, et elle n'avait pas la force de porter chaque corps, l'un après l'autre, depuis le second sous-sol. Une fois chaque nom rendu à son foyer, elle resta assise quelques heures dans le salon d'un des appartements, s'imaginant une journée de la vie quotidienne sur Chronos. *D'abord, il a pris une douche. Puis il s'est habillé, ici, avant d'aller dans la kitchenette. Trois blocs de soja dans son frigo. Il en a coupé un en deux, et l'a mélangé à son riz. A ajouté une pincée d'édulcorant, et le lui a apporté au lit.* Le soir venu, à l'heure de se coucher, Fumiko regagna sa chambre, et son lit. Elle resta étendue, immobile, assaillie par les souvenirs d'un lointain passé, à jamais révolu. La façon dont Dana inclinait la tête sur le côté, quand quelque chose la rendait perplexe ; le parfum lilas de ses cheveux.

Privée de voyages dans la Poche et de cryostase, Fumiko allait devoir réapprendre à vivre en temps réel, à laisser les jours s'écouler lentement. Elle les compta dans les pages d'un carnet et continua ses visites régulières dans les dortoirs, consacrant quelques heures à ressusciter en imagination des morts, qu'elle apprenait à mieux les connaître à travers leurs dossiers. Cette habitude se transforma en rituel. Elle répétait leur nom en parcourant les couloirs de la base et se racontait leur histoire, tels des mantras. Jane, technicienne au labo 3. Cardet, jardinier ; ses filles, Sufa et Delon. Impossible d'échapper au temps. Rien pour s'occuper, sauf cet hommage rendu aux morts. C'était sa nouvelle vie – la redécouverte du passé.

Hart, fidèle entre les fidèles depuis des siècles.

Il faisait encore chaud dans sa chambre du trente-troisième niveau, mais jamais assez pour elle. La nuit, elle y frissonnait en lisant à la lueur d'une bougie de fortune confectionnée à partir d'un pot de graisse trouvé dans la cuisine principale. La flamme vacillante n'offrait pas la source de lumière la plus fiable pour lire, mais elle préférait la faible lueur orange au rayon cru de la torche électrique. Souvent, elle regardait dans le doigt de feu, comme hypnotisée. Elle se rappelait les recherches de Dana sur ses ampoules bioluminescentes, son cadeau à tous ceux que les Arches abandonnaient sur la Vieille Terre. *Elle avait raison ce jour-là*, songea Fumiko, un soir, en se souvenant de leur conversation. *Tout le monde n'a pas la chance de partir.*

Elle humecta ses doigts et moucha la bougie.

Dans ses rêves, elle marcha en direction du rivage sombre, dépassa le stand de nourriture, et arriva aux bancs, sur les quais. Celle qu'elle aimait l'attendait, une place vide à côté d'elle.

« Non, dit Dana, comme Fumiko allait s'asseoir. Pas encore. »

Elle lui demanda pourquoi.

« Tu n'as pas terminé. »

Fumiko lui répondit qu'il n'y avait plus rien à faire, mais Dana secoua la tête.

« Nous avons bourré cet endroit d'explosifs, tu n'as pas oublié ? » Elle sourit de toutes ses dents, et posa sa main sur celle de Fumiko. « Personne n'aura ce qui est à nous. »

Son cœur s'arrêta. Repoussant ses couvertures, elle se rappela son ultime sécurité. Le YonSef enterré de longue date dans le cratère : par rétro-ingénierie, elle pouvait s'en servir pour concevoir une source d'énergie exploitable. Quelque part dans son esprit, elle entendit Dana l'encourager, alors qu'elle fouillait le chantier des niveaux inférieurs de la base, en quête d'outils rudimentaires qu'Umbai n'avait pas jugé nécessaire d'emporter ou de détruire. Elle trouva une perceuse sans batterie. Des barres à mine et des tuyaux. *Une pioche.* La pioche à la main, elle continua sa descente, dévalant les marches, alors qu'elle épluchait les blocs de sa mémoire, dans l'espoir de ne pas se tromper. *Là*, pensa-t-elle, plaquant sa paume contre le mur en béton de la sous-strate D ; à trente mètres, dans la roche, le YonSef l'attendait.

Dana se matérialisa derrière elle. Fumiko savait qu'elle n'était pas là, et que, selon toute vraisemblance, cette apparition constituait le premier signe de sa folie. Mais elle était tout de même contente de la voir. « Tu es sûre que c'est là ? » demanda Dana.

Non, Fumiko ne l'était pas, mais elle leva néanmoins sa pioche pour porter le premier coup.

11. Terminus

Nia avait exigé de lui parler seule à seul, mais elle savait que le reste de l'équipage se tenait juste derrière la porte, dans l'espoir de ne pas perdre une miette de leur conversation. Toutefois, elle n'alla pas leur ordonner de fiche le camp. Le respect du protocole, ou même de son autorité n'était plus de mise, quand les mirages devenus réels confirmaient les conjectures les plus folles d'une femme millénaire. Cette situation effrayait Nia. Elle regarda le garçon. Cet inconnu.

Elle l'avait fait asseoir dans son fauteuil de bureau. Il fixait ses pieds, tête baissée, incapable de croiser ses yeux. C'était tout aussi bien. Elle n'y aurait trouvé que le mensonge. « Depuis quand ? » demanda-t-elle.

Comme il ne répondait pas, elle avança sa propre hypothèse.

« Depuis la Cité Peinte ? Le soir où tu as disparu ? » Il osait à peine respirer, comme s'il espérait pouvoir faire oublier sa présence en se pétrifiant. « C'est ça ? » insista-t-elle. Et elle sentit une pierre tomber dans son estomac, quand il confirma ses soupçons d'un hochement de tête. « Ahro, fit-elle d'une voix tendue. Quatre mois. »

Il glissa son pied droit derrière sa jambe gauche.

« Tu me mens depuis quatre mois. »

Ses épaules tremblèrent.

« Comment veux-tu que je réagisse ? Qu'est-ce que je vais faire de toi ? »

Alors qu'il pleurait, elle ouvrit un tiroir et en sortit une boîte de mouchoirs. Elle en arracha une feuille et la lui tendit. Il se moucha.

« J'ignore tout de ton don, reprit-elle. Tout ce que je sais, c'est que je ne peux pas t'arrêter ; ton pouvoir, quel qu'il soit, échappe à mon autorité. » Elle s'accroupit devant lui, le regard dur. « Alors, je ne te poserai cette question qu'une fois. Me permettras-tu de tenir mes engagements ? Resteras-tu à bord jusqu'à la fin du contrat ? »

Il hocha la tête, le visage couvert par le mouchoir.

« J'ai besoin de l'entendre. Vas-y.

— Je resterai », dit-il, d'une petite voix cassée.

Elle se releva et alla ouvrir l'écoutille.

« Retourne dans ta cabine. On parlera plus tard. »

Il sortit en courant. Alors qu'il disparaissait au coin dans le couloir, elle aperçut son visage aux yeux gonflés. « Sartoris ! » cria-t-elle. Le petit homme surgit de derrière la porte, les mains jointes devant lui, son regard trahissant un profond malaise. « Avez-vous déjà prévenu Fumiko ?

— Les coordonnées du point de rendez-vous sont arrivées il y a dix minutes. Nous pourrons partir dès le retour de Vaila.

— Où est-elle ? »

Il leva ses mains vides. « Elle a dit qu'elle avait oublié quelque chose en ville, sans plus de précisions. »

Nia se gratta la tête. « Demandez à Em de se tenir prêt en salle des machines. On décolle dès que Vaila est à bord. Pas une seconde plus tard.

— Oui, capitaine. » Alors qu'il se tournait pour partir, il marqua une pause, lui lançant un regard inquiet. « Maintenant ! » dit-elle d'un ton cassant. Et il se précipita dans la coursive, poursuivi par les pas des autres qui avaient écouté.

Enfin seule.

Elle prit le gobelet vide sur son bureau, le tenant dans sa main comme un œuf en verre. Elle soupesa cet objet, pas plus de quelques dizaines de grammes. Elle examina les huit faces de sa forme hexagonale, étudia sa façon de réfracter la lumière. Trop réel pour être un rêve. Mais dans ce moment insensé, elle ne connaissait qu'un moyen de s'en assurer. Elle le fracassa sur le sol, où il explosa, les éclats éparpillés dans toute la pièce étincelant comme des grains de sable à la lueur de sa lampe. Il était bien réel, songea-t-elle, alors qu'elle allait chercher le balai dans le placard.

Vaila réapparut une heure plus tard, essoufflée. Elle avait couru dans toute la colonie pour retrouver son chapelet égaré, une aventure qu'elle raconta à sa capitaine, bien que Nia s'en moque et n'en fasse pas mystère. Elle ne lui demandait qu'une chose : les faire décoller. Les ficelles du berceau entre les doigts, Vaila lança alors les propulseurs et le *Debby* quitta le ciel pour entrer dans la Poche. Un voyage de deux semaines sur le courant Chimérique les séparait du point de rendez-vous, assez de temps pour que Nia trouve les mots pour dire à Ahro ce qu'elle avait à lui dire.

Pendant des jours, ils s'évitèrent. Au petit déjeuner, la chaise d'Ahro restait vide, Sartoris s'occupant de lui apporter à manger. Un jour enfin, alors qu'elle remontait la coursive, elle perçut un mouvement brusque à la périphérie de sa vision, la porte des toilettes se fermant derrière le flou d'une silhouette. Mais elle n'attendit pas qu'il en ressorte. Elle poursuivit son chemin. Elle ne se sentait pas encore prête.

L'équipage était tout aussi perdu, comme en témoignait le silence qui plombait les couloirs et les écoutilles du *Debby*. Ils ne se parlaient qu'en chuchotant, car tout chez lui devenait suspect ; ils ignoraient les limites de ses perceptions, ce qu'il pouvait entendre ou pas. Ils écoutèrent Sartoris leur raconter la scène à laquelle il avait assisté : l'air qui ondulait ; la soudaine matérialisation de son corps nu, telle une pensée solidifiée. Tous se demandaient ce qui rendait possible un tel pouvoir, et s'interrogeaient sur sa signification.

Le deuxième jour, Nia surprit une de leurs conversations dans la soute. Elle n'entra pas, leurs voix portaient suffisamment. À part Vaila, l'équipage était complet.

« Je ne dors plus, se plaignit Em.

— Ça t'étonne ? dit Royvan. On a un dieu à bord. » Il prononça ce mot en riant, mais il ne plaisantait qu'à moitié.

« Je pense tout de même que nous ne courons aucun danger. » Sartoris tournait en rond dans la soute. « Ce pouvoir semble inoffensif.

— Comment peux-tu en être sûr ? répliqua Royvan. On ne sait rien ou presque, et même le gamin lui-même paraît ignorer pas mal de choses. Vous vous rappelez le rapport ? Le champ de dhuba où on l'a retrouvé, dans les débris d'une épave ? Et si jamais il saute et que le vaisseau… réagit ? S'il nous entraîne avec lui et réduit le *Debby* en cendres ? Ça pourrait se produire à tout moment.

— Ça fait beaucoup de “si”.

— Des “si”, c’est tout ce qu’on a à se mettre sous la dent, Sartoris.

— Est-ce que quelqu’un parmi vous lui a parlé ? » demanda Sonja.

Sartoris soupira. « Il refuse de me répondre, quand je lui apporte ses repas. Je pense qu’il ne parlera qu’à la capitaine.

— Qu’est-ce qu’elle attend, alors ?

— Patience. Ça viendra. »

Un silence. « C’est dingue, reprit Em. À part Fumiko, je n’ai jamais approché quelqu’un de si important. Il pourrait changer le cours de l’histoire humaine et rendre obsolètes les voyages dans la Poche.

— Plus de temps perdu, dit Sonja.

— J’ai du mal à l’imaginer, renchérit Royvan.

— Qu’est-ce que Fumiko a l’intention de faire de lui, d’après vous ? demanda Em.

— Je suppose qu’elle tentera de trouver un moyen de reproduire son pouvoir en laboratoire, répondit Sartoris. Pour le diffuser ensuite. À condition que ses recherches se révèlent fructueuses. Même s’il en sort quelque chose, ça peut prendre des années.

— Mais pour nous, c’est terminé, dit Em.

— Oui, confirma Sartoris. Notre mission s’achève. »

Ils devinrent silencieux.

« J’ai l’impression qu’on vient de partir. »

Nia s’éloigna.

Dans sa cabine ce soir-là, elle feuilleta ses anciens carnets. Les notes prises pendant leur périple, les poèmes inspirés par les petites choses qu'ils avaient faites ensemble. Puis elle songea à elles. Deborah et Doc. Elle imagina la conversation qu'auraient eue ces deux femmes à propos d'elle – là, assises l'une à côté de l'autre sur son lit, se souriant d'un air narquois à une plaisanterie qui lui échappait. Nia pensa alors – non, elle se rappela – comme on pouvait facilement laisser passer l'occasion de dire les choses vraiment importantes. Elle reposa son carnet.

Le lendemain, après le déjeuner, elle alla frapper à la porte du garçon. Elle avait pris le temps de mettre de l'ordre dans ses idées.

« J'entre », annonça-t-elle.

Il faisait sombre. Ses yeux durent s'adapter à l'obscurité, pour qu'elle distingue enfin sa petite forme, enfouie sous ses couvertures. Elle lui demanda s'il était réveillé et interpréta le léger mouvement à l'endroit où devait se trouver la tête comme une réponse positive. Marchant vers le lit, elle trébucha sur une chaussure qui traînait par terre. Quand elle s'assit à côté de lui, le matelas s'enfonça un peu. Le corps sous les couvertures ne bougea pas. Le voir respirer lui fit mal. Sa fragilité. Elle avait besoin qu'il comprenne. « Le temps presse, dit-elle. Je suis toujours furieuse contre toi. Tu dois prendre conscience du prix de ton mensonge, et de ce qu'il aurait pu nous coûter, mais le temps presse. Peut-être, quand tout sera terminé et que nous… Je crierai et tu verras comme tu m'as mise en colère en trahissant ma confiance. Mais ce jour ne viendra peut-être jamais. Il nous en reste si peu, et j'en ai déjà trop perdu, Ahro. » Elle tira sur sa couverture, sous laquelle il frottait ses yeux humides. Elle lui empoigna l'épaule. « Écoute-moi,

Ahro. Je t'aime, tu m'entends ? Je me moque de ce que tu es. Je t'aime.

— Je m'excuse », dit-il dans un sanglot, la tête posée sur ses genoux.

Elle lui caressa les cheveux.

« Je t'aimerai toujours, chuchota-t-elle rageusement. Toujours. »

Il lui expliqua que c'était comme une brise que lui seul pouvait sentir. Et voir. Et suivre, où il le souhaitait. Un souffle de musique, de temps.

Il lui parla de ses sauts. Le premier, dans la capsule du Vaisseau Silence ; le deuxième, dans la Cité Peinte, sous l'alignement des lunes, quand la musique avait été assez forte pour secouer et ouvrir cette porte en lui. Il lui raconta son arrivée sur Umbai-V, où une vieille femme armée d'une lance l'avait aidé et où, par-delà les champs violets, il avait entendu Nia jouer. Ses notes maladroites lui avaient servi de guide pour rentrer, ajouta-t-il timidement. Il ne savait pas pourquoi. Pourquoi Umbai-V ou pourquoi la musique. C'était comme ça. Il lui parla ensuite de ses nombreuses destinations. Des paysages de glace, des cimes des montagnes et des villes incroyables. Des distances vertigineuses entre les étoiles. Puis, avec hésitation, il lui parla d'Oden, choisissant soigneusement ce qu'il lui confiait et les détails qu'il préférait garder pour lui.

Elle l'écouta. À la fin de son récit, elle s'enfonça dans son fauteuil. « Tu as mené une vie parallèle, complètement différente », dit-elle, ébahie. Elle laissa cette idée faire son chemin, tandis qu'elle se massait la nuque. « Qu'est-ce que tu as préféré ? demanda-t-elle.

— Rentrer à la maison », répondit-il.

Elle le regarda.

« Foutaises ! C'était Oden, n'est-ce pas ? » Quand il se mit à rire, elle le pointa du doigt. « Je le savais ! Petit menteur. “Rentrer à la maison”. Tu me prends pour une idiote ? Tu penses m'amadouer avec ça ? Tu crois pouvoir me faire oublier tout le reste ? »

Il sourit, penaud. « Ça a marché ?

— Un peu, reconnut-elle. Juste un peu. »

Au cours des jours suivants, il s'excusa auprès du reste de l'équipage pour avoir prolongé leur contrat plus que nécessaire. Pour avoir menti. Mais son repentir les intéressait moins que son pouvoir. Il s'efforça donc de répondre aux questions dont le bombardait Sartoris. Dans une dynamique élève-professeur totalement inversée, il tenta de décrire la musique et les lignes qui reliaient les étoiles, alors qu'ils buvaient du thé de DanSen dans la salle commune. Sonja éclata de rire – de bon cœur, tapant de sa main sur la table –, quand elle apprit qu'il rentrait toujours nu comme un ver. « Qu'y a-t-il de si drôle ? demanda Sartoris, agacé.

— C'est parfait, répondit-elle, ses paumes frottant ses yeux humides. Un type complètement à poil, qui vole à droite à gauche… »

Il soupira. « Peut-on élever le niveau de cette conversation ? Cela est le signe annonciateur du Nouvel Âge. »

Mais Ahro riait aussi.

La suite du voyage se déroula dans une bonne ambiance. Royvan, le plus méfiant, finit par changer d'avis et arrêta de l'éviter. Dans l'excitation générale, personne ne remarqua la solitude que s'imposait Vaila dans le cockpit. Tous étaient grisés par les révélations du garçon, et le fait que leur mission toucherait bientôt à sa fin, onze ans plus tôt que prévu. « Le meilleur des scénarios », observa Sartoris. Et personne ne le contredit.

Nerveux, Ahro s'interrogeait sur le sort que lui réservait Fumiko. Ses projets restaient un mystère, mais il s'efforça de ne pas trop y penser, préférant se concentrer sur l'avenir. Sur Oden. Seul dans sa cabine, le regard rivé au plafond, il se rappela ce qu'il avait ressenti entre ces deux rochers. Ses doigts s'aventurant sous son nombril pour faire le nécessaire, il revivait la sensation des mains d'Oden, de sa bouche. Ses yeux dans les siens, il se retrouvait cloué au centre de la nature. Quand tout serait terminé, que Fumiko aurait découvert comment fonctionne son pouvoir et n'aurait plus besoin de lui, peut-être aurait-il un peu de temps à lui. Peut-être retournerait-il sur Kilkari. Il l'attendrait sur les quais, et ils pourraient passer quelques heures de plus au sommet de cette montagne.

Mais la plupart du temps, ses pensées ne sortaient pas du vaisseau. La dernière soirée à bord, il parcourut le *Debby*, avec le désir d'absorber le moindre détail. Plus tôt, tout l'équipage avait partagé un repas cuisiné par Royvan et composé de légumes verts fruités et de haricots sauvages. Nia l'avait même autorisé à boire de l'alcool. Le ventre plein, il pénétra dans la soute, cette chambre d'écho où ils faisaient leurs étirements, avant chaque sortie de la Poche ; puis il passa à l'infirmerie, où il se rendait pour son check-up mensuel avec Royvan, tandis que le médecin de bord lui racontait les cuites mémorables de sa jeunesse. Il s'assit à la table de la cuisine et se rappela le riz gluant. Il feuilleta les livres de la salle commune. Les aventures de la reine guerrière que lui avait lues Nia à voix haute. Enfin, il monta dans le cockpit, où il s'installa à la place du copilote et coiffa le casque sur ses oreilles. Il écouta le bruit blanc de la Poche. Il ignorait ce qui le poussait constamment vers ce fauteuil et ces sons. Peut-être Fumiko connaîtrait-elle la réponse. Il soupira. Peu importe. Quelle que soit l'explication, quelque chose de fondamental en lui communiait avec ce bruit et l'aidait à glisser dans un sommeil paisible. Cette dernière nuit à bord ne fit pas exception. Il ne s'aperçut de la présence de la femme avec la seringue qu'au moment où, l'étau de ses bras se refermant autour de sa tête, elle le piqua dans le cou. Arraché à son rêve, il sentit sa conscience s'estomper, avec d'ultimes pensées de terreur, alors qu'elle appuyait sur le piston en chuchotant, « Je suis désolée, je suis désolée. »

Elle ne pouvait plus reculer.

Vaila avança dans la coursive sombre à pas feutrés, pieds nus sur la grille métallique froide, avec son corps inerte entre les bras. Dans la soute, elle le posa contre les armoires à côté du sas, puis l'habilla dans une combinaison spatiale. Après avoir ajusté le casque, elle le cala à l'intérieur d'un compartiment. Elle venait de claquer la porte, quand une voix l'interpella depuis le seuil. Chaque nerf de son corps se mit à fourmiller.

« Qu'est-ce que tu fais ? »

Em.

« Je n'arrivais pas à dormir », répondit-elle. Elle tapota la porte fermée. « J'ai pensé que… Je ne sais pas trop. » Elle rit. « Et toi ? »

Il hocha la tête.

« Pareil. » Elle le regarda avancer au centre de la soute, où il leva les yeux vers l'obscurité. Elle le rejoignit. « Difficile de croire que c'est terminé, ajouta-t-il en secouant la tête.

— Je sais.

— Tu dois être contente. » Il lui sourit. « Fumiko ne va plus te lâcher, je parie. Tu le mérites, après tout ce temps.

— Non », répondit Vaila. Elle sourit, alors que ses joues ruisselaient de larmes, et regagna ses quartiers, laissant Em pour le moins perplexe. « Je ne le mérite pas. »

Le matin. Nia s'étira dans l'espace confiné de sa cabine, elle se plia en deux, ses mains agrippèrent ses plantes de pied, ses muscles payant le prix du whisky avalé la veille. Sa souplesse retrouvée, elle s'habilla et alla préparer le petit déjeuner d'Ahro à la cuisine. Elle en profita pour remplir quelques verres d'eau en prévision de la déshydratation à venir. Normalement, elle le laissait se débrouiller, mais pour leur dernier jour, elle avait décidé de le gâter.

Elle sourit, alors qu'elle saupoudrait de sucre son bol de riz gluant, qu'elle posa sur un plateau à côté d'une tasse de thé aux épices. Puis elle se dirigea d'un pas léger vers sa cabine. Mais quand elle frappa à l'écoutille, elle n'obtint aucune réponse. Elle réessaya. Le supposant encore endormi – rien d'étonnant, après ce qu'il avait mangé et bu la veille –, elle retourna à la cuisine. Elle laissa le plateau sur le plan de travail, où il le trouverait plus tard. Alors qu'elle finissait son thé, le reste de l'équipage émergea à son tour, progressivement. Bien qu'enjouée, la conversation était pleine d'émotion ;

comme des années plus tôt, au terme du contrat Umbai, quand ils avaient tous eu ce sentiment d'imminence.

L'interphone crachota et la voix déformée de Vaila leur annonça leur sortie prochaine de la Poche. Tous montèrent dans le cockpit pour se trouver aux premières loges. Constatant l'absence d'Ahro, Nia fronça les sourcils. Elle demanda si quelqu'un l'avait vu, mais personne ne sut lui répondre. « Il n'était pas là, quand tu as pris ton poste ? » s'enquit-elle auprès de Vaila. La pilote secoua la tête, sans quitter des yeux les commandes. Nia soupira.

Elle retourna frapper à sa porte, l'estomac noué par l'inquiétude. Dormir si tard ne lui ressemblait pas.

« Ahro ? Tu es réveillé ? »

Toujours pas de réponse.

« Je sais que c'est effrayant, ajouta-t-elle. Mais je te l'ai déjà dit : tu n'as rien à craindre, je te protégerai, quoi qu'il arrive. D'accord ? » Elle posa la main sur le métal froid. « Sors, quand tu seras prêt.

— Il dort ? s'enquit Sartoris, à son retour dans le cockpit.

— Je crois qu'il a peur, dit-elle. Comment le lui reprocher ?

— Peur de quoi ? demanda Sonja. Si Fumiko lui pose problème, son pouvoir lui permettra de lui fausser compagnie. Et pour nous, ça ne change rien, on sera tout de même payés. » Elle sautillait presque sur place. « Je n'ai pas encore décidé à quoi je vais employer tout cet argent.

— Ouvrir un hôpital sur une ville-planète ? suggéra Royvan.

— Ou acheter ta propre ville-planète. »

Nia rit.

« On y est », intervint Vaila. Elle se tourna vers le technicien. « Em ? » Il hocha la tête et courut en salle des machines pour la manœuvre. Nia observa Vaila aux commandes, la mâchoire crispée dans un rictus, le corps frémissant de tension. Elle attribua sa nervosité à l'excitation générale.

« C'est bon, confirma Em dans l'interphone. Je suis prêt.

— On y va », dit Vaila.

Le monde se replia sur lui-même. Nia sentit un picotement dans le ventre, mais rien de plus. Elle sourit en voyant Sartoris frotter son pouce contre les dents d'un vieux peigne. Ils étaient sortis de la Poche.

Elle plissa les yeux pour les protéger du soleil éblouissant qui venait d'apparaître et leva le bras, pour ajuster l'affichage sur la verrière. En suspension dans l'un des rayons bleu-vert se trouvait un petit point noir, presque invisible à l'œil nu ; seule sa pellicule lumineuse permettait de deviner sa forme. « C'est un vaisseau, là-bas ? dit-elle.

— Peut-être appartient-il à Fumiko ? suggéra Sartoris.

— Vaila, ouvre le canal de com, dit Nia. Vaila ?

— J'en suis la première surprise, mais j'ai passé de bons moments avec vous », répondit Vaila. Avant que sa capitaine puisse lui demander ce qui lui prenait, elle ouvrit le canal de com et quitta le cockpit. « Qu'est-ce qu'elle fiche, bon sang ? s'étonna Sonja. Où va-t-elle ? »

Quelque chose n'était pas normal. « Capitaine Nia Imani, du *Debby*. Qui êtes-vous ? » Il n'y eut pas de réponse, uniquement des parasites. Elle répéta : « Capitaine Nia

Imani du *Debby*. Qui êtes-vous ? Êtes-vous envoyé par Fumiko Nakajima ? Répondez. »

Puis :

« *Ici le croiseur* Euphrate, *de la flotte Umbai-Pélican. Veuillez autoriser le représentant d'Umbai à quitter votre bord, sain et sauf, en possession de la propriété intellectuelle légitime de l'entreprise. Tout refus d'obtempérer nous contraindra à prendre des mesures disciplinaires.* »

« Qu'est-ce qu'on fait ? » demanda Sonja.

Nia appuya sur le bouton de l'interphone. « Em, on retourne dans la Poche. Immédiatement. »

Pas de réponse.

« Em ? »

Ils entendirent alors un son étouffé en provenance de l'autre côté du vaisseau. Comme un ballon qui éclate, ou un bouchon qui saute, les premières associations d'idées qui vinrent à l'esprit de Nia, une manière de nier l'évidence, à savoir le bruit d'une détonation.

La suite se déroula en moins de trois minutes.

Après un troisième coup de pistolet, les lumières vacillèrent ; une sensation de picotement que Nia connaissait bien la submergea – elle eut la présence d'esprit de se cramponner au bord du tableau de bord, avant que ses pieds quittent le sol. Contrairement à elle, Royvan et Sartoris n'avaient jamais eu affaire au mauvais fonctionnement du sysgrav, ou à son sabotage. Ils s'élevèrent tant bien que mal dans l'air, alors que Sonja empoignait une main courante sur le mur et demandait ses instructions à Nia. « Suis-moi ! » D'un coup de pied, la capitaine s'éloigna du tableau de bord et franchit l'écoutille en direction de la coursive. Avec Sonja, elles grimpèrent aux barres, tandis que des messages tournaient en boucle dans sa tête, *Protège le garçon, Ne le lâche pas, Protège-le.* Au passage, Sonja récupéra deux fusils dans sa cabine. Saisissant le sien d'une main, Nia se propulsa dans la coursive de l'autre, le sang qui coulait dans ses veines cognant aux portes de sa tête. Elle jeta un rapide coup d'œil dans la salle commune, où flottaient livres et fauteuils. Une lampe renversée diffusait une lumière orange, en suspension dans la cuisine. Sonja s'arrêta devant l'escalier qui descendait en salle des machines. « Je ne crois pas qu'elle soit là, dit-elle, lisant le regard de Nia. Il n'y a aucune issue. » Elle se trouvait donc dans la soute. Le sas. « Em ? » demanda encore la mercenaire.

Nia doutait que le technicien soit toujours en vie.

Ne pense pas à ça maintenant.

« Le garçon est notre priorité », répondit-elle.

Elles descendirent en s'aidant des mains courantes, leurs mouvements évoquant ceux d'une grenouille. Manœuvrer dans son environnement habituel, après qu'il eut subi une rotation à quatre-vingt-dix degrés constituait une expérience étrange. Qu'elle puisse penser à cela en ce moment l'amusa. C'était l'adrénaline ; un calme dans sa tête, qui lui accordait ce genre de répit. Sonja leva le bras, quand elles arrivèrent devant la soute. Elle passa la tête à l'intérieur. « Je la vois, dit-elle. Dans le sas.

— Allons-y. »

Elles se propulsèrent dans le grand espace voûté, empoignant les sangles, qui servaient autrefois à retenir les conteneurs de dhuba. Elles se cramponnèrent au plancher transformé en mur d'escalade, leurs fusils braqués sur la femme en combinaison spatiale, qui flottait dans la chambre de dépressurisation du sas, avec un second corps tenu contre elle. Elle se préparait à fermer l'écoutille intérieure pour ouvrir les portes donnant sur le vide, quand Nia cria son nom.

« VAILA ! »

Instinctivement, la pilote plaça le garçon devant elle, comme un bouclier. Glissant le canon d'un pistolet dans le creux du bras de son otage, elle tira deux fois. L'un des coups de feu ricocha sur le mur derrière Nia, mais l'autre atteignit Sonja à l'épaule. L'impact lui fit lâcher prise et elle se mit à tournoyer. Dans l'incapacité de répliquer, de peur de toucher Ahro, Nia lâcha donc son arme pour se projeter en avant, au moment où Vaila appuyait sur le bouton de l'écoutille. Elle s'écrasa contre la surface métallique, qu'elle frappa violemment du poing. Le regard paniqué, elle assista à travers la fente vitrée à l'ouverture et au saut dans l'espace de Vaila, qui alluma ses propulseurs dorsaux. Traînant le garçon derrière elle, elle disparut dans les ténèbres, la porte extérieure se refermant sur eux.

« Les combinaisons ! » cria Sonja, qui tourbillonnait lentement au milieu de la soute, serrant son épaule blessée. Du sang s'échappait en grosses gouttes visqueuses entre ses doigts. Elle pointa le canon de son fusil en direction des armoires.

Prenant appui avec son pied sur la fente vitrée du sas, Nia se hissa vers les barres sur le mur, qu'elle suivit jusqu'aux armoires. Alors qu'elle ouvrait un des compartiments pour décrocher une combinaison, Vaila lança une transmission agnostique, captable à la fois par l'*Euphrate* et le *Debby*.

« Je suis sortie du vaisseau, le garçon est avec moi. Ils vont tenter de me rattraper. Faites quelque chose. »

Dans le cockpit, Royvan entendit le message et sut ce qu'il avait à faire. Il saisit Sartoris par le col, prit appui sur la poitrine du vieil homme et plongea vers le tableau de bord. D'un geste de la main, il ouvrit l'interphone et cria son avertissement au reste de l'équipage.

« Ils vont tirer ! Accrochez-vous ! »

Nia et Sonja échangèrent un regard.

Sur le pont de l'*Euphrate*, le capitaine soupira. « Inutile de les punir trop sévèrement pour avoir été abusés. Une tape sur les doigts devrait suffire. » Il fit un signe de la tête à son premier artilleur. « Tirez une décharge incapacitante. »

Un petit canon conique apparut à tribord du croiseur, tel un pouce entre des doigts.

Nia arrêta de se démener avec sa combinaison et s'enferma dans l'armoire. Elle allait rabattre la porte sur elle, quand elle se tourna en direction de Sonja. La mercenaire flottait toujours au milieu de la soute, tenant son épaule en sang, loin de toute prise solide. Elles échangèrent un dernier regard. Nia lut une certaine gravité dans ses yeux, une froide détermination. Elle hocha la tête. « Je suis désolée ! » lui cria Nia, avant de s'abriter. D'un clic, le canon libéra sa puissance. La décharge se composait de substances si minuscules qu'elle était invisible. Une onde d'énergie cinétique qui franchit des milliers de kilomètres en l'espace de quelques microsecondes, pour s'écraser sur la coque du *Debby*. Une tape sur les doigts qui fit pirouetter le vaisseau dans les ténèbres, la force gravitationnelle aplatissant Nia à l'intérieur de l'armoire. Elle sentit quelque chose craquer dans son corps ; quoi, elle n'en était pas sûre, elle ne pouvait pas en être sûre, son monde se retrouvait sens dessus dessous, l'air chassé hors de ses poumons ; tout tournait, la nourriture dans son estomac et ses pensées dans sa tête.

Elle cligna des yeux. Trois sangles la retenaient à un lit. Un homme flottait au-dessus d'elle – Royvan, se souvint-elle dans sa confusion. Il lui disait qu'il était désolé, mais qu'il était obligé. Avec sa main droite, elle toucha le métal froid d'une boucle de sangle. Elle avait le bras gauche en écharpe, plaqué contre sa poitrine. Il était cassé, lui expliqua-t-il. Elle hocha vaguement la tête, avant de sombrer à nouveau.

Treize heures passèrent sans rêve, avant qu'elle reprenne véritablement connaissance. Son cerveau, à l'étroit dans son crâne, lui donnait l'impression d'un grain de raisin serré dans un poing. La lumière trop vive lui blessait les yeux. Elle avait la bouche complètement sèche. Royvan lui fit boire de l'eau, à la paille. Le temps qu'elle mette de l'ordre dans ses pensées, il l'informa du sort du reste de son équipage. D'une voix rauque, il lui confirma la mort d'Em et de Sonja. Il avait trouvé le technicien en salle des machines, flottant parmi une mer de câbles. Vaila lui avait tiré dans le dos, deux fois. Il s'était vidé de son sang, quelques heures avant qu'elle se réveille. Pour Sonja, Royvan leva les yeux au plafond, comme s'il craignait de croiser le regard de Nia. Quand le vaisseau avait fait la pirouette, le sol avait frappé le corps de la mercenaire de plein fouet, la tuant sur le coup. Il avait consacré une bonne partie de son temps à tout nettoyer, ajouta-t-il avec un sourire incrédule. Les corps se trouvaient dans la soute, enveloppés dans une bâche. « J'ai préféré t'attendre avant de… pour leur dire au revoir. »

Nia ne savait pas quoi dire.

Rien ne lui venait à l'esprit.

« Ahro ? » demanda-t-elle.

Elle connaissait la réponse, ce qui n'empêcha pas son cœur de se flétrir, quand il secoua la tête. « Parti. Il n'y a plus que toi, moi et Sartoris. »

Sartoris se trouvait à l'infirmerie, où Royvan l'avait attaché à une civière improvisée, elle-même accrochée à une main courante. Un tube disparaissait sous la manche du vieil homme dans le coma, l'alimentant en nutriments. Il respirait péniblement, avec un bruit de gorge qui faisait penser à des gargarismes. Des ecchymoses lui couvraient une moitié du visage, le rendant presque méconnaissable ; sa peau enflée ressemblait à une poussée virulente de baies. Nia craignit qu'il éclate, si elle lui caressait la joue. « Je ne crois pas qu'il passera la semaine, chuchota Royvan.

— Non, répondit-elle, ses doigts effleurant les rides du sourire de Sartoris. Probablement pas. » Elle se détourna. « Où sont les autres ? »

Les corps flottaient devant les portes du sas, une bâche en guise de linceul. Nia posa la main sur chacun d'eux. Elle laissa à Royvan le temps de dire au revoir à Sonja, attendant hors du sas, pendant qu'il froissait contre lui la bâche de la mercenaire. Il lui chuchota des mots qu'elle n'aurait sans doute pas compris, même de son vivant, tant sa voix s'étrangla. Puis Nia et Royvan enfilèrent leurs combinaisons et portèrent les formes enveloppées à travers le sas, pour les pousser dans les ténèbres. Il se cramponna à une barre et les regarda s'éloigner, tandis qu'elle se propulsait vers la coque pour évaluer les dégâts causés par le croiseur. Elle toucha les déformations dans le métal. L'arrière était fichu. À la première tentative d'entrée dans la Poche, le *Debby* se désintégrerait. Cette constatation la sonna.

Leur seul espoir reposait sur une intervention extérieure. Avec l'aide de Royvan, elle ouvrit le volet au-dessus du cockpit, tourna la poignée et activa la balise de détresse. Une petite lumière bleue clignota, signalant la diffusion en boucle d'un message d'alerte, avec le nom du vaisseau et ses coordonnées. Un message destiné à quiconque écouterait, au-delà du soleil bleu-vert.

Le système habité le plus proche se trouvait à trois semaines de voyage dans la Poche, sur le courant Indécis. Six mois en temps réel, avec l'écart. Tous deux se préparèrent à une longue attente, limitant leurs activités aux tâches strictement nécessaires à la survie, qu'ils exécutaient machinalement. Royvan établit un inventaire des rations dans les placards de la cuisine et en réserve, tandis que Nia s'assurait du bon fonctionnement du recycleur d'eau. Ils avaient de quoi manger pour quatre mois. Assez d'eau pour cinq. Mais c'était sans importance.

Ils n'avaient d'air que pour un mois.

Alors que la balise diffusait son message de détresse, une certaine apathie s'installa dans leur routine quotidienne. Ils avalaient leurs aliments lyophilisés et gobaient l'eau des sphères échappées du robinet, à la manière de phylactères. Ils faisaient leurs besoins dans des sacs, évacués par le système de filtration du moteur, pas toujours efficace. Des disputes éclatèrent, à propos des déchets, des odeurs, des fragments qui s'introduisaient dans leurs bouches. Ils criaient, ils s'agitaient et manquaient de s'étrangler l'un l'autre, avant de se rappeler la rareté de l'air. Alors, ils se calmaient, serrant leurs poitrines haletantes. Ils n'avaient pas d'autre choix que de vivre avec cette pellicule écœurante sur la langue.

Ils changeaient les draps de Sartoris en silence.

Les jours se succédèrent, interchangeables. Il y avait peu de choses à faire dans ces couloirs sombres, hormis revisiter les espaces du passé. À force d'aller et venir de cabine en cabine, les pièces en question ne ressemblèrent bientôt plus à des lieux de vie, mais à des boîtes, brièvement habitées. Nia se demanda si Doc avait fait pareil, quand son épave s'était échouée dans les Confins ; elle regretta que sa vieille amie ne soit pas là pour lui suggérer des occupations.

Un jour, où ils se croisaient dans la coursive, Royvan étendit le bras et toucha celui de Nia. À la détresse qu'elle lut dans ses yeux, elle comprit qu'il s'agissait d'une sorte d'invitation. Mais ne se sentant guère d'humeur sociable, elle l'écarta d'un geste et se propulsa dans la cabine suivante, sans un regard en arrière pour son expression humiliée.

Respirer demandait beaucoup d'efforts.

Chaque jour, il devenait plus difficile de se concentrer.

Royvan sortit les combinaisons des armoires pour utiliser leur réserve d'oxygène. Ils mirent un masque à

Sartoris. Les bouteilles leur permettraient de survivre un peu plus longtemps, mais elles finiraient par s'épuiser.

Les récipients vides marquaient l'écoulement du temps, également visible sur les corps. La barbe de Royvan se transforma en un buisson sauvage. Nia retrouva l'épaisse coupe afro de son enfance. Aucun d'eux ne voyait plus l'intérêt de soigner son apparence physique. Ou de parler. Alors que le nombre de bouteilles diminuait pour approcher de la dizaine, ils s'évitèrent de plus en plus. Chacun trouva à bord ses espaces de sérénité, où il pouvait replonger dans ses souvenirs en toute intimité. Nia flottait dans la cabine du garçon, au-dessus de son lit défait. Enveloppée dans sa couverture, sa chaleur et son odeur familières, elle fermait les yeux. Royvan retournait dans la chambre de Sonja, se rappelant leurs moments ensemble, après extinction des feux, leurs cabrioles vigoureuses ; et des heures après, il ouvrait les yeux et s'apercevait qu'elle n'avait pas dormi de la nuit, chuchotant les noms de ses compagnons d'armes perdus au combat. Il n'avait jamais compris le but de cet exercice, considérant même qu'elle se tourmentait inutilement. Plus maintenant. Il répétait son nom, sans cesse, comme une sorte de message, une manière de lui dire qu'il la rejoindrait bientôt. Avec un soupir, il brancha Sartoris à la dernière bouteille d'oxygène et prépara deux seringues. Une pour lui et une pour Nia, si elle décidait de le suivre. Il glissa la pointe de l'aiguille dans son bras, hésita un instant, puis inonda ses veines du cocktail qui baisserait le rideau dans son cerveau, ses lèvres chuchotant encore le nom de Sonja en ultime rappel. Nia ne quitta pas la cabine d'Ahro. Elle ne sut jamais ce que Royvan avait fait ; elle flottait parmi les vêtements, le linge de lit et les instruments de musique. Elle aspira le peu d'air qui restait dans sa combinaison, toutes ses pensées tournées vers le garçon tombé du ciel, quand elle la vit enfin approcher – la longue route qui la mènerait hors de son corps. À présent, son cerveau chantait dans les aigus.

Faites que cette dernière étape soit facile, pria-t-elle.

Quatre hommes et femmes forcèrent le sas et braquèrent leurs torches électriques dans l'obscurité de la coursive. Ils trouvèrent deux survivants, inconscients, qu'ils tirèrent de l'épave.

Ce n'était pas la chance qui amenait les récupérateurs, mais Vaila, qui avait envoyé un second message, le jour où elle avait informé Umbai du pouvoir que possédait le garçon. Elle avait la triste certitude que le *Debby* ne sortirait pas indemne de la rencontre. Ainsi, en geste ultime de bonne volonté à celle qui ne serait bientôt plus sa capitaine, elle avait prévenu la flotte de récupération Kerrigan de la présence possible d'une épave à ces coordonnées, à cette date. Elle avait insisté sur la nécessité d'une intervention rapide, puisqu'elle avait déjà pris contact avec la concurrence. Les Kerrigan s'emparèrent de ce qui pouvait encore avoir une valeur marchande : les fusils, le beau bureau en bois de la capitaine, les instruments de musique. Un des récupérateurs trouva dans une commode une chemise qu'il avait l'intention d'offrir à un ami. Ils ne touchèrent pas au reste. Ensuite, armés de leurs thermolames, ils se regroupèrent autour de l'épave et réduisirent la carcasse de la baleine à l'état de squelette. Ils rapportèrent la chair, le métal qui avait de la valeur, sur leur vaisseau-remorqueur, qui repartit dans la Poche, pour retrouver leur flotte.

Nia reprit connaissance dans un box d'une infirmerie qui ne lui était pas familière, une lumière braquée dans les yeux. Une voix lui demanda si elle se rappelait son nom.

Quand elle put de nouveau marcher, les Kerrigan la conduisirent à l'intendance pour lui montrer ce qu'ils avaient sauvé : les rares effets personnels qui lui restaient. En silence, elle contempla cette moisson dérisoire : quelques fusils, des vêtements entassés pêle-mêle, un bureau en bois... S'arrêtant devant les instruments de musique, elle s'accroupit jusqu'à ce que ses genoux touchent le sol. Puis, prenant entre ses mains la flûte achetée pour cinq iotas dans une petite boutique d'Ara, elle pleura.

Troisième partie

12. La nouvelle ressource

Ils commencèrent par lui retirer son nom. À l'instar des anguilles à encres et des graines de dhuba pillées sur leurs mondes-ressource, il redevint une Acquisition. Son nouveau nom. Puis ils lui prirent son corps.

Ils le plongèrent dans une cuve, remplie d'un liquide orange, ses cheveux flottant telles des algues. De l'autre côté de la vitre, un chirurgien enfila des gants blancs veinés de noir, là où passaient les circuits. Les gants étaient les maîtres de la cuve. Le liquide leur obéissait. Quand l'index du chirurgien traça dans l'air un trait vertical, le liquide ouvrit le ventre de l'Acquisition, du sternum au pelvis. Puis il bougea les mains, comme pour se frayer un passage, et le liquide écarta les lèvres de l'incision et exposa les nombreux organes actifs sous la peau. Le cœur. Ils ne craignaient pas de perdre l'Acquisition, ils étaient capables de maintenir le corps en vie sous presque n'importe quelles conditions. Avec ses gants, le chirurgien fit un geste vers lui pour extraire le contenu. L'estomac et la rate. Il déroula les intestins. D'organes, ils étaient devenus des objets d'étude, à examiner minutieusement, à passer aux rayons X, en quête de propriétés révolutionnaires. On divisa le corps en une série de vues. La peau, le squelette et le système nerveux, et enfin, le cerveau, la dernière pièce affichée par le chirurgien sur la rangée d'écrans. Joignant les mains en clocher, il écarta les plis de ses doigts.

L'Acquisition entendit alors un bourdonnement, tout au fond de son esprit, comme une fermeture éclair défaite au loin. Il suivit ce son entre les fresques des murs de la Cité Peinte, dans les champs en damier. Il le suivit à travers les innombrables parties de cartes. Il le suivit derrière les rideaux rouges d'une salle de concert, dans les coulisses et sur la passerelle qui menait dans la soute, où il était le plus fort.

Elle était là, debout à côté d'un conteneur.

« Le bruit t'a réveillé ? » demanda-t-elle.

L'Acquisition hocha la tête. Il regarda autour de lui ; ça venait d'au-dessus.

« Tu n'as pas à t'inquiéter », ajouta-t-elle. Elle s'accroupit à côté de lui, pour se mettre à son niveau, puis elle pointa du doigt la passerelle. « Tu vois là-haut. Ce volet ?

— Oui.

— Derrière se trouve la machine qui recycle l'air respiré à bord. Tous les cinq jours, elle se nettoie toute seule, pour que l'air reste propre. C'est ce que tu entends en ce moment. » Elle sourit. « Alors, ça ne fait plus aussi peur, n'est-ce pas ?

— Non, chuchota l'Acquisition. Plus peur. »

Son inquiétude la perturbait. « Allez, viens, dit-elle, lui mettant un bras autour de ses épaules. Tu as faim ? Moi, oui. »

L'Acquisition hocha la tête, les larmes aux yeux.

« Oui, répondit-il. J'ai très faim. »

Il s'appuya contre elle, alors qu'ils avançaient dans la coursive, comme pour puiser dans sa force. Il pensa qu'il pourrait marcher ainsi pour toujours. Mais le bourdonnement gagnait en volume. Ils avaient beau s'éloigner, il continuait de l'entendre. Une aiguille dans l'oreille, qui se transforma en foret. Dans la cuisine, ce qu'elle lui dit lui échappa, tellement c'était devenu fort. Quelque chose n'allait pas. Il voulut la prévenir, mais elle semblait ne pas remarquer les assiettes qui s'agitaient sur le plan de travail ou les portes des placards qui s'ouvraient brusquement. Souriante, elle prononçait des mots qu'il n'entendait pas, mais parvenait à lire sur ses lèvres. Des paroles rassurantes, il n'avait rien à craindre ; puis il y eut une explosion de lumière, le vaisseau se retourna sur le côté, et il heurta le mur comme si c'était le sol. La tasse où ils gardaient la petite monnaie se renversa. Dans leur chute, les pièces entraînèrent les noms de ceux qui n'étaient plus là : Sonja, Em et Royvan. Les ténèbres les avalèrent, au même titre que les plaisanteries idiotes dans le cockpit, la nourriture qui flottait dans la cuisine, la main plaquée sur sa poitrine au cœur battant, les lèvres sur les siennes ; toutes ces pensées, tels des oiseaux effarouchés, fuirent leur perchoir, faisant éclater les fenêtres, et prirent leur envol vers un ciel sans nuages, sans se soucier du vent ou de la pesanteur. Elles s'évanouirent, ne laissant derrière elles que du verre brisé et des plumes ensanglantées dans une pièce vide.

On logea l'Acquisition dans un tube assez long et assez large pour contenir un corps. L'intérieur grouillait de câbles, de connecteurs et de témoins lumineux qui clignotaient suivant un certain ordre. On adapta son corps pour qu'il tienne plus facilement dans ce tube. On lui enleva les ongles pour offrir un meilleur angle d'insertion aux sondes aleph ; on pratiqua de longues incisions sur ses bras et dans sa nuque pour permettre l'entrée des ports de contrôle, épais et arrondis, comme des pouces. Et quand l'intégration chair/machine fut totale, on ferma la porte.

Le plus gros était fait. Umbai se prépara à rendre publique sa découverte et cacha l'Acquisition où personne n'irait le chercher, dans un repli lointain de la Poche. Sa capsule y dériverait hors du temps, à l'abri de toute ingérence, mais en restant productive. On pensait n'avoir rien négligé pour s'assurer de la conformité de l'Acquisition aux directives. Mais une partie de son esprit avait échappé à la vigilance de ses nouveaux propriétaires, tout simplement parce qu'ils en ignoraient l'existence. Un espace, enfoui sous son vieil instinct, où une eau noire clapotait paisiblement contre le sable frais d'une plage. Une île hors du temps. Ce fut là qu'il s'endormit, pour attendre la chanson.

Une chanson qui commença au rythme perçant du métal frappant la roche.

13. Le cimetière des oiseaux

L'impact résonna à travers l'immensité sombre de la sous-strate D ; un craquement aigu, alors que la pointe de la pioche rebondissait sur la roche, avant de redescendre en arcs cadencés. Chaque coup transformait le bras de Fumiko en diapason. Au début, cette sensation l'avait irritée, mais après des mois d'excavation, elle avait fini par s'y habituer et la danse de ses muscles lui procurait même du plaisir. Avec le sourire, elle leva de nouveau la pioche, taillant petit à petit le mur devant elle.

Elle creusait depuis l'aube, et bien qu'on soit presque en début d'après-midi, elle n'avait aucune intention de s'arrêter. Contrairement au début, son corps n'exigeait plus de se reposer. Elle portait une chemise de travail aux manches arrachées. Ses biceps sculptés se contractaient et s'étiraient. Elle était musclée. Quand elle surprenait son reflet dans le miroir de la salle de bains, elle s'amusait d'avoir le haut du corps si fort. Parfois, elle faisait jouer ses muscles, comme sur la scène d'une de ces compétitions de la Vieille Terre. Un narcissisme innocent, dont elle n'avait pas soupçonné la présence. Depuis, elle avait pris l'habitude d'entretenir et de développer ce corps d'athlète avec des mélanges de protéines et de vitamines, avant de retourner à son tunnel dans la sous-strate D.

Crac. Une pause aurait été la bienvenue, mais comme avec la plupart des activités auxquelles elle se livrait, elle avait du mal à s'arrêter. Dès qu'elle trouvait son rythme, son travail devenait une drogue pour elle. L'impact percutant de la pioche sur la roche. La répétition hypnotique du mouvement de balancier. La conscience aiguë que chaque centimètre gagné la rapprochait du YonSef enfoui lors de la construction, et du moment où elle rétablirait le courant dans sa base.

« Tu y es presque », chuchota Dana.

Presque, pensa-t-elle, alors qu'elle léchait la sueur sur sa lèvre. *J'y suis presque.*

Elle leva sa pioche, avec la ferveur d'une guerrière brandissant son épée.

Crac. Le bruit d'un bouchon qui saute. Des bulles pétillèrent dans des flûtes sous la lumineuse cathédrale d'une immense salle de banquet. Sur Pélican, deux personnes trinquaient, assises au bout de la longue table. Une bien triste célébration. Seule l'une d'elles buvait le vin mousseux et mangeait les fruits frais nappés de crème véritable, servis dans des coupes en verre. L'autre, silencieuse, n'avait pas d'appétit. Les mains jointes sur les genoux, elle gardait les yeux rivés sur les baies vitrées qui donnaient sur l'étendue déployée de l'aile Schreiberi. Elle connaissait bien cette vue, pour être déjà venue dans cette salle de banquet, au bras de Fumiko, des années plus tôt. À une époque où elle avait une définition différente de l'amour.

« Ne vous retenez pas, mistan Jenssen, dit le représentant d'Umbai. Ce dessert est délicieux, et vous l'avez bien mérité. »

Vaila repoussa son assiette, refusant les douceurs, les compliments et les honneurs que lui offrait son interlocuteur. Elle pouvait être fière, insista-t-il, noyant ses fruits sous la crème. Affalée dans son fauteuil, elle cessa de l'écouter, espérant que ce dîner pénible touche bientôt à sa fin. Avec une satisfaction un rien mesquine, elle se faisait un devoir de contrecarrer tous ses efforts pour la contenter. « Je n'ai pas faim », lui dit-elle, quand il lui proposa une part de gâteau à la fraise gélatineux, qui frémit dans l'assiette. Il ne put retenir un soupir, discret, mais audible.

« Alors, dites-moi : que voulez-vous ? » demanda-t-il.

Elle n'avait qu'une réponse, immuable.

« Fumiko Nakajima. »

Il laissa tomber sa serviette froissée sur la table. « Comme je vous l'ai déjà expliqué, dit-il avec un sourire pincé, l'accès à cette lune a été interdit. Je n'en connais pas les coordonnées, et dans le cas contraire, je n'aurais pas le droit de vous les communiquer. M. Nakajima est en exil pour crimes contre la Coalition. Même si elle est toujours en vie, aucune visite n'est autorisée.

— Ne suis-je pas l'artisan de votre victoire ?

— Et Umbai vous en est reconnaissante, confirma-t-il, d'un signe de tête. Mais ce point n'est pas négociable. Le tribunal a été très clair. J'ai les mains liées. S'il vous plaît, mistan Jenssen, n'insistez pas. »

Vaila fit tourbillonner le vin dans son verre. « Et le garçon ?

— L'Acquisition, la corrigea-t-il.

— Le garçon est-il toujours en vie ?

— Mistan Jenssen, vous avez accompli votre mission. Vous n'avez plus aucune responsabilité envers la traîtresse Nakajima et l'équipage du *Debby*. À partir de maintenant, vous vous trouvez dans une position dont rêvent la plupart des citoyens de la Coalition : vous avez la possibilité de prendre une confortable retraite anticipée, si vous en décidez ainsi. Oubliez le passé et pensez à l'avenir. Dites-moi ce qu'Umbai peut faire pour le rendre satisfaisant.

« Fumiko Nakajima », répéta-t-elle.

Elle avait toute la nuit.

Il respira par le nez. « Si vous ne parvenez pas à formuler une requête raisonnable, vous recevrez la récompense habituelle. »

Et ainsi, au cours d'une cérémonie officielle qui attira peu de monde, on lui conféra un haut rang dans la hiérarchie de la Coalition : Protectaire de la flotte sur la station Moqueur. La consule lui remit un petit insigne en or, qu'elle épingla au revers de sa veste sur mesure, et la félicita pour sa nomination. Son poste ne lui donnait aucun réel pouvoir, mais on la payait bien pour exercer peu de responsabilités ; une réunion tous les deux ou trois jours, si Vaila décidait de s'y rendre, et quelques tâches administratives dont son assistant la déchargeait bien volontiers. Il lui arriva de participer aux réunions, pour tromper sa solitude, mais elle avait du mal à ne pas piquer du nez pendant d'interminables exposés et discussions. Parfois, un lieutenant la faisait sursauter en s'adressant à elle pour lui demander son avis sur un monde-ressource récemment acquis ou un projet d'expansion. Bientôt, on cessa de lui envoyer ces invitations, préférant l'occuper grâce à l'octroi d'une goélette personnelle, avec accès presque illimité aux stations et corps planétaires ; elle était libre d'aller partout, sauf là où elle désirait se rendre.

Ainsi s'écoulait la retraite bien méritée de Vaila Jenssen ; en sauts de puce d'une ville-planète à l'autre, en moments de détente sur les balcons de la haute société, avec vue sur des plages privées, en pipes au goût fruité, fumées dans la solitude de ses appartements. Elle bronza sous des soleils naturels et artificiels, s'assoupissant dans son fauteuil pour des siestes impromptues, une léthargie à laquelle l'arrachait inévitablement le souvenir du pistolet dans sa main ; son poids, alors qu'elle pointait sa bouche dans le dos d'Em, et la percussion de la détente – un coup, deux. Le bruit de son corps qui s'affaisse. Ses yeux s'ouvraient brusquement, son chemisier trempé de sueur. Prise de haut-le-cœur, elle ne pouvait que se pencher par-dessus la balustrade de son balcon, pour lutter contre la nausée. Une odeur de sang imprégnait l'air parfumé de la ville-planète, y compris dans la fraîcheur de la nuit, comme si des fleurs de fer s'enroulaient autour des étoiles elles-mêmes.

Dans un premier temps, elle parvint aisément à ignorer les odeurs – la bouffée appétissante du curry, la senteur des fleurs de cerisier – tout comme les voix – le brouhaha des salles de réunion, les tables rondes à l'université. Elle les écarta comme autant de petites fractures. Mais un jour, Dana lui apparut et lui parla d'une voix si claire qu'il semblait impossible de douter de sa réalité. Fumiko accepta alors que son esprit millénaire, privé de cryostase ou d'extensions neurales, n'arrive plus à distinguer le réel de l'imaginaire. En dépit de ces ruptures dans la réalité, elle continua à travailler, pendant que Dana lui racontait sa journée – en ce moment, elle lisait une biographie passionnante de l'architecte qui avait conçu le stade flottant d'Ashgala. Elle ne s'arrêta jamais de creuser, même quand le décor se mit à fluctuer lui aussi, pour prendre l'aspect des lieux de son passé. Dans la cuisine où elle se préparait son cocktail protéiné matinal, elle s'interrompit, la cuillère à la main, quand elle s'aperçut d'un brusque changement de cadre. Elle se tenait dans le salon de sa mère. Assise sur le canapé, Aki regardait ses vieux films sur l'écran mural, en admiration devant cette version plus jeune d'elle-même ; elle lui demanda si elle avait déjà vu ce film et se plaignit qu'on l'ait scandaleusement sous-estimée à sa sortie. Fumiko lui répondit que oui, plusieurs fois, et pas par choix. Alors que sa mère lui lançait un regard furieux, elle termina sa boisson en trois longues gorgées et quitta la pièce. Sur le seuil, elle se retourna, à la fois attristée et soulagée de constater que la cuisine avait retrouvé sa place.

« Tu penses que tu perds la tête, observa Dana, tandis que Fumiko arrachait un nouveau morceau de roche avec sa pioche. Mais tu n'as pas peur.

— Non.

— Pourquoi ?

— Je n'y peux rien. » Elle posa le manche de l'outil sur son épaule et lui sourit. « Et ça ne me dérange pas. »

Elle ne lutta pas contre ces transformations. Elle les laissa venir, mais elle interrompit parfois ses travaux d'excavation pour savourer certaines visions. Les cerisiers ornementaux surgis des murs de l'escalier tapissaient les marches de pétales roses. Le long des couloirs en acier carboné, les fenêtres du SeaTram donnaient sur les eaux du Pacifique et les villes englouties de la Vieille Terre ; une fillette profitait de l'absence de sa mère pour griffonner sur sa tablette un pélican avec son grand bec et ses ailes déployées. À mesure qu'elle approchait du YonSef, les fractures se multiplièrent, plus saisissantes et plus fréquentes, au point qu'elle ne voyait plus la base que rarement. Les seuls rescapés du réel étaient le tunnel, le goût de ses repas et le poids de la pioche entre ses mains, alors que la dent de métal attaquait la roche.

Lentement, méthodiquement, Umbai fit le ménage. À l'aide des informations extraites des banques de données de Chronos, l'entreprise dressa l'organigramme de l'organisation mise en place par Fumiko, ses oiseaux les plus fidèles. Et Vaila put suivre la progression de la purge. Chaque jour, elle lisait les noms des loyalistes éliminés, dans l'espoir de n'en reconnaître aucun. La plupart ne lui étaient pas familiers. Alors que le nombre de tués dépassait plusieurs centaines, elle finit par ne plus ressentir qu'une sorte de lassitude anesthésiante. Ces morts-là n'étaient pas ceux qui pesaient sur sa conscience.

Quand le commandement de la flotte Kerrigan lui apprit que Nia Imani avait survécu à la rencontre avec l'*Euphrate*, la ténacité de son ancienne capitaine la fit sourire. Elle versa une petite fortune aux Kerrigan pour qu'ils prennent soin de Nia et Sartoris, dans le coma dans leurs caissons médicalisés à bord du *Joplin*, croiseur amiral de la flotte ; tous deux étaient loin de se douter que, jouant de son influence de Protectaire, elle avait fait effacer de leurs dossiers toutes traces de leur association avec Nakajima. Dans la chambre à coucher de sa suite à l'hôtel, Vaila égrenait les perles en ladeum de son chapelet, récitant pour eux la prière de vie et de santé. Elle avait conscience que ces petits gestes ne suffiraient pas à refermer la plaie béante qu'elle avait créée, mais elle ne savait pas comment soulager sa culpabilité autrement. Elle entrecoupait ses journées de prières de communications cryptées avec le médecin de bord du *Joplin*, pour s'enquérir des progrès de ses patients. Mais après qu'il lui eut annoncé que Nia avait repris connaissance, elle cessa tout contact. On lui avait demandé si elle voulait parler à son ancienne capitaine, et Vaila craignait de céder à la tentation de répondre oui. Elle ne pouvait pas revenir sur ce qu'elle avait fait.

Ce jour-là, elle sortit sur le balcon de l'hôtel et se tint sous le soleil éclatant de la ville-planète. Des plantes grimpantes s'enroulaient en boucles du plus bel effet autour de la balustrade ; un vaisseau touristique fendait le ciel émeraude de la traînée blanche laissée dans son sillage. Elle ne trouverait pas de meilleure image pour son départ. Elle enjamba la balustrade.

Et elle sauta.

Les drones la rattrapèrent avant qu'elle s'écrase, mais l'espace de quelques instants, elle sentit le vent de la liberté. Puis les filets de suspension la retinrent, lui disloquant les bras. Elle accueillit avec bonheur la douleur vive qui lui parcourut le corps et lui coupa le souffle, riant, alors que les drones la remontaient. Dans le hall de l'hôtel, des médecins l'attendaient, avec un brancard à roulettes. Elle garda un sourire serein, tandis qu'on l'emmenait voir un psychologue. Dans un cabinet tellement aseptisé qu'il en devenait troublant, il lui expliqua que ce qu'elle ressentait était tout à fait normal. Les années d'endoctrinement de Nakajima ne s'effaceraient pas du jour au lendemain. Elle connaissait ce refrain, pour l'avoir déjà entendu. Elle traîna son ennui dans une clinique recommandée par Umbai pour prendre du repos. En peignoir aussi doux que des plumes, elle astiqua de ses pieds nus des sols assez chauds pour se passer de pantoufles. Elle ne parla pas aux autres résidents, l'esprit trop préoccupé par la description de l'épave du *Debby*, telle que l'avaient trouvée les récupérateurs. À partir des quelques éléments à sa disposition, elle pouvait reconstituer sans peine leurs derniers jours ; l'adieu à Sonja et Em, avant que leurs corps soient poussés dans l'espace, et les longues semaines à attendre l'épuisement des réserves d'oxygène pour le médecin et la capitaine. Le cadavre de Royvan retrouvé à l'infirmerie, l'aiguille d'une seringue dans le bras. Et Nia, dans la cabine du garçon, enveloppée dans sa couverture et entourée de ses instruments de musique ; une vision créée par Vaila, pour s'en flageller dans l'obscurité de sa chambre à la clinique, alors qu'elle récitait son chapelet pour soulager sa douleur.

Pendant ce temps, de terribles souvenirs hantaient aussi Fumiko. Elle montait l'escalier menant à la cuisine pour se préparer à déjeuner, quand elle sentit les vents froids d'Islande souffler à travers la porte du niveau 32. Elle l'ouvrit et un frisson lui parcourut la colonne vertébrale, alors qu'elle assistait à sa dernière rencontre avec Dana.

C'était l'année où elle devait partir sur l'Arche d'Umbai. Comme avec Hart, elle voulait se réconcilier autant que possible avec Dana, avant le long sommeil.

Mais les mots qu'elle avait préparés restèrent coincés dans sa gorge à son arrivée à Reykjavik, quand elle aperçut le ventre bien gonflé sous son duffel-coat. À présent, elle revoyait leur rencontre dans un parc municipal ; assises sur le bord d'une fontaine en pierre, elles observaient un danseur de rue tournoyer sur la tête sur un remix de Haydn. Elles évitaient soigneusement de se regarder dans les yeux. La main sur la bosse de son manteau, Dana demanda d'une voix hésitante à Fumiko s'il y avait encore des places disponibles sur l'Arche – si elle aurait le cœur d'user de son influence pour obtenir trois billets. Un pour elle, un pour sa femme, et un pour le bébé attendu d'un jour à l'autre. Depuis l'escalier, Fumiko serra la poignée de la porte dans sa main, se rappelant son sentiment d'impuissance ce jour-là, la vague promesse faite à la seule femme qu'elle ait jamais aimée ; elle n'avait même pas cherché à argumenter, quand Umbai avait refusé, invoquant l'affiliation de l'épouse de Dana avec certains groupes d'activistes jugés indésirables. Pour cette raison, Dana et son enfant n'étaient pas les bienvenus à bord non plus. Elle aurait pu les convaincre, user de son influence comme d'une épée et se frayer un chemin, au lieu de simplement opiner de la tête. Plus tard, elle avait annoncé la nouvelle à Dana, lui expliquant qu'elle avait fait son possible. Pendant une minute, peut-être deux, elle avait écouté le silence de la femme aux yeux violets sur son palmeur, avant de l'entendre la remercier pour ses efforts. Pétrifiée par ce souvenir, Fumiko resta sur le seuil, jusqu'à l'apparition de l'autre Dana, venue la chercher pour la remettre au travail – sa dernière chance de rédemption.

Vaila passait ses journées à côté de la fenêtre qui donnait sur la cour de la clinique ; sur la pelouse verdoyante, un vieux prince manipulait des sculptures holographiques pour soulager sa douleur. Observant sa manière de faire, elle se sentit une certaine affinité avec lui ; les créations élaborées qu'il détruisait, juste avant de les terminer, les heures de labeur effacées avec un sourire triste, alors qu'il rentrait pour déjeuner. Elle connaissait l'immense catharsis que procurait le fait de balayer la table d'un revers de main, sans autre raison qu'attirer l'attention de l'être aimé ; un cri pour obliger Fumiko à tendre l'oreille et à l'écouter. Mais maintenant, elle s'apercevait qu'elle avait crié pour rien, et qu'elle n'obtiendrait pas de réponse. Elle n'en avait retiré qu'un titre ronflant, et un catalogue de regrets écrits en caractères gras sur le sol qu'elle foulait, sans possibilité de revenir en arrière. Elle resta un mois à la clinique, avant de décider qu'elle n'y trouverait pas la paix. Lors de leur dernière séance, elle dit au psychologue ce qu'il attendait d'elle : elle savait qu'un jour elle finirait par se réconcilier avec sa conscience. Souriant, il lui répondit qu'elle était sur la bonne voie. À ce moment-là, la rumeur avait commencé à se propager : les labos avaient décodé les propriétés de l'Acquisition et Umbai présenterait un prototype de sa nouvelle technologie dans l'année à venir. Le Flux s'enflamma, un enthousiasme qu'elle ne pouvait pas partager, la nouvelle ne faisant que lui rappeler le sort du garçon. Le plus souvent, elle se réfugiait dans son lit où, avec l'aide de quelques médicaments, elle sombrait dans un profond sommeil. Endormie, elle l'était, quand Fumiko abattit sa pioche et qu'enfin, après des mois de travail, elle arriva au bout de son tunnel.

Elle s'attendait à plus de tapage, à un paroxysme des fractures du réel, avec une débauche de visions spectaculaires, de gens surgis de son passé pour la féliciter. Mais elle n'entendit que le léger sifflement du vent s'échappant dans le petit trou, et le calme du tunnel qui s'éloignait derrière elle. À l'aide de sa pioche, elle entreprit d'agrandir la brèche. Quand elle obtint un espace assez large, elle se pencha de l'autre côté, avec une torche. Niché dans cette poche se trouvait le YonSef. Le dispositif rudimentaire se composait d'une sphère argentée, munie d'un port relié par un câble à un terminal palmeur. Elle se glissa tant bien que mal à l'intérieur, la roche acérée entamant les semelles de ses chaussures. Puis elle posa délicatement la sphère sur ses genoux, ses doigts calleux caressant sa surface lisse.

« Tu as réussi, dit Dana.

— J'ai réussi », dit-elle, épuisée.

Le processus consistant à siphonner l'énergie volatile et acheminer la pâte gélifiée du noyau dans la cuve à combustion du groupe électrogène s'étala sur plusieurs jours ; des heures à retenir son souffle, dans la crainte de voir ses mains glisser et lâcher prise, ruinant toute chance de succès. Mais au bout d'une semaine, elle parvint à rétablir le chauffage et la lumière dans la base, un niveau après l'autre ; dans l'amphithéâtre, un trille signala le redémarrage de l'unique console en état de marche.

Chronos venait de se réveiller.

Elle entra dans l'amphithéâtre, qui, pour ses yeux envoûtés, avait pris l'apparence de la salle de conférences de Cybelus. Elle passa à côté de ses collègues et des stagiaires installés autour de la grande table et continua jusqu'au bout de la pièce. Près de la console l'attendait Hart, une chaise à sa disposition. Tout le monde se tut, tous les regards se tournèrent vers elle, alors qu'elle se connectait au Flux, la source d'information et de rumeurs planétaires, de milliards de divertissements multimédias. Elle apprit aussi, grâce aux nombreuses portes dérobées installées à l'insu d'Umbai au fil des millénaires, la mort de ses fidèles oiseaux. Elle lut le nom de chacun d'eux à voix haute, ses émotions se traduisant par les pleurs de ses collègues autour de la table de réunion. Leurs cris vers le plafond pour demander pardon. À travers leurs larmes, Hart lui demanda doucement : « Aucun n'a survécu ? » Et sa fureur fit taire les lamentations, quand elle s'aperçut que seule Vaila Jenssen était toujours de ce monde, promue au rang de Protectaire. Ses mains se figèrent, tandis que ses collègues brandissaient leurs chaises pour attaquer les murs, fracasser les fenêtres. Les néons au-dessus de leurs têtes se mirent à clignoter en rouge en réaction à cette trahison. Sa colère retomba, au moment où elle consulta l'historique des messages du neural de Vaila. Elle y découvrit ses requêtes maintes fois rejetées pour se rendre sur la lune de son exil. Son plan prit forme. Le calme revint dans la salle. Après quelques heures d'effort, elle se joua des dernières clés de cryptage et s'introduisit dans le système de messagerie du réseau neural. Elle lança son appel de clairon.

Message +1

Encore à moitié endormie, Vaila gémit, alors que son neural faisait clignoter une lumière bleue sur sa paupière gauche, lui signalant une notification urgente.

Message +1

Elle remua, grimaça pour obliger les muscles autour de l'œil à fermer la notification, pestant contre l'assistant qui l'importunait. Elle classa le message, mais il persista, multipliant les rappels jusqu'à ce que, de guerre lasse, elle l'accepte. La mine renfrognée, elle s'assit dans son lit, s'étira le cou avec un bruit sec et l'ouvrit.

Elle est en vie.

Rien d'autre.

En pièce jointe, elle trouva une série de coordonnées UCS. L'adresse d'expédition était cryptée. Quand elle demanda à l'auteur de décliner son identité, elle n'obtint aucune réponse. Elle n'eut la confirmation de ses soupçons, de son espoir, qu'en introduisant les coordonnées dans le système de navigation de sa goélette. Elles correspondaient à une lune lointaine, hors des limites de l'espace de la Coalition. Alors, les mains tremblantes, elle se prépara à sa mission de rédemption.

Son plan était clair dans son esprit : trouver Fumiko et, ensemble, sauver le garçon, ce qui lui vaudrait le pardon de son ancienne capitaine, ou au moins une certaine neutralité, même accordée à contrecœur. Reconstruire ce qu'elle avait détruit. Redécouvrir la signification d'une bonne nuit de sommeil. Malgré l'issue peu probable, elle se devait d'essayer, parce qu'elle n'avait pas d'autre idée, et que, si une personne était capable d'accomplir l'impossible, c'était Fumiko Nakajima. D'un pas léger et pressant, Vaila se procura les rations nécessaires pour trois semaines dans la Poche et s'arma du pistolet qui avait pris la vie d'Em, au cas où Fumiko refuserait de l'écouter. Puis elle se rendit dans un salon de reconfiguration plastique, où elle demanda qu'on lui coupe les cheveux courts et qu'on les lui teigne en blond ; ses iris redevinrent des friandises violettes. Pour ses retrouvailles avec Fumiko, quand elle expliquerait ses actions, les raisons de son cœur, elle voulait qu'elle la voie avec le masque qui l'avait égarée.

Elle quitta le système. Ses trois semaines dans la Poche, sur le courant Vaillant, elle les passa à jouer la doublure de son moi à venir. Elle répéta le discours de mépris et de réconciliation qu'elle réserverait à Fumiko, au besoin en la tenant en respect au bout du canon de son pistolet. Fumiko, docile, pour une fois dans sa vie, alors que Vaila lui expliquerait en détail son angoisse de s'être sentie abandonnée.

Pendant ces trois semaines de répétition, un an s'écoula pour Fumiko. Elle eut le temps de déterrer la totalité du YonSef, une tâche facilitée par le rétablissement du courant dans la base et la foreuse qui fendait rapidement la roche.

La solitude de sa goélette accentua la folle détermination de Vaila. Elle roda ses arguments en s'adressant au fauteuil vide du pilote, brandissant ses perles de ladeum pour insister sur le fait que toutes ses prières avaient été pour Fumiko, toujours pour elle. Elle travailla le rythme, l'intonation de certains mots, comme « trahie » et « brisée ». Et quand elle eut la certitude d'avoir atteint la perfection rhétorique qu'elle espérait, elle se chuchota sa nouvelle prière pendant ses repas ou assise sur son lit, égrenant son chapelet, les yeux dans le vague.

« Qu'est-ce que tu vas lui dire ? demanda Dana à Fumiko.

— Rien, répondit-elle, tenant délicatement entre ses mains le dernier engin explosif. On s'est tout dit. »

Cinq sphères au total. De quoi faire évaporer un océan. Elle les plaça dans un sac de stase et, pour les mois qui lui restaient à patienter, passa son temps sur le patio devenu un café. Assise avec Dana à une table près de la fenêtre, elle se plongea dans son souvenir préféré entre tous ; seules au monde, à l'abri de la pluie.

Cette semaine parfaite, des années plus tôt, qui avait façonné Vaila à de si nombreux égards, trop pour les compter. C'est là qu'elle vécut pendant ce voyage. Les sept jours où elle avait été la consorte de Fumiko ; son bonheur, quand Fumiko lui avait dit qu'elle était merveilleuse ; leur danse en apesanteur sur le pont Canopée, où elles avaient tournoyé comme des fleurs jetées d'un balcon ; seules dans ce dôme sous les étoiles, comme si Pélican avait été construite pour elles, et uniquement pour elles. Et entre deux répétitions de son discours, elle s'asseyait dans le fauteuil du pilote et se demandait si elle connaîtrait de nouveau un jour comme celui-là.

« Est-ce que l'une d'entre elles me ressemblait ? s'enquit Dana. Tes consortes ?

— Oui. Mais aucune n'était toi.

— Tu t'es tout de même servie d'elles. » Dana ferma les yeux. « Elle t'aimait, et tu t'es servie d'elle.

— Je sais, répondit doucement Fumiko.

— Et tu iras quand même jusqu'au bout ? »

Fumiko hocha la tête. « C'est plus sûr.

— Je suppose que tu as raison. »

Puis l'année se termina. La goélette sortit de la Poche. Les mains dans le berceau des commandes, Vaila fit entrer son vaisseau dans l'atmosphère de la lune bleue ; des flammes léchèrent la verrière. Le cœur battant, elle entama sa descente vers l'aire d'atterrissage à l'ouest, au bord du cratère. Fumiko soupira en assistant à l'arrivée de sa consorte sur l'écran de sa console. La goélette se posa avec un bruit sourd. Vaila entendit les assauts du vent et vit le gel qui fleurissait sur le verre de ses fenêtres frontales. Fumiko gravit quatre à quatre les marches de la base, sautant par-dessus les racines des cerisiers ornementaux. Vaila s'emmitoufla dans un épais manteau et descendit par la passerelle de son vaisseau en claquant des dents. Le froid et l'impatience lui donnaient des frissons. Niveau dix, niveau neuf, les nombres défilèrent à côté de Fumiko, alors qu'elle continuait de monter. Les cheveux fouettés par le vent violent, Vaila se précipita vers l'ascenseur ; puis, le bouton ne voulant rien savoir, elle se dirigea vers la porte, située de l'autre côté de l'aire d'atterrissage. Niveau trois, niveau deux. Vaila ouvrit la porte, provoquant un appel d'air chaud. Arborant un large sourire, les nerfs à vif, elle tira sa lampe électrique de sa ceinture pour éclairer la cage d'escalier plongée dans l'obscurité. Mais elle n'eut pas le temps de l'allumer ; la balle lui avait déjà fait sauter l'arrière de la tête.

Fumiko baissa le pistolet. Elle courut en haut des marches et sortit dans le vent, s'accroupissant à côté du corps pour assurer que la femme était bien morte. Elle écarta sa frange, révélant le trou dans son front. Les fausses taches de rousseur. Les yeux encore ouverts, leurs iris violets. Du pouce, elle frotta la teinture jusqu'à l'effacer et découvrir la vraie couleur, marron.

« Tu avais raison, dit Dana. Elle ne me ressemblait pas du tout. » Elle soupira. « Elle était beaucoup plus belle. »

Fumiko souleva le corps et redescendit dans la base qui n'en était plus une. Elle traversa le parc jonché de fleurs de cerisiers, et le tunnel qui s'étendait sous l'océan, entre les ruines de villes englouties par la montée des eaux. Elle fit le long voyage jusqu'au second sous-sol, où attendaient les autres morts, pour y déposer le dernier, après un itinéraire tracé par le sang qui gouttait des cheveux blonds. En entrant, elle sentit le soleil de Californie, chauffant l'enceinte de verre de la réserve ornithologique. Les yeux plissés à cause de la lumière, elle regarda la rivière artificielle, la ravine et les arbres ; le terrain jonché des cadavres de ses oiseaux. Elle laissa son fardeau au bord de la rivière.

Le pélican glissa d'entre ses mains, sur le sol.

Ses ailes avachies.

À la porte, elle se retourna pour un dernier hommage à ses oiseaux, puis elle remonta à la goélette, récupérant le sac de YonSef en chemin.

Ils étaient tous là, qui l'attendaient, sur le quai du canal. Aki, Hart et M. Toho, Vaila et les milliers d'autres qu'elle avait connus. Aucun d'eux ne lui parla ni ne lui sourit. Ils se contentèrent de l'observer embarquer en silence, avec sa vengeance pour cargaison. Elle s'assit à côté de Dana, lui prit la main et indiqua leur destination au batelier. D'une poussée de sa rame en bois, leur gondole s'éloigna, ballottée sur le canal submergé. Fumiko eut un dernier regard pour celles et ceux qu'elle laissait derrière elle, les saluant de la main, avant de tourner entre deux immeubles, hors de vue. Ainsi, pour la seconde fois, Fumiko Nakajima disparut, avalée par la Poche pour plusieurs années, tandis qu'Umbai mettait la touche finale à sa puce de Voyage rapide.

14. Mille feux

Il échut à un homme de la ville-planète Buestana d'ouvrir la marche vers l'avenir. Un pauvre bougre des sous-strates, engagé dans une guerre pour l'exploitation d'une ceinture d'astéroïde, dont peu de gens connaissaient le nom. Sans avoir démérité, il n'avait rien de particulièrement remarquable. Si honoré qu'il se sente du choix d'Umbai, il avait peur. Peur qu'on l'ait désigné pour piloter le prototype, à cause de son anonymat ; peur qu'en cas d'échec du premier vol la désintégration de sa vipère de combat ne déclenche pas une tempête de protestations ; peur qu'Umbai estime courir peu de risque avec lui, et que cette tentative soit sa dernière. Ainsi, la veille de l'essai de la nouvelle puce, il passa une soirée bien arrosée dans un bar près de la base de l'armée. Poussant des cris de joie avinés pour évacuer sa peur, il laissa ses amis le porter au-dessus de leurs têtes, tel un sacrifice au ciel, pendant qu'ils scandaient son nom, celui de l'élu. Ce moment d'exaltation l'accompagna jusque dans le cockpit ; il garda leurs voix serrées sur son cœur, alors qu'il ouvrait le canal de com pour informer la vigie que le vaisseau était prêt à sauter.

L'essai eut lieu en présence d'une assistance nombreuse. Ce jour-là, l'homme de Buestana franchit à une vitesse vertigineuse – moins d'un quart de seconde – la distance entre les stations Barbu et Moqueur. Les spectateurs sur le pont Canopée retinrent leur souffle, quand le vaisseau se dématérialisa. Ils doutèrent de leurs sens, même en visionnant la preuve enregistrée par leurs neuraux. Il avait bien été là, et une fraction de seconde plus tard, il n'y était plus. La nouvelle se répandit comme une traînée de poudre, d'abord sur le Flux de la station, puis sur celui de la Coalition ; un courant électrique, qui, sautant d'un neural à un autre, ouvrit les yeux des populations. Tout le monde comprit alors que la vie avait irrévocablement changé. Sur les flottes de récupération, celle des Kerrigan en particulier, l'information suscita des conversations animées. Les métallos qui mangeaient dans le carré du *Joplin* se demandèrent en grommelant ce que leur réservait l'avenir. Mais même ceux qui restaient prudents face à la révolution annoncée ne niaient pas que, sur le long terme, c'était une bonne chose. Bientôt, les portes de la frontière s'ouvriraient.

Parmi eux, seule demeurait silencieuse l'ancienne capitaine d'un cargo assise en bout de table, à l'écart. Agacée par le babil insouciant de ses collègues, elle ne touchait pas à son plateau. Ils n'avaient aucune idée du prix à payer pour cet avenir radieux. Alors qu'elle pensait au garçon qu'elle avait perdu, sa main se referma autour de sa fourchette, comme pour la plier. Peu lui prêtèrent attention, quand elle se leva brusquement. Ceux qui s'aperçurent de son départ s'étonnèrent que la nouvelle la plus spectaculaire de la Coalition n'arrache pas un sourire à cette femme brisée. Elle ne semblait même pas curieuse. Puis ils retournèrent bien vite à leur conversation animée.

Les jambes flageolantes, Nia s'engagea dans la coursive vivement éclairée. Elle dut s'appuyer contre le mur pour ne pas tomber. Ignorant la jeune technicienne qui lui demandait si elle avait besoin d'aide, elle se concentra sur la sensation du métal froid contre son épaule, et sur la rage qui coulait dans ses veines.

« Il est mort, n'est-ce pas ? » chuchota-t-elle ce soir-là, dans l'infirmerie.

Sartoris bougea la tête vers elle. Cloué au lit par des plâtres protecteurs, son corps ne lui permettait que ces mouvements raides. Il avait repris connaissance à peine une semaine plus tôt, physiquement affaibli par son long sommeil. Sa capacité d'attention, autrefois si précise, en avait également souffert ; quand elle venait lui parler, il se dissipait rapidement ; « Vous me semblez très familière », dit-il, mangeant ses mots.

Elle ne répondit rien. Avec un soupir d'abattement, elle se laissa aller en arrière sur sa chaise et, les yeux rivés au plafond, écouta le bip plaintif de son moniteur cardiaque et ses murmures incohérents. Elle resta à son chevet jusqu'à ce qu'il se rendorme, puis elle regagna sa cabine. Allongée dans son lit, elle ne ferma pas l'œil de la nuit et attendit le début d'une nouvelle journée de travail. Elle n'était plus la même non plus, depuis l'attaque contre le *Debby*. Elle s'en apercevait aux protestations de son bras, pendant les heures de découpe des métaux ; l'articulation de son épaule l'élançait, dès qu'elle soulevait un conteneur lourd. Seul le jet d'eau froide des douches après le travail soulageait sa douleur ; encore lui fallait-il composer avec les gémissements de couples qui en profitaient pour se livrer à leurs ébats dans un coin. Leur lançant des regards frustrés, Nia tentait de les ignorer. Elle prenait ses repas sans personne, se reposant interminablement les questions qui l'obsédaient. Pourquoi n'avait-elle pas fui avec Ahro, quand elle en avait eu l'occasion ? Pourquoi se donner la peine de retourner chez Fumiko, si elle avait déjà tout ce qu'elle désirait avec elle, à bord de son vaisseau ? Elle n'arrêtait de se tourmenter que lorsque sa fourchette avait transformé en bouillie trouble la purée dans son assiette, et que le carré était désert.

Elle n'avait plus que son travail de métallo, et Sartoris. Ses visites avaient lieu en fin de journée, des soirées qu'ils passaient en silence. À l'entrée de la chambre, un écran de divertissement muet éclairait le visage de l'infirmier de garde. Son cœur se serrait dès que le vieil homme esquissait poliment un sourire perplexe, devant cette inconnue qui s'entêtait à venir à son chevet, même s'il n'y voyait pas d'inconvénient. Elle fixait son attention sur la flûte entre ses mains. Le pouce sur le nom gravé à sa base, elle pensait à sa musique. Son imagination la harcelait, avec des images du pire, la souffrance qu'on lui avait infligée, l'abandon, la solitude, l'obscurité et son bras tendu. Vers elle. Et elle se demandait quand elle pourrait enfin le rejoindre.

« Je vous connais, chuchota Sartoris, avec un sourire. Vous êtes une capitaine. »

Elle expira.

« Je l'étais. »

De toutes les pertes qu'elle avait subies au cours de l'année écoulée, celle de son ancien titre faisait le moins mal. La quasi-absence de responsabilité lui procurait un certain soulagement. Elle se contentait d'obéir aux ordres et d'exécuter les tâches de la journée ; elle n'avait à répondre que de l'outil qu'on lui confiait et du désossage de ses carcasses. Elle se plongeait dans le rythme de son travail, le plaisir tactile de sa thermolame s'enfonçant dans les plaques de coque, comme un doigt dans de la boue. Savoir qu'une erreur de sa part ne pouvait entraîner que des conséquences limitées avait un aspect rassurant. Si sa lame glissait, elle ne bouleverserait pas l'ordre des choses. Après ce qu'elle avait enduré, elle survivrait à la perte d'un doigt ou d'une main, tant qu'il s'agissait des siens.

Elle arrivait la première à son poste, elle en partait la dernière. Elle ne parlait pas aux autres et atteignait ses objectifs. Au fil des semaines, des mois, elle se transforma en fantôme. Elle s'inscrivit résolument dans l'impermanence, se persuadant du caractère éphémère de son existence. Même ses collègues ne surent bientôt plus à quoi ressemblait sa voix, ou quel était son nom. Pour eux, elle devint « l'ancienne capitaine » ou simplement « elle ». Mais bien qu'elle s'efforce de passer inaperçue, son chef d'équipe nota rapidement la qualité et l'uniformité de son travail. Il la récompensa en lui accordant des pauses qu'elle ne prenait pas. Et pour l'anniversaire de sa présence parmi eux, alors qu'approchait le terme de son contrat temporaire, il lui offrit un poste moins précaire sur le *Joplin*. « Je ne suis pas objectif, mais croyez-moi, c'est le meilleur vaisseau de la flotte Kerrigan. Je vous propose un engagement de cinq ans, avec perspectives d'ascension professionnelle. Et vu votre compétence, ça ne devrait pas traîner. Le gîte et le couvert sont compris, pour vous et votre entourage. » Il faisait allusion à Sartoris.

« J'ai combien de temps pour me décider ? » demanda-t-elle, les mains dans les poches de sa combinaison et le regard perdu dans les jets d'étincelles autour d'eux.

Son chef haussa les épaules. « Disons, trois mois. À peu près au moment où l'argent versé par votre bienfaiteur ne couvrira plus vos frais. » Il lui fit un signe de tête. « Prenez votre temps. Réfléchissez-y, Imani. Mais acceptez. »

Il la planta là, à côté de la carcasse calcinée d'un cockpit. Elle empoigna le manche de sa thermolame et se demanda si elle était capable d'oublier, et de repartir de zéro.

Tu l'as déjà fait, dit la voix de sa sœur.

Nia alluma sa lame et cria d'envoyer le lot suivant. La ferraille approcha sur le tapis roulant. Comme hier, et le jour d'avant, elle se mit au travail.

Et regarde où ça t'a mené.

D'abord, on en équipa les bâtiments militaires et les vaisseaux de la haute société, puis les cargos des entreprises et les grandes flottes commerciales assurant le transport de passagers. Avec le temps, la puce VR se retrouva même sur les omnibus les plus vétustes.

La demande était forte. Aux portes des autorités portuaires de la ville-planète Ustinov, des pilotes faisaient la queue sur plusieurs kilomètres, dans l'espoir d'obtenir la précieuse puce. Beaucoup attendaient depuis des semaines. En tête de la file se trouvait une femme qui avait campé pendant un mois, dépendant de sa fille pour la ravitailler chaque matin et changer sa poche de colostomie. À l'ouverture, on lui fit signe d'approcher. La remise de sa puce fut le second plus beau jour de sa vie, après la naissance de sa fille. Elle ressortit en brandissant la boîte au-dessus de la tête, sous les applaudissements de la foule. Sa fille courut à sa rencontre, puis elles retournèrent installer la nouvelle technologie sur leur omnibus. Elles y travaillèrent presque trois jours, car la mère avait englouti pratiquement toutes ses économies dans l'acquisition de la puce. Elle n'avait donc plus de quoi se payer les services d'un professionnel. Respectant soigneusement les instructions vidéo, elles reconfigurèrent le moteur, démontant l'ancien cœur pour le remplacer par la boîte noire, lisse et impénétrable.

Ni la mère ni la fille n'eurent la curiosité de l'ouvrir, au risque d'annuler la garantie. D'autres le firent, des rétrofiteurs ou des pirates, et même de simples bricoleurs, qui partagèrent leurs découvertes sur le Flux clandestin. Au sein des circuits VR se nichait une petite bille de verre, contenant une goutte de sang rouge, assez fine pour tenir sur la pointe d'une aiguille. Sa présence souleva des questions, mais Umbai refusa d'y répondre, s'abritant derrière la protection de sa propriété intellectuelle. Certains élevèrent des protestations, s'interrogeant sur la source d'une technologie potentiellement contraire à l'éthique. Mais Umbai n'eut pas à souffrir de ces quelques réactions négatives, auxquelles le grand public resta le plus souvent indifférent. Comme la plupart des gens ces jours-ci, la femme d'Ustinov ne comprenait pas ceux qui émettaient des réserves. Pour elle, une goutte de sang était un bien faible prix à payer pour un avenir radieux. Il lui arriva néanmoins de s'interroger. Ainsi, lors d'une soirée bien arrosée, où un collègue, jouant l'avocat du diable, voulut savoir ce qu'elle penserait si le sang de sa propre fille alimentait la puce. Elle se tut, avant de déclarer fermement : « Je ne le permettrais jamais. » Elle avait conscience qu'elle ne répondait pas réellement à la question, mais son interlocuteur s'en contenta.

Elle lança l'un des premiers services de transport rapide par omnibus sur Ustinov. C'était une vie agréable au début. Tandis que les passagers s'acquittaient du prix du billet auprès de sa fille, le tarif incluant un aspipack pour se désaltérer, elle appelait la vigie depuis le cockpit et demandait l'autorisation de sauter.

Elle ne vivait que pour ce moment où on lui donnait le feu vert. Quand elle entendait ses clients retenir leur souffle, puis leurs cris et leurs exclamations un quart de seconde plus tard, une fois arrivés à destination. Le ciel d'une ville-planète inconnue. À l'époque, la plupart des gens n'avaient jamais quitté leur monde ; le prix du voyage était un frein, mais aussi le sacrifice temporel à consentir. À présent, des familles qui n'avaient plus eu de relations depuis des générations se retrouvaient, tout comme de vieux amis ou d'anciens amants. L'argent coulait à flots. Une période de douze heures lui permettait d'assurer trente trajets. Elle et sa fille dormaient peu. Épuisées, elles terminaient leur journée trop excitées par les tablettes d'adrénaline et le plaisir que leur procurait le ravissement de leurs passagers stupéfaits. Au retour, ces derniers les remerciaient, brûlant de connaître la distance parcourue. Tremblants, ils serraient la main de ces reines généreuses. Pour le public émerveillé, les pilotes des omnibus devinrent des dieux.

Umbai choisit la femme d'Ustinov et trois cent vingt-deux de ses collègues pour jouer le rôle d'ambassadeur de la puce auprès de flottes pas encore sous contrat.

Un jeune représentant de la station Pélican l'avisa de ce service civil obligatoire, lui montrant le parchemin d'une déclaration signée par le premier consul. Elle fit encadrer le document, qu'elle accrocha fièrement à l'avant de la cabine de son omnibus, à côté des portraits rayonnants de ses parents et de ses tantes chéries.

Elle et sa fille partirent une semaine plus tard, avec pour mission d'évangéliser les Kerrigan. Après avoir hélé la flotte, elle s'arrima au *Joplin* en fredonnant, en compagnie de douze de ses collègues. Elle demanda à sa fille de préparer les rafraîchissements.

Si tout s'était déroulé comme prévu, ç'aurait été le troisième plus beau jour de sa vie.

Les couloirs étaient déserts. Les thermolames refroidissaient sur les tables. Les opérateurs de transpalettes avaient abandonné leurs engins. Un attroupement s'était formé autour de la baie, acclamant l'arrivée des omnibus de la Coalition. Des hommes et des femmes en combinaison se pressaient sur les passerelles et dans les escaliers, et jouaient des coudes pour mieux voir les vaisseaux VR à l'approche.

Nia se tenait en retrait, debout sur un banc, pour dominer la mer de têtes ; à côté d'elle, Sartoris était assis, les mains posées sur sa canne. Il regardait calmement la cohue avec perplexité, comme s'il n'était pas sûr de comprendre la raison d'une telle agitation, mais elle ne l'enchantait pas moins. Des vagues de vivats résonnèrent, quand le commandant de la flotte et son état-major fendirent la foule pour souhaiter la bienvenue aux pilotes. Après un bref discours d'introduction, que Nia, trop éloignée, ne parvint pas à entendre, le détachement embarqua, et les applaudissements moururent progressivement, jusqu'à ce que le dernier omnibus se sépare du *Joplin* et disparaisse. Pendant trente minutes, tout le monde retint son souffle. On s'interrogea en murmurant sur la durée de la démonstration. On s'inquiéta : ne devraient-ils pas déjà être de retour ? Quelqu'un demanda à Nia si elle voyait quelque chose. Puis, tous laissèrent éclater leur joie alors que les omnibus réapparaissaient, un à un. En débarquant du sien, le commandant de la flotte eut un hochement de tête approbateur, déclenchant une clameur si forte qu'elle manqua d'emporter Nia. Mais sa mâchoire se crispa quand elle se rappela ce qui rendait possible cette technologie.

Les métallos reçurent ensuite l'autorisation de tenter l'expérience, chacun à leur tour. On se bouscula, mais les sifflets des chefs d'équipe y mirent bon ordre, et bientôt, tout le monde fit bien sagement la queue. Nia ne se joignit pas aux files. Elle resta assise sur son banc, persuadée, qu'en montant à bord d'un de ces vaisseaux elle trahirait la mémoire d'Ahro. Elle refusait, par sa participation, de saluer cette prouesse technologique. Du peu de choses que la vie avait encore à lui offrir, sa mémoire était ce qu'elle avait de plus cher.

Pourtant, l'enthousiasme de ses collègues et leur silence religieux au retour, leurs haussements d'épaules hébétés aux interrogations de ceux qui attendaient, tout cela avait quelque chose de communicatif, qui piquait sa curiosité face à l'impossible. « Pourquoi pas ? » se demanda-t-elle, honteuse, bien qu'elle bouille d'une colère vertueuse.

Quand on appela le dernier groupe trois heures plus tard, elle se leva.

« Vous voulez venir ? » proposa-t-elle à Sartoris. Et après qu'il eut hoché la tête comme un enfant impatient, elle l'aida à se mettre debout.

On les fit monter à bord du dernier omnibus. Prenant Sartoris par le bras, elle le conduisit jusqu'à la rangée vide au fond et lui tint sa canne, pendant qu'il s'asseyait lentement à côté du hublot. Alors qu'elle lui bouclait sa ceinture, une jeune femme poussa un chariot dans l'allée et tendit à chacun une bière Umbai en aspipack. Tandis que Sartoris sirotait la sienne avec précaution, Nia s'attacha à son tour. Elle grimaça en passant la sangle autour de sa taille. Sentant le contact d'un objet pointu contre sa hanche, elle sortit la flûte de sa poche. Elle rit. Elle avait tellement l'habitude de l'avoir sur elle qu'elle avait oublié sa présence.

L'interphone s'alluma et la cabine devint silencieuse.

« Bienvenue à bord de cet omnibus O'Daja Voyages. J'espère que vous appréciez vos rafraîchissements, offerts par Umbai et la Coalition. Je vous rappelle que ce vol a valeur de démonstration de la puce VR. Dès que nous en aurons reçu l'autorisation, nous sauterons dans trois systèmes différents : Averyn, Palau et San Osha, dans cet ordre. Nous ne marquerons qu'une pause très brève à chaque destination, alors gardez les yeux sur les hublots, si vous désirez voir les effets du déplacement. Retour prévu dans trente minutes. Je vous souhaite bon vol. »

Tout le monde se tourna vers sa vitre et les vaisseaux des Kerrigan, qui parsemaient la Nébuleuse rouge par dizaines, tels des grains de poivre sur une tache de sang. En un an, Nia n'avait jamais quitté le *Joplin* ; elle n'avait jamais vu à quoi ressemblait la flotte de loin. Elle ne s'y sentait pas chez elle, mais elle eut tout de même la chair de poule quand la pilote entama le compte à rebours à partir de cinq. Elle serra la flûte dans sa main, alors qu'elle articulait en silence, pour personne en particulier, « Je suis désolée. »

... deux, un.

Nia se prépara.

Il n'y eut aucune lumière, rien de spectaculaire.

Les étoiles changèrent simplement de position. La nébuleuse, et la flotte, disparues. Et derrière le hublot, le vide de l'espace. Une transition si soudaine que, pendant un moment, elle crut à un effet d'optique, une coupure dans un holo bon marché. Le saut avait été imperceptible, hormis la discrète vibration de son fauteuil. Presque risible. Puis elle suivit le regard de Sartoris de l'autre côté de la rangée et le vit écarquiller les yeux. Les flèches d'une ville-planète se détachaient sur le soleil, tel un oursin entraîné par un flot de lumière volcanique.

Personne ne parla.

« Première étape : Averyn, annonça la pilote avec un sourire dans la voix. La ville-planète se trouve sur votre gauche. Profitez-en. Nous repartons dans cinq minutes. »

Muette, Nia contempla la preuve concrète et saisissante qu'ils venaient de traverser la galaxie en un quart de seconde. Elle s'enfonça dans son fauteuil, le visage ruisselant de larmes. Un quart de seconde. Même pas le temps de signer un contrat, ou de prononcer la première syllabe de la phrase, « Paré au départ. » Un battement d'ailes.

Elle s'enveloppa dans ses bras, la flûte pressée contre sa poitrine. Toutes ces années englouties dans la Poche, des sacrifices désormais inutiles. Fini, le temps perdu en transit, les épaves échouées dans les Confins sans espoir de secours, les adieux aux vieux amis. Fini, les passages éphémères dans l'existence d'amants oubliés. C'était si beau, et si horrible. Elle avait du mal à respirer.

La main de Sartoris se posa sur son épaule. La voix entrecoupée par l'émotion, elle tenta de le rassurer. Elle lui dit qu'elle allait bien, mais elle mentait. Elle n'irait plus jamais bien.

Elle sécha ses larmes et baissa les yeux sur la flûte dans sa main, cet objet en bois bon marché. Elle décida de jouer un air. Un dernier, ici, en mémoire de la Poche et de tous les êtres qu'elle lui avait sacrifiés ; pour Ahro, qui semblait plus proche que jamais, omniprésent, partout où un vaisseau aurait la capacité de s'affranchir des distances entre les étoiles. Une chanson pour le prix de son sang, son sourire qui lui manquait terriblement et le claquement de ses sandales dans la coursive du *Debby*.

Un son qu'elle continuait d'entendre. Elle trouva le bon doigté et porta le bec à sa bouche. Sans rien dans le cœur à part le cratère creusé par son amour pour lui, pour eux tous, elle souffla quelques notes. La première d'entre elles résonna tel un coup de clairon, perçant le voile. Une petite flamme jaillit sur un rivage sombre, où un jeune homme se réveilla en haletant, comme après un coup de poing à la poitrine. Il ignorait qui il était, où il se trouvait et combien de temps il avait dormi, il savait seulement qu'une lumière soudaine venait d'ouvrir une brèche dans les ténèbres. Un feu de camp, à quelques mètres de là, encore faible, mais assez vif pour l'obliger à détourner les yeux, alors qu'il rampait dans sa direction. Se traînant sur le sable lisse et au-dessus des bancs en rondins, il eut le sentiment de connaître cette plage, l'eau sombre, et même ce feu. Hanté par ce souvenir insaisissable, il s'accroupit devant les flammes pour écouter leur crépitement ; un son familier, le chuchotement entrecoupé d'une femme… une voix qui l'attirait par sa promesse d'amour et de sécurité. Elle le poussa à se rapprocher de la chaleur rouge-blanc, assez pour se brûler, assez pour qu'elle l'entende. Alors, il ouvrit la bouche, et de toute la force de ses poumons, il lui lança un grand cri, « JE SUIS LÀ ! »

L'omnibus fit une brusque embardée, comme si une main invisible venait de lui flanquer une taloche. L'impact coupa le souffle des passagers retenus à leurs sièges par leurs ceintures. Les aspipacks valsèrent dans les airs tels des confettis, tandis que la jeune serveuse tombait en avant dans l'allée, se tordant une cheville restée coincée dans un accoudoir. La cabine résonna de cris perçants et gutturaux, puis d'un chœur de gémissements étouffés, alors qu'on rétablissait l'éclairage et que l'omnibus se stabilisait. Nia, hébétée, massa son cou endolori et tendit un bras vers Sartoris, pour s'assurer qu'il était toujours en un seul morceau. Le visage chiffonné, son ami pressait de sa paume la tempe qu'il venait de cogner contre le hublot. Elle lui demanda si tout allait bien. Avec une grimace, il hocha la tête. Le silence régna dans la cabine, pendant que tout le monde rassemblait ses esprits. D'abord, personne ne remarqua le flamboiement matinal du soleil blanc apparu à tribord. Puis un passager poussa un cri et pointa du doigt, comme en accusation, les montagnes découpées de la planète inconnue. Les cumulus livides et froids. Le vent violent qui faisait vaciller la vitre.

Ce n'était pas Averyn.

La pilote confirma leurs soupçons, quand elle annonça d'une voix tremblante : « Je... euh, nous avons sauté. Je vais me renseigner, j'appelle la vigie. Merci de patienter. »

La magie s'était envolée, et les métallos mécontents s'en prirent à la jeune femme dans l'allée, qui s'occupait de sa cheville blessée. Ils exigeaient des explications. Nia chercha à tâtons sur le sol la flûte qu'elle avait laissée tomber et ramassa l'instrument qui avait roulé sous son siège.

« Que s'est-il passé ? demanda Sartoris.

— Je ne sais pas », répondit-elle en se redressant. Elle s'assura que la flûte n'était pas cassée.

Elle disait vrai. Son esprit ne réunit les pièces du puzzle, les indices capitaux, que plus tard, après que, sur ordre d'Umbai, l'omnibus effectue un nouveau saut, à destination de la station Moqueur. Techniciens et guêpes attendaient sur les quais, prêts à déterminer la cause de ce cafouillage. On escorta les passagers dans les locaux de la sécurité, tandis que la femme d'Ustinov assistait, impuissante, à la destruction méthodique de son gagne-pain par les techniciens d'Umbai. Nia et ses collègues eurent droit à une fouille corporelle dans des pièces séparées, les autorités cherchant d'éventuels objets de contrebande ou la preuve d'une tentative de sabotage. Mais les guêpes ne trouvèrent dans les poches des métallos que des boules de peluches, des cartes à jouer des pince-tournevis et, curieusement, une flûte. Une paire de mains gantées l'examina sous l'éclairage cru de la salle d'interrogatoire ; l'inspecteur regarda dans le tube et souffla à l'intérieur pour s'assurer qu'il ne contenait rien. Au moment où la lumière entrait à flots par les trous de l'instrument, Nia eut son premier soupçon, un simple lien établi dans sa tête, comme deux doigts qui se rencontrent. Le fol espoir d'un rapport de cause à effet, qui, après leur retour au *Joplin*, allait peu à peu s'imposer dans son esprit. Pour la première fois depuis des mois, elle se surprit à laisser vagabonder ses pensées, sa thermolame pendant mollement dans sa main. Elle se rappelait alors ce que le garçon lui avait dit, avant d'être enlevé ; le souvenir de la musique qui avait un jour réussi à le ramener chez lui, quand il s'était perdu.

À la fin de sa journée de travail, elle alla annoncer à son chef d'équipe qu'elle ne signerait pas le nouveau contrat ; qu'en fait elle serait partie dans le mois. Il fit de son mieux pour la convaincre de rester, mais ne put que s'incliner et lui souhaiter bonne chance pour la suite.

Au carré, elle mangea avec appétit. Puis, elle regagna d'un pas décidé la cabine qu'elle partageait avec Sartoris. Derrière les billes d'acier de son regard, son plan s'esquissait déjà.

Personne n'était sûr de ce qui avait provoqué le saut imprévu, mais on avait la ferme intention de le découvrir. On suspendit le trafic VR pendant dix heures, tandis que les labos récupéraient la capsule dans la Poche et étudiaient minutieusement l'Acquisition. Tout y passa : câblage, moniteurs et appareils médicaux, le corps inséré au cœur de la machine, l'historique du rythme cardiaque. Un diagnostic complet, interrompu par *un* mouvement.

Les yeux de l'Acquisition s'ouvrirent brusquement, les pupilles dilatées, un regard vide fixé sur le plafond en dôme. Des larmes coulèrent sur ses joues.

Tous les techniciens se figèrent. La crainte d'une erreur de dosage, qui permettrait au garçon de s'échapper grâce à son pouvoir les cloua sur place. Mais ce n'était qu'un réflexe. « C'est bon, les rassura leur chef, levant une main gantée. Il est toujours endormi. » Après ce moment d'intense frayeur, on augmenta les sédatifs. Les paupières de l'Acquistion se baissèrent et on renvoya sa capsule dans la Poche.

Mais le technicien n'avait pas tout à fait raison. Une partie du garçon était réveillée à présent. Il avait vu la lumière vive, et les silhouettes penchées sur lui, avant que les drogues le replongent dans son rêve. Son visage disparut sous l'eau glacée. Entraîné vers les abysses, il se traînait sur le rivage nocturne, telle une créature protéiforme, vers le petit feu qui vacillait sur la plage. Il se hissa sur un des rondins, où il s'assit, les muscles douloureux. Les aiguilles plantées dans sa tête s'opposèrent au mouvement de son cou, alors qu'il regardait autour de lui ce refuge enfoui sous son vieil instinct. À présent, il comprenait que cet endroit n'était pas réel, pas vraiment. Ni la limite silencieuse des arbres, à sa droite, avec les feuilles que le vent frottait l'une contre l'autre sans bruit, ni l'eau à sa gauche, les vaguelettes se profilant sur un clair de lune anormalement vif. Il ignorait où il se trouvait, mais il savait qu'en réalité il était ailleurs. Il leva la main vers la douleur aiguë dans sa tête.

Un sentiment d'effroi l'emporta sur sa souffrance physique quand il regarda vers l'océan infini et vit une forme approcher. La silhouette noire qui se détachait sur la lune blanche et lisse marchait sur l'eau, comme si elle ne pesait rien. Son corps revêtu d'une robe ne reflétait pas la lumière, et un masque de porcelaine froide, pâle et impitoyable couvrait son visage.

La silhouette avança sur la plage sans laisser de traces dans le sable et, après avoir contourné son feu en observant le jeune homme un étrange moment, elle s'assit sur le rondin en face du sien.

« Tu es réveillé. »

Le jeune homme trembla, alors que l'eau froide dégoulinait de sa peau. Au-delà de ses frissons fébriles et de la douleur lancinante dans sa tête, il entendit un carillon, celui des petites cloches en cuivre de sa mémoire lui rappelant où il avait déjà vu ce masque. L'aspect lisse inquiétant, les deux fentes sombres des yeux, dont l'angle évoquait la colère, ou le rire. « Vous êtes mon Bienfaiteur », dit-il. Il ne savait pas trop d'où il tenait ce nom, ou comment il s'en souvenait ; comme la plage et l'eau, il semblait avoir toujours été là, dans quelque poche secrète de son esprit, n'attendant que lui.

Pour une raison ou pour une autre, et malgré l'absence de bouche, il eut l'impression que le masque souriait. « Ils t'ont beaucoup pris, mais pas tout, apparemment, dit-il de sa voix multiple. Ils se trompent en croyant que les souvenirs ne résident que dans l'esprit, alors qu'ils habitent aussi les os et le sang. » Les voix se confondaient dans un chuchotement androgyne pressant, certaines avec un temps de retard, qui nuisait à la clarté de l'ensemble. Chaque voix lui enfonçait une vrille à la fois chaude et froide dans l'oreille. « Sais-tu où tu es ? »

Il regarda autour de lui. « Non. Mais ça semble… familier.

— C'est normal. » La silhouette joignit ses mains gantées sur ses genoux. « Tu as fêté un anniversaire ici, un jour. »

Il grimaça. Il avait un nœud dans la tête, dans sa mémoire, qu'il ne parvenait pas à défaire. Dans ce brouillard, quelqu'un lui demandait de rejouer un air de flûte.

Quelle flûte ?

« Ne t'inquiète pas pour ça, poursuivit son Bienfaiteur. Il n'est plus temps. Tout ce qui compte est là. » Il montra de sa main gantée l'étendue d'eau par où il était arrivé. Les vagues se figèrent, donnant l'impression que l'océan devenait solide, le clair de lune traçant un chemin qui serpentait entre ses vallées, en direction de l'horizon de ténèbres. « La sortie est par là. La dernière route.

— Où mène-t-elle ?

— À un repos bien mérité. »

Il se leva et tendit sa main gantée, les flammes du feu silencieux dessinant des motifs sur le cuir gris. Le jeune homme sentit l'attraction qu'exerçait cette main sur lui, la force d'entraînement. Son instinct lui souffla qu'en la saisissant, pour suivre son Bienfaiteur, il mettrait fin à la souffrance. À tout cela.

Mais quelque chose le retenait. Le feu, près duquel il était assis. La voix qui en avait jailli. Le désir de réentendre cette voix.

Refermant ses bras autour de sa poitrine, il ignora la main tendue de son Bienfaiteur.

« Pas encore, répondit-il en fixant les flammes du regard.

— Tu meurs, tu le sais ? Tu te consumes. Ils t'épuisent peu à peu, comme l'ont fait mes frères et mes sœurs sur le Vaisseau Silence. » Il soupira. « Ta fin est écrite, mon garçon. J'en suis navré, mais c'est la vérité. Par contre, ce qui ne l'est pas, c'est comment tu y arriveras. Deux voies s'offrent à toi. Rester, et laisser les oiseaux picorer ton corps. Ou partir, avec moi, et les priver de leur repas volé. »

Mais le jeune homme garda les yeux rivés sur la flamme.

« Pas encore », murmura-t-il de nouveau.

Son Bienfaiteur retira sa main et le regarda à travers les fentes de son masque, ses pensées demeurant un mystère pour lui. Il se rassit.

« À toi de décider, ajouta-t-il simplement. Dès que tu te sentiras prêt.

— Merci. »

Et au bord de ce rivage paisible et sombre, il fit de son mieux pour ignorer le flamboiement constant de la douleur dans sa chair, guettant avec son berger le prochain chuchotement de la flamme.

Loin de cette plage, dans l'espace de la Coalition, le trafic VR reprit, comme avant le léger problème. Dans leur rapport, les techniciens expliquèrent que, avec tout ce qu'on lui injectait dans l'organisme, un réflexe occasionnel de l'Acquisition paraissait inévitable. Et cela pouvait se traduire par le saut fortuit d'un omnibus de la ville-planète Averyn dans l'atmosphère d'un monde à la frontière des Confins. Peu de solutions existaient pour lutter contre ces bugs, hormis corser le cocktail de médicaments et croiser les doigts. Toute autre action était à écarter, un incident isolé parmi des milliers de sauts réussis ne justifiant pas le coût d'une enquête approfondie. Les autorités approuvèrent les conclusions du rapport. Les intérêts financiers de l'entreprise la poussaient à se concentrer sur le problème plus urgent : la circulation croissante de vaisseaux VR provoquait un goulot d'étranglement.

L'Acquisition ne pouvait prendre en charge qu'un véhicule à la fois. De l'autorisation à la post-confirmation, un saut nécessitait entre trois et cinq secondes. À mesure que les planètes et les flottes signaient des contrats avec Umbai, le nombre quotidien de vaisseaux en attente atteignit des centaines de milliers et le délai pour partir des heures, des jours parfois. Face à cette absurdité, les plaintes de clients inondèrent le Flux. On établit des plannings des semaines à l'avance. Certains pilotes malchanceux ne sautèrent plus qu'une fois par mois, ce qui provoqua une flambée du prix des billets. Dans sa recherche permanente d'optimisation du processus, Umbai gratta des fractions de seconde dans la boucle d'autorisation. Et pour satisfaire ses actionnaires, l'entreprise instaura l'Heure-privilège ; un système « coupe-file » pendant la journée, avec accès réservé aux vaisseaux institutionnels et à tout civil prêt à s'acquitter de droits d'admission élevés. Pendant ce créneau, les bénéficiaires seraient libres d'aller et venir. Cette mesure, qui avait manifestement pour but de favoriser les flottes de la haute société et quelques autres, ne trompa personne.

Pour Umbai, ces problèmes étaient positifs. Avec les iotas que lui rapportaient la distribution de puces, les taxes prélevées, l'Heure-privilège et les contrats signés avec des puissances galactiques neutres, les caisses étaient pleines. Les bénéfices augmentèrent de manière exponentielle. Les villes-planètes se multiplièrent. Chaque nouvelle puce installée, chaque saut était comme un nerf arraché à vif sur le dos de l'Acquisition.

Sartoris ne reconnut pas la pièce. Les lits, la chaise près du bureau ou les tours qui s'élevaient dans l'obscurité derrière la fenêtre n'avaient rien de familier. Il toucha la vitre froide. Il ignorait comment il était arrivé ici.

De façon récurrente, des choses continuaient de lui échapper. Il pensait qu'il se portait mieux, qu'il avait de nouveau prise sur le temps. Mais parfois, comme maintenant, il se retournait, et il oubliait. Un pan entier, disparu en un claquement de doigts.

Il fit le tour de sa chambre. Le bruit sourd de sa canne sur la moquette à la fibre grossière l'accompagna à la porte, avant qu'il revienne à la fenêtre. La gorge sèche, il déglutit. Il ne connaissait pas cet endroit.

Il était seul.

Sa main trembla contre le pommeau de sa canne, alors qu'il s'asseyait sur la chaise à côté du bureau. Quelque chose se froissa dans sa poche. Un bout de papier, arraché à un carnet. Des mots, griffonnés à la hâte, qu'il eut d'abord du mal à déchiffrer.

Il allait mieux, mais lire restait difficile.

Sartoris. C'est Nia. Vous êtes dans un foyer sur la ville-planète Galena. La chambre est louée pour la journée. C'est la nôtre, alors n'en bougez pas. Je suis partie à 16 heures pour les sous-strates. Je serai de retour avant minuit. J'ai quelque chose à récupérer là-bas. Je vous en dirai plus à mon retour. Tâchez de vous reposer. Si vous avez un petit creux, j'ai laissé de quoi manger dans le sac près du lit.

Ne vous inquiétez pas.

Vous êtes en sécurité.

Il posa le papier à plat sur le bureau. Ses doigts effleurèrent la phrase *Vous êtes en sécurité.* Il marmonna tout seul, tandis qu'il se relevait et retournait à la fenêtre.

« Je suis en sécurité », dit-il à voix basse. Il embrassa du regard la ville-planète, des cimes vertigineuses de ses immeubles à ses profondeurs sombres et infinies. « Je suis en sécurité. »

Une prière fébrile, qu'il chuchota, alors que la vie continuait sans lui. Les ascenseurs entre les niveaux inférieurs et la surface ne désemplissaient pas. Une ville sous la ville, où les étoiles ne perçaient jamais. Les habitants s'éclairaient et se chauffaient en allumant des bâtons-flamme ou en brûlant les déchets d'en haut, tombés par les vide-ordures. Dans les rues bondées, un enfant s'accroupit en souriant et se soulagea dans le caniveau ; il fit signe de la main aux quatre miliciens armés qui passaient à côté de lui. À proximité, un corps inerte gisait sur le sol, la gorge tranchée. Autour du cadavre, des vendeurs à la sauvette fourguaient une paire de neuraux bas de gamme, des colliers orbitaux et une gemme, montée sur un diadème, jadis porté par la reine oubliée d'un vaisseau colonie. Armée du vieux fusil magnétique de Sonja, Nia traversait ce décor, entre les taudis et les ruelles. Sur son passage, les regards apathiques ne se détournaient que brièvement des murs, où des holopubs vantaient les miracles hors de prix des nouveaux produits d'Umbai. Elle n'y fit pas attention. Personne ne lui demanda la raison de sa présence. Les sous-strates recevaient de nombreux visiteurs de la surface. Leurs habitants n'y pouvaient rien, à part espérer que cet endroit les avale à leur tour.

Toutes les villes-planètes possèdent ces zones interlopes, mais seule Galena avait vu Em grandir. Le plus souvent, Nia essayait de ne pas penser à son ancien équipage. Mais parmi ses souvenirs, elle avait dû se résoudre à en déterrer un, malgré son chagrin : celui des jeunes années de son technicien, sur Galena. Ses histoires, pleines de violence. Et son lien avec une femme, plaque tournante du marché noir.

Morissa. Nia ne se rappelait que son prénom. Après plusieurs heures de démarchage, une des innombrables Morissa des sous-strates avait fini par reconnaître le nom d'Em, et chose plus importante, celui de son chat.

Prononcer le nom de Nanda valut à Nia la confiance de cette femme, qui lui indiqua son adresse. La porte de l'appartement se trouvait au bout d'un long couloir, éclairé par la lumière crue de tubes fluorescents, et aux murs couverts de graffitis dans une langue illisible pour Nia. Ici, même Umbai ne parvenait pas à tout uniformiser, apparemment. Quand elle frappa, la silhouette menaçante d'un homme au visage à moitié brûlé lui ouvrit. Ses cicatrices se plissèrent, alors qu'il souriait et lui demandait poliment de s'essuyer les pieds avant d'entrer – il venait de nettoyer. C'était un intérieur chaleureux. Un décor de conte de fées, avec des coussins et des rideaux, une table en bois véritable, sur laquelle fumait une théière avec deux tasses. Une femme souffrant d'une sous-occlusion sévère l'étreignit, un accueil qui la surprit. Ses bras frêles autour de Nia, elle la serra contre elle et lui chuchota à l'oreille : « Je l'aimais. Et je ferai tout ce qui est en mon pouvoir pour aider ses amis. Mais avant de vous donner ce pour quoi vous êtes venue, j'ai besoin de savoir : êtes-vous une marchande d'esclaves ?

— Non. »

Elle s'écarta de Nia, gardant les mains sur elle. « C'est bien vrai ?

— Oui. »

Elle hocha la tête. « En général, j'ai l'œil. Mais je devais tout de même poser la question. » Elle fit un signe de tête à l'homme au visage à moitié brûlé, qui sortit de la pièce, avant de revenir porteur d'un paquet enveloppé dans du papier aluminium froissé. « Avec ce brouilleur, vous passerez inaperçue, annonça-t-elle avec une pointe de fierté. La vigie n'y verra que du feu. Mais espacez son utilisation, pour éviter qu'Umbai finisse par vous repérer. Ils ne vous feront pas de cadeau. »

Nia accepta le paquet. « Combien ? » demanda-t-elle.

Morissa leva la main. « Peu de capitaines se souviennent du vieux matou de leur technicien. » Elle sourit. « Une bonne mémoire mérite une récompense. »

À son retour au foyer, Nia trouva Sartoris au lit, endormi. Entre ses doigts serrés, il tenait le mot qu'elle lui avait écrit, le papier chiffonné ne laissant voir que la phrase *Ne vous inquiétez pas*. Elle lui toucha l'épaule et rangea le brouilleur dans son sac. Puis, sur le terminal de la chambre, elle entra en contact avec Toral Anders pour se procurer un vaisseau. L'ancien capitaine du cargo *Solus* se trouvait à présent à la tête de Solus Tourisme S.A. Il cligna des yeux de surprise en découvrant son visage sur l'écran. « Tu es vivante ? Je n'arrive pas à y croire ! s'exclama-t-il. Baruk soutenait mordicus que tu étais partie dans les Confins. Où étais-tu passée, bon sang ?

— J'étais sur un contrat. Une longue mission », répondit-elle, sans entrer dans les détails. Elle regarda son ancien collègue. Toral avait pris de l'âge, mais pas trop, une décennie peut-être. Il n'avait mis un terme à ses activités dans la Poche que quelques années plus tôt. Ses cernes trahissaient son épuisement, mais il restait bel homme. « Je suis contente de te voir.

— Moi aussi, Imani. » Il semblait un peu perdu, comme s'il avait un fantôme sous les yeux ou qu'il avait du mal à fixer une forme diffuse. Son sourire hésitant montrait clairement qu'il se rappelait leur nuit ensemble. « Qu'est-ce que je peux faire pour toi ?

— J'ai besoin de m'acclimater, répondit-elle. Je suis sortie de la Poche il y a quelques semaines, et bien des choses ont changé en mon absence.

— Ce n'est pas nouveau. Mais je parie que tu ne t'attendais pas à une révolution du voyage interstellaire.

— C'est mon problème. Avec la fin des transports via la Poche, je pense me reconvertir dans le tourisme. J'ai entendu dire que la demande est forte. Alors, j'espérais qu'avec tes relations, tu aurais peut-être une piste pour l'acquisition d'un vaisseau bon marché. De quoi me lancer. »

Il hocha la tête. « Je vais t'envoyer une liste. Mais je préfère te prévenir, la concurrence est rude. Beaucoup d'appelés et peu d'élus. La plupart font faillite dans le mois. Et avec les nouvelles taxes, ne compte pas engranger des bénéfices avant un moment. Umbai est sur le point d'ouvrir certains mondes-ressource au tourisme. Je suis fier de t'annoncer que Solus Tourisme S.A. a remporté l'appel d'offres pour l'une de ces destinations. »

Il sourit. « Si tu veux bosser avec nous, tu n'as qu'un mot à dire. »

Si Nia n'avait pas eu ses propres projets, qui devaient rester secrets, elle aurait réfléchi à sa proposition. « C'est gentil. Vraiment. Mais je vais d'abord tenter ma chance en solo. Si c'est aussi moche que tu le dis, tu me verras arriver en courant.

— Je l'espère. »

Elle sentit qu'il était sincère.

Sur la liste qu'il lui fit parvenir figuraient les noms d'une centaine de vendeurs potentiels, rien que sur Galena, avec les antécédents des vaisseaux et les offres en cours. Pendant que Sartoris ronflait dans son lit, elle éplucha le document, jusqu'à trouver un omnibus qui lui convenait dans sa gamme de prix. Elle appela le vendeur, qui lui fixa un rendez-vous dans l'enceinte des autorités portuaires. C'était un jeune homme à l'air accablé, comme si la poisse l'avait poursuivi toute sa courte vie. Il la conduisit à son vaisseau, un petit appareil aussi trapu qu'une brique, arrimé dans le secteur le moins surveillé des quais de Galena. D'une capacité de vingt places, il puait l'encens. À l'arrière s'entassaient des sacs-poubelle gonflés, qu'elle écarta, tandis qu'il se confondait en excuses en se plaignant de son imbécile de frère, ce flemmard. Mais elle ne fit que peu attention à lui. Elle se moquait de son frère, des ordures ou de l'odeur. Dans la salle des machines, elle posa la main sur la boîte noire. La puce de Voyage rapide. Après un saut d'essai, elle lui remit les iotas correspondant au prix convenu en échange de sa clé et de sa plaque d'immatriculation. Il la remercia avec effusion, puis s'éloigna en courant sur le quai, comme s'il craignait qu'après réflexion, elle change d'avis et le prive de la seule bonne affaire de sa vie. Il ignorait que, pour Nia, il n'était pas question de revenir en arrière. Elle ne pouvait qu'aller de l'avant.

Elle jeta les sacs-poubelle par le sas de l'omnibus.

Au matin, elle fit monter Sartoris à bord de leur nouveau vaisseau et l'attacha au fauteuil du copilote. Puis, les mains entre les ficelles du berceau, elle quitta le port et la ville-planète. La coque vibra et elle entendit le chuchotement de l'air qui filtrait par les portes de la cabine, mais elle avait l'habitude des vieilles carcasses chargées d'histoire. Elle les aimait pour leurs cicatrices. Elle attendit qu'ils flottent dans l'espace, hors de l'orbite de Galena, loin de tout, pour sourire. Déballant le brouilleur, elle ouvrit le volet dans le plancher du cockpit et entreprit de le brancher. « Qu'est-ce que c'est ? » lui demanda Sartoris, au-dessus d'elle. Mais avant qu'elle puisse lui répondre, il ferma les yeux et ajouta : « Non. Ne m'aidez pas. Je peux m'en souvenir. »

La moitié du corps à l'intérieur du trou dans le plancher, elle patienta.

La bouche du vieil homme esquissa un sourire hésitant. « Un brouilleur, dit-il enfin.

— Exactement, confirma-t-elle avec fierté.

— Pour qu'on ne nous trouve pas.

— En théorie », grogna-t-elle, clipsant le dernier nodule. Puis elle s'extirpa du plancher et, ignorant l'estafilade sur son bras, elle sortit la flûte. « Et ça, vous vous en souvenez ? » lui demanda-t-elle.

Après un instant, son sourire s'élargit.

« C'est la sienne », répondit-il.

Elle lui fit un clin d'œil, alors qu'elle approchait le bec de ses lèvres et se mettait à jouer…

… et comme si un doigt avait pincé le fil d'une toile d'araignée, le rythme de la musique coula dans les veines de la Poche ; les courants emportèrent cette étincelle vers la frontière entre les réalités, jusqu'à ce rivage obscur, ce lieu de mémoire. Loin sur la plage venait de naître un second feu, qu'il vit et entendit, même de là où il était assis : dans le crépitement, il perçut le chuchotement de cette voix, comme une étreinte. À travers les fentes sombres de son masque, son Bienfaiteur le regarda s'élancer vers ce second feu, manquant de trébucher sur un des rondins qui l'entouraient. À genoux devant les flammes, il cria comme il l'avait déjà fait, et l'omnibus sauta. La ville-planète Galena disparut.

Ils étaient dans l'espace intersidéral.

Il n'y avait que des étoiles de l'autre côté de la verrière de l'omnibus.

Nia baissa la flûte de sa bouche, les mains tremblantes, ne parvenant pas à contenir son émotion. Elle avait enfin obtenu la confirmation de son fol espoir : il écoutait.

Leur saut ne les avait pas entraînés bien loin, dans un système monoplanétaire voisin de Galena. En orbite autour de la jovienne bleue, Nia arpentait nerveusement l'allée centrale en se tordant les doigts. Perché sur un fauteuil passager, Sartoris suivait son manège et écoutait ses hypothèses. « J'envisage deux possibilités, dit-elle. La première : il est vivant, quelque part. Il a entendu la musique, quelle que soit l'explication, et s'est manifesté.

Ce saut a été sa réaction. Ou… » Elle ralentit son pas, ses doigts se figèrent. « Il est mort. Ce qui vient d'arriver correspond à une sorte de… de réflexe du peu de lui qui reste dans le système, et nous n'avons fait que danser avec une ombre. » Elle s'arrêta. « Qu'en pensez-vous ?

— Un moment, je vous prie, répondit-il, avec les mains sur les tempes, comme s'il tentait de chasser une migraine. Excusez-moi, mais c'est beaucoup pour moi. Le simple fait de réfléchir est encore éprouvant. Où sommes-nous ?

— À Sledge. » Elle s'assit à côté de lui. « À un système de Galena.

— C'est loin de suffire pour en tirer une conclusion, n'est-ce pas ? Peut-être devriez-vous rejouer, et voir ce qui se produira.

— C'est trop tôt. Morissa m'a mise en garde contre un usage trop fréquent du brouilleur. Mieux vaut attendre quelques jours avant un nouveau saut.

— Parfait. Ça nous laisse amplement le temps de préparer un plan d'action. Je prends de quoi écrire. » Il saisit son sac, pour en tirer son carnet. Mais quand il le trouva, il fronça les sourcils, le rangea et continua à fouiller. Il gloussa. « Il est quelque part par là.

— Vous cherchez votre carnet, lui rappela-t-elle.

— Je sais », marmonna-t-il. Il le récupéra, avec son stylo. L'ouvrant sur une page vierge, il écrivit *Notre plan* d'une main tremblante.

« Je peux le faire », proposa-t-elle.

Il l'ignora. *Étape un. Jouer de la flûte.*

Des gouttes éclaboussèrent la page.

Des larmes.

« Sartoris.

— Je dois réapprendre, insista-t-il, malgré les lettres baveuses. Je dois me remettre, ajouta-t-il, les joues humides.

— D'accord.

— Bien. La première étape, c'est fait. » Il s'éclaircit la voix, son stylo prêt. « Maintenant, quelle est la seconde ? »

Pendant leurs trois jours en orbite autour du tourbillon jovien, ils discutèrent de leur plan, de ce qu'ils savaient et de ce qu'ils devaient encore découvrir. À cause de l'absence de chambre à bord de l'omnibus, ils dormaient sur les rangées de fauteuils, Sartoris à l'avant de la cabine, près des toilettes ; Nia à l'arrière, près du moteur et de la puce VR. Ils avaient établi que la puce réagissait à la musique de la flûte. Quant à la capsule avec laquelle elle communiquait, Umbai la cachait quelque part dans la Poche. C'était de notoriété publique. En revanche, on ignorait dans quel tourbillon du temps. De toute manière, Nia n'aurait su que faire de cette information. Elle n'était pas une soldate et se voyait mal prendre d'assaut un croiseur, même dans l'espace réel. Par ailleurs, elle ne voulait pas se risquer dans la Poche, pas une journée, pas une seconde de plus. Tout ce qui lui restait, c'était le souvenir de ces deux dernières semaines avec Ahro sur le *Debby*, où il lui avait parlé de son pouvoir ; où lui avait expliqué que, quand il était perdu, sa chanson le mettait sur le chemin du retour. C'était ça, le plan. Le mettre sur le chemin du retour.

« Et s'il ne revient jamais ? demandait Sartoris. Si la seconde hypothèse est la bonne et qu'il n'est plus de ce monde… que ferez-vous, alors ?

— Je continuerai à jouer, répondait-elle, jusqu'à ce que ce soit moi qui aille à lui. »

Ils parlaient des nuits entières, tandis que dans l'espace sous son vieil instinct, le jeune homme assis sur la plage regardait deux feux, devant lesquels une ombre de lui-même criait en silence dans les flammes. La vue des brasiers le réconfortait, assez pour le distraire de la nausée qui montait de son ventre, plein de couteaux. La douleur lui causait des élancements dans la tête, comme si un marteau poussait doucement contre la paroi de son crâne. « Davantage de vaisseaux volent chaque jour grâce à ton sang, dit son Bienfaiteur, debout à côté de lui. Ils t'épuisent. Bientôt, tu ne seras plus qu'une coquille vide.

— Une coquille vide », chuchota-t-il.

Il se sentait fatigué.

« Ta mort est certaine. Tu n'y changeras rien. Par ton entêtement, tu ne fais que prolonger ta souffrance. À moins de casser le ciel, à quoi bon rester ? »

Un troisième feu fleurit plus loin sur la plage.

Le jeune homme comprit.

« Alors, je casserai le ciel », répondit-il.

Umbai nomma la commission d'enquête de rigueur pour avoir l'œil sur la situation, sachant que, selon toute probabilité, rien n'en sortirait. La présence à bord d'un brouilleur rendait impossible l'identification de ce vaisseau, un parmi des milliers, qui se manifestait inopinément. Pas de quoi en faire toute une histoire, surtout avec les problèmes plus pressants posés par la création d'une nouvelle industrie, le tourisme.

Les gens avaient soif de voyages, de découvertes. Umbai avait donc décidé d'ouvrir au public les mondes-ressource, autrefois isolés pour protéger leur production.

Mais d'abord, des préparatifs s'imposaient.

Sur Umbai-V, dans la maison au sommet de la colline, le fils du maire, l'oreille collée à la porte de sa chambre, écoutait son père discuter avec les outremondains dans la pièce d'à côté. Il avait du mal à tout comprendre, mais il distinguait la voix brusque de son père, qui se dominait. Le garçon était fier de lui. Tout le monde reconnaissait son courage. Mais ce jour-là, depuis l'arrivée imprévue des outremondains, il était différent. Il se comportait comme un animal acculé. Par l'entrebâillement, il le vit, le dos voûté sur sa chaise et le visage entre les mains, qui demandait à ses cinq interlocuteurs bizarrement habillés s'il n'avait pas son mot à dire.

« Le contrat a été signé bien avant votre mandature », répondit une femme à deux voix. De petites pierres précieuses flottaient autour de sa tête, telles des étoiles. Le garçon lutta contre l'envie d'en saisir une et de la lancer loin, à sa place, dans le ciel. Il se tint à l'abri des regards. « La seule alternative impliquerait un processus long et complexe, dont il apparaît probable que ni vous… » Elle jeta un coup d'œil en direction de la chambre du fils, qui se cacha derrière la porte. « … ni les autres ne verriez la fin. Suis-je assez claire ? » Le garçon s'adossa au mur. Il n'entendit pas son père répondre, mais il dut hocher la tête, car la femme dit : « Bien. Voilà ce qui va se passer. »

Tout se déroula comme elle l'avait annoncé. La semaine suivante, au retour des vaisseaux, il demanda à sa mère ce qu'ils construisaient dans les champs derrière le village. Avec une pointe de méfiance dans la voix, elle lui expliqua que cette grande maison recevrait les nombreux visiteurs qu'ils attendaient. Elle le serra plus fort que jamais auparavant et chuchota qu'on appelait cela un terminal.

Les adultes s'entendirent pour y voir un mauvais présage. Toutefois, la partie de la population qui rechignait aux travaux agricoles ou à la manutention des corbeilles de dhuba accueillit la nouvelle construction comme la chance d'une vie meilleure. Ces points de vue divergents se retrouvèrent dans la bouche des enfants, qui reprenaient les arguments de leurs parents. Sans qu'ils comprennent réellement la nature de leur différend, les discussions devenaient parfois houleuses, tandis que derrière eux, de grandes machines installaient la dernière des aires d'atterrissage. Le fils du maire resta silencieux, comme son père. Après qu'on eut achevé la construction du terminal, et également celle d'une tour en verre appelée hôtel, qui bloquait la vue au sud du delta de la rivière, les premiers visiteurs arrivèrent. Leurs vaisseaux étaient bizarres, leurs habits aussi. Des gardes les accompagnaient, en uniforme d'un jaune écœurant. Il resta collé à son père, alors qu'ils approchaient du village. Puis son père l'obligea à lui lâcher la main et, souriant pour la première fois depuis son entretien avec les représentants d'Umbai, il souhaita la bienvenue aux outremondains.

Le fils du maire était assez jeune pour, un jour, oublier l'étrangeté de ce moment. Avec le temps, il ne se rappellerait plus le malaise suscité par la présence des touristes dans les rues, leur regard curieux pénétrant partout, semblant s'ériger en juge de son mode de vie. Il ne se souviendrait pas de sa colère, quand l'un d'eux, goûtant à la saveur amère d'un bol de dhuba non raffinée, fit la grimace et recracha par terre, sous les rires de ses amis. Il oublierait sa joie et son embarras, quand un autre, s'accroupissant devant lui, lui demanda son nom. Un jour, sa mémoire des premiers touristes s'effacerait. Il croirait qu'ils avaient toujours été là ; que, bien sûr, ils pouvaient traverser un champ, sans respecter la terre ou les tiges, pour obliger un moissonneur surpris à le laisser manier sa machette. Il trouverait cela normal.

La vie s'adapta à leur présence, de nouveaux bâtiments s'élevèrent pour les accueillir en nombre croissant. Les officiels suggérèrent aux habitants du Cinquième Village d'apprendre la langue commune des stations. Certains visiteurs restèrent pour l'enseigner aux enfants. À huit ans, le fils du maire se débrouillait déjà, faisant la fierté de ses parents, du moins le pensa-t-il dans un premier temps. Il ne comprenait pas pourquoi ils lui interdisaient de l'employer à table, sous leur toit. Jamais ils ne lui expliquèrent la raison de cette règle, mais il obtint un début de réponse en surprenant parfois son père qui le regardait comme s'il ne le reconnaissait pas.

Il obéit. Il garda la nouvelle langue pour lui. Et il absorba les enseignements des outremondains, sans s'apercevoir que, peu à peu, sa vie commençait à se scinder en deux. Mais que faire, à part s'adapter ?

Le changement arrivait, de toute façon.

Le changement approcha sur les ailes de la musique. Nia jouait et il courait après les feux. Au troisième saut, la flûte les mena de nouveau dans un système voisin. Idem pour le quatrième. Et le cinquième. Sartoris notait ses observations. *Aucune*… « Quel est le mot déjà, quand deux choses sont liées ? lui demanda-t-il.

— Corrélation », lui répondit-elle… *corrélation entre l'air joué par Nia et notre destination. Les mêmes notes nous conduisent à proximité de stations différentes ou dans des zones inhabitées entre les étoiles. Nos points d'arrivée sont aléatoires, ils sont la conséquence d'un réflexe. Les notes sont le marteau du docteur sur le genou du patient. Le saut est le petit mouvement rapide de la jambe.*

Les feux surgis de nulle part se multiplièrent sur la plage, gonflant le chœur des chuchotements. Portées par le vent marin, les voix lui donnaient la chair de poule. À croire que les poils de ses bras écoutaient aussi. Impassible, son Bienfaiteur le regardait se précipiter et crier dans les flammes à chaque apparition. Mais la réponse demeurait la même : parasites, fluctuations, comme si elle posait une question en employant des mots qui le dépassaient. Il ne pouvait que s'époumoner.

Dixième saut. *Le seul schéma qui semble se dégager, c'est que, à force de jouer, nos sauts nous entraînent de plus en plus loin. Au lieu de systèmes voisins, nous bondissons par-dessus les étoiles. Mais notre voyage ne prend toujours pas la forme d'un itinéraire bien défini. Rien qui permette de nous éclairer sur notre destination. Tout au plus pouvons-nous continuer à jouer, dans l'espoir que cet accroissement des distances est de bon augure.*

Douzième saut.

Nia dit que c'est comme d'avoir une conversation à sens unique.

Elle sentait sa présence, juste derrière la porte, mais une porte sans clé, sans serrure, simplement une poignée coincée. Et tandis que Sartoris dormait, le corps étendu à travers une rangée de sièges dans sa partie du vaisseau, elle s'accroupit devant le moteur, la boîte noire. Les mains pressées contre le front, elle demanda un signe plus clair. Mais la boîte noire demeura silencieuse, ignorant que, de l'autre côté, le garçon parcourait le collier de feux, son Bienfaiteur sur les talons ; et d'heure en heure, alors qu'il attendait le prochain chuchotement, la douleur dans sa poitrine et dans sa tête devenait plus intense.

« Cela ne mènera nulle part », marmonna son Bienfaiteur.

Quarantième saut. *Nous sommes pauvres. De l'argent gagné par Nia avec les Kerrigan, il ne reste rien. Nous devons rendre à notre omnibus sa fonction première.* Dans une plaine désertique derrière un avant-poste de sondeurs, Nia donna le dernier coup de pinceau. Sartoris leva les yeux de son carnet et lut à voix haute le nom qu'elle venait de peindre en blanc sur le côté du vaisseau. *Ahro Amani.* Il eut un petit sourire. « Un peu facile, non ? » Elle l'éclaboussa de quelques gouttes de peinture. *Maintenant, nous faisons la navette avec nos passagers entre les mondes récemment acquis des Confins ; comme les plans des villes-planètes y sont encore en préparation, la concurrence y est moins rude. Je sers des rafraîchissements aux vingt touristes que nous accueillons à bord, poussant à la consommation de casse-croûte choisis parmi notre maigre sélection. Nia pilote.*

Ils faisaient leurs tournées entre les sauts de flûte. C'était un travail pénible, capable d'engloutir des semaines en tâches ingrates, pour l'entretien ou la paperasse. Ils perdirent ainsi un mois entier, dans l'attente d'un contrôle de sécurité « approfondi », le bruit de ferraille du propulseur ayant attiré l'attention d'un inspecteur de la Coalition. Ils brossaient les miettes des fauteuils et libéraient leurs lits de fortune, dès qu'ils recevaient des touristes à bord. Ils éteignaient le brouilleur au moment d'entrer en contact avec la vigie, se préparant à une longue attente, parfois une bonne partie de la journée, pour obtenir l'autorisation de décoller. Mais comme il n'y avait pas moyen de faire autrement, on prenait son mal en patience. Pour tromper l'ennui des passagers privés de neuraux, on mettait à leur disposition différentes sources de divertissement qui traînaient dans la cabine. Des jeux de tropico, des pipes et des livres. Nia, qui ne pouvait pas jouer de flûte quand ils avaient du monde à bord, se rabattait le plus souvent sur un luth à long manche. Grâce à cet instrument originaire de Suda-Sulai, elle se sentait tout de même proche de lui.

Il lui arrive de jouer pour nos passagers. Elle gratte quelques accords simples, les succès du moment.

Soixantième saut.

Elle a fait de gros progrès.

Quatre-vingtième.

Elle compose ses propres mélodies à présent.

Dans l'espace sous son vieil instinct, à la lueur de la centième flamme, le jeune homme l'entendit. Sa chanson. Encore faible, à peine une sensation. Mais il parvint tout de même à l'accompagner en fredonnant les notes, à se rappeler les mots du retour. Et alors qu'il écoutait, son Bienfaiteur leva sa main gantée. Il retira son masque et révéla le visage d'une femme, grande et forte, qui le regardait comme s'il était plus brillant que le feu lui-même. Il avait son nom sur le bout de la langue.

Elle lui tendit la main.

« Traverse l'eau avec moi », dit-elle.

Déchiré, il se leva et s'éloigna d'elle. Luttant contre la tentation de se retourner, il guetta le chuchotement des parasites et la prochaine lumière – la cent unième. La fin du serpent de feu, avant les dizaines, les centaines qui s'allumeraient sur le sable avec le temps.

Ce fut une longue marche, une errance cuisante pour ses plantes de pied. Mais il tint bon. Son Bienfaiteur le suivit, surgissant devant lui à chaque nouveau brasier, sans avoir à faire un seul pas. Le masque envoûtant toujours là pour l'accueillir et l'allécher avec la proposition de traverser l'eau en sa compagnie, pour un ultime voyage. Au trois centième feu, les visages firent leur apparition. Retirant son masque, son Bienfaiteur lui montra les visages de son passé pour le tenter. La mercenaire coriace, le docteur à la barbe impeccablement taillée, et le technicien, qui n'arrêtait pas de regarder par-dessus son épaule, comme s'il avait peur de son ombre. Quatre centième saut. Le professeur chauve aux yeux généreux, et ce jeune homme au sommet de la montagne, dont le regard dévastateur le pétrifia et lui gonfla le cœur, ainsi que la longue traînée ardente derrière lui, son désir embrasant le rivage. Avec la voix de son Bienfaiteur, ces personnes qui l'aimaient lui disaient de ne pas s'obstiner. Autant de tentations auxquelles il résista difficilement. Mais aucune ne pouvait rivaliser avec cette femme – une capitaine, il s'en souvenait maintenant –, qui avait jadis vendu des livres auxquels tenait sa mère pour se payer un billet loin de son monde d'origine. Bien que pas toujours commode, elle lui apportait une présence réconfortante. Une affinité née de leçons durement apprises. La compréhension tacite des blessures de chacun. Une amie qu'il avait craint de perdre un jour, mais qui ne l'avait jamais lâché ; comment pouvait-il en être autrement avec un amour si rageur dans les yeux ? Tels étaient les visages que son Bienfaiteur faisait défiler pour lui, chaque fois qu'il lui tendait la main, le suppliant de céder. Cinq cents feux. Il était juste derrière lui, lui demandant pourquoi il ne s'arrêtait pas. La douleur n'était-elle pas insupportable ? Umbai équipait les navettes personnelles maintenant ; chaque puce installée, chaque saut était comme une piqûre sur la peau du jeune homme, le pincement d'un nerf qui le faisait trébucher. Ne comprenait-il pas que cette route menait à la même fin ? Six cents. Sa souffrance atteignit son apogée, quand Umbai étala son sang sur le cœur de Pélican et que la gigantesque station sauta à l'extrémité du bras galactique, étendant son empire sur l'océan noir, et son corps. Son cœur se grippa, le pliant en deux sur le sable. « Tu ne résisteras plus très longtemps, chuchota son Bienfaiteur, accroupi à côté de lui. Tu es un oiseau de verre pris dans un étau, qui se resserre. Tu te fendilleras, avant de voler en éclats. » Il secoua la tête. « Tu veux à tout prix regagner un monde qui t'a battu jusqu'au sang. Un monde qui, en ce moment même, continue de siphonner ta force vitale, dans une quête d'expansion sans fin. Pourquoi perds-tu ton temps à arpenter ce rivage ? Pourquoi tenter ce retour ? »

Les dents serrées, il se releva, la main contre sa poitrine, alors qu'il se traînait vers le feu suivant.

« Parce qu'elle m'attend », répondit-il.

Et il avait raison. Des années durant, elle joua sans relâche, tandis que ce qu'elle avait vu et subi laissait progressivement des traces sur son corps ; les rides de son sourire se durcirent en pattes d'oie, ses articulations se raidirent et ses cheveux se nuancèrent de gris. Malgré l'âge, elle attendit. Certains jours, elle avait chaud, très chaud, au point de se sentir claustrophobe, comme si elle étouffait sous une couverture. Dans ces moments-là, elle s'asseyait sur le toit de son omnibus et jouait du luth, cherchant la fraîcheur au bord d'un canyon balayé par le vent. Une semaine passée au fond des Confins, sur un des derniers rochers encore épargnés par Umbai. Ici, pas de ville aux tours montant à l'assaut du ciel, pas de mille-feuilles urbain en vue. Juste la douleur dans le bras qui tenait le luth, alors qu'elle grattait les cordes. Au-dessous, Sartoris écoutait les notes filtrer par la porte ouverte du vaisseau.

Des choses manquent dans ma mémoire – des trous résiduels, la conséquence de mon coma. Elle me raconte des histoires de notre ancien équipage, mais leurs noms se sont effacés. Lorsqu'elle joue sa musique, cependant, des choses me reviennent, des visages flous.

Les visages de vieux amis.

Nia jouait pour les ombres réunies autour du vaisseau. Les fantômes de dizaines de vieilles connaissances, venus l'écouter.

À leur tête, Deborah, et Doc.

De vieux amis qui se dérobent à mon approche. Ils n'ont pas plus d'épaisseur que des silhouettes découpées dans du papier. Une pièce en un acte, avant que le rideau retombe, et ils disparaissent de nouveau. Je me demande pourquoi mon esprit s'évertue à retenir ces abstractions. Quelle utilité pour moi, de me raccrocher à ces souvenirs à moitié formés ? Où suis-je censé les ranger ? Dans quelle poche ?

« Je n'ai pas l'intention d'arrêter », leur dit Nia, qui avait depuis longtemps compris le but de sa vie. Elle avait appris à accepter sa nature : elle ne cesserait jamais de courir, même après une ombre.

Doc sourit, et Deborah hocha la tête.

On sait.

Ils sont là, c'est déjà cela. Peut-être est-ce suffisant, écrivit-il.

Les cris résonnaient, à travers le temps et l'espace. Six cent cinquantième saut. Certaines nuits, il décida presque d'en finir ; quand elle s'allongeait à côté de la boîte noire en pleurant des larmes de rage, son Bienfaiteur parvenait presque à le convaincre que tant de souffrance n'en valait pas la peine. Alors, il regardait vers l'étendue d'eau sombre et pensait qu'il était terriblement tentant de franchir le pas.

Sept centième saut. Mais un nouveau feu finissait toujours par éclore, et avec lui, une chance de crier ses coordonnées. Elle jouait sa chanson, et il trouvait cette flamme, et ensemble, ils ajoutaient une voix au chœur. Huit centième saut. Même avec leurs corps éreintés, épuisés, elle par l'âge qui l'empêchait de se tenir droite sans souffrir, lui par les lancements de flottes plus nombreuses qui le laissaient haletant et frissonnant dans le noir, ils continuèrent. Neuf centième saut, neuf centième feu. Le temps, au bout de leurs doigts et de leurs langues, alors qu'ils érodaient le mur, elle par sa musique, lui par ses cris. Les voix de centaines d'ombres de lui-même résonnaient à travers les flammes et dans les cavernes de la Poche ; et de nouveaux feux de camp apparaissaient sur la plage. Leur musique était un assaut, un élan. Le sentiment inébranlable qu'ils œuvraient ensemble à la concrétisation d'un même objectif. Un doigt, dans une capsule perdue dans le lointain, battant la mesure. Tous deux, avec leurs mains tendues, des années durant, jusqu'à ce jour où la musique s'arrêta, et la danse interstellaire prit fin.

Le moment : l'année et l'heure où le premier vaisseau-arpenteur d'Umbai sauta vers Andromède, franchissant le fossé entre les galaxies, plus loin qu'aucun explorateur avait jamais été.

Ce fut le dernier acte. L'entreprise avait tiré sur la corde jusqu'à son point de rupture. Quand ce vaisseau sortit de la Voie lactée, il ne resta rien en lui. Son énergie vitale le quitta en voletant par ses lèvres entrouvertes. Ses jambes se dérobèrent. Et avec un « oh » silencieux, son visage rencontra le sable.

Il savait qu'il ne se relèverait pas.

Son Bienfaiteur le souleva entre ses bras. D'une voix douce, il dit au jeune homme : « Il n'y a aucune honte à avoir. »

La gentillesse attristée de ces mots le convainquit qu'il disait vrai. Il était trop faible. Il ne bougerait plus. Son Bienfaiteur lui fit traverser la ligne des feux de camp, en direction de l'eau. Il ne restait plus rien en lui. « Certains chemins sont plus longs que d'autres, dit son Bienfaiteur, certains s'interrompent prématurément, mais aucun ne continue éternellement. Tous sont des cercles inachevés. »

Les pieds de son Bienfaiteur touchèrent la surface noire. Ses pas ne produisirent aucune ride sur l'eau, alors qu'ils entamaient la longue marche vers l'autre rive. Le jeune homme appuya son visage contre sa poitrine. Sur la plage, les feux semblaient déjà plus faibles. À mesure qu'ils s'éloignaient, tout cela perdit de son importance.

Il regarda ses mains. Il tremblait. Il s'étonna. Malgré son immense fatigue, où trouvait-il la force d'avoir peur ? Comme s'il lisait dans ses pensées, son Bienfaiteur le serra légèrement contre lui, juste assez pour qu'il le sente. À ce moment-là, il sut qu'il était prêt à renoncer.

« Tu as essayé », dit son Bienfaiteur.

J'ai essayé.

« Tu peux déjà en être fier. »

Être fier.

Il se détendit dans son étreinte, porté sur les eaux. *Je suis fier, je suis fier.* Ces mots devinrent sa prière, alors qu'ils parcouraient la distance entre la plage brillamment éclairée et le lieu où ceux qui sont fatigués trouvent le repos.

« Ils t'ont pris tant de choses, murmura son Bienfaiteur. Console-toi dans le fait que, même si tu avais émergé maintenant, ce jour aurait probablement été ton dernier. »

Le jeune homme reconnut la vérité de cette affirmation. Il la sentait dans ses os fêlés et dans sa chair vidée. Mais ces mots réveillèrent aussi en lui une autre vérité, plus profonde, enracinée dans les paroles d'une vieille chanson de moissonneur.

« Ils pourraient me prendre mes jours, dit-il – il se pencha en avant, juste un peu –, mais je garderais la nuit. »

Il n'était pas sûr de la provenance de ces mots. Comme le rivage, et son Bienfaiteur lui-même, ils appartenaient à ces choses profondément enfouies en lui qu'il avait exhumées. Un indice de la première séparation qu'il ne pouvait pas se rappeler. Et quand il leva les yeux, il la vit : une fêlure de l'épaisseur d'un cheveu qui fendait les étoiles dans le sens de la longueur. Une fissure de lumière au-dessus de la côte, qui s'était lentement effilochée, tout ce temps, comme si un pouce nerveux tirait sur un fil détaché d'une manche. Sur le point de s'ouvrir pour de bon.

À ce moment-là, il vit naître une nouvelle flamme. Le millième feu qu'elle allumait vacilla comme une étoile avant l'aube, faible, mais toujours en vie. Hors de portée, il l'appelait depuis le bout du rivage.

Dans le cockpit de l'omnibus, elle continua à jouer, sans obtenir de réaction. Le visage relâché, Sartoris observait son jeu frénétique, le fol enchaînement des notes sur la flûte, alors qu'il se résignait à ce qu'elle refusait d'accepter. Penché en avant dans son fauteuil, son corps tout entier reposant sur sa canne, il chuchota la vérité.

« Je crois que c'est terminé. Je suis désolé, Nia. »

Mais au bout de quinze années, son élan était tel que rien ne pouvait la stopper. Force lui était de continuer à jouer, y compris face à une salle vide. Après que Sartoris eut regagné la cabine, elle ne s'arrêta pas. Même après l'extinction des feux sur l'omnibus. Même quand elle sut que c'était fini.

Alors qu'il se laissait entraîner vers le centre de cet océan froid, un désir ardent, lancinant, fou s'empara de lui : celui d'être proche de ce feu et de sa chaleur. Il demanda à son Bienfaiteur de le ramener sur la plage. Avec un soupir, il s'immobilisa sur la crête d'une vague figée. « Si tel est ton souhait », répondit-il. Il le conduisit au millième feu, le dernier apparu, et le déposa à côté de son crépitement, de son chuchotement encore audible. Et ce fut là, au son de sa voix qui l'appelait, que le jeune homme poussa son cri ultime, et compléta le cercle.

L'omnibus sauta. Il se stabilisa dans les courants aériens de la nouvelle atmosphère. Et quelque chose s'éveilla dans le cœur de Nia, à la contemplation des étendues violettes d'Umbai-V par la verrière.

Une vieille douleur.

L'avènement du tourisme avait tout changé. Ils croisèrent les tours du complexe hôtelier, le terminal et la grande usine derrière les champs, avant de se poser à la périphérie du Cinquième Village. Elle reconnut peu de choses, du temps où les cargos desservaient ce monde en empruntant le chemin des écoliers. Des capsules préfab Umbai s'empilaient dans une architecture improbable pour loger une population toujours plus nombreuse. Penchés aux fenêtres, des enfants les regardèrent passer, elle et Sartoris, dans les rues tortueuses. Certains les interpellèrent dans la langue commune. « Eh, lève un peu les yeux, ma jolie ! Qu'est-ce que tu fais avec ce vieux schnock ? » Ils les ignorèrent. Bien peu de maisons avaient conservé leur structure en tiges de dhuba et en bois coupé dans la forêt voisine. Et apparemment, plus personne n'y habitait.

« Pourquoi pensez-vous qu'il nous a conduits ici ? » se demanda Sartoris.

Elle n'en savait rien.

Aujourd'hui, le Cinquième Village faisait relâche. Aucun touriste ne flânait dans les rues. Ils étaient les deux seuls visiteurs. Personne ou presque ne s'intéressa à eux. Les habitants s'affairaient sur la grand-place pour un événement important ce soir-là. On sortit et on monta les tables de banquet. On enfonça des torches dans le sol autour du périmètre, au centre duquel s'entassait déjà le bois nécessaire à un feu de joie. Nia attira l'attention d'un homme qui s'occupait des tables. Mais quand elle lui demanda si ces préparatifs concernaient l'Expédition, il la regarda d'un air déconcerté. *Bien sûr que non*, pensa-t-elle, se sentant même ridicule de l'avoir mentionné. Lui et son ami la dévisagèrent avec méfiance. Ne voyant aucune manière élégante de sortir de cette situation, elle proposa de les aider à entasser du bois pour le feu. Surpris, ils acceptèrent, presque sans réfléchir. Elle se mit donc au travail, heureuse de se rendre utile, malgré ses épaules douloureuses. Après que la dernière bûche eut rejoint les autres dans le trou, ils les invitèrent, elle et Sartoris, à rester pour la fête. L'un des hommes lui demanda comment elle s'appelait. Nia, lui répondit-elle, ajoutant que c'était un nom de la Vieille Terre. Il sourit, et elle crut qu'il allait lui faire des avances, mais il hocha simplement la tête, avant de s'éloigner. Elle rit de sa déception de n'avoir pas trouvé un autre Kaeda ; elle était contente de garder en elle la capacité d'espérer une telle chose, et d'en éprouver le désir. Cette planète n'était plus celle de ses souvenirs.

Ce monde-là avait disparu.

Le soir même, on fêta l'anniversaire d'un des fils du maire. Tandis que Sartoris s'extasiait du festin présenté sur la longue table, elle s'adossa au mur, envahie par un profond sentiment de déjà-vu, alors qu'elle regardait danser les jeunes. Le fils du maire mit maladroitement ses bras sur les hanches d'une femme qui n'avait pas conscience de sa présence. C'est pour ça qu'on est là ? Pour observer des gamins se tripoter ? Elle vida son gobelet. L'impatience la gagnait, sans qu'elle sache réellement ce qu'elle attendait. Quelque chose chez ces jeunes enlacés autour du cœur de la flamme la perturbait, leur énergie nerveuse la renvoyait à une époque où elle-même aimait la danse et le déhanchement des hommes. Ces souvenirs ne la rendaient pas heureuse. Elle avait besoin de solitude.

« Où allez-vous ? demanda Sartoris, interrompant brièvement sa conversation, quand il la vit se lever.

— Me promener, répondit-elle. Pas longtemps.

— Voulez-vous que je vous accompagne ?

— Pas ce soir. » Elle lui toucha l'épaule. « Restez. Profitez du feu. »

Il lui sourit.

En bordure de la grand-place, elle se retourna vers son vieil ami avec une profonde affection. Sartoris avait enfin retrouvé ses mots et régalait la tablée d'anecdotes sur leurs voyages. Elle le laissa tenir salon, un rôle dans lequel il avait toujours excellé. Pendant ce temps, elle soudoya le garde à la porte du village pour sortir. Elle marcha d'un pas tranquille sur la route sombre et défoncée, à la lueur de sa torche électrique. Dépassant les noires structures qui avaient récemment pris possession des champs, elle s'interrogea sur la raison qui attirait son cœur vers ces collines à la périphérie du village.

Fumiko le sentit ; un changement de direction dans l'air. Ses yeux s'ouvrirent face au soleil, qui se faufilait entre les sommets des bâtiments, et dorait les vagues languides de la voie navigable. Les paupières mi-closes,

Dana avait étendu les jambes sur le banc de devant ; sur le côté, sa main effleurait l'onde calme, avec une expression de contentement félin. À la tête de l'embarcation, le rameur leur fit prendre un tournant. Il adressa un signe de tête à Fumiko. Et Fumiko sut qu'elle arrivait presque au bout de son long voyage à travers la Poche.

« Bientôt », dit-elle.

Dana suivit son regard vers le ciel. Le soleil avait disparu derrière les nuages, qui s'assombrissaient. De petites explosions ridèrent les eaux du canal. Ensemble, elles virent le ciel s'ouvrir en silence. Toutes les deux savaient qu'il n'y avait rien à ajouter.

L'heure était venue.

Et tandis que, dans son délire, Fumiko acceptait l'imminence d'une fin inévitable, Nia continua son exploration des abords du village. Elle tendit l'oreille au calme des collines ondoyantes, au léger bourdonnement et au bruissement d'ailes des insectes nocturnes. Au vent qui sifflait entre les rangées de dhuba. À environ un kilomètre du village, elle aperçut une éminence du haut de laquelle elle aurait une belle vue. La montée se révéla étonnamment rude, mais en dépit des protestations de son corps, elle atteignit le sommet, quoique avec force grimaces. Elle regarda les champs plongés dans l'obscurité, où se dressaient les tiges solides, inflexibles. Cet endroit avait quelque chose à lui dire. Quelque chose d'important.

Depuis la plage, le jeune homme et son Bienfaiteur levèrent les yeux vers la fracture dans le ciel. La lumière par laquelle ils entendaient le souvenir d'une chanson.

Ils attendirent.

Il arrive que se produise un alignement. Des moments rares qui, pour certains, révèlent les voies de Dieu, et que d'autres attribuent purement à la chance. Mais il n'existe aucune explication pour cette communion d'événements.

C'est comme ça.

Elle se rappela enfin cet endroit. Le duvet sur sa nuque se dressa, alors que la porte de ce souvenir s'ouvrait pour elle.

En contrebas de cette colline, elle et Kaeda avaient partagé leur première étreinte. Elle braqua le rayon de sa torche sur l'herbe à côté du rocher. Comme cette nuit lui avait semblé longue ; longue, mais agréable, comparable à une promenade pour le simple plaisir de marcher. Elle se rappela la sensation de sa tête reposant sur la poitrine de Kaeda, et la chanson qu'il lui avait fredonnée, les vibrations qu'elle sentait sur sa joue, quand il avait chanté les paroles.

Les notes lui revenaient, même si le titre lui échappait encore. Pour elle, c'était juste un air de sa jeunesse, vite oublié, sa mélodie s'effaçant de sa mémoire, avant qu'elle tire sa flûte de sa poche arrière pour le retenir.

C'était une chanson vraiment ancienne, du temps d'avant la moisson. La mère l'avait chantée à son nouveau-né dans l'obscurité paisible du matin. Une musique et des paroles dont elle avait imprégné sa chair et ses os, avant l'arrivée du Vaisseau Silence qui lui avait enlevé son enfant, pour un voyage de souffrance, qui se prolongerait au-delà de sa propre vie. Un air qu'elle se fredonnerait toute seule, des années après son départ, tendant une main vers le ciel, dans l'espoir qu'il la saisisse.

Sur ce monde, c'était la chanson qu'on se transmettait de génération en génération. Celle que les moissonneurs entonnaient en chœur à la fin d'une journée de dur labeur, au moment de regagner leur village, traînant derrière eux leur récolte violette. *Prends ma journée*, chantaient-ils, *mais laisse-moi la nuit. Mets du bois dans la cheminée et verse à boire, je rentre te retrouver.* Il l'avait entendue la première fois qu'il était revenu. Assis avec le vieil homme, au sommet de la colline, il avait assisté au retour de moissonneurs ; oubliant la pâtisserie sucrée qu'il tenait dans sa main, il avait écouté cet air qui avait capté son attention. Les paroles, pourtant incompréhensibles, lui avaient paru familières. Il n'avait pas conscience que son propre sang charriait ces mots, insufflés des décennies plus tôt, par une mère à qui il manquait.

Maintenant, la même chanson allumait des feux le long du rivage sombre de son vieil instinct et les faisait éclore en tornades de flammes. Des flammes qui s'élevèrent en fouettant le ciel nocturne de ses rêves opiacés et déchirèrent le voile noir. De la lumière s'y engouffra alors, ainsi que le souvenir de son nom. Celui qu'il s'était choisi avec l'aide de son Bienfaiteur. Son Bienfaiteur qui, avec le kaléidoscope des visages de tous ceux qu'il aimait, le soulevait à présent. Puis il le hissa vers la fracture dévastatrice, dans la brèche de clarté qui s'élargissait…

Il ouvrit les yeux.

Ils étaient secs, ils piquaient. Malgré les médicaments qui coulaient toujours dans son organisme, il tenta d'accommoder. Il était réveillé, mais seulement à moitié ; son esprit bridé le poussait à se rendormir. À travers des paupières mi-closes, il regarda autour de lui et tendit l'oreille. Le silence régnait à l'intérieur de sa capsule. Il n'entendait pas le tapage de l'autre côté de la porte et de la vitre d'observation, où s'affolaient déjà les techniciens d'astreinte, alertés par les écrans de contrôle. Il n'avait pas conscience de leur effervescence, des divertissements sur tablette et des boissons énergisantes immédiatement oubliés. Alors qu'ils augmentaient la dose au mépris de toute prudence, pour empêcher son évasion. Il sombra de nouveau dans le sommeil.

Tomba comme une pierre dans les ténèbres.

Une vibration monta dans la gorge de Nia, comme si une puissance supérieure la possédait, alors que de sa flûte jaillissait la chanson du retour. Elle joua les notes qui, se propageant à travers les courants, indiquaient ses coordonnées.

Il remua sa main squelettique entravée. Il battit des paupières, tandis que, dans l'obscurité de son esprit, il nageait à contre-courant vers la surface et la constellation de notes au-dessus de lui. Les narcotiques, telle une main se refermant sur sa cheville, cherchaient à l'entraîner toujours plus profond.

« Apportez-moi la seringue ! » cria le technicien-chef, saisissant le code qui permettait d'ouvrir la porte de la salle où se trouvait la capsule.

Alors qu'il se hissait vers la lumière de sa musique enfiévrée, le système se mit à battre au rythme de plus en plus rapide de son cœur, provoquant des millions de sauts aléatoires à travers toute la galaxie. On assista à un véritable ballet d'omnibus, de vipères, de croiseurs et de navettes personnelles autour d'étoiles, de planètes doubles, de géantes, de spirales, de nébuleuses, de naines rouges et de colonnes gazeuses aux couleurs de l'arc-en-ciel. Partout. Sans que personne sache de quoi il retourne. On perdit des vaisseaux, qu'on retrouva, avant de les perdre à nouveau. Des centaines de stations, envolées. Parmi elles, Pélican, disparue de son perchoir dans un secteur stratégique de la galaxie, écrasait à présent de tout son poids une pinède, les oiseaux fuyant la canopée dans son sillage.

Le technicien mordit dans le capuchon du stylo narcotique. Il le brandit, à la manière d'un pieu au-dessus de la poitrine de l'Acquisition, attendant que son collègue ouvre le couvercle et lui permette d'administrer le coup de grâce.

La poignée avait accompli la moitié de sa trajectoire, quand elle arriva.

La goélette de Fumiko, portée par le courant Sifflant, surgit dans ce remous de la Poche, au cœur duquel tournoyait la capsule, tel un jouet en caoutchouc dansant sous un robinet. Sans un sourire, sans un froncement de sourcils, elle tira les ficelles du berceau vers elle et déploya ses voiles de tribord, donnant de la bande dans le tourbillon centrifuge, vers sa cible. La mâchoire contractée par la concentration, elle vit clairement le déroulé de toute une vie avec laquelle elle se réconcilia, déterminée à enfin mettre un terme à un voyage d'un millier d'années. Tout se produisit très vite. Le nez de son vaisseau se plia en accordéon contre le mur de la station et l'impact projeta son corps hors de son fauteuil. Avant que sa tête rencontre la verrière et que tout devienne noir, elle jura avoir entendu la note aiguë, perçante d'une chanson, une note qui lui apporta la paix. Puis la goélette se chiffonna et au sein du métal écrasé, le YonSef explosa.

En l'espace de quelques secondes, des fractures apparurent à la surface de la coque sphérique. Une boule de lumière aveuglante s'y engouffra, qui crachota, gonfla et vaporisa en un instant les couloirs, les dortoirs, le carré, le pupitre de commandes. Aucun des techniciens au travail, ou au repos, ne s'aperçut de l'arrivée de Fumiko, avant d'être balayé par cette dernière preuve de sa détermination. Et dans ce même espace de quelques secondes, avant que l'iridescence du YonSef l'emporte également, l'Acquisition ouvrit soudain les yeux. Son vieil instinct se réveilla face à l'imminence du danger ; il se tendit tel un arc.

La flèche partit vers les étoiles.

Après avoir soufflé sa dernière note, Nia l'entendit. Un grondement dans les nuages.

Un craquement.

L'objet perfora le ciel. À mi-distance, elle le vit s'écraser en flammes. Alors, elle courut. Elle s'élança au bas de la colline, se débarrassant des sandales qui la ralentissaient. Elle fila entre les tiges, se coupa la plante des pieds sur les éclats fibreux qui dépassaient de la terre. Les poumons en feu, elle posa les mains sur les genoux au moment d'arriver dans la clairière carbonisée qu'avait créée l'explosion. Elle marcha en trébuchant entre les gros morceaux de métal noirci, le sol chaud sous ses pieds. Complètement essoufflée, elle aperçut enfin, à l'épicentre de ce petit cratère, la capsule lisse de la taille d'un cercueil. Les mains tremblantes, elle étendit les bras pour la toucher et se brûla. Ignorant la douleur, elle serra les dents et saisit la poignée qu'elle tourna avec force dans le sens des aiguilles d'une montre. Ses narines se remplirent d'une odeur de peau grillée. Puis le système de verrouillage céda et le couvercle s'ouvrit avec un soupir, un peu comme une huître. Un nuage froid s'en échappa, qu'elle sentit sur ses pieds, alors qu'elle avançait pour regarder à l'intérieur. Sa respiration resta coincée dans sa poitrine, quand elle vit ce qui gisait dans la capsule, enchâssé dans une méduse de câbles noirs.

Le corps nu d'un homme adulte. Ses membres longs et décharnés. La peau du visage, tendue sur le crâne et celle de son corps, un entrelacs de cicatrices, anciennes et récentes. Une chronologie de la souffrance. Elle arracha les tubes qui lui trouaient le corps et le débarrassa du serpent transparent qu'on lui avait introduit dans l'œsophage. Elle appuya deux doigts contre sa gorge maigre, soulagée de trouver un pouls hésitant. Puis elle le souleva, pour l'emporter loin du site du crash, pensant qu'il lui semblait presque aussi léger que du papier et chassant immédiatement cette idée. Tous les deux traversèrent les champs, jusqu'à la route, où elle s'assit par terre, épuisée. La respiration sifflante, elle le tint entre ses genoux. Il remua entre ses bras, des murmures incohérents s'échappant de ses lèvres sèches et gercées. « Ne parle pas, dit-elle, essuyant la sueur sur son front. Garde ton énergie. » Mais il passa outre l'ordre de sa capitaine. Il leva la tête vers elle. Et quand il ouvrit les yeux, elle constata avec plaisir que, malgré les années, ses yeux restaient de grands et beaux lacs sombres. Le temps n'avait rien changé ; pas même la musique dans sa voix, alors qu'il chuchotait : « Je t'ai entendue. »

Remerciements

Un nombre incalculable de personnes m’ont apporté leur aide d’une manière ou d’une autre, mais l’espace me manque et ma mémoire n’est pas fiable. Je m’en tiendrai donc à celles et ceux qui me viennent à l’esprit aujourd’hui. La dernière année de ce projet a été pénible pour moi. Avec son humour de mauvais goût, Matt Johnson a été un rayon de soleil pour moi. Il en va de même pour les merveilleuses Merab Okeyo et Nouria Bah qui, depuis le lycée, aiment me rappeler l’existence d’un monde hors de ma chambre. Et je n’oublie pas Oscar Mancinas et Doug Koziol, aussi drôles que talentueux, pour nos interminables conversations au téléphone, dont j’ai cruellement besoin. Merci à mes lecteurs Anthony Martinez et la professeure Jessica Treadway, pour leurs points de vue utiles et détaillés ; à ma principale lectrice également, Erin Jones, que j’ai bombardée de versions revues et corrigées et de questions, tout en lui infligeant mes névroses. Les unes comme les autres, elle les a acceptées et traitées avec une grâce surnaturelle, ne manquant jamais de me remonter le moral. Merci aussi à ma directrice de thèse, la professeure Kim McLarin, une âme généreuse qui n’est pas non plus avare de son temps. Ce livre doit beaucoup à la perspicacité de ses remarques. Ses étudiants ont vraiment de la chance de l'avoir, c'est l'une des meilleures. Je salue mon agente, Hannah Fergesen, et mon éditrice, Sarah Peed. Toutes les deux m'ont apporté un soutien considérable pendant tout le processus de publication. Merci, Hannah, d'avoir cru à ce projet, et merci, Sarah, de l'avoir rendu plus percutant. Je me sens privilégié de bénéficier d'une telle équipe. Enfin, je n'oublie pas ma famille : maman et papa ; mes frères, Quinn, Kane, Garth, Sebastian et Nicholas (Farrah et Clarissa) ; et ma sœur, Sara. C'est une chose rare, et une chance, d'aimer et d'avoir de l'affection pour tous ses parents, et d'apprécier leur compagnie ; j'ai cette chance.

Composition
NORD COMPO

Achevé d'imprimer en Espagne
par BLACKPRINT
le 2 mai 2021

Dépôt légal : juin 2021
EAN 9782290261637
OTP L21EDDN001022N001

ÉDITIONS J'AI LU
87, quai Panhard-et-Levassor, 75013 Paris
Diffusion France et étranger : Flammarion